Suzanne Enoch

Originaire de Californie du Sud, elle a obtenu un diplôme de lettres à l'université de Californie (Irvine). Autrice à succès de romances historiques et contemporaines, elle affectionne tout particulièrement la période de la Régence. Ses livres, pleins d'humour et aux dialogues enlevés, ont été récompensés par le *Romantic Time*s et figurent régulièrement sur la liste des meilleures ventes du *New York Times* et de *USA Today*.

Étrange complicité

DE LA MÊME AUTRICE AUX ÉDITIONS J'AI LU

À chaque duc suffit sa peine
Lady Mascarade
L'éclat de sa beauté
Au bord de la crise de nerfs

Les rebelles
1 – *Partie d'échecs*

Leçons d'amour
1 – *La dame à l'éventail*
2 – *La femme au charme discret*
3 – *La dame de ses pensées*

La famille Griffin
1 – *Drôle de chaperon*
2 – *Invitation au péché*
3 – *Une vision de rêve*

Les MacTaggert
1 – *Trop anglaise, mais si adorable*
2 – *Un diable d'Écossais*
3 – *L'héritier du clan*

Les héros
1 – *Le héros des Highlands*
2 – *Au cœur de la tourmente*
3 – *Un loup en Écosse*

Scandaleux Écossais
1 – *Un diable en kilt*
2 – *Le quadrille*
3 – *La fleur des Highlands*
4 – *La flamboyante des Highlands*

SUZANNE

ENOCH

LES REBELLES – 2

Étrange complicité

Traduit de l'anglais (États-Unis)
par Cécile Desthuilliers

J'AI LU

POUR elle

Si vous souhaitez être informée en avant-première de nos parutions et tout savoir sur vos autrices préférées, retrouvez-nous ici :

www.jailu.com

Abonnez-vous à notre newsletter
et rejoignez-nous sur Facebook !

Titre original
TAMING AN IMPOSSIBLE ROGUE

Éditeur original
St. Martin's Paperbacks, published by St. Martin's Press, New York

À Bryna Dambrowski,
qui est très patiente et généreuse.

1

Keating Blackwood se réveilla en sursaut. Il y avait quelqu'un dans la chambre. Quelqu'un qu'il n'avait pas invité. Gardant les paupières closes, il glissa discrètement la main sous son oreiller et la referma sur le manche de son poignard.

— Tu sais qu'il est déjà midi, je suppose ?

Keating lâcha son arme, ouvrit les yeux et se redressa en position assise. Dans la pénombre, il distinguait à peine la haute silhouette qui se dirigeait vers la plus proche fenêtre drapée de lourdes tentures.

— Attends ! Ne…

La lumière du jour entra à flots dans la pièce, aveuglante. Telle une lance, un rayon de soleil lui transperça le crâne, faisant naître une douleur sourde.

— Bonté divine, Fenton, grommela-t-il en refermant vivement les yeux, que diable fais-tu ici ?

— Je suis venu te parler. J'ai besoin de ton aide.

— Alors tire ces satanés rideaux et va m'attendre dans le salon, je te rejoins.

— Très bien. Au fait… superbe, cet œil au beurre noir.

— Tu devrais voir dans quel état est l'autre type.

Keating entendit un froissement d'étoffe, et la pièce derrière ses paupières s'assombrit de nouveau. Quand il se risqua à rouvrir les yeux, des points rouges dansaient dans son champ de vision mais au moins n'éprouvait-il plus le besoin urgent de se vider l'estomac.

— Et demande à Barnes de t'apporter une grande théière, ajouta-t-il en pressant les paumes contre ses tempes.

— Je n'ai pas envie de thé.

— Moi, si. Fiche le camp.

Une fois seul dans sa chambre, Keating se leva, dénicha une chemise et un pantalon dans sa garde-robe et les enfila rapidement. Ses bottes étaient près de la porte mais il les ignora, de même que la veste et le gilet que Pidgeon avait posés sur une chaise à son intention. Après avoir jeté un regard méfiant en direction de la porte, il s'empara de la cravate repassée avec soin et la noua bien serré autour de sa tête. Avec un peu de chance, cela l'aiderait à garder son cerveau à l'intérieur de son crâne. Bon sang, il ne devait plus jamais toucher à cette vodka russe – ou quel que soit l'alcool qu'il avait bu en abondance la veille au soir !

— On joue au pirate ? s'enquit Fenton quand il entra dans le salon en s'appuyant sans vergogne aux murs. Tu aurais au moins pu mettre des chaussons.

— Je n'en ai pas.

Keating se dirigea d'un pas mal assuré vers la fenêtre et tira les rideaux avant d'aller s'asseoir en face de son cousin.

— Au risque d'avoir l'air idiot, puis-je savoir pourquoi tu as besoin de mon aide ? Et sois bref, je te prie. Je peux m'évanouir à tout moment.

— Pourquoi j'ai besoin de ton aide ? répéta Stephen Pollard, marquis de Fenton, en le dévisageant d'un air incrédule. Je sais que tu évites Londres, mais tu dois tout de même lire les journaux.

— Comme tu le dis, j'évite Londres, par conséquent, pourquoi m'intéresserais-je à ce qui s'y passe ?

Barnes entra avec un plateau. Sans attendre d'instructions, il remplit une tasse de thé, y ajouta cinq cuillerées de sucre et la tendit à Keating.

Ce dernier le remercia avant d'en avaler une gorgée.

— Pourquoi ajouter du thé à ton sucre ? observa Fenton qui se pencha pour se servir une tasse, avant d'y mettre ostensiblement une unique cuillerée de sucre.

Ignorant sa question, Keating but avec précaution le liquide brûlant.

— Je croyais que tu n'en voulais pas, dit-il.

Son cousin fixa la tasse qu'il tenait à la main, puis la reposa en faisant la moue.

— Exact. J'essayais juste de te démontrer quelque chose, je suppose. À propos du sucre.

— J'avais remarqué. J'ai quasiment senti le coup.

— J'aurais pensé que du thé sucré t'achèverait, le lendemain d'une nuit de beuverie.

— J'ai eu pas mal de temps et d'occasions pour faire quelques expériences. Le thé sucré peut aider. Un peu. Parfois.

Avec un soupir, il fit tourner le liquide brûlant dans sa tasse.

— Donc, tu es venu pour discuter tisanes ? fit-il avant de boire une autre gorgée, en s'efforçant de ne pas trop compter sur un apaisement rapide de la douleur sous son crâne.

— En fait, non.

— Tant mieux, parce que sinon, tu aurais fait un long chemin pour pas grand-chose. Venons-en au fait, veux-tu ?

Fenton laissa retomber ses mains entre ses genoux.

— Tu te souviens de lord et lady Montshire et de cet accord stupide qu'ils avaient passé avec mes parents ?

Keating ne put retenir un sourire.

— Juste Ciel ! Ta fiancée a vingt et un ans, n'est-ce pas ? Et tu commences à t'affoler à la perspective d'être enchaîné à une demoiselle que tu n'as jamais rencontrée ? Mon vieux, il ne te reste plus qu'à fermer les yeux et à penser à l'Angleterre.

— Elle a vingt-deux ans, rectifia Fenton d'un ton morose. Le fait est que j'ai singulièrement apprécié de ne pas avoir à courtiser des débutantes ces huit dernières années puisque toutes ces simagrées m'ont été épargnées. Quoi de plus pratique que de choisir une date, aller à l'église et faire ce qu'il faut pour mettre au monde un héritier ?

— À t'entendre, la vie conjugale apparaît aussi exaltante qu'un séjour au cimetière.

Intéressé malgré lui, Keating palpa prudemment son œil tuméfié. La paupière commençait à dégonfler. La veille, il ne pouvait même pas l'ouvrir.

— Alors quel est ton problème ? reprit-il. Ou est-ce à moi de deviner ? Voyons… Tu l'as rencontrée et elle a l'air d'une harpie. Elle louche. Elle est unijambiste. Elle…

— Boucle-la, Keating, tu veux ?

— J'essaie seulement de remplir les blancs.

— Elle est plutôt jolie. Il y a un an, mon homme d'affaires lui a apporté les papiers, ses parents et elle les ont signés, nous avons fait paraître une annonce dans la presse et je suis allé à l'église. Je t'ai même invité à la cérémonie.

— Possible.

Le carton devait être resté coincé quelque part entre les pages de l'une des interminables lettres de Stephen. Comme si Keating se souciait de savoir qui avait convié son cousin à dîner, ou quel duc l'avait salué !

— L'an dernier ? Que s'est-il donc passé ?

— La fille a disparu.

Keating avait beau s'attendre à l'annonce d'une calamité quelconque, il ne put s'empêcher d'écarquiller les yeux.

— Disparu ? Tu veux dire qu'elle a eu peur de t'épouser ?

— Je veux dire qu'elle est apparue sur le seuil de l'église vêtue d'une belle robe blanche, qu'elle a fait demi-tour et qu'elle est partie en courant. Elle a renversé un cierge au passage, au risque de mettre le feu à l'église.

Keating étudia longuement son cousin. Ils avaient été comme deux frères, mais au cours des dix dernières années ils s'étaient peu à peu éloignés l'un de l'autre. La différence entre le destin d'un fils de marquis et le sort d'un fils du frère cadet d'un marquis, comme Stephen se plaisait à le répéter. En d'autres termes, depuis que ce dernier avait compris qu'il hériterait d'un titre, d'une fortune et de terres, il était devenu si insupportablement imbu de lui-même qu'il ne tolérait plus de se trouver dans la même pièce que l'un de ses inférieurs. Quant à Keating, il avait peu à peu rejoint les rangs de ces derniers.

— Ma foi, tu es plutôt beau garçon, répondit celui-ci en luttant contre l'envie de plisser les yeux malgré la faible luminosité qui régnait dans la pièce.

En outre, comme tu es marquis et que tu possèdes une fortune que tu ne cesses de me vanter sans me concéder le moindre prêt, je me vois dans l'obligation de te demander si tu as dit quelque chose qui l'a effrayée.

— Dit quelque chose qui l'a effrayée ? répéta Stephen. Pourquoi aurais-je fait cela ? Comment l'aurais-je pu, d'ailleurs, puisque je ne lui ai jamais parlé ?

— Pas une seule fois ?

— Je l'ai aperçue de loin à certaines occasions mais je...

Fenton leva les mains en signe de reddition et ajouta :

— Tu me connais, je ne suis pas un brillant orateur. Je ne possède pas ton art de la conversation.

— Tu l'aurais, si tu te donnais la peine d'être un peu moins guindé et de ne pas prendre systématiquement les gens de haut.

— Inutile d'être désagréable. Je suis comme je suis. Et tu es comme tu es.

Voilà qui augurait mal de la suite... En vérité, ces paroles déclenchèrent un signal d'alarme un peu tardif sous le crâne déjà douloureux de Keating.

— Dans la mesure où vous avez signé un contrat de mariage, Fenton, je présume qu'elle n'est pas allée bien loin. Tu pourrais lui écrire une lettre ou – ce n'est qu'une suggestion – aller lui parler afin de comprendre ce qui s'est passé.

— Je le ferais si ma fiancée n'était pas allée aussi loin. Elle a disparu, et quand elle est réapparue, elle avait... trouvé du travail.

Si son cousin n'avait pas arboré une expression à la fois aussi furieuse, frustrée et embarrassée, Keating aurait éclaté de rire. Il fut d'ailleurs tenté de le faire, mais il venait tout juste de réussir à rouvrir les deux yeux. Il était sans doute plus raisonnable de s'accorder quelques jours de répit entre deux bagarres plutôt que de se lancer dans une autre sur-le-champ.

— Quel genre de travail ? Dame de compagnie ? Sûrement pas actrice. Ce serait trop...

— Elle travaille au Tantale Club.

— Connais pas.

S'il en jugeait au ton lugubre de Stephen, c'était une mauvaise nouvelle, et le nom de ce club était en tout cas plutôt évocateur. Londres était-elle devenue plus immorale en son absence ? Voilà qui était inattendu. Il pensait qu'après son départ, tout le monde se transformerait en modèle de vertu de crainte d'être comparé à lui.

— Dieu du Ciel, tu t'es vraiment transformé en ermite !

Soudain, Keating n'avait plus du tout envie de rire. Reposant sa tasse de thé, il se leva.

— Puisque tu sais pourquoi je suis ici, dit-il entre ses dents, je ne peux que te souhaiter bonne chance. Si je puis faire une suggestion, essaie de faire preuve d'un peu de... eh bien, si la compassion est trop te demander, disons d'un peu d'humanité. Et maintenant, fiche le camp de chez moi.

— Bonté divine, Keating, cela fait six ans. Je ne me rendais pas compte que le sujet était encore si douloureux pour toi. Tu...

Fenton se racla la gorge.

— Toutes mes excuses. C'est juste que tout le monde connaît le Tantale Club. C'est la nouvelle folie à Londres. Lady Cameron, ou plutôt lady Haybury, désormais, a ouvert un club pour messieurs il y a un peu moins d'un an et elle n'engage que des jeunes filles.

Avec un soupir, Keating se rassit. Fenton ne s'était jamais préoccupé de personne d'autre que de Fenton, et son fiasco matrimonial laissait à penser qu'il ne s'était pas amendé. Keating commettrait une erreur en supposant que son cousin pouvait avoir changé. Au demeurant, si ce dernier avait besoin d'aide… ma foi, il pourrait en tirer parti, et à plus d'un titre.

— Haybury s'est marié ? s'enquit-il.

— Oui, il a épousé la veuve de l'ancien comte de Cameron.

Fenton fronça les sourcils.

— Et n'essaie pas de changer de sujet, reprit-il. Nous parlons de ma fiancée et non de celle d'Oliver Warren.

Keating hocha la tête.

— Très bien. Le Tantale Club. C'est un bordel, alors ?

Pure hypothèse de sa part, mais le marquis de Haybury était bien capable de se lancer dans une telle activité.

— Si c'est là que se trouve ton ex-fiancée, ajouta-t-il, tu ferais peut-être mieux d'en chercher une autre.

Fenton rougit.

— Ce n'est pas une maison close, rectifia-t-il d'un ton pincé. Cela dit, tu n'es pas le seul à le croire.

— Simple question de perception, mon cher. C'est ce que tout le monde croit que c'est. Cherche ailleurs ta future lady Fenton.

Le marquis asséna un coup de poing sur l'accoudoir de son fauteuil.

— Si elle avait été… souillée, c'est effectivement ce que je ferais. Mais l'endroit est extrêmement recherché, très sélectif et, d'après ses membres, tout ce qu'il y a d'honnête. Quant à moi, je suis la risée de tout Londres parce que la fille du comte de Montshire préfère travailler pour gagner sa vie et servir mes pairs plutôt que de m'épouser. Elle n'a même pas eu la décence d'aller se cacher à la campagne, là où tout le monde pourrait l'oublier – ainsi que l'affront qu'elle m'a fait subir.

— Alors va la chercher.

— J'y ai pensé, figure-toi. D'abord, lady Haybury refuse de m'admettre au Tantale Club, même en tant qu'invité d'un de ses membres. On m'a fermé la porte au nez. À moi. Ensuite, je n'ai aucune idée de la façon d'approcher une gamine aussi capricieuse et égoïste. Enfin, je ne suis même pas certain que c'est ce que je devrais faire. Je veux qu'elle revienne dans cette église – dans n'importe quelle église – avec moi, et je veux qu'elle soit reconnaissante que je lui offre une seconde chance de vivre le genre de vie pour laquelle elle devrait me remercier.

— Ah ! Tu voudrais donc qu'elle fasse preuve d'humilité.

— Elle a commis une erreur. Une énorme erreur. Je suis prêt à lui donner une seconde chance pour sauver son avenir...

— Et te permettre de ne plus être la risée de la bonne société.

— Hum, oui, cela aussi, concéda Fenton d'un ton sec. Si quelqu'un sait combien les secondes chances sont précieuses, c'est bien toi. Elle pourrait rentrer dans les bonnes grâces de sa famille, mener une existence protégée, et offrir le même confort à ses enfants. Je ne suis pas un être cruel. Certes, je suppose que je suis un peu orgueilleux, mais si un marquis neuvième du nom n'a pas le droit d'être fier de ce qu'il est, alors il peut aussi bien être fermier.

Keating s'interdit de balayer du regard le petit salon de sa modeste mais confortable maison. Havard's Glen n'était pas une ferme, mais pas loin. Quant à lui, il avait tondu assez de moutons pour se considérer comme un gentleman-farmer.

— Certes.

— Tout ce que je dis, c'est qu'elle serait bien inspirée de ne pas gâcher sa seconde chance, bougonna Stephen. Elle n'en aura pas de troisième.

Cela, Keating le comprenait. Et cela l'ennuyait au plus haut point que son cousin sache précisément comment le manipuler et n'ait pas le moindre scrupule à le faire. De toute évidence, il ferait bien d'enfouir ses blessures plus profondément s'il ne voulait pas que d'autres les remarquent. Pendant quelques instants, il se contenta de garder les yeux rivés sur les rideaux qui masquaient la fenêtre.

— Je veux une contrepartie, lâcha-t-il.

— Je m'en doutais. Ces cinq mille livres que tu essaies de m'extorquer depuis quatre ans, par exemple ?

— Cela suffirait.

Diable. Il ne s'attendait pas que ce soit si facile. Ce qui signifiait que Fenton était plus impatient de récupérer lady Camille Pryce qu'il ne voulait l'admettre.

— Si c'est accompagné de cinq mille livres supplémentaires, ajouta-t-il.

Fenton battit des paupières.

— Dix mille livres pour me ramener ma fiancée devant l'autel ? Il n'en est pas question.

— Si l'on considère que la donzelle te fuit obstinément depuis plus d'un an, nous savons l'un comme l'autre que l'affaire est plus compliquée qu'il n'y paraît. Bien entendu, si c'est trop cher pour ta bourse, trouve de l'aide ailleurs.

— Bonté divine, Keating, tu es un vrai brigand.

— On me l'a déjà dit. Affaire conclue ?

— J'aimerais que tu retires cette cravate autour de ta tête. Cela n'inspire vraiment pas confiance.

— Je ne suis pas là pour t'inspirer confiance. En fait, puisque c'est toi qui es venu me trouver, j'ai même l'intention de rester dans mon fauteuil, pieds nus, en te fusillant du regard jusqu'à ce que tu cesses de m'insulter et que tu décampes.

— Promets-moi juste de tenir parole, veux-tu ? Il faut un peu de subtilité. Je ne fais confiance à personne d'autre pour m'assister dans cette affaire.

— Et avec ma réputation calamiteuse, on oubliera de rire de toi.

— Il y a de cela, admit Fenton. Je doute que quiconque se souvienne que nous sommes cousins. Enfin, j'espère que c'est le cas. Et il est vrai que ta présence... détournera les sarcasmes de ma personne.

— Pour les attirer sur la mienne.

Keating soupira et ferma les paupières.

— Je ne te dois aucune faveur, Stephen. Dix mille livres. Et oui, tu sais que tu peux me faire confiance.

Le marquis se leva et tendit la main à Keating.

— Alors c'est entendu. Dix mille livres, payables vingt-quatre heures après mon mariage.

Keating se leva à son tour et serra la main de son cousin.

— Je veux un document écrit. Et tu devras faire ce que je te dirai, parce qu'en ce qui concerne lady Camille, tu sembles manquer singulièrement d'inspiration.

— Oui, oui, un document écrit. Et j'écouterai tes suggestions. Sois à Londres vendredi.

— Fais en sorte que le contrat soit prêt à mon arrivée ou je repars aussitôt.

Une fois Fenton sorti, Keating se rassit lourdement dans son fauteuil et finit son thé. Retourner à Londres ? À une époque, il avait juré de ne plus jamais y remettre les pieds. Lady Camille Pryce lui jouait un bien sale tour… mais, d'un autre côté, elle lui offrait peut-être le moyen d'obtenir ce à quoi il ne croyait plus depuis six ans. Sa rédemption.

2

— Qui est cet homme, assis à la table du duc de Walling ?

Fronçant les sourcils, lady Camille Pryce leva les yeux de son plan de tables de la matinée.

— Je te suggère de te concentrer sur ton travail et d'arrêter de chercher les ennuis, Lucille.

La petite brune rougit.

— Je demande juste de qui il s'agit.

— Lord Patrick Elder, répondit Camille. Il a déjà une épouse et deux maîtresses. Je doute qu'il soit à la recherche d'une troisième.

— Camille !

— Je suis très sérieuse. Et je vois que M. Alving, à la table près de la fenêtre, a l'air contrarié. Va donc lui sourire et trouve une solution pour changer cette expression.

Lucille se mordilla la lèvre.

— Quelle table ?

Oh, pour l'amour du Ciel ! Ravalant un soupir agacé, Camille tendit les plans de table à sa collègue.

— Voilà lord Blansfield. C'est l'un de nos membres fondateurs, installe-le à l'une des tables réservées. Loin de l'entrée, il déteste les courants d'air.

— Mais…

— Lucille, tout ce que l'on attend de toi pour le moment, c'est que tu sois souriante et que tu te souviennes que tu es ici pour travailler. Pas pour trouver un mari ou un homme qui t'offrira des bijoux.

C'était peut-être un peu dur mais, au terme de cette troisième matinée où elle faisait équipe avec Lucille Hampton, Camille commençait à trouver que celle-ci serait plus à sa place dans un poste où elle n'aurait pas à s'occuper de messieurs. Ni à faire quoi que ce soit d'autre que de battre des cils et de glousser.

Elle ravala un soupir. Un an plus tôt, elle avait peur de son ombre, et de celle de tout le monde. Dans la mesure où lady Haybury lui avait offert à la fois un toit et un moyen de se procurer un revenu sans avoir à lever ses jupes, elle pouvait bien à son tour accorder à Lucille quelques jours de plus pour trouver sa place au Tantale Club. Parfois, un petit coup de pouce pouvait opérer un miracle.

— Monsieur Alving, dit-elle en s'immobilisant devant la table de celui-ci, j'ai entendu dire que notre chef préparait des tartes aux pêches, mais il n'y en aura pas pour tout le monde. Voulez-vous que je vous en fasse mettre une de côté ?

L'oncle du comte de Massing étrécit les yeux.

— C'est criminel ! Les demoiselles de cet établissement connaissent tous nos petits secrets.

Camille sourit.

— Uniquement en matière de préférences culinaires, précisa-t-elle.

En plus de ceux qui concernaient les paris, la politique, les amitiés et inimitiés, sans parler bien sûr des secrets d'alcôve… mais elle n'avait pas l'intention d'évoquer ces questions avec l'un des membres du club.

— La tarte sera sur votre table dès que vous aurez fini vos œufs pochés, promit-elle.

Une fois la commande passée en cuisine, Camille regarda Lucille installer les nouveaux venus à leurs places. Celle-ci battait toujours furieusement des cils, mais cela devait faire partie intégrante de sa nature. Avant d'arriver au Tantale Club, Lucille avait vécu seule avec sa mère, une femme qui nourrissait une telle passion pour les hommes qu'elle voyait sa propre fille comme une rivale à éloigner.

Camille soupira de nouveau. Elle observa la salle, où une douzaine de jeunes femmes portaient des assiettes, servaient des boissons ou déambulaient entre les tables pour encourager les gentlemen qui s'attardaient un peu trop à se rendre dans les salles de jeu attenantes ou leur rappeler leurs rendez-vous en ville.

Toutes étaient à présent ses amies alors même qu'elle pensait ne plus jamais en avoir. Au cours de l'année écoulée, elles étaient devenues sa famille adoptive – des femmes qui avaient fui leur vie d'avant pour toutes sortes de raisons et avaient trouvé refuge dans l'endroit le plus improbable. Camille remercia une fois de plus le ciel, et lady Camer… non, lady Haybury, de lui avoir permis de travailler le matin, quand ces messieurs étaient globalement sobres et moins enclins à parler sans réfléchir quand ils la reconnaissaient.

Elle chassait cette pensée de son esprit lorsque quelqu'un lui pinça les fesses. Violemment.

Laissant échapper un petit cri de douleur, elle fit volte-face. Serrant les poings pour contenir son indignation, elle regarda le coupable, un homme grassouillet qui louchait à présent sur son décolleté.

— Ne recommencez pas, dit-elle sèchement.

L'autre arqua les sourcils.

— Ne gâchez pas ce joli minois en parlant. Venez plutôt vous asseoir avec moi, mignonne, que je vous conte fleurette.

— Farness, laissez-la tranquille.

L'homme qui se trouvait derrière le premier – un certain Arthur Smythe, se rappelait-elle – prit son compagnon par le coude.

— Ce n'est pas une maison de tolérance.

— Vous m'avez promis que j'allais adorer votre club, Smythe, répliqua l'ogre sans quitter Camille des yeux. Laissez-moi donc profiter des charmes de l'endroit.

Il fit un pas vers la jeune femme et ajouta :

— Vous êtes la donzelle qui a abandonné Fenton au pied de l'autel l'an dernier. J'avais entendu dire que vous travailliez ici. Deux shillings pour vous asseoir sur mes genoux. Trois si vous vous trémoussez.

Camille leva la main gauche, doigts écartés. Ici, toutes les jeunes femmes connaissaient ce signal, elle mieux que les autres pour l'avoir utilisé plus souvent qu'à son tour. Même si elle travaillait le matin, quand il y avait moins de monde et que ces messieurs n'étaient pas encore ivres. Sans doute était-ce le prix à payer pour avoir publiquement ruiné sa réputation, supposait-elle. Dieu merci, même si lady Haybury préférait employer des femmes, il n'avait pas été difficile de la convaincre que quelques anciens boxeurs pourraient aussi se montrer utiles.

Du coin de l'œil, Camille vit M. Jacob – l'un de ces fameux boxeurs – se diriger vers elle. Seul un parfait imbécile refuserait de se laisser raccompagner jusqu'à la sortie par M. Jacob.

Comme elle faisait de nouveau face à l'ogre, un poing suivi d'une manche de veste élégante traversa son champ de vision et heurta la mâchoire du dénommé Farness. Ce dernier tomba sur son séant.

— À l'époque où je vivais à Londres, déclara une voix masculine aux inflexions cultivées, les hommes n'insultaient pas les dames ainsi. Je ne peux qu'en déduire qu'il s'agit d'une erreur de votre part, ou que vous n'êtes pas un homme.

« Satané Blackwood », murmura-t-on alentour sur le ton que les hommes employaient d'ordinaire pour discuter des chances d'un pari particulièrement risqué. Camille recula de côté tandis que le propriétaire du poing, un grand brun athlétique, se penchait pour agripper Farness par le col et le relever sans ménagement.

— Alors ? insista-t-il. S'agit-il d'une erreur ou n'êtes-vous pas un homme ?

Le grossier personnage effleura d'une main tremblante sa lèvre fendue.

— Bonté divine, vous êtes Blackwood. Ce satané Blackwood.

— Je sais. Répondez à ma question.

— C'est une erreur, marmonna Farness. J'ai fait erreur.

— Dans ce cas, des excuses seraient les bienvenues, suggéra le dénommé Blackwood, du ton qu'il aurait pris pour demander une carte supplémentaire au vingt-et-un.

— Je…

— Pas à moi, l'interrompit-il. À cette demoiselle.

Farness se tourna vers Camille.

— Je vous présente mes excuses.

— Pour… ? le pressa Blackwood.

— Pour… pour vous avoir insultée, mademoiselle.

— Parfait.

D'une bourrade faussement amicale, il poussa Farness vers M. Jacob.

— Dois-je aussi m'en aller ? demanda le nouveau venu, qui regarda Camille pour la première fois.

Des yeux ambrés – dont l'un arborait la trace d'un superbe coquard – la fixaient d'un air interrogateur. Réprimant un besoin soudain de rajuster son chignon, elle secoua la tête.

— Dès lors qu'il n'y a plus de bagarre, je ne vous reprocherai pas d'avoir défendu mon honneur, même si ce n'était pas nécessaire.

Un lent sourire effleura les lèvres de l'homme.

— Merci, dit-il. Et je n'ai jamais trouvé frivole de défendre l'honneur d'une dame.

Au moment où elle se rendait compte qu'elle était en train de le dévisager sans vergogne, le cercle autour d'eux s'écarta pour laisser passer Diane, lady Haybury, maîtresse des lieux.

— Je ne tolérerai pas que l'on se batte dans mon club, déclara-t-elle sans un regard pour Farness, que l'on entraînait à l'écart. De qui êtes-vous l'invité, monsieur ? ajouta-t-elle à l'adresse de l'as du coup de poing.

— De moi.

Le duc de Greaves pénétra à son tour dans le cercle, l'air aussi détendu que s'il parlait de la pluie et du beau temps.

— Lady Haybury, je vous présente Keating Blackwood. Keating, voici la propriétaire de cet établissement, lady Haybury.

Juste Ciel ! Camille lutta contre une envie folle d'aller se cacher. Tout ce qu'elle avait voulu, c'était empêcher un malappris de lui pincer le derrière. Si elle avait su que cela créerait un petit scandale entraînant l'intervention de Diane et de deux de ses hôtes... Peut-être aurait-elle mieux fait d'accepter l'outrage sans broncher. Après tout, de toutes ses collègues, elle était peut-être celle dont la réputation était la plus désastreuse. Si elle songeait à toutes les horreurs que l'on avait murmurées dans son dos – voir devant elle – les rares fois où elle s'était aventurée hors du Tantale Club, elle devait bien s'attendre à quelques gestes discourtois de temps à autre à l'intérieur.

Diane se tourna vers elle.

— Y a-t-il d'autres mesures à prendre, Camille ?

Celle-ci secoua la tête.

— Je crois qu'il y a eu suffisamment d'agitation, milady.

Plus que suffisamment même !

Diane hocha la tête et reporta son attention sur Keating Blackwood, qui la dépassait d'une bonne tête.

— Si lord Greaves vous parraine, monsieur Blackwood, alors vous pouvez rester. Votre intervention était en l'occurrence celle d'un gentleman. Je vous souhaite une bonne journée. Bienvenue au Tantale Club.

— Merci, milady, fit Blackwood.

Camille s'excusa et retourna prendre son poste près de l'entrée de la salle à manger. N'aurait-elle pas dû être habituée à ce genre de grossièretés, à présent ? N'était-il pas prévisible qu'elle serait ridiculisée et molestée, après avoir commis ce qui restait pourtant à ses yeux le geste le plus sensé qu'elle ait accompli de toute sa vie ? Dans l'ensemble, le Tantale Club s'était révélé un havre de paix au cours de l'année écoulé. Une intrusion occasionnelle de... la réalité était de loin plus supportable que ce qu'elle endurait dans les rues de Mayfair. Tout le monde finirait par oublier, ou un nouveau scandale éclipserait le sien. Du moins l'espérait-elle.

Derrière elle, Lucille fit entendre un petit soupir ravi.

— Seigneur ! roucoula-t-elle. J'ignorais que des hommes se battaient pour nous défendre, ici. Comme c'est charmant !

Camille fronça les sourcils.

— « Charmant » n'est pas le terme que j'aurais choisi, répliqua-t-elle. Je déteste ce genre de situation, mais l'alternative est... Eh bien, je ne sais pas s'il y a une alternative.

— N'aurais-tu pas pu trouver un poste de gouvernante, quelque part à la campagne ? demanda Lucille à voix basse, avant de battre des cils comme lord Haybury entrait dans la salle.

— Bien sûr, ironisa Camille. En province, tout est magique. Ils ne reçoivent pas les journaux et personne n'entretient la moindre correspondance avec la capitale. Suis-je sotte de ne pas y avoir pensé plus tôt !

— J'ai parlé sans réfléchir, je sais. Ce n'est pas une raison pour être méchante avec moi.

Non, en effet. Et même si Lucille n'était qu'une tête de linotte, rien de tout cela n'était sa faute. Avec un soupir, Camille lui tapota l'épaule.

— Pardonne-moi ma mauvaise humeur, murmura-t-elle.

Regardant alentour, elle constata, soulagée, que tout le monde avait regagné sa place.

— Que dirais-tu d'aller voir lord William Atherton et de lui rappeler l'air de rien que Mary Stanford commence une partie de vingt-et-un en ce moment même ?

— Pourquoi cela ?

— Parce que lord William Atherton trouve Mary très jolie et que moi, j'ai besoin de sa table pour les trois messieurs qui attendent dans l'entrée.

— Oh, très bien ! J'y vais. Je me demande comment tu fais pour te souvenir de tout cela.

Dans un gracieux envol de jupons, Lucille s'élança à travers la salle. Quand Camille leva de nouveau les yeux de ses papiers, une inquiétude la saisit. Keating Blackwood venait dans sa direction, les yeux rivés sur elle, sans même se donner la peine de feindre d'aller vers quelqu'un d'autre.

— Encore merci, dit-elle vivement lorsqu'il s'arrêta devant elle.

Avec un peu de chance, elle pouvait encore le décourager de lui demander un baiser ou autre récompense pour son prétendu acte de bravoure. Pour faire bonne mesure, elle ajouta :

— Comment trouvez-vous votre petit déjeuner ?

— Exceptionnel.

Il posa le coude sur le pupitre où les hôtesses disposaient leurs plans de table, menus, listes de noms et préférences de chaque membre du club.

— Vous êtes lady Camille Pryce.

Dissimulant un tressaillement, Camille fit mine de ranger ses papiers.

— Ce n'est pas vraiment un secret. Avez-vous besoin de quelque chose ? Une bouteille de vin, peut-être ? Nous avons un excellent bourg…

— Je suis Keating Blackwood.

— J'avais entendu.

Elle le scruta quelques instants. Il semblait attendre quelque chose.

— Vous avez un coquard, dit-elle.

— Il a presque disparu.

Se frottant la joue gauche d'un geste désinvolte, il ajouta :

— Vous ne savez pas qui je suis.

— Vous êtes Keating Blackwood. J'ai une capacité de mémorisation supérieure à une minute, vous savez.

Un sourire bref lui incurva les lèvres. Il avait une belle bouche, nota-t-elle distraitement. Eh bien, il ne serait pas le premier propriétaire d'une belle bouche à supposer qu'en tant que femme perdue, elle devait être à la recherche d'un amant ou d'un protecteur.

— Je suis le cousin de Stephen Pollard.

Camille eut l'impression que le sol se dérobait sous ses pieds. Elle se retint au pupitre et prit une profonde inspiration. Jusqu'à présent, lady Haybury avait admirablement réussi à tenir lord Fenton à distance du Tantale Club. Quant à Camille, tant qu'elle restait entre les murs de l'établissement, le pire qu'elle ait à supporter se résumait à quelques commérages et un occasionnel pincement de fesses. Mais, apparemment, l'ennemi venait d'ouvrir une brèche dans les murs de son sanctuaire.

— Je...

— Si je vous dis cela, c'est uniquement pour que vous ne soyez pas surprise si quelqu'un d'autre y fait allusion, coupa-t-il. J'essaie de me montrer honnête.

Camille avala le morceau de charbon qui semblait coincé dans sa gorge.

— Je... j'apprécie votre franchise, bégaya-t-elle, luttant de toutes ses forces pour ne pas prendre la fuite. Mais dans la mesure où vous êtes l'invité d'un membre du club et moi une simple hôtesse, je n'ai pas besoin de connaître votre arbre généalogique.

— C'est une façon polie de me faire comprendre que je n'ai pas besoin de me fatiguer à me présenter puisque nous ne nous reverrons pas ? répliqua-t-il.

— Eh bien, oui, je suppose que c'est cela.

De nouveau ce léger sourire.

— Mon cousin est un imbécile guindé, milady, mais, sauf erreur de ma part, il ne ferait pas de mal à une mouche… ni à une demoiselle. Aussi, j'avoue être curieux. Vous aurait-il manqué de respect d'une façon ou d'une autre ? Est-ce pour cela que vous avez refusé de l'épouser ?

La question prit Camille au dépourvu. S'interdisant de le regarder, bouche bée, elle détourna les yeux pour adresser un sourire distrait à lord Trask qui venait d'entrer, accompagné de ses deux fils. Comme Lucille approchait, elle lui demanda d'installer les Trask… quelque part. En vérité, elle avait tellement la tête ailleurs que Lucille aurait pu les emmener dans les cuisines sans qu'elle y prête attention.

— Si vous ne voulez pas répondre, dites-le simplement, ajouta Blackwood. J'ai une délicieuse assiette de jambon et de fromage qui m'attend à ma table, ainsi qu'un duc qui commence à s'impatienter.

— Alors allez les retrouver.

S'emparant de son plan de table, elle se dirigea vers un nouvel arrivant.

— Allez-vous parfois vous promener ? demanda Blackwood dans son dos.

Juste Ciel ! Il la suivait à travers la pièce, à présent.

— Non.

— Vous devriez. À quelle heure finissez-vous votre service ?

— Je… à… Je ne crois pas que cela vous regarde, monsieur Blackwood. À présent, veuillez cesser de me harceler, je vous prie, ou je me verrai dans l'obligation de vous faire expulser.

— Je ne vous veux aucun mal, lady Pryce, répondit-il à mi-voix. J'ai été absent de Londres pendant six ans et, comme je vous l'ai dit, vous avez éveillé ma curiosité. Peu de gens se dressent contre Fenton. J'aimerais juste connaître vos raisons.

Dire que ses propres parents ne lui avaient jamais posé cette question, songea Camille en prenant une brève inspiration.

— Je serai libre à partir de 13 heures, débita-t-elle avant de changer d'avis. Mais je ne quitte presque jamais le club et ses dépendances. Vous me trouverez dans la roseraie.

Il s'inclina brièvement.

— J'y serai.

Camille feignit de reporter son attention sur de nouveaux venus. Un instant plus tard, elle sentit que la présence dans son dos avait disparu. Si on lui avait dit que non seulement le cousin du fiancé abandonné un an plus tôt au pied de l'autel se manifesterait, mais qu'il se montrerait courtois avec elle ! Mieux, jamais elle n'aurait imaginé que quelqu'un s'aviserait un jour de lui demander ce que Fenton avait fait pour qu'elle prenne ainsi la fuite au lieu de lui demander pourquoi elle avait perdu la tête. Car elle ne l'avait pas perdue. Ni à l'époque ni aujourd'hui.

Si un parent de Fenton voulait connaître les raisons de sa décision, elle les lui donnerait volontiers. À condition qu'il comprenne que cela ne changerait rien. Et qu'il ne s'attende pas qu'elle se laisse convaincre par Stephen Pollard après lui avoir tourné le dos !

Camille répondit d'un sourire crispé au salut d'un gentleman. Oh, elle savait très bien qu'elle avait gâché sa vie, mais ce que personne – en particulier les hommes – ne semblait comprendre, c'est qu'elle n'avait pas la moindre intention d'aggraver encore son cas.

3

En entendant quelqu'un croquer une pomme, Keating détourna les yeux de l'une des fenêtres de Baswich House depuis laquelle il contemplait la rue.

— Je pensais que les choses auraient un peu changé en six ans, observa-t-il en regardant un luxueux carrosse aux armes du duc de Monmouth remonter la rue.

— Tu as visité l'unique nouveauté ce matin, où tu as encore failli te lancer dans une rixe, soit dit en passant.

Le duc de Greaves s'appuya négligemment contre le chambranle et mordit de nouveau dans sa pomme.

— Je suis curieux, ajouta-t-il.

— De savoir pourquoi je ne loge pas à Pollard House, chez Fenton ? suggéra Keating.

— Si tu devines tout ce que je vais dire, ce n'est pas drôle, marmonna Greaves.

Puis, avec un geste de la main, il ajouta :

— Eh bien, réponds à la question que tu as toi-même posée.

— Stephen s'obstine à prétendre que nous ne sommes pas apparentés, ce qui me convient fort bien, en vérité. Si tu veux que je m'en aille, je trouverai à me loger ailleurs.

— Je n'ai jamais dit cela, riposta Greaves qui se déplaça pour regarder par la fenêtre. Certaines personnes se font un devoir de ne s'entourer que de gens recommandables pour bénéficier de leur bonne influence. Personnellement, j'ai toujours préféré les vauriens. Non seulement leur conversation est plus intéressante, mais la comparaison est plus flatteuse pour moi.

Keating ricana.

— Dans ce cas, je dois t'avertir que j'ai l'intention d'essayer de me comporter le mieux possible tant que je serai ici. Je prends un nouveau départ.

Du moins cela était-il crédible. Même s'il savait pouvoir compter sur la discrétion de Greaves, Keating avait donné sa parole à Stephen de garder pour lui les véritables raisons de son retour à Londres.

Une expression qui ressemblait à s'y méprendre à du doute, à de l'incrédulité, ou à quelque chose de ce genre s'afficha furtivement sur le visage de Greaves. Peu importait. Keating lui-même n'avait qu'une confiance fort modérée quant à ses capacités à s'amender et à faire oublier sa triste réputation. C'était donc une bonne chose qu'il ait l'intention d'écourter le plus possible son séjour. Qui sait ? S'il parvenait à éviter les ennuis, il pourrait peut-être faire une nouvelle tentative plus tard.

Toutefois, une telle supposition revenait à mettre la charrue avant les bœufs… si loin devant qu'elle était déjà dans un autre comté. Il sortit de sa poche sa vieille montre rayée et cabossée, et en souleva le couvercle.

— Au moins, Adam, tu n'as rien dit de désobligeant à voix haute, commenta-t-il en se levant.

Moi-même, je ne jurerais de rien. Pour l'heure, j'ai un rendez-vous.

— Moi aussi, répondit Greaves. Tu sais, Keating, si tu n'avais pas de remords au sujet du passé, tu n'aurais pas vécu les six dernières années en ermite dans le Shropshire. Garde simplement à l'esprit que tes mauvaises actions d'autrefois risquent d'intéresser davantage les gens que n'importe quelle bonne action aujourd'hui.

— Merci pour le sermon. J'ai entendu le poème qu'on a écrit à mon sujet.

Se dirigeant vers la porte, il ajouta :

— Je vais voir si je peux éviter de m'en montrer digne.

— Pour ta défense, répondit le duc, ce sonnet est très mauvais. Et six années ont passé, maintenant. Je te garantis que bien d'autres poèmes ont été écrits depuis, dont la plupart sont au moins aussi médiocres que celui en ton honneur.

Keating se contenta d'un vague marmonnement en guise de réponse. Si Adam sous-entendait qu'on les avait oubliés, ses exploits et lui, eh bien, ce serait un soulagement. Il avait cependant la nette impression qu'il y avait une sacrée différence entre être *momentanément* oublié et être *définitivement* oublié. Au demeurant, Greaves avait raison, ce poème était loin d'être un chef-d'œuvre.

Son hongre alezan King William Prince des Chevaux (comme l'avait baptisé l'éleveur avec optimisme), ou Clampin (comme lui-même l'appelait avec plus de réalisme) l'attendait dans l'allée de Baswich House. Une fois en selle, il s'engagea dans Grosvenor Street pour la seconde fois de la journée. Malgré l'incident de ce matin, sa visite au Tantale Club s'était révélée plus fructueuse que prévu, à la fois en ce qui concernait sa rencontre avec lady Camille Pryce, mais aussi l'accueil de ses pairs.

Était-ce parce que, dans ce club à la réputation sulfureuse, ses propres exploits perdaient de leur relief ? Ou parce qu'il avait réussi à prendre Londres par surprise ? Quelle que soit la raison du peu de réactions que semblait susciter son retour, il avait le sentiment que la bonne société se montrerait moins affable une fois que l'on aurait remarqué sa présence.

Quoique... Et si on l'avait réellement oublié ? Cloué au pilori, copieusement insulté, puis jeté aux oubliettes à la faveur du scandale suivant ? Keating soupira. Cela lui aurait parfaitement convenu. Sauf qu'il ne comptait pas trop sur sa bonne fortune, ces derniers temps.

Il avait trouvé le Tantale Club bondé ce matin, d'autant qu'il s'agissait d'un jour où le Parlement ne siégeait pas. Pourtant, le nombre de voitures qui encombraient à présent l'allée privée de l'établissement semblait avoir doublé depuis. Keating confia Clampin à un garçon d'écurie, et au lieu de rejoindre la file qui se pressait sur le perron, il contourna la maison. Quels hypocrites, tous autant qu'ils étaient ! Ils vantaient les mérites d'une vie pleine de noblesse et venaient déjeuner dans un établissement où on les encourageait à lorgner sur de jolies jeunes femmes.

Combien d'entre eux justifiaient-ils leur comportement en répétant ce qu'il devait avoir entendu une bonne demi-douzaine de fois depuis qu'il avait découvert l'existence du Tantale Club : « Pas touche, sauf si la demoiselle est d'accord » ? Apparemment, cette subtile restriction suffisait à rendre l'endroit acceptable, si scandaleux soit-il.

Lady Camille Pryce était assise sur un petit banc de pierre à l'ombre d'un chêne qui occupait le centre d'un massif de roses entretenu avec soin. Keating s'arrêta au début de l'allée pavée. L'arbre empêchait de voir le banc et son occupante depuis les nombreuses fenêtres du club – et peut-être était-ce la raison pour laquelle lady Camille avait choisi de s'y installer. Elle avait troqué son élégante tenue de soie cuivrée pour une robe de mousseline bleu et vert rebrodée de fleurettes dont la modestie contrastait étrangement avec son activité professionnelle.

Voilà donc la demoiselle que Stephen aurait dû épouser un an auparavant. Une jeune fille de bonne famille, discrète et bien élevée, à présent âgée de vingt-deux ans. Assise dans ce jardinet impeccable, son livre à la main, elle semblait parfaitement inoffensive. Le portrait de celle que la fillette à qui le marquis de Fenton avait été fiancé dès son septième anniversaire était censée devenir. Keating se rappelait encore ce jour lointain où Stephen, apprenant la nouvelle, s'était mis à gémir en prenant des mines dégoûtées. C'était si drôle qu'il avait imité son cousin. À six ans, il était bien d'accord avec Stephen : les filles, ce n'était vraiment pas intéressant.

Les rayons du soleil tamisés par la ramure de l'arbre accrochaient des reflets plus vifs dans ses cheveux, qu'on ne pouvait cependant qualifier de blonds. Ils étaient plus clairs encore que les blés. Cette couleur – ou plutôt, cette absence de couleur – était d'autant plus saisissante qu'elle était associée à des yeux aussi délavés qu'un ciel d'aurore.

Certes, il avait été chargé de la ramener dans les bras de la bonne société – et de son cousin. Certes, il avait passé de longues minutes devant son miroir, à Havard's Glen, à se jurer de bien se tenir, d'empocher sa récompense et de rentrer chez lui sans faires d'histoires. Seulement, il était un homme. Et elle était très belle.

Keating se ressaisit. Même à l'époque où il était assez jeune pour être naïf, il n'avait jamais cédé aux élans poétiques. Or cela faisait longtemps qu'il avait cessé d'être jeune et naïf. Oui, elle était très jolie. Seulement, elle était aussi la promise du marquis de Fenton et le moyen de gagner dix mille livres. Avec cette somme, il allait enfin pouvoir réparer certaines erreurs. Des erreurs commises six ans plus tôt. C'était là la raison – l'unique raison – de son retour à Londres.

Il se racla la gorge. Inutile d'effrayer mortellement la donzelle.

— On dirait que vous posez pour un portrait, commenta-t-il en la rejoignant.

Elle leva les yeux. À en juger par son air paisible, elle avait déjà remarqué sa présence.

— Comment devrais-je m'installer pour lire, je vous prie ? En faisant les pieds au mur ?

De toute évidence, elle n'était pas aussi fragile qu'elle en avait l'air.

— C'était censé être un compliment. Dois-je faire demi-tour et essayer autre chose ?

Elle le parcourut de son regard bleu.

— Vous ne ressemblez pas beaucoup à votre cousin. À vrai dire, si vous n'aviez pas mentionné votre parenté, je ne l'aurais jamais devinée.

— Pour être franc, répondit-il en s'approchant suffisamment pour soulever le livre posé sur ses genoux et en lire le titre, j'ai cru comprendre que vous n'aviez pas eu tellement l'occasion de voir Stephen.

Hum. *Orgueil et Préjugés*. Ainsi elle avait un penchant romantique. C'était bon à savoir, même s'il ne voyait pas bien en quoi cela pourrait l'aider à la ramener à Fenton, qui n'avait rien d'un héros de roman.

Les joues de la jeune femme s'empourprèrent.

— J'ai accepté de vous parler parce que vous m'avez posé une question que personne ne m'avait posée avant vous. Si vous êtes venu pour m'insulter ou me harceler, monsieur Blackwood, sachez que vous n'êtes pas le premier et que votre opinion m'indiffère. Visiblement, je me suis trompée en pensant que vous me témoigneriez un peu de… sympathie.

Lui arrachant son livre des mains, elle se leva et se dirigea à grands pas vers la maison.

Malédiction ! Ses dix mille livres s'en allaient. Keating se rua sur les talons de la jeune femme. Il fallait trouver une autre approche – et vite.

— Mademoiselle ! fit-il en posant la main sur son épaule. Je n'avais pas l'int…

Elle fit volte-face et lui asséna un coup de livre au visage.

— Laissez-moi tranquille ! s'écria-t-elle avant de s'en éloigner.

Si Keating n'avait jamais reçu un seul coup de sa vie, celui-ci aurait pu le décourager, mais dans la mesure où il arborait encore les traces d'un coquard reçu d'une force de la nature surnommée Tom le Tueur, il n'hésita pas à contourner lady Camille pour lui bloquer le passage.

— Bien joué, commenta-t-il avant de tâter de la langue la coupure sur sa lèvre. Quelle question vous ai-je posée ?

— Je… Vous… Laissez-moi passer.

— Répondez à ma question. Au sujet de la question.

Lady Camille Pryce prit une profonde inspiration. Si Keating ne s'était pas comporté en gentleman, il aurait remarqué sa poitrine parfaite. Mais il garda les yeux rivés aux siens... et les pieds bien campés sur le sol afin d'être prêt à esquiver au cas où elle brandirait de nouveau son livre.

— Vous m'avez demandé ce que lord Fenton avait fait pour que je renonce à ce mariage...

Elle étrécit les yeux et poursuivit entre ses dents serrées :

— Et non ce qui m'avait pris de planter un marquis fortuné au pied de l'autel. J'ai trouvé votre question... rafraîchissante. Mais à présent, vous avez tout gâché. Nous n'avons plus rien à nous dire. Ne revenez pas au Tantale Club.

— Vous voulez dire que j'ai réveillé une vieille blessure.

Bonté divine, alors même qu'il prononçait ces paroles, il se rendit compte combien elles lui étaient familières.

— Veuillez m'excuser. J'ai développé une fâcheuse tendance à frapper le premier.

Il se frotta la mâchoire.

— Vous avez un fameux coup du droit, reprit-il en souriant. Pouvons-nous considérer que le score est à égalité et recommencer une partie ?

— Voilà à peine cinq minutes que nous discutons et c'est la deuxième fois que vous me demandez une seconde chance. Combien suis-je censée vous en accorder ? demanda Camille en croisant les bras et en levant le menton pour le regarder droit dans les yeux.

Cette question le désarçonna. Il avait soudain l'étrange sensation, et ce n'était pas la première fois, qu'il était en train de parler avec lui-même. Des secondes chances… Combien un seul homme pouvait-il en espérer ? Quel que soit le nombre, il l'avait sûrement dépassé depuis longtemps. Il était plus que temps de cesser de vouloir revenir en arrière, et de faire les choses correctement dès le premier coup.

— Celle-ci est la dernière, répondit-il.

Et il sut que c'était la stricte vérité. Parce que la mission que Fenton lui avait confiée n'était pas une seconde chance. C'était la dernière chance.

Lady Camille Pryce le fixa sans mot dire tandis qu'il cherchait frénétiquement comment la retenir si elle se dirigeait de nouveau vers le club.

— C'est moi qui ai une question pour vous, dit-elle finalement.

La colère et la frustration montèrent en lui. Il les chassa aussitôt. Il détestait les interrogatoires, mais il pouvait supporter une ou deux fichues questions, non ? Lady Camille Pryce n'était pas une rencontre de hasard qu'il avait décidé de séduire.

— Je perds tous mes moyens sous la pression, répliqua-t-il dans l'espoir de l'attendrir, mais allez-y.

— Suis-je censée croire que vous n'êtes ici que parce que vous aussi, vous détestez votre cousin ? Que cela fait de moi une âme sœur et que vous n'avez pas l'intention de me manquer de respect ni de me ridiculiser ?

— Je ne sais pas grand-chose de ce qui s'est passé entre Fenton et vous, avoua-t-il, soulagé de pouvoir lui dire en grande partie la vérité. Je ne suis pas très populaire, à Londres et, je l'avoue, quand Adam Baswich m'a dit qui vous étiez, j'ai pensé… Je ne sais pas ce que j'ai pensé.

— Il est parfois difficile de trouver des amis, et de leur faire confiance.

La tristesse qui passa brièvement dans son regard bleu le prit au dépourvu. S'il avait eu l'intention de la blesser ou de la tromper, il y aurait renoncé à cet instant, il en était certain. Seulement, Fenton lui avait offert une seconde chance à elle aussi. La possibilité de retrouver sa famille et ses amis, plutôt que d'être aux prises avec les propositions « amicales » de vauriens tels que lui.

— Je ne suis pas un gentleman, milady. Vous n'avez pas la moindre raison de me faire confiance. Pourtant j'aimerais que vous me considériez comme un ami.

Elle baissa les yeux sur son livre, l'air songeur.

— Ce matin, j'ai entendu tout le monde murmurer votre nom, mais à cause de cette question que vous m'avez posée, j'ai décidé de ne pas essayer d'en savoir plus avant de vous avoir parlé. Alors qui êtes-vous, monsieur Blackwood ?

Elle avait demandé cela comme si elle s'imaginait que la réponse était simple. Keating leva les yeux vers les hautes fenêtres du Tantale Club. En vérité, elle était bel et bien simple. La seule chose, c'est que non seulement il détestait en parler, mais que son aveu risquait fort de lui coûter ses dix mille livres. Il prit une rapide inspiration.

— Je suis Keating Blackwood, le petit-fils du précédent marquis de Fenton. Les gens murmurent sur mon passage parce qu'il y a six ans, j'ai séduit une femme et tué son mari. Enchanté de faire votre connaissance.

Camille battit des paupières. Certes, étant donné son physique – ses cheveux de jais, ses yeux noisette qui prenaient des reflets ambrés dans la lumière du soleil, ses pommettes hautes et ses traits réguliers –, elle avait pensé que la réaction de ces messieurs du Tantale Club ce matin devait s'expliquer par quelque scandale amoureux, voire tout simplement par la jalousie que provoquait l'apparition de cet Adonis. Elle n'avait pas imaginé qu'il puisse être question de meurtre.

Un lointain souvenir lui revint. Cela remontait à l'époque de ses seize ans, lorsqu'elle n'avait pas encore perdu l'estime de ses parents. Un soir, son père était rentré de son club en déclarant que, cette fois, Blackwood avait commis l'irréparable et qu'il était bon pour la potence. Et il y avait eu ce poème popularisé par une caricature de Cruikshank.

— *Bloody Blackwood laboure la femme, et envoie le mari à trépas*, cita-t-elle à mi-voix.

Elle tressaillit. Il la fixait à présent d'un regard polaire.

— Avez-vous l'habitude de réciter aux gens la liste de leurs péchés ? demanda-t-il calmement, en faisant un pas vers elle.

Puis, prenant manifestement sur lui-même, il ajouta :

— Apparemment, ni vous ni moi ne sommes doués pour la diplomatie.

— En effet, acquiesça-t-elle.

Soudain, le mépris de son père envers cet homme, qui était alors un étranger pour elle, s'expliquait. Après tout, n'avait-il pas promis la main de sa fille aînée au cousin de ce misérable ? Elle comprenait mieux, à présent, pourquoi elle n'avait jamais associé ce parent à son fiancé. Ce dernier avait dû prendre les mesures nécessaires pour ne pas être éclaboussé par le scandale.

— Par conséquent, reprit Keating Blackwood avec un calme effrayant, ce que vous avez fait en vous enfuyant de l'église et en venant travailler au Tantale Club ne pèse pas lourd en regard de mes propres crimes. Cela vous décourage-t-il de parler avec moi ? Après tout, je suis une très mauvaise fréquentation.

Avant son presque-mariage, la réponse à cette question aurait été simple. Tellement simple qu'elle se serait déjà ruée dans sa chambre et enfermée à double tour. Bien entendu, c'est chez ses parents qu'elle serait allée se cacher, là où elle avait encore sa chambre. Toutefois, même ici, au club, elle se cachait. En comprenant soudain cela, elle en fut assez contrariée.

Certes, le scandale attaché au nom de Keating Blackwood était d'une tout autre ampleur que celui attaché au sien. Elle avait fui un mariage, il avait tué un homme. Mais la question qu'il avait posée n'en demeurait pas moins. Elle comprenait mieux, à présent, pourquoi connaître son point de vue à elle l'intéressait. Et elle voyait bien sa façon de se tenir, pas tout à fait en face d'elle, l'épaule droite légèrement rejetée en arrière comme s'il se préparait à recevoir un coup. Combien d'amis avait-il perdus ? Avait-il l'espoir que les gens l'oublient tout simplement et le laissent en paix ?

— L'homme que vous avez tué, commença-t-elle d'une voix mal assurée, s'agissait-il d'un meurtre ou était-ce un combat à la loyale ?

Il l'étudia un instant, puis :

— Il est entré chez moi par effraction, armé d'un pistolet, mais ce sont mes actions qui l'ont poussé à agir ainsi.

— Regrettez-vous votre geste ?

— Vous êtes mon confesseur ?

Camille redressa la tête.

— Vous semblez penser que nous avons des choses en commun. Je mets cette théorie à l'épreuve avant de prendre le risque de passer une minute de plus en votre compagnie.

Il finit par hocher la tête.

— Je regrette mon geste. Je regrette tout ce que j'ai fait concernant lord et lady Balthrow.

Ce n'étaient peut-être que des excuses de circonstance, mais la petite voix qui l'avait encouragée à accepter de rencontrer Keating Blackwood dans le jardin lui soufflait qu'il était sincère. Et puis, peut-être avait-elle des choses à apprendre de lui. Par exemple, comment marcher dans les rues de Londres, où les gens savaient ce qu'elle avait fait, sans se soucier de ce qu'ils murmuraient dans son dos.

— Je vais aller déjeuner dans les quartiers réservés aux employés, dit-elle lentement. Voulez-vous vous joindre à moi ?

Il hocha la tête, l'air surpris, avant d'afficher son habituelle expression blasée.

— Avec plaisir. Je vous promets que d'ordinaire, je ne suis pas aussi macabre. Je suis même plutôt amusant, en fait.

— Cela, j'en jugerai par moi-même.

— Dans ce cas, je vous promets de me surpasser.

Tandis qu'il franchissait dans son sillage l'entrée du personnel du Tantale Club et l'accompagnait au deuxième étage par l'escalier de service, Camille ne pouvait chasser l'impression d'être une gazelle emmenant dans sa tanière quelque terrifiante panthère noire. Il arrivait à certaines de ses collègues d'amener ici des messieurs du rez-de-chaussée – ou d'ailleurs – mais quant à elle, c'était la première fois qu'elle invitait un étranger dans ces murs. Dans ce qu'elle considérait comme son sanctuaire personnel.

Elle poussa la porte qui donnait sur la grande salle commune où les longues tables avaient été dressées pour le déjeuner. Une quinzaine de ses camarades étaient déjà là, ainsi que les impressionnants M. Jacob et M. Smith. Tous les regards se tournèrent dans leur direction. Camille frémit. Bonté divine, elle avait commis une erreur. Il y avait déjà suffisamment de gens qui la regardaient de travers. La présence de Blackwood ne ferait qu'empirer les choses.

Hélas, ils étaient là ! Et à moins de faire demi-tour et de pousser son compagnon vers la sortie, ils devaient rester. « Ce n'est qu'un déjeuner », se dit-elle. N'était-elle pas capable de faire preuve d'un peu de courage pendant une heure ? Elle prit un siège à l'une des tables et, sans hésiter, Keating Blackwood s'assit sur le banc en face d'elle.

— Ce n'est pas exactement ce que je m'attendais à trouver ici, avoua-t-il en prenant deux sandwichs au concombre sur un plat.

— Et à quoi vous attendiez-vous ?

— À des murs recouverts de tentures rouges et à des femmes moins habillées, pour résumer.

Les joues de Camille la brûlèrent.

— Une maison close. Vous devez être déçu, alors ?

Les lèvres de Keating Blackwood s'incurvèrent imperceptiblement.

— Non, juste surpris. J'aime être surpris. Cela ne m'arrive pas souvent.

— Vous étiez ici ce matin, n'est-ce pas ? s'enquit une voix féminine.

Keating regarda la jolie brune qui venait de s'asseoir près de lui sur le banc. Il pouvait pratiquement sentir le parfum de séduction qui émanait d'elle pour s'enrouler autour de lui. Si agréable cela soit-il, cela ne faisait que souligner la différence entre cette donzelle entreprenante et la jeune femme distante et pudique assise en face de lui.

— En effet. Keating Blackwood, pour vous servir. À qui ai-je l'honneur ?

Elle battit des cils et le regarda de ses yeux d'un bleu intense.

— Mlle Hampton. Lucille.

Elle prit une fraise et la glissa entre ses lèvres avec des mines gourmandes.

— Vous vous êtes montré très galant.

— J'ai juste écrasé le nez d'un homme, mademoiselle Hampton.

— Oui, mais pour défendre l'honneur d'une dame. Vous êtes un gentleman, monsieur Blackwood.

Il jeta un coup d'œil de l'autre côté de la table. Lady Camille, les épaules voûtées, était absorbée dans la contemplation de son bol de velouté de petits pois. Elle semblait comme résignée à accepter tout ce qui lui arrivait. Maudit soit Fenton pour sa négligence, sa maladresse, ou quelle que soit la raison qui avait fait fuir cette jeune femme !

Reportant son attention sur l'accorte brunette assise près de lui, il se pencha vers elle.

— Donc, parce que j'ai cassé le nez d'un grossier personnage, vous avez une bonne opinion de moi, murmura-t-il. Ma foi, s'il ne vous en faut pas plus… Y a-t-il un endroit tranquille où vous pourriez me montrer combien vous m'admirez ?

Les yeux bleus s'écarquillèrent.

— Je…

— Après tout, il est possible que je sois un héros. Je défends peut-être l'honneur des jeunes femmes en détresse deux fois par jour, et même trois le dimanche. Ou bien j'avais mal à la tête et les grossièretés de cet imbécile m'auront exaspéré. Ou alors j'adore frapper mon prochain, surtout quand je sais qu'il ne peut pas se défendre.

Se penchant davantage il ajouta :

— Vous devriez peut-être vous renseigner sur l'homme avec qui vous flirtez, mademoiselle Hampton. Je suis peut-être un meurtrier. On ne sait jamais.

Le teint pâle de Lucille était à présent blême.

— Vous plaisantez, monsieur Blackwood. N'est-ce pas ?

— Nullement, fit une voix profonde derrière lui.

Keating se raidit, aussitôt sur ses gardes. D'ordinaire, il évitait de s'asseoir dos à la porte, mais, nom de nom, il était à l'étage, dans les quartiers des employés d'un club pour gentlemen, entouré de demoiselles.

— Haybury, dit-il, se ressaisissant.

— Mademoiselle Hampton, Camille, laissez-nous un instant, voulez-vous ? fit le marquis qui contourna la table et offrit sa main à lady Camille. J'aimerais dire quelques mots à un vieil ami.

— Certainement, répondit celle-ci en se levant.

Keating regarda le marquis prendre la place que la jeune femme venait de quitter.

— Vous vous aventurez souvent dans les quartiers privés réservés aux dames ? demanda-t-il en poursuivant son repas. Qu'en pense votre épouse ?

Haybury continua de le scruter de son regard gris clair, probablement aussi curieux et cynique que le sien.

— Ne sommes-nous pas censés commencer par saluer l'adversaire, avant de passer aux escarmouches ?

— Oh !

Dissimulant son admiration, Keating hocha la tête. Haybury avait lui aussi une sale réputation autrefois.

— Bonjour, Haybury. Je suppose que je dois vous féliciter. D'abord, une épouse, puis un club.

— Oui. Je n'aurais pas eu l'un sans l'autre.

— Reste à savoir lequel vous désiriez le plus, risqua Keating tout en se demandant jusqu'à quel point il était prêt à créer un esclandre, au cas où Haybury lui demanderait de s'en aller, ou le lui ordonnerait.

— L'épouse, répondit Haybury sans hésiter. Et il semble que j'aime rendre mon épouse heureuse. D'où cette question : serait-elle plus heureuse de vous savoir ici, en train de commettre toutes sortes de mauvaises actions, ou sur le trottoir, propulsé par mon poing ?

— Je l'ignore, mais moi, je sais où *je* serais plus heureux, rétorqua Keating.

Il redressa les épaules. Il avait un but on ne peut plus clair ; tout ce qu'il avait à faire, c'était de se comporter de la manière qui lui permettrait le plus sûrement d'obtenir ce qu'il désirait.

— Je n'ai pas l'intention de créer des problèmes, Oliver. Je suis ici pour déjeuner et discuter avec une jolie fille.

— Je n'ai aucune confiance en votre capacité à vous tenir correctement.

« C'est l'hôpital qui se moque de la charité », faillit répliquer Keating, qui serra les dents.

— Les gens changent, se contenta-t-il de répliquer.

— Fenton a peut-être fait tout ce qui était en son pouvoir pour mettre de la distance entre vous, mon ami, mais moi, je n'ai rien oublié. Il ne m'a pas échappé non plus que vous logiez chez le duc de Greaves. Ce qui, à mes yeux, ne joue pas non plus en votre faveur. Et puisque ma chère Diane semble avoir la manie de protéger les demoiselles qu'elle emploie, je n'ai pas l'intention de vous laisser faire de mal à Camille.

— Elle sait qui je suis.

— Tout le monde sait que vous êtes Bloody Blackwood.

Seules ses six années d'entraînement permirent à Keating de garder son calme.

— Elle sait aussi que je suis le cousin de Fenton. Je le lui ai dit moi-même.

Il se pencha légèrement en avant et nota que Haybury reculait d'autant. Ce n'était pas de la peur mais de la prudence. Autrefois, Keating n'était pas querelleur, mais cela avait changé, et si quelqu'un connaissait sa récente inclination à chercher la bagarre, c'était bien Oliver Warren, marquis de Haybury.

— Au fait, pourquoi êtes-vous en froid avec Adam ? demanda-t-il, se préparant à une joute verbale. Greaves et vous étiez bons amis à une époque.

— C'est moi qui pose les questions, pas vous. Et j'aimerais savoir pour quelle raison vous tournez autour de Camille. À part pour l'informer de votre parenté avec son ancien fiancé, bien sûr.

Keating eut un petit rire forcé.

— Depuis quand êtes-vous l'arbitre des convenances, Oliver ? Je vous l'ai dit, non seulement elle est jolie, mais elle déteste Fenton.

Et, comme lui, elle avait commis une erreur qui avait gâché sa vie. Il n'avait toutefois pas l'intention de partager avec quiconque ce sentiment de complicité qui le rapprochait de la jeune femme. Les sentiments le menaient rarement dans la bonne direction.

— J'ai pensé qu'il serait injuste de ma part de lui cacher l'identité de mon cousin.

— Ainsi vous compatissez.

— Voilà. Nous compatissons. Et c'est elle qui m'a invité à entrer.

Il baissa brièvement les yeux.

— Elle m'a aussi frappé avec un livre, si cela peut vous disposer un peu mieux en ma faveur.

Le marquis parut ravaler un sourire. Après quelques instants, il hocha la tête.

— Camille ? dit-il par-dessus son épaule. Profitez de votre déjeuner. Et si M. Blackwood vous importune, faites-le-moi savoir.

La jeune femme esquissa une petite révérence.

— Bien, milord.

Une fois que Haybury eut quitté la pièce, le brouhaha des conversations reprit. À l'évidence, les employés du Tantale Club étaient mieux informés que lady Camille de son passé, songea Keating. S'il détestait qu'on l'appelle Bloody Blackwood, il devait admettre que c'était assez bien trouvé. Même si ce fichu poème était décidément très mauvais.

Lady Camille revint s'asseoir en face de lui.

— Avez-vous l'intention de me créer des ennuis ? demanda-t-elle en cherchant son regard.

— Non.

Faisant jouer les muscles noués de ses épaules, Keating mordit dans son sandwich.

— Cependant, comme vous l'avez peut-être remarqué, poursuivit-il d'un ton détaché, on me regarde souvent de travers tout en murmurant à mon sujet. Cela vous ennuie-t-il ?

Après un long moment, elle baissa les yeux.

— J'avais pensé que vous pourriez m'apprendre à garder la tête haute quand les gens me fusillent du regard, mais ce n'est peut-être pas une bonne idée, après tout.

Malédiction.

— Plus d'attention sur moi, cela en fait moins sur vous, non ?

— Ou bien cela multiplie par deux les regards que j'aurais attirés à moi toute seule.

Il se pencha, les coudes appuyés sur la table.

— Venez vous promener demain avec moi. C'est le seul moyen de le savoir.

L'expression de lady Camille se fit encore plus méfiante.

— Je ne crois pas que ce soit très indiqué.

— Camille ne quitte pratiquement jamais le club, intervint une jeune femme qui se trouvait à l'autre extrémité de la table. Êtes-vous vraiment Bloody Blackwood ?

Keating commença à se demander s'il n'aurait pas été mieux inspiré de décliner l'offre de son cousin et de rester tranquillement à Havard's Glen.

— Oui, répondit-il en adressant à l'indiscrète un regard noir qui lui fit détourner les yeux.

Il reporta son attention sur sa compagne. Il savait qu'il pouvait se montrer charmant ; ce qu'il n'avait pas prévu, c'était que lady Camille serait aussi rétive qu'une pouliche devant la première neige.

— Nous ne sommes pas obligés d'y aller demain, ajouta-t-il tout en se maudissant intérieurement. Ou si vous avez des inquiétudes au sujet de mes intentions, invitez des amies à nous accompagner. Je pensais juste qu'une promenade serait agréable.

— J'aimais beaucoup me promener, avoua lady Camille d'une voix si basse qu'il l'entendit à peine.

Puis elle se ressaisit.

— Je suis très occupée, mais si je change d'avis, je vous le ferai savoir.

Keating se força à sourire.

— J'en serai ravi.

Ainsi donc, sa triste renommée avait condamné son plan avant même qu'il passe à l'action. Cynique comme il l'était, il aurait dû s'y attendre. Au fond, c'était amusant que, même aux yeux d'une demoiselle à la réputation brisée, il ne soit pas fréquentable. Cela dit, un verre d'alcool ne serait pas de trop pour l'aider à accepter cette idée. Voire plusieurs.

4

— Il t'a invitée à aller te promener avec lui ?

Camille hocha la tête tout en piquant une dernière épingle dans ses cheveux relevés en un simple chignon au sommet de son crâne.

— J'ai refusé, bien sûr, mais c'est toujours agréable de recevoir une telle proposition. Même de la part d'un libertin notoire.

— C'est lui qui t'a dit qu'il était un libertin.

— Je l'aurais vite découvert, de toute façon.

Dans le reflet de sa psyché, elle vit son amie Sophia White battre des cils.

— Tu sais, Camille, je pense que sa réputation est pire que la tienne.

— Eh bien, je te remercie, marmonna Camille.

Elle rangea ses articles de toilette dans le tiroir de la coiffeuse qu'elle partageait avec la fille illégitime du duc de Hennessy.

Sophia White aussi était regardée de travers, mais au moins n'avait-elle rien fait pour susciter les commérages. Sinon qu'elle travaillait dans un club pour gentlemen, bien entendu. Elle avait dû endurer les regards méprisants et les paroles blessantes, et s'y était habituée. Jusqu'à ce qu'elle s'aperçoive que personne ne voulait engager une gouvernante née des amours d'un duc volage et d'une femme de chambre.

— Ce que je voulais dire, c'est que tu devrais peut-être accepter cette promenade avec lui, insista Sophia. Vous attirerez certes l'attention, mais c'est Bloody Blackwood que l'on regardera.

— C'est ce qu'il m'a dit.

Camille frissonna. Non pas à cause du surnom de Keating Blackwood, mais à l'idée d'être au centre de l'attention. Dieu qu'elle détestait cela ! Les regards, les murmures dans son dos, c'était encore plus pénible que d'être insultée en face.

— Je préférerais m'épargner cette expérience, quel que soit celui de nous deux qui attire les commérages.

Sophia se laissa tomber sur son lit.

— Moi non plus, je n'aime pas les regards obliques, mais j'ai appris à les ignorer.

Camille vint s'asseoir à côté de son amie.

— Tu n'es en rien responsable des circonstances de ta naissance, Sophia. Tu n'as aucune raison de prêter attention aux vipères qui crachent leur venin.

— Donc, ta solution, c'est de ne plus t'aventurer hors des murs du Tantale Club ? Plus jamais ?

— Pas tant que l'on ne m'aura pas oubliée, en tout cas.

Camille poussa un soupir et se leva.

— Si tu penses que cette promenade est une bonne idée, viens avec moi, ajouta-t-elle.

— Très bien.

Camille, qui s'apprêtait à quitter leur chambre, s'arrêta net sur le seuil.

— Pardon ?

— Tu m'as bien entendue. Je t'accompagne si tu vas te promener. Avec Keating Blackwood, je veux dire. Je serais curieuse de rencontrer quelqu'un d'encore plus scandaleux que moi. Ce sera sûrement très instructif.

Juste Ciel. Camille savait qu'elle n'était qu'une couarde. Pour s'en convaincre, il lui suffisait de se rappeler le temps qu'il lui avait fallu pour réagir et se défendre. Avec les résultats que l'on savait... Pourtant, ses compagnes ne voyaient pas sa faiblesse. Elles l'avaient accueillie à bras ouverts quand sa propre famille lui avait tourné le dos, et elle ne voulait pas que ses nouvelles amies s'avisent que, tout compte fait, elle ne valait pas la peine qu'elles se donnent du mal pour elle.

Elle prit une profonde inspiration.

— Dans ce cas, je vais envoyer un mot à M. Blackwood. Si d'autres souhaitent se joindre à nous, elles seront certainement les bienvenues.

Sophia gloussa.

— L'union fait la force ?

— Nous sommes les scandaleuses du Tantale Club, déclara Camille. Je ne serais pas étonnée que des dames de qualité s'évanouissent sur notre passage.

Voilà des paroles qui semblaient pleines de courage. Sophia n'était probablement pas dupe, mais s'il y avait quelqu'un ici en qui Camille avait confiance, c'était bien elle. Avant de changer d'avis, Camile gagna la grande salle commune à l'étage et s'assit pour rédiger un billet à l'attention de Keating Blackwood. Il avait dit qu'il résidait à Baswich House, chez le duc de Greaves. Quelle que soit l'opinion que lord Haybury, son employeur, ait d'Adam Baswich, elle voyait là un point en faveur de Keating

Blackwood. S'il avait séjourné chez son cousin, le marquis de Fenton, elle n'aurait pas échangé un mot de plus avec lui. Et lui aurait probablement donné un autre coup de livre.

Son message écrit, elle descendit le confier à Juliet Langtree, la majordome du Tantale Club. Certes, s'aventurer hors de son sanctuaire en compagnie d'un quasi-étranger pour la simple raison qu'elle percevait une certaine… proximité entre eux n'était sans doute pas une bonne idée, et elle regretterait sûrement sa décision au bout de deux minutes de promenade. D'un autre côté, elle ne s'était pas risquée dans les rues de Londres plus d'une dizaine de fois depuis qu'elle travaillait au Tantale Club. Pour elle qui avait toujours adoré les longues promenades, le confinement qu'elle s'était imposé ces derniers mois avait été presque aussi pénible que la rupture avec sa famille et ses anciens amis. Elle avait peut-être perdu l'affection des siens, mais pour l'amour du Ciel, elle pouvait au moins s'accorder une sortie.

Avoir accepté la proposition de Keating Blackwood ne signifiait pas qu'elle allait quitter son refuge sans avoir rassemblé tous les renseignements possibles sur ce monsieur. Il avait reconnu avoir tué un homme. Si elle avait eu plus de jugeote, cela aurait dû suffire à la faire fuir. Pourtant, son honnêteté ainsi que les regrets sincères qu'elle avait perçus dans sa voix l'avaient quelque peu rassurée. Non pas au sujet de l'acte, mais de l'homme lui-même. Il n'avait pas tenté de le cacher, de mentir ou de se justifier.

Soucieuse, elle alla trouver Pansy Bridger, tout en s'efforçant d'ignorer la sonnette d'alarme qui retentissait dans son esprit, signe qu'elle était en train de se laisser dépasser par les événements, attendant qu'il soit trop tard pour prendre une décision. Elle voulait savoir ce qui l'attendait exactement si elle se montrait en public en compagnie de M. Blackwood. Si quelqu'un connaissait les plus noirs secrets de la population masculine de Londres, c'était bien Pansy.

Elle trouva la petite brune en train de lire dans le salon.

— Pansy, puis-je te poser une question ? demanda-t-elle en prenant place en face d'elle.

Les yeux de velours se fixèrent sur elle par-dessus le livre.

— As-tu lu *Waverley* ?

— Bien sûr. Tout le monde pense que l'auteur est Walter Scott. Mais je me demande pourquoi il se donnerait la peine de publier anonymement.

— Et tu es d'accord avec la fin ?

Camille réfléchit. Au fil des mois, elle s'était habituée aux excentricités de Pansy, mais elle n'était pas certaine de comprendre ce qui tracassait son amie.

— Elle se fonde sur un soulèvement historique, commença-t-elle prudemment. Si j'avais une objection, ce serait sur le fait qu'il y ait eu une guerre civile.

— Waverley épouse Rose, lâcha Pansy. La docile et gentille Rose.

Refermant le livre dans un claquement, elle ajouta :

— J'imagine que sir Walter ne pouvait admettre qu'un homme trouve le bonheur auprès d'une femme comme Flora. Bonté divine, elle s'intéresse à la politique et elle fait ce qu'il lui plaît !

Ah ! C'était donc cela.

— Je pense que Rose symbolise la paix et l'ordre, suggéra Camille avec diplomatie, alors que Flora incarne l'agitation et l'idéalisme. C'est moins leur caractère que ce qu'elles représentent qui...

— Je sais ce qu'elles représentent, coupa Pansy, et je n'aime pas cela. Logiquement, un homme devrait préférer une femme intelligente. Je me fiche de savoir si c'est symbolique. C'est stupide.

Camille hocha la tête.

— *Idéalement*, un homme devrait préférer une femme intelligente, rectifia-t-elle. Logiquement, je pense qu'il choisit celle dont il tirera le plus de profits dans son lit ou son compte en banque,

.— Bien vu. Quelle était ta question ?

Camille l'avait presque oubliée.

— Je voulais te demander ce que tu savais sur Keating Blackwood.

Pansy fronça les sourcils.

— Je connais le poème, et je sais qu'il est en exil dans le Shropshire depuis six ans.

Son visage s'éclaira.

— *Trop de nuits à courir les filles/Trop d'alcool et de paris/Dès qu'une jolie femme lui plaît/Il l'attire dans ses filets*, récita-t-elle.

Voilà qui augurait mal de la suite, songea Camille.

— Pas d'autres détails ?

— Si. La victime était le vicomte de Balthrow. Blackwood a été arrêté pour meurtre, mais les juges ont estimé qu'il n'avait fait que se défendre.

Elle émit un petit ricanement ironique.

— J'imagine qu'il n'avait d'autre choix que de se défendre, après que lord Balthrow l'a surpris au lit avec sa femme.

Puis, dans un haussement d'épaules, elle ajouta :

— Si je me souviens bien de ce que j'ai lu dans les journaux, comme Blackwood est rentré chez lui et que Balthrow l'a poursuivi, d'après la loi, c'était Balthrow l'agresseur.

Donc, il lui avait dit la vérité sur les circonstances du duel qui l'avait opposé au vicomte. Pourtant, Camille n'était toujours pas très à l'aise avec l'idée de se montrer avec lui en public. Qu'ils s'affichent ensemble ne pouvait qu'attiser les rumeurs.

— Je te remercie, dit-elle, s'apercevant que Pansy l'observait avec attention.

— J'ai entendu dire qu'il t'avait parlé, Camille. C'est quelqu'un d'épouvantable, tu sais. Pire que ces hommes qui ne se marient que pour l'argent ou les relations. Chez les femmes, il n'y a qu'une chose qui l'intéresse.

— Nous n'avons échangé que quelques mots. Inutile de t'inquiéter.

— Bien. Je veux juste t'éviter d'être de nouveau blessée.

— Et je t'en suis reconnaissante, Pansy.

Camille se leva et regagna le hall du club. Pansy Bridger avait beau être convaincue qu'aucun homme n'avait rien de bon à offrir à aucune femme, ses mises en garde semblaient justifiées. Elle avait encore le temps de changer à nouveau d'avis quant à cette sortie avec Bloody Blackwood – avant qu'il soit trop tard. Elle attendit que Juliet ait accueilli un groupe de visiteurs, puis s'approcha d'elle.

— Ton billet est parti, lui annonça celle-ci. Ne t'inquiète pas, je t'en informe dès qu'une réponse arrive.

Bonté divine. À l'heure qu'il était, le mot devait déjà être entre les mains de M. Blackwood. Luttant contre une panique soudaine, Camille remercia Juliet et remonta à l'étage d'un pas rapide. Elle avait accepté d'aller se promener avec lui en se fondant sur son intuition plutôt que sur son passé. C'était sans doute l'attitude la plus honorable, même si elle avait peut-être agi un peu précipitamment. Elle ravala un soupir. Jusqu'à présent, les décisions impulsives ne lui avaient valu que des ennuis. Venait-elle de commettre de nouveau la même erreur ?

Keating ne leva pas les yeux quand quelqu'un s'assit dans le siège en face du sien. Au lieu de cela, il finit de vider ce qui restait de la bouteille de whisky dans son verre. Cela aurait été un crime de perdre une seule goutte du précieux liquide.

— Je réussis à t'obtenir une entrée au Tantale Club en tant qu'invité, et tu préfères passer la soirée ici, au *Jezabel* ? demanda Adam Baswich après un long silence.

— J'aime cet endroit, répondit Keating. Il y fait sombre, et ça sent l'alcool, la sueur et le suif.

— Et l'urine, ajouta Greaves. En effet, c'est charmant. Cette bouteille était-elle pleine quand on te l'a apportée ?

Keating se décida enfin à lever la tête. Il croisa le regard gris de Greaves.

— Je n'ai pas besoin d'une bonne d'enfants, Adam, grommela-t-il.

— Je suis juste curieux, rétorqua son ami.

— Assez curieux pour t'aventurer au *Jezabel*. Ce n'est plus vraiment un de tes repaires de prédilection, non ? Tu n'aurais pas dû me suivre. J'ai horreur de ça.

— Je vois cela, répondit le duc sans bouger de sa chaise. Puis-je te poser une question ?

— Non.

— À ta guise. Alors je vais seulement te suggérer de te souvenir que tu n'es pas dans quelque taverne du Shropshire et que si tu n'aimes pas ce poème, tu ne devrais pas te comporter comme il le décrit dans ses vers calamiteux.

Greaves se leva.

— Oh, et ceci est arrivé pour toi ! ajouta-t-il en posant un billet sur la table avant de tourner les talons.

Keating le suivit du regard.

— Au fait, marmonna-t-il, rappelle-moi un de ces jours de te répéter ce que Haybury a dit de toi.

Sa réplique arrivait un peu trop tard. Il essaierait de s'en souvenir la prochaine fois. Après tout, s'il n'était même pas capable de dresser un ancien ami contre un autre, à quoi était-il bon ?

Alors qu'il se penchait pour attraper le billet, Keating nota – et ce n'était pas la première fois – que malgré la foule qui se pressait dans le tripot, il y avait un espace vide entre lui et les clients les plus proches. L'espace d'un instant, il eut l'impression que les six années écoulées n'avaient pas eu lieu. Il était de nouveau ce gamin stupide de vingt et un ans tellement furieux qu'il ne se souciait pas d'écouter qui que ce soit.

Une main chaude se posa sur son épaule.

— Je sais qui vous êtes, roucoula une voix sensuelle.

Une langue tiède se glissa dans son oreille.

— Tu viens, chéri ? Pour toi, c'est gratuit.

Il leva les yeux vers la propriétaire de cette langue audacieuse. *Jezabel* n'était pas exactement le Tantale Club. Ici, les dames n'étaient pas réputées pour leur éducation, leur conversation ou même leur joli minois, mais parce qu'elles étaient consentantes, et bon marché.

— Tu t'appelles comment, ma belle ? demanda-t-il, s'apercevant pour la première fois que sa diction était quelque peu pâteuse.

— Lizzy, sauf si tu veux m'appeler autrement. Eleanor, peut-être ?

La main de Keating se referma sur son cou avant même qu'il s'en aperçoive. Se levant d'un bond, il attira la fille contre lui – ses pieds devaient à peine toucher le sol crasseux.

— Qu'est-ce que ça veut dire ? articula-t-il.

Elle lui agrippa les doigts.

— Rien, monsieur… Je n'ai… rien dit, coassa-t-elle.

Il la lâcha et la poussa sur les genoux d'un homme assis derrière elle.

— Tant mieux, marmonna-t-il.

Se souvenant du billet, il s'en empara et le fourra dans sa poche avant de quitter la taverne d'un pas rageur. Derrière lui, les chacals commençaient déjà à japper.

Keating avait beau être ivre, il était conscient de sa chance. À la place d'une catin en quête de notoriété, il aurait pu être accosté par un ami de feu lord Balthrow. Comme Greaves l'en avait averti – trop tard, bien sûr –, Londres n'était pas le Shropshire. S'efforçant de ne pas tituber, il héla un fiacre et donna l'adresse de Baswich House.

Une fois installé dans la voiture, aussi bruyante qu'inconfortable, il sortit le billet de sa poche et le déplia. Il cilla à plusieurs reprises pour tenter d'y voir clair, mais il faisait trop sombre pour qu'il puisse lire le message. Il le pressa finalement contre la fenêtre. À la lueur vacillante des lanternes extérieures, il déchiffra péniblement les lignes à la calligraphie élégante.

— *Monsieur Blackwood,* murmura-t-il, *j'ai réfléchi à votre proposition. Mon amie Sophia White et moi-même serions ravies de nous promener en votre compagnie mercredi. Retrouvez-nous au Tantale Club à 14 heures. Si vous n'êtes pas disponible, faites-le-moi savoir. Avec mes meilleurs sentiments, Camille Pryce.*

Durant de longues minutes, il garda les yeux rivés sur la dernière ligne. *Avec mes meilleurs sentiments.* Il fit courir son doigt sur ces mots. Ils ne s'effacèrent pas. Depuis combien d'années ne lui avait-on pas exprimé ses « meilleurs sentiments » ? Sept ? Huit ?

Seigneur. Keating se frappa la cuisse du poing. Encore un peu et il allait se mettre à pleurer ! Boire autant était de la folie, surtout ici, à Londres, alors qu'il avait une mission à accomplir. Car il avait besoin de ces dix mille livres. Pas pour lui, mais pour payer sa dette. Pour réparer – un peu – le mal qu'il avait fait à Eleanor Balthrow et le secret qu'elle avait dû cacher à la bonne société. À lui-même. À tout le monde.

Par chance, le fiacre s'immobilisa avant que les larmes jaillissent. Keating descendit d'un pas chancelant et lança au cocher une pièce choisie au hasard. Cela devait suffire, car ce dernier porta les doigts à son chapeau comme l'attelage s'ébranlait.

Hooper, le majordome d'Adam, ouvrit la porte alors que Keating s'apprêtait à frapper, si bien que celui-ci faillit tomber tête la première sur le dallage de l'entrée. Il se retint de justesse au dossier d'un banc adossé au mur.

— Dois-je aller chercher Pidgeon pour vous aider, monsieur Blackwood ? s'enquit le majordome, imperturbable.

— Non merci, je vais me débrouiller.

Keating gravit les premières marches du grand escalier, puis se retourna.

— Greaves est-il ici ?

— Sa Grâce était ici il y a quelques instants.

— Il est resté longtemps dehors ?

— Il a passé la soirée ici.

— Quand le message à mon intention a-t-il été déposé ?

— Juste à la tombée du jour, monsieur.

Donc, Adam avait attendu plus de six heures – le temps pour Keating de lui démontrer qu'il avait l'intention de passer la nuit dehors à s'enivrer – avant de le lui apporter. Keating avait donc bel et bien une bonne d'enfants, aussi improbable que soit Adam Baswich dans ce rôle. Dans la mesure où ce message contenait une bonne nouvelle, Keating était disposé à pardonner à son ami. Pour cette fois. D'ordinaire, il préférait qu'on le laisse lécher ses plaies dans sa tanière. À quoi bon ennuyer les autres avec ses problèmes ?

Il ne se rappela pas avoir gravi l'escalier jusqu'à ses appartements, ni avoir retiré ses vêtements, ni s'être effondré sur son lit. Lorsqu'il reprit conscience, il était en train de se dire que si Pidgeon continuait de lui taper sur l'épaule, il allait lui flanquer son poing dans la figure.

— Fichez le camp, marmonna-t-il, ou je vous vire.

— Je ne travaille pas pour toi.

Keating souleva péniblement une paupière.

— Fiche quand même le camp.

Le duc prit un pichet d'eau et lui en lança le contenu au visage.

Keating bondit hors du lit en jurant. Une violente douleur explosa aussitôt sous son crâne. Avec un grognement, il se jeta sur Adam.

Et s'étala de tout son long sur le parquet comme ce dernier faisait un pas de côté. Sans lui laisser le temps de se redresser, Greaves posa un pied botté sur le dos de Keating.

— Tiens-toi tranquille, ordonna-t-il posément.

— Je me tenais tranquille, pesta Keating. Dans mon lit.

— Je n'arrive pas à savoir ce que tu préfères : frapper ou être frappé.

Le talon de la botte s'enfonça dans son dos.

— Pour l'instant, tu n'es pas vraiment au mieux de ta forme, poursuivit-il.

— Ce n'est pas moi qui me suis jeté de l'eau dessus, répliqua Keating, assortissant ses paroles d'un nouveau juron. Et si tu ne retires pas ton pied de mon dos, tu vas avoir la réponse à ta question vite fait.

— Pidgeon a essayé de te réveiller tout à l'heure, dit Greaves en s'écartant. Je suis là parce qu'il est midi passé et que je crois que tu as un rendez-vous à 14 heures.

La réplique agacée que Keating s'apprêtait à proférer demeura coincée dans sa gorge.

— Midi passé ? Depuis longtemps ?

— Trois quarts d'heure. Je t'ai fait préparer un bain dans ton salon. Vas-y. Il y a aussi du thé, du sucre et des toasts là-bas. Je suppose que tu n'as pas besoin que je t'habille ?

Keating se redressa et s'adossa à la tête de lit.

— Non.

Il poussa un soupir un peu tendu et ajouta :

— Merci, Adam.

— Ma foi, j'ignore ce que tu manigances, mais je ne serais pas contre un peu d'animation.

Il se dirigea vers la porte et lança par-dessus son épaule :

— Je t'envoie Pidgeon à 13 heures.

Une fois qu'il fut parti, Keating passa la main dans ses cheveux trempés. Au moins, ce n'était que de l'eau. Il lui était arrivé, par le passé, de se réveiller dans des situations bien pires. Combien de fois s'était-il dit qu'il devait cesser de boire autant ?

Certes, jusqu'à présent, il avait toujours réussi à assumer ses devoirs de propriétaire terrien malgré sa tendance à noyer ses soucis dans l'alcool. Mais pour l'heure, il avait un défi à relever. Gagner la confiance d'une jeune femme contre dix mille livres. Si seulement il n'avait pas l'impression que sa tête allait exploser d'un instant à l'autre ! Il était prêt à faire beaucoup de choses, mais jouer les charmeurs n'en faisait pas partie.

— Bon sang, grommela-t-il en se levant et en s'apercevant, avec un temps de retard, qu'il était nu comme un ver.

Il ravala un gloussement amusé. Greaves avait dû sursauter en le voyant mais, et c'était tout à son honneur, il l'avait tout de même réveillé. Sans se donner la peine de chercher une robe de chambre, Keating emprunta le petit couloir qui séparait sa chambre de son salon privé. Une femme de chambre poussa un cri et s'enfuit dans l'escalier. À part ses cheveux en bataille et son menton mal rasé, il ne voyait pas ce qui avait pu susciter une telle réaction. À moins qu'elle n'ait été submergée de désir à la vue de son sexe, bien sûr.

Il s'attendait presque à ce que l'élégante baignoire en fonte soit remplie d'eau glacée, mais elle se révéla délicieusement chaude. Après avoir trempé une quinzaine de minutes et avalé quelques tasses de thé sucré, Keating commença à se sentir d'humeur moins massacrante. C'est à ce moment-là qu'il s'avisa que Greaves avait lu sa correspondance privée.

— Monsieur ? demanda Pidgeon en entrouvrant la porte. Sa Grâce m'informe que vous allez avoir besoin d'une tenue appropriée pour aller vous promener. Préférez-vous le pantalon noir ou la culotte de daim ?

— La culotte de daim. Et les nouvelles bottes de chez Hoby. Et le manteau noir. C'est une tenue de gentleman, non ?

Keating entendit presque le valet ciller.

— Oui, monsieur. Je pense que ça l'est.

— Alors faites vite, je vous prie. Je ne voudrais pas être en retard.

La porte se referma avec un bruit sourd qui lui arracha une grimace de douleur. Il pouvait donc s'habiller en gentleman. La question était de savoir s'il pouvait se comporter en gentleman. Et la réponse, qu'il le pouvait et allait le faire parce qu'il n'avait pas le choix. Enfournant un toast, il se leva et sortit de la baignoire. Puis il se sécha et s'habilla dès que Pidgeon réapparut avec ses vêtements.

Il devait sans doute des remerciements à Adam, mais cela reviendrait à reconnaître officiellement qu'il avait eu besoin de son aide. Alors il se rendit droit aux écuries, où un palefrenier finissait de seller Clampin. Puis il prit le chemin du Tantale Club, menant l'animal à un pas aussi tranquille que possible afin de ménager son crâne douloureux.

Au moment où il s'avisait qu'il n'avait pas la moindre idée de l'endroit où il devait se présenter pour rendre visite à une employée de... de n'importe quel établissement, il aperçut lady Camille dans l'allée privée du club. Elle était accompagnée d'une jolie rousse. Il prit une profonde inspiration, s'efforçant d'ignorer la bouffée d'excitation qui s'était emparée de lui à la pensée que lady Camille avait osé prendre le risque de se montrer en sa compagnie. Descendant rapidement de sa monture, il confia celle-ci à un garçon d'écurie.

— Bonjour, dit-il en décidant que s'incliner serait déplacé et risquait de faire voler son crâne en éclats.

— Monsieur Blackwood, répondit Camille en le saluant d'un signe de tête. Je vous présente Mlle White, ma meilleure amie. Sophia, voici M. Blackwood.

— Je vous en prie, appelez-moi Keating, dit-il en prenant la main de l'autre jeune femme. Avez-vous une destination en vue, mesdemoiselles ?

— Green Park, répondit aussitôt lady Camille.

D'ordinaire, c'était plutôt à Hyde Park que l'on se rendait quand on voulait être vu, surtout l'après-midi.

— Alors en route pour Green Park, déclara-t-il en offrant un bras à chacune d'elles. Je nous achèterai des glaces, si cela vous dit.

— Oh, cela fait une éternité que je n'ai pas mangé un sorbet au citron ! s'écria Mlle White, le sourire aux lèvres, en glissant la main au creux de son coude.

Sur son côté gauche, en revanche, lady Camille le considérait d'un air indécis.

— Quelque chose ne va pas ? s'enquit-il. Aurais-je un affreux insecte sur le bras ?

— Non, mais j'ai juste accepté d'aller me promener. Pas de faire quoi que ce soit qui risquerait d'aggraver mon cas.

Plissant le nez, elle ajouta :

— Et vous empestez l'alcool.

Keating la dévisagea. Elle avait parfaitement raison. Et il aimait sa façon de plisser le nez. C'était… charmant.

— J'ai pris un bain, se défendit-il en essayant de ne pas avoir l'air vexé. Eh bien, puisque j'ai promis de ne rien faire qui puisse ternir votre réputation…

Il se tourna vers la beauté rousse d'un air navré.

— Mademoiselle White, j'ai peur de devoir renoncer à vous offrir mon bras. Si je ne peux pas vous escorter toutes les deux, j'aurais l'air de vous faire la cour.

Avec un bref sourire qu'il eut tout juste le temps d'entrevoir, lady Camille se mit en route. Keating lui emboîta le pas sans même s'assurer que Mlle White le suivait. Un instant plus tard, il avait rattrapé la fiancée de Fenton. Elle portait une capeline bleue dont la nuance accentuait l'azur de ses yeux.

— Qu'est-ce qui vous a fait changer d'avis ? demanda-t-il en ralentissant le pas pour rester à sa hauteur.

— Sophia m'a proposé de m'accompagner. Et… je n'ai pas tant d'amis que cela, en ce moment. J'ai estimé que ce serait ridicule de tourner le dos à un ami potentiel au motif qu'il pourrait avoir un tempérament discutable.

— Je suppose que je dois être flatté.

De nouveau, un sourire bref.

— Toutefois, je pose une condition.

— Que je reste à plus de vingt pas de vous ? suggéra Keating en se composant un masque impassible.

Pour l'amour du Ciel, il connaissait le poème – et elle aussi, probablement. La méfiance de la jeune femme n'avait rien de blessant.

— L'honnêteté, dit-elle.
— Je vous demande pardon ?
— L'honnêteté. Si je suis ici, c'est parce que vous m'avez dit précisément qui vous êtes. Ne me mentez jamais, monsieur Blackwood, ou je considérerai que nous n'avons plus rien à nous dire.

Il hocha la tête, mais quelque chose de sombre et de lourd lui oppressa soudain la poitrine. Une sensation sur laquelle il s'interrogerait plus tard.

— D'accord, dit-il. Tant que vous faites de même avec moi.
— Marché conclu.

Keating lança un regard en direction du parc, qui était à présent en vue.

— Nous serrons-nous la main pour sceller notre accord ? proposa-t-il.

Derrière eux, Mlle White émit un son qui ressemblait à s'y méprendre à un rire étouffé. Qu'elle rie donc. C'était grâce à elle que Camille avait accepté cette promenade, et il se sentait d'humeur particulièrement bienveillante à son égard, en cet instant.

Lady Camille lui tendit la main. Résistant à l'inexplicable envie de s'essuyer d'abord la paume sur sa cuisse, Keating s'empara de ses doigts fuselés. Tant qu'elle ne lui demanderait pas la raison de son retour à Londres, tout irait comme sur des roulettes. Certes, il avait déjà brisé une promesse par le passé, mais il espérait ne pas en avoir l'occasion avec lady Camille Pryce.

5

Même si Sophia semblait persuadée – à tort, bien entendu – qu'elle n'était là que pour jouer les chaperons, Camille ne cessait de la pousser à cheminer de l'autre côté de Keating Blackwood. Ils étaient trois... amis venus se promener dans Green Park, et espérant – du moins en ce qui la concernait – que personne ne prêterait attention à eux.

Elle prit une profonde inspiration. Elle n'avait pas arpenté les parcs de Mayfair avec ses amies d'autrefois depuis un peu plus d'un an, mais elle avait l'impression que cela faisait bien plus longtemps. Elle tendit l'oreille. Les bruits de la ville avaient disparu, remplacés par le chant des oiseaux et le bruissement du vent dans les arbres. Quelle paix ! Peu à peu, la tension qui lui nouait les épaules s'atténua. Elle se risqua à observer leur environnement immédiat.

Sophia, bien plus en verve qu'elle, discutait chapeaux avec Keating Blackwood. Chapeaux ! Peu importait, au demeurant. Cela lui offrit un répit durant lequel elle se sentit... sereine. Puis ses doigts frôlèrent le manteau de son voisin, et une soudaine chaleur lui gagna toute la main. Si on lui avait dit qu'un jour qu'elle éprouverait de la reconnaissance pour un meurtrier, elle ne l'aurait pas cru. Pourtant, alors qu'elle déambulait dans Green Park, dans sa robe bleu pâle tachetée d'ombre et de lumière, elle devait s'avouer qu'elle lui était bel et bien reconnaissante.

— Depuis combien de temps n'êtes-vous pas sortie vous promener ? s'enquit Keating Blackwood d'un ton posé.

Camille sentit ses joues s'empourprer. Était-elle donc si transparente ?

— Un an, répondit-elle. Mais peu importe. C'est vraiment une belle journée.

— En effet.

Elle lui décocha un regard aigu, mais il était occupé à observer deux écureuils qui bondissaient joyeusement d'arbre en arbre. Oh, pour l'amour du Ciel, qu'espérait-elle donc ? Un compliment ? S'imaginait-elle qu'il nourrissait quelque projet inavouable à son endroit ? La réponse à ces deux questions était un *non* ferme et définitif, bien sûr.

— Allez-vous souvent vous promener ? demanda-t-elle en retour, essayant de se montrer aimable.

— Je fais pousser du blé et j'élève des vaches et des moutons, répondit-il d'un ton léger. Je suis dehors presque toute la journée.

— Vous vous en occupez vous-même ?

— Je préfère.

Il s'éclaircit la voix.

— N'allez pas en déduire que je vis en ermite. J'ai des domestiques, ainsi que plusieurs hommes pour me seconder, sans parler des ouvriers agricoles qui viennent pour les récoltes ou le vêlage.

— Je n'aurais pas imaginé cela de quelqu'un à propos de qui on a écrit un poème.

Elle vit tressaillir un muscle sur sa mâchoire.

— Je ne suis pas l'auteur de ce poème.

— Camille, attention, avertit Sophia.

Au même instant, Camille entendit un brouhaha de voix indiscutablement féminines. Avant qu'elle ait pu faire demi-tour, un groupe de cinq jeunes filles apparut au détour d'une haie.

— J'aurais aimé que tu me préviennes plus tôt, murmura-t-elle à Sophia.

— Je viens juste de les entendre, répondit celle-ci sur le même ton. Partons.

— Quelque chose m'aurait-il échappé ? s'enquit leur compagnon d'un air intrigué.

— Non. Il se trouve simplement qu'elles... disent des choses que je n'ai pas envie d'entendre. De toute façon, je ferais mieux de rentrer.

— Ah oui ? Regardez cela, déclara-t-il en lui prenant le bras, puis celui de Sophia.

À moins de le secouer pour se libérer de sa poigne, Camille semblait piégée. Elle se *sentait* piégée, en vérité, et entraînée de force vers son pire cauchemar. Seigneur ! Elle connaissait même deux de ces jeunes femmes. L'une d'elles avait été une amie jusqu'à ce que Camille... change radicalement de vie.

— Arrêtez ! siffla-t-elle avec toute l'autorité dont elle était capable.

Ils continuèrent d'avancer.

À moins d'une dizaine de pas du petit groupe, Keating Blackwood la libéra. Puis, au moment où Amélia Danning, dont le joli minois était comme toujours encadré de lourdes anglaises noires, commença à prononcer d'un ton méprisant le nom de Camille, il s'élança vers elle.

— Mesdemoiselles, les salua-t-il.

Puis, saisissant Amélia par les épaules, il l'attira à lui et l'embrassa sur la bouche. Il la relâcha si brusquement qu'elle tituba, et il fit de même avec Olivia

Harden. Les jeunes filles s'égayèrent en gloussant comme des poules affolées. Quelques instants plus tard, ils étaient de nouveau seuls, à l'exception de quelques promeneurs qui les regardaient de loin en murmurant. Camille aurait juré qu'elle les entendait réciter en chœur : *Tout juste vingt et un printemps/En trois ans il a tout brûlé/Tous ses ponts et toutes ses chandelles/Et trahi amis et parents*.

— Que diable cela signifie-t-il ? balbutia-t-elle en le fusillant du regard.

— Je vous parie un millier de livres que maintenant, plus personne ne parle de vous, lady Pryce, déclara-t-il avec un sourire joyeux qui n'atteignit pas ses yeux.

— Mais... que se passera-t-il quand leurs pères, furieux, viendront vous demander des comptes ?

— Je doute qu'ils osent. Nous y allons ? enchaîna-t-il en l'invitant d'un geste à poursuivre leur promenade.

Ma foi, songea Camille, Keating Blackwood était un libertin notoire, et c'était assurément ainsi qu'il venait de se comporter. À la différence que s'il avait scandalisé ses anciennes amies, ce n'était pas parce qu'il ne savait pas se maîtriser, mais pour la protéger, elle.

Après le choc que sa fuite avait créé un an plus tôt, elle avait eu l'impression d'être la personne la plus scandaleuse de Mayfair. C'était étrange de découvrir qu'elle avait rencontré la seule personne dont la réputation et la position avaient encore plus souffert que les siennes. Et plus étrange encore était l'idée que la présence de Keating Blackwood à ses côtés lui permettait d'échapper aux regards et aux moqueries. Certes, les gens échangeraient des commérages, mais elle n'en serait pas l'objet.

Camille entendit Sophia émettre un petit rire étouffé.

— Qu'y a-t-il de si amusant ? demanda-t-elle.

— Je ne connais aucune de ces demoiselles, expliqua la fille illégitime du duc de Hennessy d'un air joyeux, mais j'imagine qu'aucune d'entre elles n'a jamais été aussi surprise ni choquée de toute sa vie.

— J'espère bien ! s'écria Keating Blackwood. Cela me contrarierait au plus haut point d'avoir déployé tous ces efforts pour rien.

— Des efforts ? Vous vous êtes contenté de pincer les lèvres et de marcher dans leur direction.

— Il fallait que je me prépare au choc physique. En général, les vierges et moi, nous nous évitons. À cause d'une histoire de paradis, d'enfer et de damnation éternelle.

— Et s'il ne s'agit que d'une simple promenade avec deux jeunes filles innocentes ? demanda Camille, incapable de réprimer un sourire.

— Une sortie en tout bien tout honneur ? Alors nous ne courons aucun risque.

Il tendit la main et tira doucement sur le bord de sa capeline.

— Dites-moi que ce n'était pas amusant.

Le plus amusant, en réalité, c'était de s'apercevoir que cet homme, qui n'avait croisé son chemin que la veille, s'était déjà montré un meilleur allié que ne l'avaient été ses parents, ses sœurs ou n'importe laquelle de ses « amies » d'autrefois.

Elle croyait avoir épuisé sa réserve de chance le jour où elle avait trouvé la petite annonce indiquant que le Tantale Club recrutait des hôtesses, précisément le jour où il ne lui restait plus qu'un shilling en poche, alors qu'elle logeait à Chatham chez une parente qui n'approuvait pas son geste. Puis elle avait rencontré d'autres jeunes femmes au passé particulier, souvent scandaleux, qui étaient devenues ses camarades, ses alliées et ses amies. Et voilà que Keating Blackwood s'ajoutait à la liste.

— Je suis prudemment amusée, concéda-t-elle. Et si je savais avec certitude pour quelle raison vous semblez décidé à prendre les coups à ma place, je pourrais même être tentée de retirer l'adverbe de ma phrase.

Un lent sourire incurva les lèvres de Keating Blackwood, et cette fois, ses yeux aussi souriaient.

— Eh bien, voilà qui nous donnera matière à discussion demain après-midi, quand nous irons faire un tour en calèche, non ?

Tandis qu'il reprenait le chemin de Baswich House, Keating résista à l'envie d'essuyer la troublante douceur virginale qui s'attardait sur ses lèvres. Six ans auparavant, les pères de ces demoiselles seraient en effet probablement venus le chercher, armés de torches et de mousquets. Mais être Bloody Blackwood lui offrait une espèce de protection inattendue. En outre, tout le monde semblait attendre de lui un certain degré d'inconduite.

Au moins, ces pimbêches auraient mieux à faire ce soir que de calomnier lady Camille Pryce. Fenton, lui, aurait sans doute préféré qu'elles le fassent. Tout ce qui était susceptible de ramener sa fiancée au pied de l'autel lui plairait. Keating se renfrogna. Il aurait dû y penser avant de tenter d'être un héros. Ou du moins l'idée qu'il s'en faisait.

Hooper l'ayant informé que Sa Grâce assistait à une réunion au Parlement, Keating se rendit dans la bibliothèque pour répondre au courrier de son intendant. C'était la première fois en six ans que Fredericks avait du travail, mais le vieil homme avait aussi dirigé Havard's Glen pendant treize ans, sans que personne lui donne jamais la moindre instruction.

Dans la lumière dorée de cette fin d'après-midi, quelques bouteilles lui faisaient de l'œil, mais il les ignora superbement et se mit en quête d'un livre. Aujourd'hui, il avait failli rater son ultime seconde chance de rédemption parce qu'il avait bu. Et, apparemment, il empestait l'alcool.

Se laissant tomber dans un fauteuil, il leva le bras pour humer sa manche. Il ne sentit rien d'autre qu'un léger parfum d'agrume, là où cette jolie rousse, Mlle White, avait posé la main. Puis il ouvrit sa veste et inhala plus attentivement. Rien. Il devait être tellement saturé de whisky qu'il était incapable d'en détecter l'odeur.

— Que fais-tu donc ?

Greaves prit place dans le siège le plus proche et se pencha pour prendre l'ouvrage des mains de Keating.

— *Orgueil et Préjugés*, dit-il en arquant un sourcil amusé. Depuis quand lis-tu des romans pour jeunes filles ?

— Depuis cinq minutes, maugréa Keating en reprenant le livre qu'il referma dans un claquement irrité.

Quelles que soient les extrémités où le mèneraient ses recherches pour comprendre lady Camille Pryce, il n'avait pas l'intention de s'en ouvrir à Adam Baswich.

— Quels sont tes projets pour la soirée ? s'enquit-il.

— Je suis invité à dîner chez lord et lady Clarkson. Je t'aurais bien proposé de m'accompagner, mais après tes exploits de l'après-midi avec leur fille, il est sans doute préférable que tu te fasses discret.

— Ah. Laquelle était-ce ?

— La brune avec des anglaises.

— Ma foi, c'est bon à savoir.

Silence. Keating pouvait presque entendre l'esprit affûté de Greaves soupeser, estimer, calculer.

— Très bien, lâcha finalement le duc. Ne me dis pas ce que tu trames, ni pourquoi tu prétends le matin repartir sur de nouvelles bases avant de te transformer l'après-midi en satyre des parcs londoniens. En retour, je ne te demanderai pas de cesser de te comporter comme un imbécile avant que toute la Chambre des lords t'inflige le supplice du goudron et des plumes.

Keating se leva et glissa le roman sous son bras.

— Cela me semble équitable. Et moi, en échange de ton équité, je ne dirai pas un mot sur ton passé… haut en couleur.

— Bien.

— Je suis toujours surpris par le nombre de menaces que tu es capable de faire passer dans un seul mot, mon ami, observa Keating d'un ton léger.

Peut-être, s'il s'en était soucié, aurait-il pu trouver cela rebutant.

— Ce soir, ajouta-t-il, je crois que je vais aller dîner tôt au Tantale Club, puis rentrer tranquillement.

— Tu… Oh !

Greaves se racla la gorge.

— Et que me suggères-tu de répondre à Clarkson, lorsqu'il exigera ta tête sur un plateau ?

— Dis-lui qu'il y a déjà une liste d'attente et que je serai mort depuis longtemps quand son tour viendra.

— Voilà qui devrait le calmer. Au fait, je passe la journée de demain chez Tattersall. Tu m'accompagnes ?

— J'ai un rendez-vous, répondit Keating.

Et il n'avait pas les moyens d'acheter le moindre cheval. Il se dirigea vers la porte afin de rejoindre ses appartements.

— Tu sais que si quelque chose ne va pas, tu peux m'en parler, Keating.

Celui-ci ralentit le pas, mais ne se retourna pas.

— Tout va bien, Adam, mais je te remercie. Et je vais essayer d'avoir quitté Londres avant qu'une foule en furie vienne se masser devant ta porte pour réclamer mon exécution.

Le roman préféré de lady Camille Pryce captiva Keating bien après la tombée de la nuit. Ce Darcy lui semblait un peu guindé, mais de toutes les sœurs Bennett, il avait choisi la plus intéressante, songea-t-il. Il s'étira, puis envoya Pidgeon lui chercher une tenue pour le dîner. Dans le Shropshire, il avait ignoré les invitations – ou ce qui en tenait lieu – jusqu'à ce que ses voisins cessent de lui en envoyer. Il ne possédait donc pas de vêtements de soirée, et le besoin commençait à s'en faire sentir. Aussi désagréable soit cette perspective, en particulier pour son portefeuille, il allait devoir en commander.

Il finissait de nouer sa cravate lorsque le majordome frappa à la porte entrouverte de sa chambre.

— Monsieur Blackwood, vous avez de la visite, annonça-t-il.

Keating fronça les sourcils.

— Homme ou femme ?

— Un homme, monsieur.

Cela n'augurait rien de bon.

— Armé ?

Hooper tressaillit.

— Non, monsieur. Il s'agit du marquis de Fenton.

Keating soupira.

— Je descends dans un instant.

— Bien, monsieur.

Keating acheva de se préparer, glissa la dague étroite qui ne le quittait jamais dans sa botte droite, puis, après un regard nostalgique en direction de la bouteille de whisky, il quitta ses appartements.

En bas de l'escalier, le maître d'hôtel lui indiqua le salon du matin et disparut dans les profondeurs de la maison. Le personnel d'Adam était un modèle de discrétion, songea Keating en poussant la porte.

— Bonsoir, cousin.

Fenton était lui aussi habillé pour sortir, mais ne se rendait sans doute pas au même endroit que lui puisqu'il était *persona non grata* au Tantale Club. Interrompant son examen de l'horloge posée sur la cheminée, Stephen s'exclama :

— Que diable fabriques-tu ?

— Je m'apprête à aller dîner.

— Ne fais pas l'innocent, Keating, ce n'est pas le moment. Tu es ici pour convaincre lady Camille de me revenir, pas pour aggraver la situation.

— Je sais pourquoi je suis ici. Et je t'ai demandé de me laisser faire.

Puis, curieux, il demanda :

— Qu'as-tu entendu dire, au juste ?

— Que tu hantes Green Park en embrassant les jeunes filles vertueuses qui croisent ton chemin !

Ma foi, c'était là le genre de choses qu'il aurait pu faire... six ans plus tôt.

— Je me *promenais* dans Green Park, rectifia-t-il. Et sais-tu avec qui, au fait ?

— Je me contrefiche de savoir avec qui tu étais ! Suffisamment de gens connaissent notre lien de parenté pour que je ne prenne pas en plus le risque que ma réputation soit éclaboussée par tes méfaits !

— Intéressant. Pour ton information, je me promenais avec ta fiancée. Nous avons croisé d'anciennes amies à elle et j'ai pris les mesures nécessaires pour qu'elles lui épargnent de nouveaux commérages.

Ainsi formulé, il semblait que cela avait été son intention, à tout le moins. Car même sous la torture, Keating n'aurait pas avoué que, sur le moment, il n'avait pensé à rien d'autre qu'à la détresse qu'il avait lue dans les beaux yeux bleus de lady Camille.

Fenton fit un pas vers lui.

— Tu as réussi à la faire sortir de ce maudit club ?

— Oui.

— Il fallait m'en informer. J'aurais pu vous croiser par hasard, avant que tu te transformes en danger public.

— Je suis déjà un danger public et je t'ai dit de me laisser faire. Maintenant, fiche le camp avant que quelqu'un apprenne que tu es venu ici et que *tu* ruines *ma* réputation.

Visiblement ennuyé, Fenton acquiesça.

— Très bien. Mais promets-moi de ne plus recommencer. Je t'ai demandé la plus grande discrétion.

— Je suis on ne peut plus discret en ce qui concerne lady Camille et toi. Et si tu es venu me donner des conseils sur la façon de mener ce qui reste de ma vie, tu peux économiser ton souffle.

Son cousin le foudroya du regard.

— Si tu veux toucher ta récompense, tu as intérêt à faire ce que je t'ai demandé. Camille Pryce m'a déjà suffisamment mis dans l'embarras comme cela. Je suppose que tu as bien fait d'interrompre de nouveaux commérages dès le début, mais tu es ici pour lui apprendre ce qu'il en coûte de défier les convenances.

— Je sais pourquoi je suis ici, rétorqua Keating. Ce que je me demande, en revanche, c'est pourquoi *toi*, tu es encore là. Fiche le camp.

Sur un dernier regard menaçant, Fenton gagna le hall où Hooper, qui avait miraculeusement réapparu, lui ouvrit la porte d'entrée.

— Ne joue pas avec mes nerfs, Keating, lança Stephen avant de sortir. Ma patience est à bout.

Keating passa devant le majordome et referma lui-même le battant d'un geste sec.

— Sombre crétin, marmonna-t-il.

Il fit les cent pas dans le couloir pendant quelques minutes afin de laisser à son cousin le temps de s'éloigner de Baswich House. Il ne connaissait rien de plus exaspérant que d'être contraint de reprendre une conversation à laquelle on avait mis un satisfaisant point final parce que l'on arrive au mauvais moment.

Finalement, il alla chercher Clampin et prit le chemin du Tantale Club. Dans la mesure où il n'y était admis qu'en tant qu'invité du duc de Greaves, il aurait peut-être dû se faire accompagner de celui-ci, mais Adam était membre d'une bonne demi-douzaine d'autres clubs, sans parler des dizaines de gens qui, pour une raison que Keating ne s'expliquait pas, se plaisaient à le fréquenter. Et Keating ne pourrait pas mener sa mission à son terme en une seule matinée ou soirée par semaine.

Lady Camille n'était pas à l'accueil ce soir-là, mais la jeune fille qui l'avait remplacée n'était autre que son amie, la jolie rousse.

— Bonsoir, mademoiselle White, la salua-t-il, tout sourire, en s'arrêtant devant le pupitre placé près de l'entrée du salon Déméter.

— Monsieur Blackwood. Vous êtes seul, ce soir ?

— Pour l'instant. Je suppose que vous n'êtes pas autorisée à dîner avec moi ?

La jeune fille rougit.

— Juste Ciel, non.

Puis, inclinant la tête de côté, elle ajouta :

— Vous adorez chercher les ennuis, n'est-ce pas ?

— Chaque fois que c'est possible. Votre amie timide n'est pas là ?

— Camille ? Elle joue au vingt-et-un, ce soir.

Lady Camille était assise à une table avec des hommes qui devaient être en train de loucher sur elle ? Voilà qui était intéressant !

— Je croyais qu'elle ne travaillait que dans le salon Déméter.

— Nous sommes toutes capables de travailler à n'importe quel poste. Sally étant souffrante, Camille a proposé de la remplacer.

Keating, qui s'était cuirassé en prévision de cette soirée où on allait le regarder de travers ou l'éviter, se détendit quelque peu. Il compta mentalement les pièces qu'il avait en poche. Environ neuf livres, dont il pouvait se permettre de perdre la moitié. Pour un homme qui n'avait pas joué aux cartes depuis six ans, c'était risqué, cela dit, il pouvait bien miser cinq livres pour en gagner dix mille.

— Je crois que je vais aller jouer aux cartes, déclara-t-il en saluant Mlle White.

— Nous avons un excellent faisant rôti au menu, ce soir, lui signala-t-elle.

— Je n'ai pas très faim, mais merci.

Balayant du regard les trois portes qui permettaient de sortir de la salle à manger, il fronça les sourcils.

— Où dois-je aller ? demanda-t-il.

— Dans le salon Perséphone. Ne lui dites pas que je vous ai dit où elle était.

— Pas un mot, promit-il.

Le salon Perséphone était probablement la plus grande des salles de jeu du Tantale Club. Si Keating avait besoin de preuves supplémentaires de l'insolente réussite de l'établissement, elles s'étalaient autour de lui. Les tables bondées, l'odeur des luxueux cigares d'Amérique, le murmure feutré des conversations, et toutes ces beautés qui portaient des plateaux chargés de boissons, distribuaient des cartes et supervisaient les tables... Il y avait là certains des hommes les plus puissants de Londres, prêts à payer pour que des jeunes filles dont la réputation était ruinée les mettent en garde quand ils misaient trop et les incitent à rentrer chez eux.

Il lui fallut quelques instants pour repérer lady Camille. Elle avait attaché ses cheveux blond pâle en un chignon dont quelques mèches s'échappaient pour encadrer son visage aristocratique. La modeste robe de mousseline de l'après-midi avait été remplacée par une affolante création de soie d'un bleu irisé qui ne dissimulait rien de ses courbes. Bonté divine. Pas étonnant qu'en dépit du scandale attaché à sa personne, il y ait quatre hommes assis autour d'elle et une demi-douzaine d'autres debout derrière eux, feignant de s'intéresser à la partie !

Et pas étonnant, non plus, que Fenton soit si déterminé à récupérer sa fiancée. Le nom de celle-ci était indéfectiblement lié au sien, et les hommes qui l'entouraient passaient leurs matinées dans d'autres clubs que fréquentait Fenton, leurs journées à la Chambre des lords en compagnie de Fenton, leurs soirées dans les mêmes dîners que Fenton. Jamais celui-ci ne pourrait oublier qu'il était toujours fiancé à une femme qui l'avait planté au pied de l'autel pour travailler dans un club pour gentlemen.

Un tel geste avait dû demander à Camille une bonne dose de courage. La jeune personne avec qui il s'était promené cet après-midi était prudente et souffrait ; celle qu'il regardait à présent était sûre d'elle et... sensuelle. Un peu plus tôt, il pensait que la ramener dans les bras de Fenton – et, par extension, de la bonne société – ne serait qu'une simple formalité.

Il découvrait à présent que Camille Pryce avait plus de facettes qu'il ne l'avait cru. Il allait devoir comprendre ce qui la motivait, ce qu'elle désirait vraiment, et ce qu'il fallait faire pour la rendre à son fiancé. Et pour y parvenir, il lui faudrait gagner sa confiance. Et donc cesser immédiatement de la regarder comme un chat observe une souris. Quelle que soit son envie de bondir sur elle...

Elle leva les yeux. Quand leurs regards se croisèrent, l'ombre d'un sourire éclaira son visage. Il lui sourit en réponse et, la saluant d'un hochement de tête, s'empressa de fourrer ses instincts prédateurs dans sa poche, avec son mouchoir par-dessus. Apparemment, elle semblait lui avoir pardonné ses exploits de l'après-midi. Dans la mesure où cela valait à Keating de compter désormais deux familles de plus au nombre de celles qui le maudissaient, il s'en félicita ; sa prise de risque avait porté ses fruits.

— Je ferais bien une petite partie, déclara-t-il.

— Il n'y a que quatre places ici, Blackwood, rétorqua le vicomte de Swanslee en levant les yeux de ses cartes. Cherchez une autre table.

— Je ferais bien une petite partie *ici*.

À ces mots, le voisin de Swanslee, Jonas Atherling, se leva.

— Prenez ma place, proposa-t-il en rassemblant ses jetons. Je préfère être dans une autre pièce que vous, de toute façon.

— J'en ai autant à votre service, répliqua Keating.

Le gros garçon empestait l'eau de Cologne bon marché. Keating prit sa place en se demandant comment Camille faisait pour respirer.

— Comment allez-vous, ce soir, milady ?

— Très bien, monsieur Blackwood.

Puis elle regarda les autres joueurs.

— Êtes-vous prêts, messieurs ?

— Distribuez ces fichues cartes, marmonna l'homme enrobé assis à la gauche de Keating. Avec un peu de chance, la mauvaise étoile de Blackwood va éclipser la mienne.

— Mauvaise étoile ? répéta Keating. À d'autres ! Je fais de mauvais choix. Ce n'est pas du tout la même chose.

— Cela ne revient-il pas à se demander à quel point on peut être mort ? commenta à voix basse le joueur assis à sa droite.

Keating révisa son opinion sur les membres de ce club. L'un d'entre eux, au moins, semblait capable à la fois d'intelligence et de mélancolie.

— Je ne crois pas avoir l'honneur de vous connaître, dit-il.

— En effet. Vous êtes resté loin de Londres un certain temps, n'est-ce pas ?

D'un geste, l'homme demanda une troisième carte. Son profil étant à demi masqué par ses longs cheveux bruns, Keating ne voyait pas grand-chose de lui, sinon qu'il était mince et âgé d'une vingtaine d'années.

— Qui êtes-vous ? Mon successeur en matière de débauche ? Dans ce cas, vous devriez fréquenter un club moins élégant.

Puis, jetant un regard au verre posé devant lui, il ajouta :

— Et vous ne devriez pas boire du cognac, mais quelque chose qui descend rapidement dans le gosier – whisky ou vodka.

L'homme se tourna enfin vers lui. L'estafilade qui lui barrait la joue jusqu'au menton était d'autant plus saisissante qu'il avait en outre l'œil droit d'un blanc laiteux qui contrastait avec le gauche, bleu foncé.

— Je ne vous ai pas demandé votre avis, mais vous n'avez pas tort.

Il repoussa sa chaise et tendit une livre à lady Camille.

— Bonne soirée, dit-il.

Comme personne ne prenait sa place, lady Camille leva deux cartes, face visible, devant les trois joueurs. Pour elle-même, elle sortit le sept de trèfle et le roi de pique.

— Messieurs ?

— Qui était-ce ? demanda Keating, contrarié de ne pouvoir s'empêcher de poser la question.

— Il n'a pas donné son nom, monsieur Blackwood, répondit-elle en levant les yeux sur lui. Voulez-vous une carte ?

Voilà qu'à présent, elle faisait comme s'ils ne se connaissaient pas. Keating considéra le neuf et la dame dans sa main.

— Je garde mon jeu.

Seule une brève lueur dans le regard de lady Camille lui indiqua qu'elle avait peut-être compris davantage que ce qu'il avait dit. Du moins l'espérait-il. Il venait de se rendre compte que si sa réputation pouvait aider la jeune femme, elle ne l'aidait guère lui-même, et cela le déstabilisait. Si lady Camille feignait de ne pas le connaître, il ne pouvait s'attendre qu'elle lui fasse confiance. Manifestement, il allait devoir essayer de se comporter le mieux possible. Il avait été sacrément bien inspiré de s'abstenir de boire.

6

Camille anima le jeu de vingt-et-un pendant une heure encore, puis fit signe à la responsable de salle qu'elle avait besoin de se dégourdir les jambes. Elle ne fut pas surprise que Keating Blackwood quitte la table sur ses talons.

Elle se dirigea vers une porte de service qui menait à l'arrière du club, mais il était toujours dans son sillage.

— S'il vous plaît, ne faites pas cela, murmura-t-elle sans se retourner.

— Quoi donc ? s'enquit-il calmement.

— Me suivre. Les gens vont penser que vous me poursuivez de vos assiduités.

— Ils se tromperont.

À ces mots, le cœur de Camille se mit à battre bizarrement, et de manière inexplicablement déplaisante.

— Parfait, mais c'est l'impression que vous donnez et cela ne peut qu'alimenter de nouvelles rumeurs. Ce que je préférerais éviter.

À en juger par les regards envieux que ses camarades lui avaient jetés quand elle avait quitté le grand salon, elle se comportait comme une idiote. Non seulement Keating Blackwood était très bel homme, mais il possédait un humour décapant et une bravoure à toute épreuve. Et c'était un joueur remarquable. S'il n'avait pas souffert d'une si effroyable réputation, elle n'aurait probablement rien trouvé à redire à sa présence.

Elle se rendit soudain compte qu'elle se comportait avec lui de la même manière que les autres se comportaient avec elle. De stupeur, elle faillit trébucher alors qu'elle franchissait la porte qui menait vers la partie privée. Une main solide se referma sur son bras.

— Attention.

— Merci.

Pour l'amour du Ciel, si elle n'avait pas elle-même une si mauvaise réputation, elle aurait probablement quantité d'amis. Peut-être même encore des parents et un foyer.

— Veuillez m'excuser, dit-elle.

Keating Blackwood s'immobilisa sur le seuil et la regarda.

— Pour quoi ?

— Pour m'être laissé rebuter par votre réputation. C'est hypocrite de ma part.

Un sourire surpris étira les lèvres sensuelles de son compagnon.

— Non, ça ne l'est pas. C'est au contraire très sage. En matière de rébellion, nous ne jouons pas dans la même cour, vous et moi.

Elle jeta un coup d'œil derrière lui, vers la salle bondée d'où l'on glissait des regards curieux dans leur direction.

— Vous feriez aussi bien de venir avec moi, décida-t-elle, l'invitant d'un geste à franchir le seuil.

Avec une hésitation presque imperceptible, il s'engagea dans l'étroit corridor et referma le battant derrière lui.

— Intéressant, dit-il. Vous pouvez vous déplacer dans le club sans que tous les hommes bavent sur vous.

— C'était une idée de lady Haybury, expliqua-t-elle. Et les hommes ne bavent pas sur moi.

— Je ne vois pas pourquoi. Vous êtes très jolie.

Les joues de Camille la brûlèrent. Depuis quand ne lui avait-on pas fait un compliment sans essayer de lui pincer les fesses ou de l'attirer dans un lit ?

— Ici, ils daignent m'adresser la parole, mais ils ont toujours l'air de penser soit que j'ai été définitivement souillée et qu'ils pourraient m'avoir pour quelques shillings, soit que s'ils restent trop près de moi, ils risquent d'attraper la peste.

— Si vous voulez mon avis, répondit-il en lui rajustant sa manche, dans l'ensemble, les hommes sont des imbéciles. Ils veulent ce qu'ils ne peuvent pas avoir et craignent que ce qu'ils ont leur ait coûté trop peu pour avoir de la valeur.

Décidément, songea Camille, ce Keating Blackwood sortait de l'ordinaire. Et cette idée l'intriguait bien plus qu'elle n'aurait dû.

— Faites-vous partie de cette catégorie ?

— Je fais partie de ceux qui ont appris leur leçon et voient clairement la folie des autres.

— En êtes-vous certain ?

— Absolument.

Il pencha légèrement la tête de côté, et son regard dériva vers sa bouche.

— Vous avez un sourire charmant, reprit-il. Vous devriez en faire usage plus souvent. Un sourire peut faire plus de ravages qu'un pistolet, si l'on s'en sert correctement.

Camille ne s'était même pas aperçue qu'elle souriait. Sa première impulsion fut d'effacer ce sourire, de baisser la tête et de s'enfuir, mais il n'y avait qu'eux deux dans ce couloir. Seul Keating Blackwood l'avait vue se comporter comme si elle pouvait réellement savourer un moment de bonheur. Et, cela ne lui avait pas échappé, c'était effectivement la deuxième fois de la journée qu'elle souriait devant lui.

Et elle était là, sa réputation ruinée, couarde, sans personne pour la regarder de travers, du moins pour l'instant. Un homme très séduisant se tenait devant elle. Un homme qui, pour une raison qu'elle ne s'expliquait pas, semblait prendre son parti dans ce monde absurde.

Le cœur battant la chamade, Camille posa la main sur le torse de ce dernier, se pencha vers lui en levant la tête, et l'embrassa. Elle perçut sa surprise quand leurs lèvres se touchèrent, puis dans la seconde qui suivit, Keating Blackwood plaqua sa bouche sur la sienne. Ses mains se refermèrent sur ses hanches, l'attirèrent à lui. Une onde brûlante courut le long de sa colonne vertébrale et elle ferma les yeux.

Les doigts fermes s'enfoncèrent dans sa chair tandis qu'il l'écartait de lui. Camille rouvrit les yeux. Son regard plongea dans deux lacs aux reflets d'ambre.

Keating Blackwood s'éclaircit la voix.

— Cela...

— Je vous présente mes excuses pour vous avoir fait risquer les feux de la damnation éternelle, articula-t-elle, s'efforçant de reprendre son souffle et de rassembler ses esprits. Même s'il est peu probable que quiconque aujourd'hui me considère comme une jeune fille pure.

— Oh, j'ai assurément senti le souffle des flammes de l'enfer me frôler ! murmura-t-il sans la quitter des yeux.

Camille n'avait pas la moindre idée de ce qu'il pensait mais, au moins, il ne se moquait pas d'elle.

— Eh bien, maintenons-nous la promenade à laquelle vous m'avez conviée demain, ou vais-je devoir retourner à ma lecture ?

— Soyez dans l'allée en façade à 13 h 30.

Camille poussa le soupir qu'elle retenait depuis une éternité. Quelle que soit la nature de ce qui venait de se passer, elle ne venait pas de ruiner l'amitié la plus intéressante qu'elle ait jamais nouée. Avec le seul homme qui semblait ne voir dans son comportement scandaleux qu'un simple pied de nez à la bonne société. Le seul homme qu'elle ait jamais embrassé – et dont elle ne savait même pas s'il avait eu envie de l'embrasser.

— Entendu. Je... merci.

— Pourquoi diable me remerciez-vous ? demanda-t-il en arquant un sourcil.

— Pour ne pas vous être moqué de moi, je suppose. Pour ne pas avoir l'air choqué. Pour ne...

Elle n'eut pas le temps d'achever sa phrase. Keating venait de franchir l'espace qui les séparait et l'embrassait de nouveau. Son dos heurta le mur comme il pressait sa bouche sur la sienne pour lui voler un baiser à couper le souffle. Cette fois, impossible de croire qu'il avait été surpris ou qu'elle ne lui plaisait pas !

— Ne me remerciez pas de me conduire comme un parfait imbécile et de faire des choses qui ne peuvent qu'aggraver votre situation, lady Camille, murmura-t-il tout contre ses lèvres. Et ne m'embrassez plus. Vous êtes beaucoup trop appétissante. Je fais de mon mieux pour me comporter en gentleman, mais je crains de ne pas être très doué pour cela.

Sur ces mots, il fit demi-tour et regagna le salon. Camille demeura immobile de longues minutes, l'index courant sur ses lèvres. C'était donc cela un baiser… À présent, elle comprenait mieux ce que voulaient dire ses camarades quand elles affirmaient qu'elles étaient au bord de l'évanouissement juste parce qu'une bouche s'était posée sur la leur. De fait, ses jambes ne la portaient plus.

Ce n'est que lorsqu'elle posa la main sur la poignée de la porte pour retourner dans le salon Perséphone qu'elle s'avisa que, de l'autre côté du battant, chaque individu de sexe masculin devait s'imaginer que Keating Blackwood et elle venaient de faire… exactement ce qu'ils venaient de faire ! Un grand froid l'envahit, et elle ferma les paupières.

En vérité, ils devaient être persuadés qu'elle avait fait cela durant toute l'année, ce qui ne les empêchait pas de s'asseoir à sa table de jeu, de lui sourire quand elle les installait pour le petit déjeuner et de lui offrir des babioles dans l'espoir qu'elle flirte avec eux. Camille rouvrit les yeux. Le gouffre d'humiliation qui s'était ouvert à ses pieds commençait lentement à se refermer. Aux yeux de la bonne société de Mayfair, elle offrait ses lèvres – et davantage même – à tous les hommes qu'elle croisait depuis des mois.

Elle frôla de nouveau sa bouche. Dans ce cas, qu'importait si elle avait *réellement* embrassé un homme ? À coup sûr, il ne devait plus rester grand monde à ne pas l'avoir regardée de travers. Peut-être Keating Blackwood n'était-il pas le choix le plus avisé pour commettre une folie, mais elle avait été aperçue en sa compagnie à deux reprises et, pour ce qu'elle avait pu en voir, cela n'avait rien changé. Peut-être essayait-il de bien se comporter, mais quant à elle, et c'était grâce à lui qu'elle venait de s'en apercevoir, elle n'était plus soumise à cette obligation.

— Juste Ciel, murmura-t-elle.

Puis elle laissa échapper un petit rire. Le Ciel n'avait rien à voir avec ce qui lui arrivait.

À mi-chemin de Baswich House, une pluie fine commença à tomber. Keating mit Clampin au pas et offrit son visage à la pluie. Cela ne l'aida guère.

La fille l'avait embrassé. Cette maudite gamine avait posé sa main délicate sur son torse, fermé les yeux et pressé ses lèvres sur les siennes ! Et il en avait frissonné de la tête aux pieds.

Il ne pouvait s'en prendre qu'à lui-même. Il s'était sciemment posé en ami alors que tout le monde en dehors du Tantale Club la battait froid. Et il avait déployé tout son charme. Autrefois, quand il jouait les séducteurs, il finissait toujours dans le lit d'une dame ou d'une autre, nu. Depuis son exil, il s'était montré un peu moins sélectif, se contentant de s'assurer que la fille n'était pas mariée. Dans le Shropshire, le choix s'était avéré assez maigre, surtout une fois que les femmes avaient compris combien il était malavisé de s'afficher en sa compagnie, mais il n'était pas un moine.

Il poussa un long soupir. Depuis sa naissance, lady Camille avait été promise à Stephen. Keating avait compris la leçon ; il ne prenait plus l'épouse d'un autre. Et si son cousin n'avait pas encore passé la bague au doigt de sa fiancée, il l'avait mandaté pour l'y aider.

En vérité, il se demandait pourquoi il songeait à cela. Pour l'amour du Ciel, Camille Pryce était une vierge qui faisait de son mieux pour ignorer sa réputation en miettes, et il n'était là que pour la ramener dans les bras de la société ! Pas dans ses bras à lui. D'ailleurs, elle ne l'intéressait même pas. Si charmante soit-elle, ce n'était pas du tout son genre de femme.

Raison pour laquelle, au demeurant, il fuyait les vierges. Pour une novice aux jeux de l'amour, chaque baiser avait une signification particulière, chaque murmure était une promesse. Même avant le drame, il avait dédaigné les demoiselles en robes blanches de chez Almack, à qui il préférait leurs aînées plus expérimentées. Certes, cela s'était très mal terminé, mais il n'était pas assez naïf pour s'imaginer que fuir désormais les femmes mûres en faveur des débutantes résoudrait quoi que ce soit.

Quoi qu'il vienne de se passer, Keating était déjà en train d'essayer de se souvenir de l'endroit où Adam rangeait ses alcools. De toute évidence, il était incapable de rester sobre, ne serait-ce qu'une journée. D'un autre côté, même s'il avait une excellente raison de boire, cela ne changerait pas sa situation ni ne rendrait les choses plus faciles.

Éperonnant sa monture, il prit la direction de Hyde Park au petit trot. Il était résolu à ne pas boire, mais en revanche à s'offrir une petite chevauchée. Même s'il était encore tôt, surtout selon les critères de Mayfair, le parc était généralement désert la nuit. Sous la pluie qui martelait l'herbe et la terre piétinée de Rotten Row, l'allée équestre, il avait l'impression d'être le seul homme de Londres.

Ce qui lui aurait parfaitement convenu, à vrai dire. Il chevaucha pendant une heure environ, dans la boue et sous une pluie battante, jusqu'à ce que Clampin et lui soient essoufflés et en nage. Lorsqu'il rentra à Baswich House et tendit les rênes de son cheval à un garçon d'écurie à l'expression désapprobatrice, il était trempé jusqu'aux os.

— Hum, fit Adam, depuis la galerie qui surplombait l'entrée. Ce n'est pas ce à quoi je m'attendais.

Keating s'ébroua et commença à gravir le grand escalier.

— Il pleut, rétorqua-t-il. Que croyais-tu ? Que les gouttes de pluie allaient éviter de tomber sur ma diabolique personne par crainte de représailles divines ?

— Tu as de la boue jusqu'aux genoux, le manteau que je t'ai prêté est sale jusqu'à la taille et tu es en train de mettre de la terre sur mon tapis.

— Je suis épuisé, Adam. Nous nous chamaillerons demain, si cela ne t'ennuie pas.

Greaves continua de l'observer. Que cherchait-il donc ?

— Dois-je faire semblant d'ignorer que Fenton t'a rendu visite dans la soirée ? demanda-t-il finalement.

Keating, qui avait atteint le haut de l'escalier, ralentit le pas.

— Il craint que je ne me fasse remarquer et que cela ternisse sa réputation, expliqua-t-il en assortissant ses paroles d'un haussement d'épaules désinvolte. Ne me dis pas que cela te surprend.

— Et que pense-t-il de tes promenades au parc avec son ex-fiancée ?

— Tu as l'intention de m'espionner encore longtemps ? répliqua Keating en passant devant son ami pour se rendre dans ses appartements.

— Très probablement.

— C'est un secret qui ne m'appartient pas, Adam.

Greaves lui emboîta le pas.

— Allons, dis-le-moi, pour l'amour du Ciel ! insista-t-il. Tu sais combien j'ai horreur de ne pas savoir ce qui se passe.

Keating ne put retenir un sourire.

— Non. Je suis décidé à bien me comporter. Et va faire ta crise d'apoplexie ailleurs.

Une fois que Keating eut ôté ses vêtements et se fut séché, il se laissa tomber sur le lit et ferma les yeux. Son chemin lui apparaissait tout tracé : ramener lady Camille auprès de Fenton. Plus de baisers. Plus de pensées fantaisistes, comme par exemple cette idée folle que le contact de ses lèvres sur les siennes avait signifié quelque chose. Et qu'il avait éprouvé quelque chose. Non, il n'avait rien éprouvé du tout. C'était un luxe qu'il ne pouvait se permettre.

Lorsque Keating engagea le phaéton de Greaves dans l'allée courbe du Tantale Club, il espérait presque que lady Camille ne serait pas là. Elle l'était. Elle se tenait près du portique de l'entrée et discutait avec la jeune femme qui jouait les majordomes de charme.

Il s'efforça de ne pas remarquer sa jolie robe de mousseline aux couleurs printanières ni l'élégante ombrelle blanche qu'elle avait à la main. Et il feignit de ne pas observer son visage pour voir si elle sourirait en l'apercevant. Si elle souriait bel et bien, cela signifierait uniquement qu'il avait su gagner sa confiance et qu'il pouvait passer au second volet de son plan. Il prit une lente inspiration afin d'apaiser le prédateur qui se réveillait de nouveau en lui.

Elle leva les yeux, et ce sourire furtif, un peu timide, qui n'appartenait qu'à elle, éclaira son visage. Bon sang, elle lui souriait. À *lui*. Avec un temps de retard, Keating se composa une expression joyeuse et insouciante, et immobilisa les deux chevaux noirs qui tiraient l'attelage.

— Vous êtes en beauté, dit-il en lui tendant la main pour l'aider à monter sur le siège haut.

— Merci.

Ses longs doigts chauds se refermèrent sur les siens. Plus troublé qu'il ne l'aurait voulu, Keating l'attira sur la banquette à côté de lui.

— Où voulez-vous aller ? s'enquit-il.

S'il se fiait à sa réaction de la veille lorsqu'elle avait croisé ses anciennes amies dans Green Park, ils allaient probablement passer l'heure à venir à rouler dans les rues situées autour du Tantale Club. Peu lui importait, tant qu'il pouvait discuter avec elle. En vérité, il ne valait mieux pas être en tête à tête avec elle. Beaucoup mieux.

— Je doute qu'Amélia Danning ose s'aventurer de nouveau dans Green Park aujourd'hui, répondit-elle. J'aimerais y retourner.

Keating arqua un sourcil.

— En êtes-vous certaine ?

— À vrai dire, non, mais je crois que nous devrions tout de même essayer.

D'un claquement de langue, il mit les chevaux en marche et ils prirent la direction du parc. Manifestement, la jeune femme se montrait plus audacieuse que la veille. En cet instant, il ignorait si c'était ou non de bon augure pour lui, mais il décida de battre le fer tant qu'il était chaud.

— J'ai une question à vous poser, dit-il après un silence.

— Moi aussi, répondit-elle, mais je vous en prie, commencez.

Keating se retint de fermer les yeux. Il ne s'expliquait pas son malaise, d'autant qu'il avait toujours adoré semer le chaos autour de lui.

— Fenton, dit-il.

— Je n'ai pas envie de parler de ce monsieur, répliqua-t-elle.

Elle observait les vitrines des magasins, mais détourna la tête lorsqu'une passante la regarda.

Ma foi, elle n'était plus si courageuse que cela une fois confrontée à ses pairs – ou plutôt, à ses anciens pairs.

— Vous ne m'avez jamais dit quelle grossière erreur il avait commise pour vous faire fuir de la sorte.

— Qu'importe ? Je suis partie, et il y a eu – il y a encore des conséquences.

— Je suppose que cela n'a plus grande importance, en effet, concéda-t-il, songeant que si elle avait été plus docile, aujourd'hui elle serait mariée à Fenton et lui dans le Shropshire. Mais dites-le-moi tout de même.

— Pourquoi ?

— Parce que... Eh bien, parce que vous ne l'avez probablement jamais dit à personne, et que si vous n'avez pas confiance en un vil séducteur qui empeste l'alcool, à qui pouvez-vous vous fier ?

Elle éclata d'un rire délicieux, qui évoquait de l'eau ruisselant sur des galets.

— Vous ne sentez pas le whisky, aujourd'hui.

— Non, puisque je n'en ai pas bu.

— Tant mieux. Est-ce à cause de ma remarque d'hier ?

— En partie. Et aussi parce que j'ai l'impression que si je me soûle une fois de plus, mon crâne va exploser. S'il vous plaît, ne changez pas de sujet. Vous, Fenton, votre fuite de l'église… Dites-moi tout.

Son regard bleu croisa le sien, puis elle se détourna, avant de soupirer.

— Il n'a rien fait du tout.

Keating engagea le phaéton dans Green Park et mit les chevaux au pas pour ne pas heurter l'un des innombrables attelages qui se pressaient dans l'allée devant eux. Contrairement à ce qu'avait prédit Camille, non seulement les jeunes femmes n'avaient pas déserté le parc, mais elles semblaient être partout. Keating songea que s'il avait lancé une boule de croquet au milieu de la pelouse, il aurait fait tomber une bonne douzaine d'entre elles, puis s'empressa de chasser cette pensée saugrenue. Même s'il n'avait pas été envoyé en service commandé auprès d'elle, la jeune femme assise près de lui aurait été, de loin, la plus intéressante de tout le parc.

— Je ne vous crois pas. S'il n'avait rien fait, vous l'auriez épousé.

Camille inclina son ombrelle afin de se protéger des regards indiscrets de trois cavaliers qui les dépassaient. Même si elle était résolue à se moquer de ce que l'on pensait d'elle, elle n'avait nul besoin d'encourager la curiosité des gens. Et elle n'avait pas non plus envie de subir celle de Keating Blackwood, mais cela faisait un an qu'elle gardait le silence sur les raisons de son acte. Et même s'il l'avait dit en plaisantant, il avait vu juste. Si quelqu'un pouvait comprendre sa situation, c'était bien lui.

Dieu du Ciel, Green Park grouillait littéralement de jeunes femmes, aujourd'hui ! Fronçant les sourcils, Camille fit face à son voisin, tournant délibérément le dos à la moitié des promeneurs. Cet endroit n'avait jamais été aussi bondé. Hum... Cela n'aurait-il pas un rapport avec la présence d'un séduisant satyre à la réputation sulfureuse ?

— Camille, vous ne répondez pas à ma question.

Non. Apparemment, elle préférait scruter son beau profil.

— Très bien. Ce que je voulais dire, c'est que j'ai refusé de l'épouser précisément parce qu'il n'avait rien fait.

Si elle se fiait à l'expression perplexe de Keating Blackwood, celui-ci regrettait de ne pas avoir bu, tout compte fait.

— Pourriez-vous... développer ?

— Stephen Pollard et moi avons été fiancés trois jours après ma naissance. Il avait sept ans. Autrefois, je trouvais cela terriblement romantique. J'imaginais qu'il serait très beau, qu'il m'enverrait des roses, qu'il m'écrirait des lettres et des poèmes... Je n'ai jamais rien reçu.

Elle se souvenait avec quel naïf empressement elle harcelait son père pour lui demander si elle avait reçu du courrier, quelques jours avant et après son anniversaire, persuadée que Stephen Pollard en profiterait pour lui rappeler le lien qui les unissait.

— Il ne vous a jamais rendu visite ?

— Non. Pas une seule fois. Je l'ai vu à une ou deux reprises lors de soirées, après que j'ai fait mon entrée dans le monde, mais apparemment, dès qu'il entendait dire que j'étais là, il prenait la fuite. Ou faisait du moins tout pour m'éviter.

— Le crétin, marmonna Keating Blackwood, et Camille le vit serrer les rênes. Si je vous disais que cela ne m'étonne pas de lui, cela changerait-il quelque chose ?

Il était bien trop tard pour que quoi que ce soit fasse la moindre différence, mais Camille ne put refréner sa curiosité. Après tout, elle s'interrogeait sur son fiancé depuis qu'elle avait l'âge de comprendre qu'elle en avait un.

— Pourquoi cela ne vous étonne-t-il pas ?

— Fenton n'est pas… un séducteur. Pas du tout.

Keating esquissa une grimace.

— Je veux dire qu'il est assommant et n'a aucune conversation.

Il baissa les yeux. L'espace d'un instant, il afficha une expression qu'elle ne parvint pas à déchiffrer.

— Mais bien que je déteste l'admettre, ce n'est pas quelqu'un de cruel.

— Cruel ? répéta-t-elle avec un rire un peu forcé. Je n'ai jamais pensé cela de lui. Seulement, ce jour-là, dans l'église, quand je l'ai regardé, j'ai décidé que je ne pourrais pas passer le restant de mes jours auprès d'un homme qui, en vingt et un ans, n'avait pas jugé utile de se présenter à sa fiancée.

Dans le silence qui suivit, Camille put presque entendre ce que pensait son voisin. Qu'elle n'était qu'une gamine capricieuse. Qu'elle avait pris une décision radicale alors qu'elle aurait pu se contenter de s'asseoir avec son mari après la cérémonie pour lui dire ce qu'elle ressentait. Que plus d'un mariage commençait sans amour, voire sans avoir eu le temps de faire connaissance, et qu'aucune des autres fiancées n'avait pris la fuite.

— Vous auriez dû lui flanquer un coup de poing sur le nez avant de partir, déclara-t-il avec un sourire désabusé. Cela aurait valu le détour.

Camille chercha une réponse, en vain. Elle s'était attendue à une réplique cinglante et humiliante, et voilà qu'on l'applaudissait. Une larme de gratitude roula sur sa joue, qu'elle essuya d'un geste agacé.

— J'ai dit une centaine de fois à ma mère qu'il me semblait que nous devrions attendre un peu, expliqua-t-elle d'une voix chevrotante. J'espérais donner ainsi à lord Fenton le temps de me prouver qu'il était l'homme que je voulais qu'il soit. Ou de faire *quelque chose*. Elle répondait que j'étais stupide de m'imaginer que c'était une bonne idée de faire attendre un marquis. D'autant qu'il patientait depuis plus de vingt ans déjà.

— Il n'avait pas envie de vous épouser quand il avait sept ans, croyez-moi, assura Keating, ironique. À cette idée, il prenait des mines dégoûtées et, bien sûr, je l'imitais.

— Comme c'est charmant, répliqua Camille, qui ne put s'empêcher de sourire.

— J'ai peut-être tendance à prendre votre parti, déclara Keating en lui rendant son sourire, mais je reconnais qu'il aurait pu se donner la peine de faire votre connaissance. Et je vous accorde aussi que ce n'est pas se montrer déraisonnable que de demander des gages de bonne volonté avant de consacrer le reste de sa vie à un homme qui s'est toujours délibérément comporté avec la plus grande froideur.

Une deuxième larme rejoignit la première.

— Merci.

— Je vous en prie, Camille, ne pleurez pas. Je ne sais pas quoi faire dans ce genre de situation et cela heurte ma fierté masculine.

Elle plaqua la main sur ses lèvres pour étouffer un rire.

— Ce n'est pas drôle, protesta-t-elle d'une voix larmoyante. Quand je suis rentrée à la maison ce soir-là, mes parents m'attendaient devant la porte. Mon père a déclaré que j'étais une sale petite ingrate et m'a tourné le dos. Mère a déclaré que j'étais une affreuse égoïste et que j'avais ruiné les chances de mes sœurs de faire de beaux mariages et elle m'a giflée. Puis ils m'ont claqué la porte au nez.

Keating Blackwood marmonna quelque chose qui ressemblait fort à un juron.

— Êtes-vous allée directement au Tantale Club ?

— Il n'existait pas encore. Quand j'ai arrêté de pleurer, je suis allée à pied chez Amélia Danning. Ils n'ont même pas voulu m'ouvrir la porte.

— C'est la fille que j'ai embrassée hier ?

— Oui.

Cette fois, son sourire se fit nettement moins amical.

— Tant mieux, dit-il, serrant le poing. Alors où êtes-vous allée ?

Le souvenir de cette nuit la faisait encore frémir. Elle avait marché durant ce qui lui avait paru des heures, en robe de mariée, avec trois shillings dans son réticule de dentelle. Tout le monde la regardait avec curiosité, mais personne ne lui avait proposé son aide, à part un affreux bonhomme qui lui avait offert un toit à condition qu'elle l'embrasse « là ». Elle frissonna de nouveau.

— J'ai marché. Toute la nuit. J'avais peur de m'arrêter où que ce soit et il ne me semblait pas que ce soit une bonne idée de dormir dehors. Finalement, un fermier a accepté de m'emmener dans sa charrette et je suis allée à Chatham, chez une tante. Elle m'a autorisée à dormir avec les bonnes et m'a fait astiquer l'argenterie. Je ne pense pas qu'elle ait pris la peine d'informer ma mère que j'étais chez elle. Un matin, alors que je faisais le ménage dans la salle à manger, j'ai vu dans le journal une petite annonce recherchant des jeunes femmes de bonne éducation pour le Tantale Club. Avant midi, j'avais regagné Londres.

— Et c'était quoi, il y a un an ?

— À peine, répondit-elle. Je dois tout à lady Haybury. Sans elle, j'ignore où je serais aujourd'hui.

Ou, plus exactement, elle en avait une petite idée et elle en faisait des cauchemars toutes les nuits.

— Alors vous ne connaissez Mlle White que depuis un an ? Vous semblez pourtant très proches.

— Nous le sommes. Sophia n'a quant à elle rien fait de scandaleux, mais elle est la seule à comprendre ce qui m'est arrivé.

— Elle n'a pas fui un fiancé ?

Camille lui glissa un regard de biais.

— Vous ne savez pas qui elle est ?

— Voilà six ans que je me suis exilé dans le Shropshire. J'ai manqué bon nombre de rumeurs croustillantes.

Camille se demanda si elle pouvait en dire plus. Elle n'avait pas pour habitude de révéler les secrets qui ne lui appartenaient pas. D'un autre côté, tout le monde à Londres connaissait l'histoire de Sophia. Et celle-ci n'en avait jamais fait mystère.

— Sophia White est la fille du duc de Hennessy et de la femme de chambre de son épouse.

Keating Blackwood ne tressaillit même pas.

— Sa mère doit être une déesse pour qu'elle n'ait pas hérité du mufle de rhinocéros de Hennessy, lâcha-t-il.

Camille émit une toux étranglée et lui frappa gentiment l'épaule avec la poignée de son ombrelle.

— Vous n'êtes pas censé me faire rire quand je vous parle de scandale et de réputations ruinées.

— J'aime les défis.

— Rien ne vous choque, n'est-ce pas ?

Il secoua la tête.

— Pas grand-chose. N'oubliez pas que je suis le pire vaurien que je connaisse. Toutefois, je suis soulagé, je l'avoue, que le seul tort de Stephen soit d'avoir été négligent. Dans un sens, cela vaut mieux que de s'être comporté de manière déplaisante.

Certaines déclarations de son fiancé, après qu'elle avait pris la fuite, avaient été fort peu aimables, mais Camille supposait qu'elle les méritait. Keating Blackwood était le cousin de Fenton ; il n'avait nul besoin de connaître tous les détails. D'autant qu'elle ne pouvait s'empêcher d'être soulagée d'avoir eu une excuse pour fuir ce fiancé. Surtout depuis qu'elle avait fait la connaissance de son cousin, ô combien plus intéressant ! Ce dernier irradiait un parfum de péché aussi envoûtant que sulfureux.

Elle jeta un bref regard autour d'elle, et ne fut guère surprise de s'apercevoir que la plupart des femmes avaient les yeux tournés dans leur direction. Le plus étrange, c'était que celles qui la regardaient elle, y compris celles qu'elle ne connaissait pas, n'avaient pas la même expression que d'ordinaire. L'espace d'un instant, elle s'imagina qu'elles étaient… jalouses. D'elle. Parce qu'elle était assise à côté de Keating Blackwood.

Elle s'autorisa un bref sourire. Peut-être la chance était-elle en train de tourner, finalement. Et d'une façon à laquelle elle ne s'attendait pas.

7

Keating sentait qu'il approchait de Pollard House à la tension croissante dans ses épaules. C'était l'un des mystères de l'existence, supposait-il, qu'après avoir été si proche de son cousin lorsqu'ils étaient enfants, il ne l'appréciait pas particulièrement à présent qu'ils étaient adultes.

Comme il s'y attendait, le majordome le fit attendre dans le salon. Il n'était pas venu ici depuis sept ou huit ans, mais rien n'avait changé, apparemment. Les chandeliers étaient au même endroit sur la cheminée et les mêmes éditions reliées de cuir du théâtre de Shakespeare étaient rangées au même endroit dans la bibliothèque.

— Tu vis vraiment dans cette maison ? demanda-t-il au maître des lieux, qui venait de le rejoindre.

— J'aime que les choses soient à leur place, répondit Fenton. J'imagine que tu as des nouvelles ?

— Oui. Donne-moi du papier et une plume, assieds-toi et écoute-moi bien.

— Je ne suis pas un enfant, Keating. Dis ce que tu as à dire et va-t'en. Des amis doivent passer me prendre pour le petit déjeuner et je ne veux pas qu'ils te voient ici.

Sans s'émouvoir, Keating s'assit à la petite table dans un angle de la pièce.

— Tu as une curieuse façon de demander de l'aide. Papier.

Fenton le fusilla du regard, mais sonna le majordome.

— Apportez-moi de quoi écrire, ordonna-t-il.

Prenant place à contrecœur en face de Keating, il poursuivit :

— J'ai croisé Greaves hier au Parlement. Il m'a lancé un drôle de regard. Si tu as dit à qui que ce soit que tu es ici sur ma demande, nous allons devoir revoir notre accord.

— Essaies-tu de me faire croire que Greaves ne t'a jamais regardé avant ?

— Eh bien, pas…

— Il sait que nous sommes cousins et il ne t'aime pas, l'interrompit Keating. Je suis prêt à parier qu'il te regarde tout le temps de la même façon. Je ne lui ai pas dit un mot, ni à qui que ce soit, du reste.

Il se pencha vers lui.

— Et nous n'allons *pas* revoir notre accord. Tu épouses Camille Pryce, et je touche mes dix mille livres.

— Oui, oui.

Le majordome revint avec les articles demandés, qu'il déposa devant eux avant de s'en aller. Dès que la porte se fut refermée, Keating plaça un feuillet devant lui et plongea la plume dans l'encrier.

— Petit un, dit-il en écrivant. Faire livrer des fleurs à Camille. Demain.

— Pardon ? Cette fille m'a abandonné et ridiculisé. Il n'est pas question que je lui envoie des fleurs. C'est à *elle* de *me* présenter ses excuses.

— Petit deux, poursuivit Keating, ignorant sa remarque. Dans deux jours, lui envoyer un deuxième bouquet avec un billet où il sera écrit *Un cadeau bien tardif pour vos dix ans*. C'est tout. Pas de nom, rien.

Fenton frappa la table du poing.

— Je refuse. Ce n'est pas ce que je t'ai demandé.

— Petit trois. Chaque jour qui suivra, envoyer des fleurs à Camille avec un billet pour chaque année, et ceci jusqu'à son vingt et unième anniversaire.

Levant les yeux de sa liste, Keating demanda :

— Tu vas savoir compter jusque-là, n'est-ce pas ?

— À quoi joues-tu ? rétorqua son cousin en rougissant de colère. Cesse d'insulter mon intelligence et explique-toi.

Keating posa la plume en soupirant. Comme il l'avait remarqué à plus d'une occasion, Stephen n'avait jamais été impulsif, emporté, ni sensible aux besoins ou aux émotions de personne... d'autre que lui-même. Se fâcher contre lui à cause d'un malentendu qu'il avait créé – ou plutôt, laissé se créer – lui-même douze ou quinze ans auparavant n'avait aucun sens. En outre, il devait l'admettre, le récit de Camille la veille au parc l'avait bel et bien mis en colère.

— Très bien, murmura-t-il. Aux yeux de lady Camille, tu es responsable de ce fiasco.

Fenton bondit sur ses pieds.

— Quoi ? *Je* suis responsable ? Moi qui lui ai offert un foyer, un mariage, la respectabilité, une famille, un...

— C'est là le problème, coupa Keating. Tu ne lui as rien offert de tout cela. Tu as supposé qu'il suffisait d'un bout de papier, sur lequel elle n'a sans doute jamais posé les yeux, pour lui assurer tout cela. C'est une jeune femme, Stephen. Elle s'attendait que tu lui envoies au moins une lettre pour te présenter. Dans l'idéal, elle aurait aimé que tu la courtises.

— Tu veux dire qu'elle a fui et renoncé à m'épouser parce que je ne lui ai pas conté fleurette ?

La compréhension de Fenton n'irait probablement pas au-delà.

— Précisément. Et si tu veux qu'elle envisage de revenir auprès de toi, tu dois changer la perception qu'elle a de toi.

Fenton marcha à grands pas jusqu'à la fenêtre et revint.

— Il n'en est pas question. Ce mariage a été arrangé par nos parents. Elle y gagne plus que moi. Après tout, je suis marquis. Elle sera donc marquise. Personne ne m'a courtisé mais je n'ai pas fui pour autant.

— Tu n'es pas une jeune fille.

Fenton posa ses poings sur la table et prit une profonde inspiration.

— Que les choses soient bien claires, Keating. Elle m'a ridiculisé. Sa présence au Tantale Club est une insulte quotidienne. Il ne se passe pas une journée sans que l'un de mes pairs me fasse remarquer qu'il a croisé ma « presque fiancée » la veille au soir et qu'elle lui a apporté de la tarte aux pêches ou l'a accompagné à sa table pour le petit déjeuner. Et tous rient sous cape en échangeant des murmures.

Pour un être aussi imbu de lui-même que Fenton, cela devait effectivement être intolérable. Keating était même surpris que son cousin n'ait pas quitté Londres. Pourtant, il était toujours là, persuadé que les choses allaient rentrer dans l'ordre. À son bénéfice, bien sûr.

— Je pourrais en choisir une autre et l'épouser, mais je suis résolu à respecter mon engagement, poursuivit-il. C'est le seul moyen d'améliorer mon image, et la sienne, aux yeux de la bonne société. Tu le lui diras. Je ne lui offrirai pas de fleurs après ce qu'elle m'a infligé !

— Stephen, il ne s'agit pas d'un arrangement commercial, mais d'un homme et d'une fem...

— Je consens à lui accorder une seconde chance. Veille à ce qu'elle comprenne qu'il n'y en aura pas d'autre. Et si elle espère encore des roses et des poèmes après ce qu'elle m'a fait, elle se trompe lourdement.

Il se pencha pour approcher son visage de celui de Keating.

— Et je te paie une jolie somme pour régler ce pénible malentendu. Ne me demande pas de faire le travail à ta place, sauf à vouloir renoncer à ta récompense, bien sûr.

Le Keating d'autrefois aurait jeté le contenu de l'encrier à la figure de Fenton, avant de lui asséner un coup de poing. Le nouveau Keating se contenta de déchirer tranquillement le feuillet.

— Très bien, dit-il en se levant. J'espère toutefois que tu es conscient qu'une fois mariés, ce sera plus facile pour l'un et l'autre si vous n'êtes pas ennemis.

— Tu es bien la dernière personne au monde à qui je demanderais des conseils en matière de mariage.

Keating serra le poing, mais en voyant Fenton, qui avait remarqué son geste, reculer d'un pas, il s'avisa que ses dix mille livres risquaient de se volatiliser s'il frappait son cousin. Au prix d'un considérable effort de volonté, il déplia les doigts.

— Intéressant, dit-il. Parce que c'est précisément ce que tu fais. Permets-moi de te rappeler que c'est à moi que tu as fait appel pour recoller les morceaux de ton mariage.

Puis, sans laisser à Fenton le temps de répliquer – sa patience avait des limites –, Keating quitta la pièce. Non seulement il avait rendez-vous avec Greaves pour le déjeuner, mais il devenait évident que Stephen ne comprenait rien au fonctionnement de l'esprit féminin. Lady Camille avait peut-être agi de façon un peu radicale, mais Fenton était responsable du malentendu. Et, connaissant son cousin, Keating ne pouvait reprocher à la jeune femme sa reculade.

Si le marquis s'entêtait à refuser toute concession, ils se retrouveraient dans une impasse. Après tout, bien qu'elle ait agi impulsivement, et sans réfléchir aux conséquences de son geste, Camille avait décidé de choisir l'amour – ou au moins l'amitié – plutôt qu'une union avec un aristocrate autrefois respecté. Lui demander de revoir son point de vue si rien ne changeait par ailleurs n'était guère réaliste.

Certes, elle se trouvait à présent dans une situation très différente. De l'existence protégée de fille de vicomte fortuné elle était passée à celle d'une employée de club pour gentlemen. Peut-être, si l'occasion lui en était donnée, considérerait-elle que la sécurité valait mieux que quelque chose d'aussi intangible que l'affection. Mais à dire vrai, Keating détestait qu'elle soit contrainte à un tel choix.

Greaves l'attendait sur les marches du Society Club.

— Tu n'as pas été banni de cet établissement, n'est-ce pas ? demanda-t-il en s'écartant de la rambarde contre laquelle il s'était appuyé. J'ai oublié de te poser la question, j'ai donc préféré t'attendre dehors. Au cas où.

— Je ne m'en souviens plus, avoua Keating. Allons voir.

Le valet de pied qui leur ouvrit se contenta de battre rapidement des paupières, aussi Keating en déduisit-il qu'il avait toujours ses entrées. On les installa à une table située devant la fenêtre principale. Sans doute était-ce dû à la présence de Greaves, à moins que le maître d'hôtel n'espère attirer ainsi l'attention sur son club. Après tout, combien d'établissements pouvaient se vanter d'avoir servi du faisan rôti à un meurtrier ?

— Lady Ogilvy a demandé de tes nouvelles, hier soir, déclara Greaves un peu plus tard, devant une poule faisane à la broche.

— Ah bon ? C'est la dame à la poitrine généreuse, c'est cela ?

— Tu n'espères pas me faire croire que tu oublies le nom de tous les gens que tu croises ?

Keating but une gorgée de citronnade tiède. Il aurait préféré un whisky, mais vu ses difficultés à rester sobre ces derniers temps, il avait décidé que la citronnade serait un choix plus avisé.

— Bon, bon. Qu'as-tu dit à cette chère Marianne ?

— Que tu allais bien, mais ne comptais pas t'attarder à Londres. Elle a répondu que c'était dommage, puis elle a voulu savoir s'il était exact que tu jouais les satyres dans Green Park, car elle envisageait d'aller y faire un tour demain.

Keating s'étrangla avec sa citronnade et se mit à tousser.

— C'est donc pour cela qu'il y avait autant de demoiselles hier au parc ? s'écria-t-il. Bonté divine, elles *veulent* que je les embrasse ?

— Tu es plutôt beau garçon, tu as une réputation sulfureuse et tu as été absent pendant six ans. Les débutantes ne savent que ce qu'on raconte à ton sujet, mon ami. Pour elles, tu es une légende, pas un...

— Démon ? suggéra Keating.

— J'allais dire un gibier de potence, mais je suppose que cela revient au même.

Greaves désigna le verre que Keating tenait à la main.

— Aurais-tu renoncé à l'alcool ?

— Provisoirement. Il me semble que je cause moins de dégâts quand je suis sobre. Enfin, relativement.

— Et pourquoi voudrais-tu causer moins de dégâts ? Ou plutôt, pourquoi affirmes-tu cela alors que tu hantes Green Park pour embrasser les débutantes ? En outre, tu devais te douter qu'en revenant à Londres, tu réveillerais d'anciennes rumeurs. Sans parler des innombrables maîtresses que tu as laissées derrière toi.

Keating ravala un grognement.

— Tu as décidé de me gâcher la vie, n'est-ce pas ? marmonna-t-il.

Avec un sourire narquois, Greaves se remit à manger.

— Et ce n'est qu'un début, promit-il.

Lui aussi avait ses secrets et ses projets, et il n'était nul besoin d'être grand clerc pour deviner qu'il avait eu maille à partir avec le marquis de Haybury. Cela dit, Adam Baswich avait toujours été un ami solide et fiable alors qu'il lui aurait été facile de tourner le dos à Keating.

— Je fais une bonne action, déclara simplement ce dernier.

Il ne savait que trop comment réagirait Fenton s'il apprenait qu'il avait révélé quelle mission il lui avait confiée.

— En échange d'une récompense substantielle, ajouta-t-il. Je ne peux pas t'en dire plus.

Adam finit tranquillement sa bouchée.

— Tu n'es pas vraiment la personne à qui j'aurais demandé de ramener une fiancée au pied de l'autel, commenta-t-il. Tu sembles avoir plus de talent pour les en éloigner. Cela dit, tu as assurément plus de chances de la convaincre que Fenton lui-même.

— Et je ne vois absolument pas de quoi tu parles.

En vérité, il n'était pas étonné que Greaves ait tout deviné. C'était un remarquable joueur.

— Je m'étonne juste que tu sois à la disposition de ton cousin, quelle qu'en soit la raison. Je croyais qu'il t'avait renié voilà des années.

— Il a fait plus que cela ; il a prétendu que je n'existais pas. Ce qui me convenait tout à fait, crois-moi.

— Cette récompense doit être plus que conséquente, dans ce cas.

— Elle l'est. Par conséquent, cesse de jeter des regards noirs à mon cousin. Nous ne sommes pas tous descendants de Crésus, de Midas ou de je ne sais quel ancêtre à qui tu dois ta fortune.

— Tu sais aussi bien que moi que je suis l'héritier de Lucifer en personne, mais je vois ce que tu veux dire.

Greaves fronça les sourcils.

— Je peux te prêter de l'argent, si tu veux.

— Un prêt ne m'aiderait pas, Adam, mais merci de me le proposer.

Keating avait parfois envisagé de demander de l'aide à son ami, quand les récoltes étaient trop maigres ou que le prix de la laine ou du mouton chutait, mais il était résolu à faire pénitence. Il devait expier sa faute. Plus important, c'était à lui de gagner l'argent qui lui permettrait de racheter ses erreurs. Même s'il devait pour cela recourir à des moyens peu orthodoxes.

Greaves s'éclaircit la voix.

— À ta guise. Pourtant, je vais t'aider. Que dirais-tu d'une visite privée de la ménagerie de la Tour de Londres ? La demoiselle en question pourrait se faire accompagner par son amie aux cheveux roux, si cela la rassure. Et ma présence vous apportera la respectabilité nécessaire.

— Tu veux dire que tu proposes de nous escorter pour une sortie ? demanda Keating, stupéfait.

— Il me semble juste que, sans mon aide, ta réputation associée à sa position dans le monde vous condamne à errer dans les coins discrets des parcs ou à jouer aux cartes au Tantale Club.

Keating en était déjà venu à la même conclusion. Malgré tout le charme qu'il avait l'intention de déployer, après quelques promenades au parc, lady Camille finirait par comprendre qu'il ne pouvait rien faire pour redorer son blason. D'autant qu'elle détestait qu'on la regarde de travers, ce qui était souvent le cas.

— J'accepte, dit Keating.

— Je m'occupe de tout. Jeudi après-midi ?

— Ce ne serait-ce pas possible le matin ?

— Je croyais qu'elle travaillait ?

Keating hocha la tête.

— Justement. Je pense que le moment est venu de lui offrir une petite démonstration de ce que pourrait être sa vie si elle n'était plus obligée de travailler dans un club.

— Oh ! Très retors de ta part.

Si Keating avait été de nature soupçonneuse, il aurait pensé qu'Adam manigançait quelque chose.

Ma foi, il *était* de nature soupçonneuse, mais dans la mesure où il pouvait compter ses amis fidèles et loyaux sur... un seul doigt, il décida que celui-ci agissait peut-être bel et bien par charité et tentait, à sa façon, de lui venir en aide.

— La fin justifie les moyens, mon cher, dit-il.

— Ne perds tout de même pas de vue que tu ne pourras pas l'aider si tu achèves de ruiner sa réputation.

Keating réprima un tressaillement. Marmonnant quelques paroles si indistinctes qu'il les entendit à peine lui-même, il se remit à manger. Ruiner publiquement la vie de lady Balthrow n'avait été que la conséquence d'autres événements de cette fameuse nuit, mais en une soirée, il avait réussi, outre ce triste exploit, à tuer son mari. Certes, lorsqu'il avait compris exactement ce qui s'était passé, il était trop tard pour sauver la réputation d'Eleanor, mais au moins pouvait-il lui offrir un minimum de confort dans la retraite où elle devait désormais se cacher.

— Merci de me le rappeler, maugréa-t-il finalement.

Greaves l'observait de nouveau.

— Je te le répète, je serai muet comme une tombe si tu as envie de te confier à moi.

— Dis-moi pourquoi Haybury semble désormais te détester et je te raconterai ma triste histoire, proposa Keating.

— N'y compte pas.

— C'est bien ce que je pensais.

Que sa curiosité soit ou non satisfaite, cet échange avait porté ses fruits. Greaves allait cesser de le harceler de questions auxquelles il ne pouvait – et ne voulait – pas répondre. Sous aucun prétexte.

— Comment se fait-il que vous possédiez tout ceci alors que vous n'êtes à Londres que depuis à peine plus d'un an ? demanda Camille en levant les yeux des journaux étalés sur le parquet devant elle.

Geneviève Martine prit une autre pile de quotidiens soigneusement ficelée et s'agenouilla à côté d'elle.

— J'ai toujours trouvé sage d'être en permanence informée de ce qui se passe à Londres, quel que soit l'endroit où j'étais, répondit-elle avec son charmant accent français.

Geneviève, la plus proche et plus ancienne amie de lady Haybury, n'avait pas de titre officiel au Tantale Club, mais elle était généralement mieux informée que quiconque sur tout ce qui s'y déroulait. Elle possédait en outre le don mystérieux d'être là où l'on avait besoin d'elle. À en croire la rumeur, elle avait été espionne à la solde de Wellington, mais au nom du Ciel, malgré son chignon sévère et son allure de gouvernante, elle n'avait que vingt-trois ans.

Cela dit, Camille ne connaissait personne d'autre qui conservait dix ans d'anciens numéros du *Times* soigneusement rangés et ficelés mois par mois.

— Savez-vous quelque chose au sujet de Keating Blackwood ? lui demanda-t-elle.

— Je connais le poème, répondit Geneviève en dénouant la ficelle qui entourait un paquet pour déplier le premier numéro. Je sais que depuis six ans, lady Balthrow passe l'essentiel de son temps sur le Continent, et que…

Elle tourna une page, hocha la tête et tendit le numéro à Camille.

— … et que la plupart des propriétés de feu lord Balthrow étaient des biens inaliénables et sont revenues à son neveu.

Camille ressentit un désagréable pincement au cœur.

— Vous soupçonnez Keating Blackwood de faire vivre lady Balthrow.

— Je n'ai rien dit de tel. Vous m'avez demandé ce que je savais et je vous le dis.

Elle parcourut un autre journal.

— En voici un autre.

À ce qu'il semblait, six ans plus tôt, le nom de Keating Blackwood apparaissait dans les pages du *Times* plus souvent que celui de Prinny, l'actuel roi George IV ! Ce n'étaient que paris outranciers, jeux d'argent impliquant des sommes colossales, sans parler de ses innombrables conquêtes, dont seules les initiales apparaissaient dans la rubrique mondaine. Quatre soirs différents, il avait été vu en compagnie de cinq femmes, six ans plus tard, Camille n'aurait su dire qui étaient lady M., lady R.S., lady W.A. ou lady V.V., mais elle avait une idée de qui pouvait être lady B.

— Bonté divine, murmura-t-elle en ouvrant un autre numéro. Je m'étonne qu'il soit encore en vie.

Geneviève émit un petit rire.

— Un jeune homme élevé par des proches qui ont déjà un futur marquis à éduquer cherche d'autres moyens de se faire remarquer. Ou peut-être est-il juste un peu fou.

Camille, qui était en train de tourner les pages, s'interrompit. Non seulement la première hypothèse de Geneviève semblait assez logique, mais si elle se fiait au mépris non dissimulé de Keating envers son cousin, elle imaginait volontiers qu'il avait été négligé par rapport à ce dernier. D'un autre côté, son tempérament irrévérencieux et sa tendance à semer le désordre pour le seul plaisir étaient peut-être la preuve qu'il était un peu fou. Ce qui le rendait encore plus intéressant qu'il ne l'était déjà.

— Avez-vous les numéros qui relatent la mort de lord Balthrow ?

— Je crois oui.

Elles les dénichèrent dans la troisième pile. Hormis les détails scabreux de sa liaison avec lady Balthrow, il semblait clair, à en juger par le vocabulaire employé par les journalistes, que Londres en général et Mayfair en particulier ne trouvaient plus les frasques de M. Blackwood amusantes. Deux jours de suite, les gros titres clamèrent qu'il allait être pendu à Newgate.

Camille porta la main à sa gorge. Keating lui avait dit regretter tout ce qui s'était passé avec lord et lady Balthrow. Probablement parce que le scandale avait fait perdre de sa saveur à ce jeu-là, devina-t-elle.

— Personne ne l'a obligé à quitter Londres, murmura-t-elle pour elle-même.

— Rester n'aurait pas été très agréable pour lui, je suppose. Lord Balthrow n'était pas très apprécié, mais il appartenait à la noblesse. Assassiner un aristocrate est assez mal vu, surtout quand on en est soi-même un.

Un peu plus bas sur la page annonçant que l'acte commis par Blackwood avait été considéré par la cour comme de la légitime défense, un titre discret attira l'œil de Camille.

— Lady Balthrow a quitté la ville avant la fin du procès de Keating Blackwood ? s'étonna-t-elle.

— Sa liaison s'est terminée à la mort de son mari.

— Tout de même, si elle aimait vraiment son amant, ne serait-elle pas restée pour prendre sa défense devant ses juges ?

Geneviève esquissa un sourire.

— Voilà une pensée généreuse, Camille.

Camille connaissait ce regard. Allons bon ! Elle se montrait naïve. Bien sûr, lady Balthrow devait être plus soucieuse de garder sa propre liberté que d'aider Keating Blackwood à retrouver la sienne. Toutefois, si les sous-entendus de Geneviève étaient exacts, ce dernier subvenait toujours aux besoins d'Eleanor Balthrow six ans après avoir été acquitté. Cela ne la concernait certes en rien, sauf qu'à présent elle ne parvenait plus à chasser cette pensée de son esprit.

— Puis-je vous emprunter ces journaux ? demanda-t-elle en désignant les numéros qu'elle avait sélectionnés.

— Bien sûr.

Geneviève se leva et ajouta :

— Si la présence de M. Blackwood vous dérange, je peux demander qu'on lui refuse l'accès au club.

— Il n'y aura plus grand monde, si lady Haybury et vous-même refusez l'accès à chaque gentleman qui, pour une raison ou pour une autre, déplaît à l'une de vos employées.

— L'absence de lord Fenton ne nous a pas obligées à mettre la clef sous la porte, que je sache. Et quand Diane vous a engagée, elle vous a promis que vous seriez en sécurité ici, Camille. Cela n'a pas changé.

— Merci.

Ramassant sa pile de journaux, elle se leva à son tour.

— Sans lady Haybury et vous, je ne sais pas où je serais allée.

— Nous avons réussi ensemble, mais je ne pense pas que nous y serions arrivées séparément.

Geneviève l'accompagna à la porte.

— Si je peux me permettre, Camille, soyez prudente. Autrefois, Blackwood était aussi dangereux qu'un canon qui explose. Je ne peux m'empêcher de penser qu'un canon dirigé avec soin pourrait être encore plus dangereux.

— Je crois que je ne suis déjà que trop prudente ces temps-ci, mais je vous remercie, Geneviève.

— Faites comme bon vous semble.

De retour dans la chambre qu'elle partageait avec Sophia, Camille trouva celle-ci assise sur son lit, faisant pratiquement des bonds de joie.

— Tu as une lettre, annonça-t-elle en agitant une enveloppe vers la fenêtre. Et des fleurs. Et un autre billet.

Camille suivit du regard la direction qu'elle lui indiquait. Un joli bouquet de roses jaunes noué par un ruban rouge était disposé dans un vase qui avait dû être emprunté quelque part dans le club. Des fleurs ? Jamais elle n'en avait reçu de sa vie ! Elle s'en approcha et, les mains tremblantes, s'empara du petit carton inséré entre les boutons.

— *Avec beaucoup de retard, heureux dixième anniversaire*, lut-elle à voix haute.

— *Beaucoup* de retard, renchérit Sophia. Qui t'a envoyé cela ?

Camille regarda de nouveau le carton, puis le retourna.

— Ce n'est pas marqué.

Elle se pencha pour humer le doux parfum épicé des roses.

— Blackwood, suggéra son amie. Tu ne crois pas ?

— Je lui ai dit que lord Fenton ne m'avait jamais renvoyé ne serait-ce qu'une lettre, réfléchit Camille, mais mon dixième anniversaire n'a pas de signification particulière. Comment Grace a-t-elle su que ces fleurs étaient pour moi ?

— Aucune idée. Elle les a fait monter ici et Mary a dit qu'on les avait livrées pour toi.

Sophia agita de nouveau l'enveloppe.

— Ceci explique peut-être cela ?

Tout en ouvrant le pli, Camille dut admettre qu'elle espérait que ces fleurs étaient un cadeau de Keating Blackwood. À part lui, elle ne voyait qu'un seul homme susceptible de les lui avoir envoyées, et elle n'avait pas envie d'envisager cette hypothèse. Elle déplia le billet et le parcourut. Puis elle le relut plus attentivement.

— Alors ? la pressa Sophia. Est-ce de Blackwood ?

— Un moment, pour l'amour du Ciel !

Elle prit une inspiration, puis :

— *Lady Camille, si Mlle White et vous-même pouvez vous libérer jeudi matin, le duc de Greaves propose de nous emmener faire une visite privée de la ménagerie de la Tour de Londres. Comme j'ai très peur d'être dévoré par les lions, j'espère que vous pourrez venir. S'il vous plaît, informez-moi de votre décision. KB.*

— Oh, la Tour de Londres ! s'exclama Sophia en se remettant à faire des bonds. Dis oui, dis oui !

— Nous travaillons le jeudi matin, lui rappela Camille.

Intérieurement, elle avait envie de sauter de joie, elle aussi, mais elle résista bravement à la tentation.

— Nous devons d'abord en parler à Geneviève ou à Pansy.

Sophia se leva, attrapa Camille par la main et l'entraîna hors de la chambre.

— Au fait, Keating Blackwood n'a pas fait allusion aux fleurs, n'est-ce pas ? Crois-tu que cela signifie que ce n'est pas lui qui les a envoyées ? Qui cela pourrait-il bien être, selon toi ? Oh, la Tour de Londres ! J'ai toujours rêvé d'y aller, mais qui diable aurais-je pu convaincre de m'y emmener ?

Camille aurait bien aimé que Sophia se taise un instant. Parce que si elle aussi espérait qu'elles pourraient se joindre à Keating, pour l'heure, elle s'inquiétait davantage de savoir qui avait envoyé ces roses, si ce n'était pas lui. Une seule personne pouvait tenter de se faire pardonner d'avoir oublié son dixième anniversaire. Et l'idée que le marquis de Fenton ait soudain décidé de faire amende honorable la mettait terriblement mal à l'aise. Surtout maintenant qu'elle avait rencontré son très séduisant cousin.

8

Ce fut Joseph Bullock, le gardien-chef de la ménagerie en personne, qui les escorta à travers les enclos. Keating se tenait légèrement en arrière tandis que l'homme leur désignait avec fierté un loup à l'expression maussade, un chacal, puis un renard des neiges qui refusait de sortir de sa niche malgré les ailes de poulet et le museau de porc qu'on lui offrait.

— C'est un animal nocturne, voyez-vous, expliqua le gardien en frappant l'arrière de la cage avec une aile de poulet. Il vient du Groenland. Là-bas, il fait nuit une grande partie de l'hiver.

— Il a peut-être peur d'être transformé en manchon, commenta Greaves, pince-sans-rire.

Lady Camille s'était penchée pour essayer d'entrapercevoir le renard au fond de sa niche.

— Le pauvre. Il déteste simplement qu'on le regarde, j'en suis sûre.

— Je vais demander à l'un de mes aides d'apporter un tison brûlant et nous allons le faire sortir pour que vous puissiez le voir, Votre Grâce.

Sophia laissa échapper un petit cri choqué.

— Ce ne sera pas nécessaire, Bullock, répondit Greaves. Continuons notre visite, voulez-vous ?

— Bien sûr.

Ils s'approchèrent d'un autre groupe de cages d'où provenaient des grondements sourds. Comme lady Camille se rapprochait imperceptiblement de lui, Keating lui offrit son bras.

— Moi qui comptais sur vous pour me protéger, murmura-t-il.

Tout en glissant la main au creux de son coude, elle répondit :

— Pour cela, ne faut-il pas que je sois près de vous ?

Il laissa échapper un petit rire.

— Brillante stratégie, ma chère.

— Vous allez apprécier le spectacle, les interrompit le gardien. Nous n'avons pas encore nourri la hyène pour que vous puissiez admirer la puissance de ses mâchoires.

Un des employés s'approcha avec ce qui ressemblait à un os de bœuf. Bullock s'en saisit pour en frapper les barreaux métalliques de la cage avant de l'engager à demi à l'intérieur.

Dans un grondement affamé, le fauve bondit et arracha l'os des mains du gardien. Deux secondes plus tard, il l'avait brisé en deux.

— Juste Ciel ! s'exclama Camille. Il ne peut pas manger les barreaux, j'espère.

— Oh, non, milady ! C'est un alliage spécial.

— Je ne sais pas vous, mais je suis complètement rassuré, lui chuchota Keating.

Le rire étouffé qu'elle laissa échapper le bouleversa. Par le passé, il avait entendu les bruyants éclats de rire de femmes excitées, leurs cris au plus fort de la passion, leurs ricanements lorsqu'il lâchait une plaisanterie cinglante. Mais un rire authentiquement amusé... C'était pour lui une telle nouveauté que cela le touchait en plein cœur.

Il se ressaisit. Il pouvait certes apprécier le rire d'une jolie femme, mais il n'était pas venu à Londres pour cela. Il jeta un coup d'œil à Adam, qui se trouvait de l'autre côté de la cage avec Mlle White.

— Je suis heureux que vous ayez pu vous libérer ce matin, murmura-t-il à Camille. Greaves doit être au Parlement cet après-midi, c'était donc le seul moment possible.

— Sophia et moi avons échangé nos tours avec Emily et Jane. Ce soir, je serai dans le salon Demeter.

— Quel dommage. J'espérais que vous pourriez m'accompagner au théâtre.

Il avait dit cela avec un naturel parfait, se félicita-t-il.

Sa compagne leva les yeux vers lui.

— Keating, seriez-vous en train de… me faire la cour ? demanda-t-elle.

Elle plongea son regard de la couleur d'un ciel d'été dans le sien. Keating voulut répondre, mais il renonça. Quoi qu'il dise, ce serait un mensonge. À moins de lui avouer qu'il était à Londres aux ordres de Fenton et qu'il lui faisait bel et bien la cour… par procuration. Auquel cas, il verrait s'envoler non seulement la belle mais aussi la récompense de dix mille livres.

— Suis-je obligé de répondre à cette question ? demanda-t-il tout en se demandant s'il existait en enfer un gouffre plus profond que celui où sa place était déjà réservée. J'apprécie votre compagnie, de cela je suis certain. Je ne suis pas un grand stratège ; planifier mes actions m'a toujours donné la migraine.

Un nouveau sourire éclaira le visage de la jeune femme.

— Moi non plus, je n'ai jamais été très douée en la matière.

— Parfait. Alors nous pouvons continuer de discuter de tout et de rien sans nous soucier de l'avenir.

Elle hocha la tête, puis rejoignit Mlle White pour aller admirer les tigres. Keating laissa échapper un soupir. Maudit soit Fenton pour lui laisser faire tout le travail, et manquer de cœur au point de ne voir que son honneur, son argent et sa fierté ! Pour autant qu'il lui semblait, sa fiancée n'avait pas un tempérament de rebelle. C'était la bêtise de Fenton qui l'avait fait fuir. Et, bien entendu, celui-ci n'imaginait pas qu'il puisse avoir une responsabilité dans l'affaire.

— Elle va finir par comprendre ce que tu veux, murmura Greaves derrière lui.

— Eh bien, je lui souhaite bonne chance, parce que même moi, j'ignore ce que je veux, répliqua Keating. Sauf toucher mes dix mille livres. Et c'est tout ce qu'elle représente à mes yeux.

— Oui, il est manifeste qu'elle te laisse parfaitement indifférent.

— Ferme-la, marmonna Keating.

Il avait envie de frapper quelque chose et Greaves aurait fait une cible parfaite. Son corps entier vibrait de frustration à cause de son idiot de cousin, du guêpier dans lequel il s'était lui-même fourré… et surtout de Camille, dont la seule présence le faisait effectivement vibrer.

Il avait déjà désiré des femmes, bien trop souvent, et pas toujours pour de bonnes raisons, mais il ne se souvenait pas d'avoir éprouvé de l'affection pour une seule d'entre elles. Son intuition lui disait que ce n'était pas anodin, mais son esprit logique affirmait que cela n'avait aucune importance. Ses obligations devaient passer avant ses inclinations personnelles.

En outre, s'il avait appris une chose au cours des six années passées, c'était de ne jamais s'interposer entre un homme et une femme.

Même s'il apparaissait de plus en plus évident, en l'occurrence, que le premier ne méritait pas la seconde. Et surtout si, en plus, l'autre homme était son propre cousin.

— Voulez-vous voir les bébés lions ? proposa Bullock, arrachant Keating à ses réflexions moroses.

— C'est possible ? demanda Mlle White en considérant la lionne imposante qui dormait dans la cage devant eux. Sont-ils dangereux ?

— Ils ont un mois ; ils ont à peine les yeux ouverts. Faisant signe à un autre gardien, Bullock les escorta jusqu'à une lourde porte. Deux hommes apparurent, portant chacun deux lionceaux.

— Qu'ils sont adorables ! s'exclama lady Camille dès qu'on les posa sur le sol.

Elle s'accroupit et en prit un sur ses genoux.

— Keating, venez voir. Sa fourrure est d'une douceur !

En temps normal, Keating aurait donné cher pour ne *pas* s'accroupir sur le sol à côté d'une vierge et caresser un bébé lion, mais cette fois, il ne songea même pas à refuser. Il s'installa près de lady Camille. Aussitôt, un autre lionceau sauta sur sa cravate.

— Tu n'as aucun sens de la mode, déclara-t-il à l'animal, notant au passage que le très distant duc de Greaves aidait Sophia, qui s'esclaffait, à repousser les pattes griffues du lionceau qui s'était attaqué à l'ourlet de sa robe.

— Si quelqu'un s'étonne de l'état de votre cravate, vous pourrez répondre que vous avez été attaqué par un lion, lui suggéra Camille.

— Vu sous cet angle, je suppose que cela fera son petit effet.

Il s'apprêtait à dire autre chose, mais en voyant sa voisine baisser la tête pour frotter la joue contre celle du lionceau, il perdit complètement le fil. Il l'observa, fasciné par son expression ravie. Depuis combien de temps n'avait-elle pas éprouvé une telle joie sans mélange ? À cette pensée, il fut pris d'un désir presque douloureux de lui rendre son bonheur perdu.

Afin de masquer son trouble, il frotta le ventre du lionceau dévoreur de cravates jusqu'à ce que celui-ci, dans un petit grondement, attaque sa manche de veste.

— Bonté divine, ce fauve va me dévorer tout cru, gémit-il sans conviction, tandis que Camille s'étranglait de rire.

— Ma foi, commenta Greaves en faisant signe aux gardiens de reprendre les lionceaux, cet animal a compris que tu étais un prédateur, comme lui.

— Je ne vois pas ce que tu veux dire, rétorqua Keating. J'ai plutôt l'impression d'être une proie, pour l'instant.

Il se redressa et tendit la main à sa voisine pour l'aider à en faire autant. Ce n'était pas le moment que Greaves rappelle à celle-ci qu'il n'était pas digne de confiance.

Tout en refermant sa main gantée sur ses doigts, Camille s'exclama, tout sourire :

— C'était merveilleux ! Toutefois, je ne crois pas que je recommencerai l'expérience dans un an.

— Oh, dans six mois, ce seront déjà de dangereux fauves, milady ! intervint Bullock.

Avec un temps de retard, Keating s'avisa qu'il tenait toujours la main de la jeune femme. À contrecœur, il la lâcha.

— N'avez-vous pas un grand ours, ici ? demanda-t-il.

— Si, le Vieux Martin. Un cadeau d'Amérique – la *Hudson's Bay Compagny*. Attention, il est bien plus grand que ses cousins européens.

Tandis que les deux jeunes femmes suivaient leur guide, Keating saisit Greaves par l'épaule.

— Tu n'es pas ici pour ternir mon image, chuchota-t-il.

— Je pensais te rendre service, répliqua Adam sur le même ton. En soulignant combien tu ferais un mauvais... prétendant.

Keating ravala un juron. Greaves avait raison.

— J'ai besoin qu'elle me fasse confiance.

— Afin de pouvoir lui mentir sur la raison de ton retour à Londres ?

— Je sais ce que je fais, rétorqua Keating en posant la main à plat sur le torse de Greaves.

Ce dernier baissa les yeux sur sa main.

— Et moi qui croyais que tu ne te bagarrais que quand tu étais ivre. Eh bien, à ta guise. Je renonce à t'aider.

— Bonne idée, répliqua Keating en baissant le bras. Encore qu'il se pourrait que je te demande de me prêter ta loge au théâtre.

— Tu n'es pas un ami de tout repos, mon cher.

— Exact. Tu n'as que plus de mérite de me supporter.

Tandis qu'ils finissaient leur promenade par une visite aux aigles et faucons, Greaves offrit son bras à Mlle White, ce qui permit à Keating d'en faire autant avec lady Camille.

— Alors, cela valait-il la peine de changer votre emploi du temps ? demanda-t-il comme ils regagnaient la voiture de Greaves.

— Et comment ! répondit la jeune femme avec un grand sourire. J'ai tenu un lionceau dans mes bras.

Baignant dans la chaleur de ce sourire, il sembla à Keating que six années de honte et de souffrance fondaient comme neige au soleil.

— Êtes-vous certaine de ne pas vouloir m'accompagner ce soir à Drury Lane pour assister à…

Il lança un regard interrogateur à Adam, qui soupira discrètement.

— Je crois que l'on donne *Le Songe d'*…

— Au *Songe d'une nuit d'été* ? l'interrompit Keating.

— Je ne peux pas. J'ai déjà modifié l'emploi du temps et…

— Et Emily pourrait très bien prendre ta place ce soir, la coupa Mlle White. Va donc au théâtre, Camille. Voilà un an que tu te lamentes de manquer toutes les représentations.

La jeune femme rougit.

— Ce n'est pas convenable.

Elle baissa la tête.

— Je sais que cela paraît ridicule, surtout venant de moi, mais je ne veux pas aggraver ma situation.

— Je nous trouverai un chaperon, promit Keating en s'efforçant de s'exprimer d'un ton léger. Et ceux qui vous regarderont de travers auront affaire à moi. Vous êtes l'une des rares personnes à me supporter. Et Greaves ronflerait dès le deuxième acte. Je vous en prie, venez. En tout bien tout honneur.

— Un duc ne ronfle pas, commenta sobrement Adam.

Camille mourait d'envie d'accepter, et Keating Blackwood tenait à ce qu'elle vienne, de toute évidence. Elle passa de son visage, presque impassible, à celui de Sophia, impatient, puis du duc de Greaves, qui affichait une expression amusée.

— Je ne peux pas, protesta-t-elle d'une voix légèrement tremblante.

Pourquoi avait-elle l'impression de renoncer à bien plus qu'une soirée au théâtre ? Elle brûlait d'y aller, et pas uniquement pour assister à cette représentation. Chaque fois qu'elle posait les yeux sur Keating Blackwood, des pensées torrides la traversaient en même temps que de délicieux frissons. C'était tellement tentant. *Il* était tellement tentant ! Seulement, une soirée au théâtre n'avait rien à voir avec une promenade au parc.

Elle y croiserait beaucoup trop d'anciennes connaissances.

— Très bien, dit Keating sans trahir la moindre émotion. Si vous changez d'avis, faites-le-moi savoir.

Elle avait déjà changé dix-sept fois d'avis depuis qu'il lui avait posé la question.

— Promis, répondit-elle.

Dieu merci, Sophia fit la conversation pendant la vingtaine de minutes que durait le trajet de retour au Tantale Club. Comment son amie trouvait-elle le courage d'accepter sa naissance scandaleuse sans se soucier de ce qu'en pensaient les autres ? Camille n'en avait aucune idée. Si Sophia White s'était engagée au Tantale Club, c'était uniquement parce que personne ne voulait l'engager comme gouvernante et qu'aucun de ses proches parents, du côté de son père comme de celui de sa mère, ne voulait l'accueillir.

Leurs compagnons descendirent de la calèche et les raccompagnèrent jusqu'à la porte de l'établissement.

Sous les regards des autres hommes qui se trouvaient là, Camille se redressa. Que devaient-ils penser en voyant deux Tantale Girls, comme on les appelait, escortées par un pair du Royaume et un libertin notoire ? Bien sûr, si on se contentait de les dévisager c'est que personne n'aurait osé dire un mot de travers à ces deux hommes-là. Si elle avait été seule… Eh bien, si elle avait été seule, jamais elle ne se serait aventurée hors du Tantale Club.

— J'ai passé une merveilleuse matinée, déclara Sophia en les saluant d'une brève révérence. Merci de m'avoir invitée, moi aussi.

— Je ne vous ai pas invitée *vous aussi*, rectifia le duc de Greaves avec un sourire. Je vous ai invitée. Et c'est moi qui vous remercie d'avoir accepté.

— Oui, merci beaucoup, renchérit Camille. Je ne suis pas près d'oublier que j'ai tenu un lion dans mes bras.

Keating Blackwood parut sur le point de faire une remarque amusante, mais il se contenta de hocher la tête.

— Tout le plaisir a été pour moi. Puis-je venir vous saluer demain ?

Pour quelqu'un qui ne la courtisait pas, il se montrait diablement entreprenant, songea la jeune femme. Elle savait qu'elle aurait dû mettre un terme à tout cela avant qu'il ne soit trop tard, mais sa réputation était déjà ruinée. Il n'y avait pas de mal à flirter un peu… d'autant que Keating Blackwood ne semblait pas savoir parler autrement à une femme.

— Certainement, répondit-elle, soulagée qu'il ne lui en veuille pas d'avoir refusé de l'accompagner au théâtre. En tout bien tout honneur, bien sûr.

— Bien sûr, confirma-t-il.

À peine Camille était-elle entrée dans le hall que Grace, qui jouait les majordomes ce jour-là, s'approcha d'elle.

— Ceci vient d'arriver pour toi, dit-elle en désignant un gros bouquet de roses blanches sur une console.

Camille prit le petit carton qui accompagnait les fleurs.

— *Pour vos douze ans*, lut-elle. *Vous devenez une charmante demoiselle.*

Émue, elle se pencha pour humer les fleurs... avant de se redresser brusquement en entendant la calèche du duc de Greaves s'ébranler dans l'allée. Le cœur battant, elle se rua dehors.

— Keating ! appela-t-elle.

La calèche s'immobilisa et Keating Blackwood sauta sur le trottoir et s'approcha d'elle à grands pas.

— Il y a un problème ? demanda-t-il d'une voix dénuée de ses habituelles inflexions désinvoltes.

Camille le fixa, interdite. Il s'inquiétait pour elle. Sincèrement. En regard, sa propre réaction impulsive lui parut soudain plus acceptable.

— Cette invitation au théâtre. J'accepte.

Un sourire éclaira le visage de Blackwood. Il fit un pas vers elle, leva la main, comme pour lui caresser la joue... avant de suspendre son geste et de laisser retomber son bras.

— Je serai là à 19 heures.

— Je serai prête.

— Très bien. Je...

Il regarda par-dessus son épaule en direction de la calèche.

— Je dois y aller, à présent.

— Alors à ce soir, murmura Camille en réprimant une envie de rire.

— Oui. Très bien. Bonne journée.

Sa joie semblait tellement sincère, songea Camille. Une douce chaleur comme elle n'en avait encore jamais éprouvé se déploya en elle. Elle répondait une fois pour toutes à la question qui la taraudait depuis que le premier bouquet lui avait été livré, trois jours plus tôt. Pour une raison qu'elle ignorait, Keating Blackwood semblait résolu à lui faire croire que lord Fenton effectuait une – bien tardive ! – tentative pour la courtiser. Seulement, le marquis avait trop peu d'imagination ou de cœur pour essayer de se faire pardonner de manière aussi subtile. Quelles que soient les véritables intentions de Keating Blackwood, ces fleurs – et les sentiments attentionnés qui les accompagnaient – venaient bel et bien de lui.

Et cela lui plaisait énormément.

Keating était assis devant la table de travail de la bibliothèque, le menton appuyé sur ses bras repliés. Devant son nez, si proche qu'il en sentait les parfums, un verre rempli de whisky qui prenait des reflets d'or à la lueur de la lampe. Bientôt, il coulerait dans sa gorge, brûlure apaisante et familière…

Keating en avait besoin. Il avait besoin de calmer la frustration et la colère qui grondaient en lui. Il avait besoin d'oublier qu'il était en train de se rapprocher dangereusement d'une femme qu'il était censé pousser dans les bras d'un homme indigne d'elle.

— Monsieur Blackwood, vous avez de la visite, annonça le majordome.

Keating ferma les yeux. L'image du verre demeura imprimée sous ses paupières.

— Je ne suis pas là.

— La dame m'a chargé de vous dire qu'elle était déterminée à vous voir.

Il rouvrit les yeux. Il avait beau savoir qu'il connaissait trop de femmes pour espérer raisonnablement qu'il puisse s'agir de celle qui occupait ses pensées, son cœur s'emballa.

— La dame ? répéta-t-il.

— Elle a refusé de donner son nom, mais je crois qu'il s'agit de lady Vandress.

Son cœur reprit son rythme normal.

— J'y vais, marmonna Keating en se levant, puis, désignant le verre sur la table, il ajouta : Ne touchez pas à ceci.

Le majordome de Greaves étant quasiment taillé dans le marbre, Keating n'aurait su dire s'il était amusé, contrarié, ou les deux à la fois. Après un ultime regard nostalgique au verre de whisky, il se rendit dans le salon.

— Charity Vandress, dit-il en refermant la porte derrière lui.

La grande brune mince se détourna de la fenêtre. En dépit de la chaleur, elle était enveloppée dans une grande cape dont la capuche dissimulait en grande partie son visage.

— Je suis très fâchée, Keating, roucoula-t-elle d'une voix qui aurait fait fondre la banquise. Tu viens à Londres et tu ne me rends pas visite ?

— Navré. J'avais d'autres obligations.

— Comme embrasser les vierges dans les parcs quand tu n'es pas occupé à poursuivre la petite Pryce de tes assiduités. Tu devrais avoir honte.

Il ricana.

— Ne feins pas d'être jalouse, Charity. C'est impossible à croire.

Elle repoussa sa capuche, révélant d'étincelants yeux émeraude et des lèvres fardées de rouge.

— Jalouse ? De qui serais-je jalouse ?

Tout en parlant, elle avait déboutonné sa cape qu'elle laissa glisser sur ses épaules. Dessous, elle ne portait... rien. Absolument rien. Et son corps était aussi parfait que six ans plus tôt.

— Rhabille-toi, Charity. Cela ne m'intéresse pas.

— Allons donc, fit-elle en s'approchant de lui d'un pas souple. Autrefois, tu ne te contentais pas d'une seule femme.

— J'en suis aussi surpris que toi, ma chère, mais c'est ainsi.

De fait, il était étonné. L'homme en lui la trouvait toujours aussi séduisante et désirable, mais quelque chose en lui – son cœur ? ou peut-être son âme toute cabossée ? – exigeait qu'elle s'en aille sur-le-champ. Avant que la rumeur de sa visite atteigne Camille et que celle-ci décide qu'il était le même don Juan ivre de femmes et d'alcool qu'autrefois.

— Tu ne le penses pas vraiment, susurra Charity en prenant ses seins en coupe pour les soulever en une invitation des plus explicites.

— Si, je le pense, répliqua-t-il, commençant à perdre patience. Restons bons amis, Charity. Rhabille-toi et rentre chez toi.

La beauté brune rougit.

— Tu étais plus amusant autrefois, Keating, lança-t-elle en allant récupérer sa cape. C'est à cause de mon mari ? Cela ne t'arrêtait pas, avant.

Oui, *avant*. Avant qu'il tue l'époux d'une autre.

— Un fauve reste un fauve, Keating. Je te connais. Tout le monde te connaît. Tu ne changeras pas.

— Alors vous êtes tous mieux informés que moi. Sens-toi libre de rire de moi.

— Oh, je n'ai pas l'intention de m'en priver, crois-moi !

Après le départ de Charity, Keating s'assit dans un fauteuil. Un instant, il regretta l'absence de Greaves. Parce que même s'il détestait parler de ses affaires personnelles, celui-ci l'aidait parfois à retrouver son chemin.

Il fronça les sourcils en marmonnant un juron. Avoir un chemin tout tracé était une plaie. Surtout quand ledit chemin, qu'il commençait à trouver très intéressant, était le seul qui lui était interdit. Certes, cela s'expliquait peut-être par le fait que jamais il n'avait tenté d'avoir une véritable conversation avec une femme, et qu'il trouvait cela bien plus fascinant que prévu. Non seulement Camille Pryce faisait des remarques pleines d'à-propos, mais elle ne se dénudait pas à la première occasion. Et jusqu'à présent, Keating s'était comporté avec elle comme un gentleman, ce dont il n'était pas peu fier.

Sa seule consolation, c'était qu'en la rendant à son fiancé, il gagnerait de quoi s'acquitter une fois pour toutes de ses propres dettes. Après, il pourrait faire tout ce qu'il lui plairait.

Il avait déjà surmonté la tentation à une ou deux reprises. S'il achevait cette soirée sans avoir fait fuir Camille, ce serait un succès. S'il y parvenait sans perdre son amitié, ce serait un miracle. Et s'il réussissait tout cela sans boire une goutte d'alcool et sans poser les mains sur elle… il pouvait tout affronter.

9

— Je devrais lui envoyer un mot pour lui dire que j'ai changé d'avis.

Dans le miroir, Sophia lui jeta un regard sévère.

— Non, répliqua-t-elle en continuant de piquer des épingles dans le chignon de Camille.

— Si, tu devrais, objecta Emily Portsman, qui était appuyée au chambranle. Au théâtre, elle n'aura personne pour la protéger si les choses tournent mal.

— Tu es trop méfiante, Emily, riposta Sophia.

— Et toi trop naïve.

Camille avait envie de se boucher les oreilles. Elle l'aurait d'ailleurs fait, si cela avait pu mettre un terme à la querelle qui avait lieu sous son propre crâne.

— Je vous en prie, arrêtez, ordonna-t-elle. Vous ne m'aidez pas.

Emily eut un petit reniflement de mépris, et tourna les talons.

— Ne l'écoute pas, dit Sophia en fixant une boucle folle de manière charmante. Je pense que Keating Blackwood est tout près de tomber amoureux de toi.

— Nous ne nous sommes rencontrés que trois fois, je te rappelle. Il est bien trop blasé pour tomber amoureux aussi vite, ou pour tomber amoureux tout court, d'ailleurs. En plus, c'est le cousin de lord Fenton. Il ne va pas m'épouser !

— Ma belle, tu es une Tantale Girl. Tu n'as pas besoin d'épouser qui que ce soit. En vérité, je ne serais pas surprise que lady Haybury te soit reconnaissante de créer un peu d'animation. La fréquentation du club augmente toujours quand un parfum de scandale flotte dans l'air.

— Serais-tu en train de me suggérer de le prendre comme amant ?

Dieu du Ciel, jamais elle n'aurait dit – ou seulement pensé – une chose pareille avant de venir ici !

— Pourquoi pas ? Après tout, tu n'as plus aucune réputation à protéger.

Camille dévisagea son amie un long moment. Elle avait éprouvé bien des émotions depuis qu'elle avait provoqué sa propre ruine, mais certainement pas la sensation d'être libre. Sophia avait raison. Il ne lui fallait qu'un peu de courage, car ce n'était pas l'envie qui lui en manquait. À la seule vue de cet homme, elle n'était plus elle-même. Elle baissa les yeux sur le mouchoir qu'elle triturait nerveusement.

Sophia déposa un baiser sur sa joue.

— Cela ne rend peut-être pas les choses plus faciles, mais on s'amuse davantage quand on a été mis au ban de la bonne société.

Camille émit un petit rire qui n'apaisa guère ses nerfs à vif, se leva et se dirigea vers la porte.

— Tu pourrais suivre tes propres conseils, tu sais.

Sophia glissa son bras sous le sien, et répondit, le sourire aux lèvres :

— J'attends le paria aussi séduisant que fortuné qui me soulèvera dans ses bras pour me porter jusqu'à son lit.

— Oh ! Je vois.

Lorsque les deux jeunes femmes atteignirent le hall, Keating Blackwood était déjà là, en train de discuter avec Juliet près de la porte. Camille le vit se redresser à son approche.

— Vous êtes très élégant, déclara-t-elle en le parcourant du regard.

Veste, gilet, pantalon, bottes, il était tout de noir vêtu, hormis une cravate d'une blancheur éclatante où était piquée une épingle ornée d'un onyx noir. Il lui évoquait une panthère, mortellement dangereuse sous ses airs paisibles, attendant l'occasion de bondir sur sa proie. Soudain, les conseils de Sophia ne lui parurent plus aussi choquants.

— C'est moi qui suis censé vous dire cela, lui rappela-t-il. À présent, je vais devoir trouver quelque chose de plus flatteur. Voyons… Vous êtes aussi radieuse que l'aube.

Il fronça les sourcils.

— Non, cela ne va pas. C'est trop banal.

Inclinant la tête, il la balaya d'un regard aussi brûlant que déconcertant.

— *Elle se drape de gloire, telle la nuit / d'un pays sans nuages aux ciels étoilés / et l'éclat des ténèbres et de la clarté / illumine son regard et son sourire.*

— Juste Ciel, dit-elle en riant, sincèrement impressionnée. Lord Byron ! Je suis honorée.

— J'aurais préféré que vous soyez subjuguée, mais c'est un bon début, décréta-t-il en lui offrant son bras. Nous y allons ?

Camille l'accepta en évitant soigneusement le regard de Juliet, et de tous ceux qui se trouvaient dans le hall. Il lui était plus facile de se montrer hardie si elle feignait d'oublier qu'on l'observait. Une fois sur le trottoir, devant l'imposant carrosse du duc de Greaves tiré par quatre magnifiques chevaux noirs, elle se figea.

— Ne devais-je pas avoir un chaperon ?

— Elle est à l'intérieur.

— Vraiment ? Dans ce cas, vous êtes venu seul avec elle, ce qui est tout à fait contraire aux...

— Oh, pour l'amour du Ciel ! murmura-t-il en ouvrant la porte. Je suis venu avec Samuel. Le cocher. Demandez-lui si vous ne me croyez pas.

Camille jeta un coup d'œil dans le carrosse. Une femme d'un certain âge s'y trouvait, d'apparence discrète et modeste.

— Bonsoir, la salua Camille.

La femme hocha la tête, s'écarta pour lui faire de la place sur la confortable banquette tendue de velours brun et répondit d'une voix aux inflexions musicales :

— Très bien.

Avant de changer d'avis une fois de plus, Camille s'assit à côté de son chaperon. Keating prit place en face d'elles, et l'attelage s'ébranla.

— Vous voyez ? Tout ceci est parfaitement convenable.

Camille sourit à sa voisine. Keating Blackwood avait accompli un miracle. Non seulement il avait réussi à lui trouver un chaperon, mais il avait effectué le trajet à l'aller à côté du cocher afin de préserver la réputation de cette dame.

— Comment vous appelez-vous ? lui demanda-t-elle.

La femme lui sourit.

— Très bien, répéta-t-elle.

Hum.

— Pour qui travaillez-vous ?

— Tout à fait. Très bien.

Camille adressa un regard perplexe à Keating Blackwood, qui semblait s'amuser comme un fou.

— Cette dame ne parle pas anglais.

— Ah bon ? fit-il. Voilà qui explique bien des choses.

— Keating, d'où vient-elle ? Vous ne l'avez pas enlevée, j'espère ?

Une lueur malicieuse s'alluma dans le regard ambré.

— Merci d'avoir une aussi haute opinion de moi, commenta-t-il, faussement vexé. Madame est bohémienne. Je suis passé devant sa roulotte, je lui ai offert cinq shillings, je lui ai donné cette robe et je lui ai ouvert la portière du carrosse. Elle est montée, a mis la robe et maintenant vous avez un chaperon.

— Seigneur, Keating ! Et si elle s'imagine que vous voulez l'épouser ? Ou... pécher avec elle ?

— Elle pourrait être ma grand-mère.

Puis, se tournant vers la femme, il se frappa le torse.

— Keating, dit-il.

Il désigna ensuite Camille.

— Camille.

Puis il tendit l'index vers la femme.

— Rosa, dit-elle.

— Là. Elle s'appelle Rosa. Cessez de vous plaindre.

Avec un soupir, Camille s'adossa à la banquette.

— Donc, vous avez loué des places au théâtre, quoi, cinq heures avant la représentation ? Le...

— Une loge, rectifia-t-il. Greaves me prête la sienne.

— Vous avez trouvé une loge le jour même de la représentation, reprit-elle en comptant sur ses doigts, emprunté un superbe carrosse, déniché une robe de dame de compagnie, fait livrer des fleurs à mon intention, enlevé un chaperon, et réussi à me convaincre de vous accompagner au théâtre. Si vous ne vous obstiniez pas à nier aussi farouchement, je vous soupçonnerais de me faire bel et bien la cour.

Si elle ne l'avait pas observé avec attention, elle n'aurait pas remarqué qu'il avait brièvement baissé les yeux et que son visage s'était crispé.

— Des fleurs ? dit-il après quelques instants. Je vous ai envoyé des fleurs ?

Elle avait espéré que, glissée discrètement au milieu de son énumération, cette allusion, s'il ne la relevait pas, équivaudrait à un aveu implicite.

— Je sais qu'elles sont de vous. Lord Fenton n'a aucune imagination. Et pas la moindre intention de me présenter ses excuses.

Il pencha la tête de côté.

— Je vous accorde que Stephen peut se montrer assez imbu de lui-même, mais n'a-t-il vraiment aucune chance de se racheter à vos yeux ?

L'espace d'une seconde, Camille eut l'impression que le sol se dérobait sous elle.

— Pardon ?

Il la regarda le temps d'un battement de cœur. Puis avant qu'elle puisse réagir, il se pencha vers elle, la prit par le col de sa cape et l'embrassa. Un vertige envahit la jeune femme, doux et brûlant à la fois. Elle referma les bras autour du cou de Keating et répondit à son baiser. Parce que c'était exactement cela qu'elle désirait. Qu'il cesse de se réfugier derrière des plaisanteries et lui prouve qu'il la désirait.

De la même façon un peu brusque, il la repoussa.

— Je voulais un dernier baiser, murmura-t-il, le regard sombre. Avant que vous me détestiez.

— Pourquoi vous détesterais-je, Keating ? répondit-elle, perdue.

Bien qu'incapable de détourner les yeux de ses lèvres, elle vit du coin de l'œil que son chaperon regardait obstinément par la fenêtre.

— Parce que Stephen m'a demandé un service.

« Ne l'écoute pas », murmura une voix en elle.

— Cessez de plaisanter, ce n'est pas drôle.

Elle déglutit péniblement et poursuivit :

— Racontez-moi plutôt comment vous êtes devenu ami avec le duc de Greaves. Après tout, je vous avoue tous mes secrets et vous ne m'en avez pratiquement confié aucun.

— C'est précisément ce que j'essaie de faire.

Camille serra le poing.

— Celui-là ne m'intéresse pas. Arrêtez.

Ne se rendait-il donc pas compte qu'il était le seul ami qu'elle pouvait encore avoir parmi les gens de son milieu ? Aussi déraisonnable, aussi scandaleux soit-il, Keating Blackwood pouvait toujours assister à des soirées ou s'asseoir dans une loge au théâtre, et il semblait avoir de l'affection envers elle. Elle, en tout cas, l'aimait beaucoup, et d'une manière qui n'était pas des plus convenables. Elle ne supporterait pas d'apprendre que lui non plus n'était pas celui qu'elle était *persuadée* qu'il était.

— Réfléchissez un instant, insista-t-il. Et si vous pouviez retourner chez vos parents ?

Il se pencha vers elle, la main tendue vers son genou. Puis se ravisa et s'adossa à la banquette.

— Si vous pouviez de nouveau assister à des bals, avoir une belle demeure, des enfants, des petits lords et des petites ladies, autour de vous ?

Camille ne put retenir une larme.

— Vous m'avez menti. Vous m'aviez dit que nous serions honnêtes l'un envers l'autre et vous m'avez menti. Faites arrêter cette voiture, je veux descendre.

— Non.

— Alors vous m'enlevez, moi aussi ? Vous allez devoir vous exiler de nouveau dans le Shropshire, si vous faites cela. Même si Rosa et moi ne sommes personne. Bonté divine, si nous étions des dames, vous seriez condamné à la déportation. Vous avez bien de la chance.

— Demandez-moi pourquoi, l'interrompit-il.

— Pardon ?

— Demandez-moi pourquoi je me suis laissé convaincre par mon cousin de revenir à Londres, où je ne suis pas aussi populaire que vous semblez le croire. Demandez-moi pourquoi j'ai accepté cela, alors que je savais que vous me regarderiez comme vous êtes en train de le faire, gronda-t-il d'une voix de plus en plus forte. *Demandez-le-moi !*

Même Rosa parut s'alarmer car elle se blottit dans son coin en leur jetant des regards inquiets. Camille savait que Keating Blackwood avait un tempérament colérique – elle en avait eu un aperçu le jour de leur rencontre –, mais pas une seule fois il ne s'en était pris à elle, fût-ce verbalement. Jusqu'à présent.

— Très bien, répondit-elle en se redressant avec dignité. Pourquoi ?

— Parce que je n'ai pas d'argent, dit-il en détournant les yeux. Je possède une petite maison et quelques terres. Je pourrais m'en contenter si je n'avais pas fait ce que j'ai fait il y a six ans.

— Lord Balthrow ? ne put-elle s'empêcher de demander. En quoi…

— *Lady* Balthrow, rectifia-t-il. Sa réputation à elle aussi est désormais ruinée, mais elle est également veuve. Son cousin par alliance, qui a hérité du titre de feu son mari, ne lui verse pas un *penny*. Et…

Il prit une profonde inspiration, il aurait visiblement préféré être nu dans une fosse aux lions plutôt que de poursuivre ses aveux.

— Et elle a dû s'exiler pour l'étranger.

— Je ne vois pas pourquoi...

Camille n'acheva pas sa phrase. Elle avait eu une amie qui, elle aussi, avait dû partir pour le Continent. Elizabeth avait disparu du jour au lendemain. À son retour, dix mois plus tard, on l'avait mariée à un homme de condition considérablement inférieure à la sienne. Elles ne s'étaient plus jamais vraiment parlé.

— Un enfant ? murmura-t-elle. Elle a eu un enfant ?

Il hocha la tête avec raideur, la regarda, puis détourna de nouveau les yeux.

— Pour vous épargner des questions délicates, son mari était impuissant. L'enfant est de moi. C'est un garçon. Elle refuse de me laisser le voir car elle ne m'a pas pardonné cette affaire. Mais que je sois damné si je suis incapable de pourvoir à l'éducation de mon fils et à l'entretien de sa mère. Aussi, quand Stephen m'a demandé un service, j'ai accepté.

— Vous voulez dire qu'il vous paie pour me convaincre par la ruse de... De quoi, au fait ?

— De revenir à l'église, devant l'autel nuptial. Et je n'emploie aucune ruse. Je viens de vous résumer toute l'affaire.

Camille se leva, furieuse, et se cogna la tête contre le plafond.

— Aïe ! marmonna-t-elle en se rasseyant. Bon sang.

Keating la souleva, l'installa à côté de lui et lui palpa la tête sans même lui laisser le temps de protester.

— Stephen ne connaît pas les détails de ma situation, poursuivit Keating en l'attirant contre lui, mais il sait que j'accorde une grande importance aux secondes chances. Il souhaite vous donner la possibilité de retrouver votre place dans la société. Et il a pensé qu'avec mon expérience d'exilé, je ferais un bon ambassadeur.

Keating n'avait pas eu l'intention d'avouer tout cela à lady Camille. Se maudissant intérieurement, il scruta la jeune femme. Les larmes roulaient sur ses joues et ses mains délicates tremblaient. Il était surpris qu'elle ne l'ait pas giflé. À sa place, c'est ce qu'il aurait fait.

Quand elle avait accepté de venir au théâtre, il avait compris que le moment était venu de lui dire la vérité. S'il ne le faisait pas maintenant, il allait commencer à lui mentir. Or, il lui avait promis d'être honnête. Il comptait lui parler de sa mission – du moins en partie – une fois qu'ils seraient installés dans la loge d'Adam, où tout le monde pourrait les voir et où il ne craindrait pas qu'elle prenne la fuite ou fasse une scène. Certes, c'était assez lâche de sa part, mais à présent, cela n'avait plus la moindre importance.

— Que...

À son grand soulagement, elle s'essuya les yeux. Jusqu'à présent, les larmes des femmes ne l'émouvaient guère, mais apparemment, cela avait changé. Du moins, en ce qui concernait lady Pryce.

Celle-ci s'éclaircit sa voix, puis :

— Comment s'appelle votre fils ?

— Michael. Je n'attends pas de compassion de votre part, Camille. Ce n'est pas pour cela que je vous ai parlé. Tout ce que je veux, c'est que vous compreniez pourquoi je suis ici. Parce je vous ai promis d'être honnête avec vous.

L'espace d'un instant déchirant, elle le regarda sans mot dire. Puis, d'une voix fêlée qui lui brisa le cœur – un cœur qu'il croyait ne plus avoir –, elle lui demanda :

— Alors il n'y a jamais eu… d'amitié ? Je veux dire, entre nous ?

Il avait perçu son hésitation, et fit de son mieux pour l'ignorer. S'il découvrait qu'elle le désirait autant qu'il la désirait, il était perdu.

— Bien sûr que nous sommes amis. Sinon, je ne vous aurais rien dit de tout cela.

Ce qu'il voulait d'elle, en plus de l'amitié, n'avait pas d'importance, de toute façon. Les hommes comme lui ne gagnaient pas le cœur d'une vierge. Il pourrait peut-être la rendre amoureuse de lui, mais quoi que ce soit d'autre ne ferait que la blesser, voire la briser. Sans compter que, dans le cas présent, elle était toujours, sur le papier, fiancée à un autre.

— Comment pouvez-vous prétendre que nous sommes amis alors que vous complotiez pour…

— La seule chose que je complotais, c'était comment vous dire ce que je viens de vous dire sans que vous m'assommiez avec un livre ou toute autre arme contondante.

Prêt à risquer une gifle, il s'empara de sa main.

— Si vous voulez pouvoir aller au parc, au bal, prendre le thé avec vos amies et porter des robes venues de Paris, il vous reste une chance.

— C'est aussi simple que cela ?

— Oui. Et vous vous apercevrez que les gens oublient vite le passé d'une marquise fortunée.

À contrecœur, il lui lâcha la main.

— Je ne suis pas en train de vous dire d'épouser Stephen demain. Je vous suggère juste de réfléchir aux choix qui s'offrent à vous.

À sa grande surprise, elle lui prit le menton et l'obligea à la regarder dans les yeux.

— Est-ce vous qui m'avez envoyé ces fleurs ? demanda-t-elle d'une voix posée, sans ciller.

— J'ai suggéré à Fenton de le faire.

Elle avait de si jolis yeux. On aurait dit un ciel d'aurore.

— Cela répond-il à votre question ?

Elle le lâcha.

— Je suppose que oui. Vous me ramenez au club, à présent ?

— Non, je vous emmène au théâtre.

Se forçant à sourire, il ajouta :

— J'ai promis une soirée de rêve à Rosa. Je ne peux pas revenir sur ma parole.

— Vous êtes impossible, murmura-t-elle.

— Je le crains, oui.

Elle sourit – oh ! à peine –, mais Keating recommença à respirer. Dieu merci, il n'avait pas tout perdu.

Il lui fallut quelques instants pour s'aviser que par « tout », il n'entendait pas ses dix mille livres, mais son amitié, faute d'un terme plus acceptable, avec Camille Pryce.

Peu après, ils pénétraient dans le vaste hall du théâtre de Drury Lane. Rosa trottinait derrière eux en marmonnant dans sa langue natale. Pour ce qu'il en comprenait, cela aurait aussi bien pu être la recette du pudding au riz qu'un chapelet de malédictions. Même si Camille Pryce et lui-même n'avaient pas déjà été notoirement connus, ils n'auraient pas manqué d'attirer les regards. Aucun autre couple n'avait songé à se faire chaperonner par une grand-mère bohémienne.

Camille se rapprocha imperceptiblement de lui, et il recouvrit sa main, qui reposait au creux de son coude.

— L'un des bons côtés, quand on est un assassin célèbre, c'est que même si les gens louchent sur vous, ils vous lancent rarement des insultes à la figure.

Lui glissant un regard de biais, il vit qu'elle se mordait la lèvre.

— Ou peut-être est-ce Rosa qui les effraie. Je ne saurais dire.

Elle parut se détendre un peu, mais demanda à mi-voix :

— Pouvons-nous aller directement dans notre loge ?

Ma foi, c'était sans doute un progrès. Une semaine plus tôt, elle aurait déjà fait demi-tour. Songeant qu'elle avait eu son content d'émotions pour la soirée, il l'entraîna dans le monumental escalier, leur chaperon dans leur sillage.

— Nous y sommes, annonça-t-il un instant plus tard en tirant le lourd rideau de velours rouge qui fermait la loge.

Camille regarda l'intérieur de la loge d'un air indécis, puis :

— Je ne peux pas.

— Vous ne pouvez pas faire quelques pas et vous asseoir dans un fauteuil confortable ?

— Je ne peux pas rester assise trois heures pendant que les gens chuchotent à mon sujet.

Au même instant, comme pour lui donner raison, un groupe passa près d'eux, murmurant et riant sous cape tout en leur jetant des coups d'œil. Cela suffisait. Laissant retomber le rideau, Keating marcha droit sur eux.

— Bonsoir, dit-il calmement.

L'homme, qui était entouré de trois jeunes filles, pâlit.

— Blackwood. Quel...

— Sauf erreur de ma part, l'interrompit Keating, il n'y a pas d'autres loges par ici, la mienne étant la dernière à cet étage.

— Oh... Je... Nous... bafouilla l'homme en sortant une montre de sa poche.

— Par conséquent, à moins que cette montre ne soit en fait un compas, j'en déduis que vous êtes ici pour nous espionner, mon amie et moi.

Keating fit un autre pas vers l'homme.

— Je déteste que l'on m'espionne.

— Je... Nous... Désolé, monsieur Blackwood. Veuillez nous excuser.

— Je me fiche de vos excuses. Décampez.

Le petit groupe détala sans demander son reste. Quand Keating se retourna, Camille avait disparu. Se maudissant, il retourna devant la loge, tira le rideau... et se figea.

Elle était là, le visage éclairé d'un sourire ravi.

— Vous avez tout entendu, je présume ? demanda-t-il.

Il était tellement soulagé qu'il en avait presque la tête qui tournait.

— Oh que oui ! Vous êtes un bandit, monsieur Blackwood, s'esclaffa-t-elle.

— Ne l'oubliez jamais, ma chère.

Il aurait dû entrer dans la loge, l'inviter à le suivre et lui demander comment convaincre Rosa de leur laisser les fauteuils du devant, où elle s'était installée pour observer la foule en contrebas.

Au lieu de cela, prisonnier de son regard bleu, il se pencha lentement vers elle, incapable de s'en empêcher, pour lui voler un baiser. Un dernier. Juste un seul. Ici, à l'arrière de la loge, où personne ne pouvait les voir. Cela ne signifiait rien de particulier sinon qu'il aimait l'embrasser et n'en avait guère eu l'occasion. Il s'imagina un instant faisant courir ses mains sur sa peau nue, puis plongeant en elle tandis qu'elle…

— Voulez-vous du vin, monsieur ? s'enquit un valet dans son dos, l'arrachant à ses délectables rêveries.

Il se redressa en cillant.

— Non merci. Camille ?

Elle aussi semblait un peu étourdie.

— Je… Oui, un peu de vin. Et pour Rosa ?

— Elle ressemble à une femme qui boit du whisky, décida-t-il. Du vin et du whisky.

— Bien, monsieur, fit le valet avant de tourner les talons.

Quand Keating se retourna, Camille s'asseyait à côté de Rosa, ce qui ne lui laissait que l'autre place, de l'autre côté de la bohémienne. À la réflexion, songea-t-il, vaguement agacé, celle-ci faisait un chaperon plus efficace que prévu.

— Ne devrions-nous pas lui demander de se déplacer ? suggéra-t-il, s'attardant dans l'obscurité à l'arrière de la loge afin de laisser à l'incendie qui grondait dans ses reins le temps de s'apaiser.

— Je ne sais pas, répondit lady Camille. Elle a l'air tellement heureuse d'être ici.

— Mais c'est avec vous que je veux parler, protesta-t-il, en proie à la désagréable impression d'être un gamin amoureux éconduit par une jolie fille à sa première soirée.

— Dans ce cas, vous allez devoir me rendre visite demain, j'imagine.

Il ne voyait que son profil tourné vers la scène, où déjà le rideau se levait, mais il connaissait suffisamment son visage pour savoir qu'elle souriait. Il s'était imaginé que la convaincre d'écouter son plaidoyer en faveur de Fenton constituerait la partie la plus délicate de son plan. C'était sans compter sur le mal qu'il aurait à se convaincre lui-même de renoncer à elle en faveur de son cousin.

10

— Et voilà pourquoi, mesdemoiselles, déclara lady Haybury, j'ai décidé que l'expérience de cet hiver et de ce printemps était un succès. J'ai donc l'intention d'ouvrir le Tantale Club toute l'année.

— Dieu merci ! murmura Sophia, assise près de Camille à l'une des tables du réfectoire. Je n'avais aucune idée de l'endroit où j'irais à partir du mois de juin, si nous fermions après le Derby.

— Tout de même, vous ne trouvez pas que cela va être triste ? demanda Sylvie, assise en face d'elles. Bien sûr, j'apprécie d'avoir un toit et un revenu, même s'il est réduit, mais Londres est invivable entre août et mars – excepté à l'automne, pendant la Petite Saison.

— Lady Haybury a dit que nous pouvions partir l'été si nous le souhaitions, rétorqua Sophia. Tu n'es pas obligée de rester.

— Moi, je reste, déclara Emily. Si M. Jacob et M. Smith sont aussi là, bien entendu.

Camille regarda sa voisine. Si quelqu'un quittait encore moins le Tantale Club qu'elle-même, c'était bien Emily Portsman, mais celle-ci n'avait jamais dit un mot de son passé, ni de rien de ce qui lui était arrivé avant qu'elle franchisse la porte du Tantale Club.

— Emily, y a-t-il des changements dans l'emploi du temps ? s'enquit lady Haybury.

— Oui, milady.

Ramassant son calepin, Emily alla rejoindre lady Haybury.

— Et cette soirée ? murmura Sophia en donnant un discret coup de coude à Camille. Tu ne m'as même pas réveillée pour me raconter.

— Ce n'était pas du tout ce que j'avais imaginé, avoua Camille.

Et elle était très en dessous de la vérité. Elle se sentait si lasse, soudain. Elle se demandait si elle allait parvenir à trouver le sommeil dans un avenir proche.

— Comment cela ? insista son amie.

— Je n'ai pas envie d'en parler pour l'instant, Sophia. Il faut d'abord que je sache où j'en suis.

— Quelqu'un t'a insultée ? Pourquoi M. Blackwood ne lui a-t-il pas flanqué un coup de poing ? Il semble très doué pour cela. Il est si musclé !

— Sophia, s'il te plaît.

— Ah, non ! J'ai attendu vingt ans pour avoir une véritable amie, je ne laisserai personne s'en prendre à toi. Si nécessaire, c'est moi qui irai corriger ces gens.

Camille ravala un rire.

— Juste Ciel, ce ne sera pas nécessaire.

Ses amies – ces femmes qui l'avaient accueillie à bras ouverts quand tout le monde à Londres lui tournait le dos – la soutiendraient contre vents et marées, mais se voir offrir une seconde chance était bien la dernière chose à laquelle elle s'attendait. D'autant que, pour la première fois depuis des mois, elle s'était autorisée à songer à l'avenir.

— Keating m'a dit que lord Fenton souhaitait toujours m'épouser.

Sophia écarquilla les yeux de stupeur.

— Après tout ce qu'il a dit sur toi ?

— Apparemment.

— Qu'en pense Keating ? Il doit être plutôt contrarié, vu qu'il te fait la cour ?

C'était bien là le problème ! Depuis qu'elle l'avait rencontré, Camille éprouvait une attirance... charnelle pour lui. Elle était désarçonnée à la pensée que cela puisse ne pas être réciproque – sauf qu'il l'avait embrassée. Plus d'une fois. Et cette lueur dans son regard, au théâtre, lui avait donné l'impression d'être nue.

— Keating Blackwood est venu à Londres à la demande de lord Fenton, articula-t-elle.

À ces mots, Sophia bondit sur ses pieds.

— Quoi ? Le traître ! La prochaine fois que je le verrai, je lui dirai ma façon de penser.

— Mesdemoiselles, que se passe-t-il ? fit lady Haybury en se dirigeant vers elles.

— Keating Blackwood a menti à Camille.

Celle-ci se renfrogna.

— Non, pas du tout. Enfin, pas vraiment. Il a juste omis de me dire certaines choses.

— À quel sujet t'a-t-il menti ? demanda Juliet Langtree en quittant sa table pour rejoindre celle de Camille, où déjà se formait un petit groupe.

— Je savais qu'on ne pouvait pas lui faire confiance, déclara Pansy Bridger en pressant l'épaule de Camille. Je t'avais prévenue.

— Non, non, non ! gémit la jeune femme. Ne vous emportez pas ainsi, pour l'amour du Ciel ! Tout ce que je sais, en vérité, c'est ce qu'il m'a dit. Lord

Fenton a compris qu'il n'avait pas abordé ce mariage de la bonne façon et souhaite tout reprendre de zéro.

Dans le brouhaha d'exclamations et de déclarations péremptoires qui suivit, lady Haybury prit Camille par l'épaule et la fit se lever. Puis, se frayant un passage parmi ces demoiselles, elle entraîna Camille hors de la pièce. Une fois qu'elles furent seules, la marquise la lâcha.

— Ces fleurs que l'on a livrées pour vous. Elles viennent de Fenton ?

Camille ne fut pas surprise d'apprendre que lady Haybury était au courant. Son mari et elle semblaient être informés de tout ce qui se passait ici.

— Je croyais qu'elles venaient de Keating Blackwood, mais comme il affirme qu'il ne m'en a jamais envoyé, je suppose qu'elles viennent effectivement de lord Fenton.

Une part d'elle-même avait toujours du mal à y croire, mais cela semblait plus crédible maintenant que Keating avait avoué être le conseiller de son cousin en matière de séduction. Lui, au moins, savait courtiser une femme comme il faut – ou plutôt, comme il ne faut pas.

— Je voudrais juste vous conseiller la prudence, Camille, dit la marquise de sa voix de velours. La plupart des hommes désirent ce qui leur convient, *à eux*. Je peux me tromper, mais je crains que votre bien-être et votre bonheur ne soient pas en haut de la liste des priorités de lord Fenton. Surtout si je me fie à son comportement cette année.

— En revanche, vous n'aviez aucune objection à ce que Keating me courtise ? ne put s'empêcher de demander Camille, plus curieuse que contrariée.

— Keating Blackwood est un vaurien, répondit lady Haybury en souriant. Comme nous toutes ici.

— Merci, milady. Je suis touchée par votre sollicitude.

— Appelez-moi Diane. Nous sommes une famille, désormais. Même si ce n'est pas ce que nous avions imaginé.

Une porte s'ouvrit à la volée et lord Haybury apparut dans le couloir.

— Lequel des deux dois-je descendre ? demanda-t-il. Blackwood ? Fenton ?

Ses yeux gris étincelaient, contredisant son ton plutôt léger.

Diane lui prit la main pour déposer un baiser affectueux dans sa paume.

— Nous n'en sommes pas encore là, Oliver. Soyez patient.

— Je vous en prie, pas de violence, intervint Camille. Quoi qu'il arrive, j'en suis responsable. Cette fois, au moins, je suis lucide.

— Sachez que vous n'êtes pas seule, Camille, lui rappela Diane.

— Parfaitement, renchérit Haybury. Nous défendons nos employées. Que s'est-il passé ?

— Je ne le sais pas encore avec certitude. Apparemment, Blackwood aurait menti, et Fenton voudrait toujours épouser Camille. Il lui aurait envoyé des fleurs et...

— Keating ne m'a pas menti. Et, pour l'amour du Ciel, si j'ai quitté cette église, c'est parce que je voulais décider moi-même de ma vie. Je vous en prie, n'allez pas assassiner quelqu'un ! Je ne sais pas encore ce que je vais faire. Je n'ai appris tout cela qu'hier soir.

Elle aurait dû garder ces informations pour elle, du moins le temps d'y voir plus clair. Et de décider si Keating Blackwood était un messager contrariant, un allié, ou tout autre chose.

— Très bien, dit lady Haybury.

Posant un doigt sur les lèvres de son mari qui s'apprêtait à protester, elle enchaîna :

— Sachez seulement que vous aurez du travail et un toit aussi longtemps que vous le voudrez. Je ne vous laisserai pas vous résigner à une réconciliation au seul motif que vous n'avez pas d'autre choix. Mon premier mariage était arrangé, voyez-vous. Cela n'a pas été… agréable.

— Merci, lady Hay… Diane, murmura Camille. J'espère que j'en ai fini avec les gestes impulsifs, sans considération pour les conséquences. *Toutes* les conséquences.

La marquise approuva d'un hochement de tête, tapota affectueusement l'épaule de la jeune femme, et s'en fut. Lord Haybury, en revanche, s'attarda quelques instants.

— Je ne suis pas homme à donner des conseils, dit-il, et j'ignore ce que Blackwood manigance, mais je n'ai jamais eu confiance en lui. Bien sûr, à l'époque où je l'ai connu, ni lui ni moi n'étions particulièrement dignes de confiance, j'ignore donc si mon avis a une grande valeur. Ce que je veux dire, c'est que parfois, certaines décisions valent la peine qu'on en assume les conséquences. Le secret étant de savoir quelles décisions, et quand les prendre.

Eh bien, songea Camille, voilà qui ne l'aidait guère ! Avant qu'elle ait trouvé une façon diplomatique de le lui dire, la porte du réfectoire s'ouvrit et les employées envahirent le couloir, la réunion hebdomadaire ayant pris fin. Sophia saisit Camille par le bras et recommença à la harceler de questions. Sentant la migraine menacer, Camille se libéra.

— Accorde-moi un moment, veux-tu ?

Puis elle rejoignit Lucille Hampton, qui était en train de flirter avec M. Jacob.

— Lucille ? J'aurai quelques minutes de retard pour prendre mon service. Peux-tu commencer à accueillir ces messieurs sans moi ?

— Bien sûr, répondit celle-ci avec un grand sourire. De toute façon, il n'y a pas grand monde, le mercredi matin.

C'était d'ailleurs pour cette raison que la réunion hebdomadaire avait lieu le jour où la session du Parlement était la plus matinale.

— Très bien. Je te rejoins dès que possible.

— Camille ? appela Sophia en lui emboîtant le pas.

— J'ai besoin d'air. Je vais faire un tour dans le jardin.

— Veux-tu un peu de compagnie ?

— Je préfère être seule.

Elle traversa les cuisines situées à l'arrière du vaste manoir. Une fois dans le jardin, elle se dirigea vers le banc installé sous le grand chêne et s'y laissa tomber en soupirant.

Cette nuit, elle avait pu prétendre qu'elle avait mal entendu, ou que les paroles de Keating n'étaient qu'un nuage sans forme ni substance, mais maintenant que tout le Tantale Club s'était emparé de la question et l'abreuvait de conseils et opinions personnelles, cela lui semblait autrement plus réel. Et tout à fait effrayant.

Une dernière chance. Qu'est-ce que cela signifiait exactement ? Comment cela allait-il se passer ? Tous ces gens qui, autrefois, l'aimaient et l'admiraient allaient-ils revenir à de meilleurs sentiments ? Allaient-ils – et pourrait-elle – oublier les choses affreuses qu'ils avaient dites ou faites au cours des derniers mois ?

Et Fenton ? Était-il toujours cet homme glacial et guindé qui se tenait au pied de l'autel en semblant regretter d'être là plutôt que dans l'un de ses clubs ? Et puis, il y avait Keating Blackwood. Quel rôle jouait-il dans toute cette histoire ? Ne s'était-il montré agréable que pour qu'elle l'écoute le jour où il plaiderait la cause de lord Fenton ? Et que...

— Je savais que je vous trouverais ici.

Levant les yeux, elle reconnut l'homme qui occupait ses pensées, appuyé au tronc de l'arbre.

— Vous avez fait votre devoir, dit-elle avec une mauvaise humeur qui n'était pas feinte.

Elle avait retrouvé des amis et une vie, même si celle-ci n'était guère conventionnelle, et voilà que Keating Blackwood venait de ruiner ce fragile équilibre. Après une nuit d'insomnie à examiner le problème sous tous les angles, elle était en effet de très mauvaise humeur. Et même plus que cela.

— Maintenant allez-vous-en et laissez-moi réfléchir, ajouta-t-elle.

— Réfléchir ne sert à rien, répliqua-t-il en venant s'asseoir près d'elle. Venez faire un tour en calèche avec moi.

— Non. Et vous n'avez plus besoin de vous montrer charmant. Oh, à moins que vous ne deviez attendre que votre cousin m'ait passé la bague au doigt pour toucher votre prime ?

— Je ne suis pas votre ennemi, Camille, dit-il en frôlant sa robe d'un geste hésitant. Je suis de ces hommes qui courent sur le champ de bataille en agitant un drapeau blanc et en proposant des solutions pour que les camps opposés cessent de se massacrer.

— En ce qui me concerne, le massacre a déjà eu lieu. Et je venais juste de commencer à m'en remettre.

— Oui, je sais. Et je vous présente mes excuses.

— Vraiment ?

Il laissa échapper un long soupir.

— Je sais ce que c'est que moquer allègrement des convenances en se moquant des conséquences. Et je viens de passer six années à essayer de vivre avec ce que j'ai fait. Il y a des jours à présent – de plus en plus souvent – où j'apprécie d'être un gentleman-farmer, mais les conséquences n'en sont pas moins là, comme on me le rappelle chaque fois que je fais un pas dans Londres. Et je continue d'en payer le prix.

Il faisait allusion à son fils. Camille ne parvenait même pas à imaginer ce que c'était que d'avoir un enfant et de ne pas pouvoir le voir. De ne l'avoir jamais vu. La constance avec laquelle il entretenait lady Balthrow était tout à son honneur, encore qu'il n'aurait sans doute pas été d'accord.

— L'aimiez-vous ? demanda-t-elle après un silence.

— Nous ne sommes pas en train de parler de mes erreurs, mais de voir comment réparer les vôtres.

Camille leva le menton.

— C'est à vous de me convaincre que vos déclarations d'amitié n'étaient pas un mensonge ni un stratagème.

Les yeux couleur d'automne croisèrent les siens.

— Vraiment ?

La tension qui vibrait dans sa voix n'avait pas échappé à la jeune femme, mais même si la perspective d'un affrontement ne lui plaisait guère, la vérité comptait assurément plus que ses sourires dévastateurs.

— Oui, si vous voulez que j'écoute vos conseils.

— Très bien. Non, je ne l'aimais pas. Elle était jolie et très sensuelle. Et elle adorait le mélodrame. Cela dit, en toute honnêteté, même si Balthrow n'avait pas fait irruption chez moi une arme à la main, je ne suis pas certain que je serais retourné la voir.

— Alors que recherchiez-vous ? Le défi ?

Elle se demanda fugitivement si elle représentait un défi pour lui. C'était peu probable dans la mesure où elle l'avait embrassé après avoir discuté seulement deux ou trois fois avec lui.

— Vous ai-je dit que j'avais vingt-deux ans et que j'avais décidé que plus personne ne me donnerait d'ordres ni même de simples conseils ? dit-il. Cela vous donne des ailes, de penser que vous avez tout compris.

Avec un haussement d'épaules fataliste, il poursuivit :

— Jusqu'au jour où, bien sûr, vous vous apercevez que vous n'avez rien compris du tout. Une fois qu'il est trop tard.

Camille étudia son profil élégant.

— Dans le rôle de celui qui se moque éperdument de ce que les autres pensent de lui, vous êtes plutôt convaincant, observa-t-elle.

— Parce que c'est le cas. J'ai mal agi et j'en assume les conséquences. Pensez-vous que quelqu'un pourrait me dire des paroles qui me feraient regretter encore plus amèrement ce que j'ai fait ?

— Pour ma part, je ne supporte pas les regards de reproche.

— Les gens agissent ainsi parce que s'ils étaient sains d'esprit et rationnels, ils considéreraient que vous vous êtes comportée de façon parfaitement raisonnable. Seulement, ils ne peuvent le reconnaître, ou il y aurait des émeutes. Vous imaginez, si les femmes ne voulaient plus se marier que par amour ?

Si elles attendaient de leur conjoint affection et amitié ? Bonté divine, ce serait le chaos !

Camille ne put se retenir de rire.

— Alors mes anciennes amies sont jalouses de moi ?

— Elles ont peur de vous, rectifia-t-il. Si l'indépendance d'esprit est une maladie et que vous risquez de la leur transmettre... vous imaginez le résultat. Elles devraient penser par elles-mêmes.

Il frissonna ostensiblement.

— Hum... Et si j'épouse Fenton, finalement, je serai pardonnée ?

— Tout le monde s'empressera d'effacer l'ardoise, parce que c'est plus commode ainsi. D'autant que mon cousin est un homme fortuné.

À l'entendre, tout était si simple, si séduisant.

— Vous ne pouvez pas savoir si les gens oublieront ou non ce que j'ai fait.

— Ah oui ? Et lady Taviston ?

Camille battit des cils, désarçonnée.

— J'avais complètement oublié.

— Précisément. Si elle a pu s'enfuir avec son maudit Américain, passer un an en Écosse et revenir auprès de son mari, tellement reconnaissant, et de ses enfants qui ne ressemblent pas du tout à lord Taviston, alors je doute que quiconque se souvienne de vos frasques une fois que vous aurez franchi les portes de l'église.

Seigneur ! Ce qu'elle avait fait n'était effectivement pas grand-chose en regard des aventures de lady Taviston, même si cet épisode était clos depuis une bonne douzaine d'années. D'une certaine façon, cela l'aidait à prendre de la distance. Hélas, cela ne rendait pas plus attrayant le choix qui s'offrait à elle !

— Je me suis souvent demandé, réfléchit-elle à voix haute, si, connaissant les répercussions probables de mon acte, j'aurais quitté cette église.

Keating se rapprocha imperceptiblement d'elle.

— C'est là le hic, n'est-ce pas ? commenta-t-il, comme s'il pouvait lire dans ses pensées. Fenton est-il devenu plus supportable un an plus tard ? Ou vous retrouverez-vous exactement devant le même homme que celui qui vous a fait fuir ?

Camille appréciait qu'il ne l'ait jamais traitée d'idiote pour la seule raison qu'elle avait voulu être heureuse. Peut-être l'avait-elle été, au fond, car maintenant qu'elle n'avait plus ni l'un ni l'autre, elle admettait qu'elle aurait été plus avisée de mettre en balance le bonheur et le confort. Toutefois, quoi qu'il arrive, jamais elle n'oublierait le regard de son fiancé ce jour-là. Ce mariage, elle-même, cela ne signifiait rien pour lui. Il avait semblé avoir plus d'affection pour cette maudite montre qu'il ouvrait et fermait nerveusement que pour elle.

Elle tourna les yeux vers Keating.

— Voilà quatre jours qu'il m'envoie des fleurs, concéda-t-elle sans avoir tout à fait renoncé à l'espoir que ces bouquets provenaient en fait de l'homme assis à son côté. Apparemment, nous avons rattrapé le temps perdu jusqu'à mon quatorzième anniversaire.

— Je crains qu'il ne soit pas très doué pour ce genre de choses non plus, dit Keating d'un ton pensif. Êtes-vous heureuse qu'il fasse cet effort ?

— J'imagine que je suis censée répondre « oui », n'est-ce pas ?

Il fronça les sourcils.

— Là, vous me prenez au dépourvu. Vous ne voulez plus qu'il se montre gentil, à présent ?

Camille se leva.

— Je ne sais plus ce que je veux.

Pour rien au monde elle n'aurait avoué les pensées confuses, les espoirs insensés et les rêves brûlants qui avaient volé en éclats la veille, alors qu'elle commençait tout juste à imaginer les nuits de passion qu'elle avait décidé de vivre entre les bras de Keating Blackwood.

— Alors, venez vous promener avec moi, insista-t-il en se levant à son tour. Je vous promets de ne pas dire un mot, sauf si vous me posez une question ou que vous souhaitez que je compatisse sur votre sort à cause des misères que mon cousin vous a infligées.

Camille savait qu'elle n'aurait pas pu demander à Sophia de garder le silence pendant une minute sans heurter ses sentiments. Keating, lui, avait le cuir plus dur.

— Très bien. Alors taisez-vous.

Il arqua les sourcils et, d'un geste, l'invita à passer devant lui. Avec un petit reniflement hautain, Camille contourna la maison pour éviter l'allée de devant. Keating chemina à son côté.

— Je suis certaine que plus d'un mariage a commencé sans amour, réfléchit-elle au bout d'un moment. Après tout, il ne semble pas exister de moyen plus sûr pour renforcer une alliance économique ou politique.

Silence. Son voisin continuait de marcher, l'enveloppant de sa présence chaleureuse et rassurante.

— Je sais aussi qu'il y a des mariages où les futurs époux ne se sont jamais rencontrés, n'ont même jamais posé les yeux l'un sur l'autre avant la cérémonie.

La main sur son coude, Keating la guida pour éviter du crottin de cheval.

— Certes, de tels couples venant de villages éloignés, de pays différents ou de clans des Highlands distants l'un de l'autre, il ne leur aurait pas été possible de faire connaissance avant la noce.

Keating émit un petit bruit qui pouvait être amusé ou approbateur, elle n'aurait su le dire. Peut-être s'était-il juste raclé la gorge.

— Je sais, mes informations sont en partie tirées de ces affreux romans d'amour gothiques, mais il est très probable que de telles situations sont advenues, ne serait-ce qu'une fois.

Elle marqua une pause.

— Vous pouvez compatir avec moi, maintenant.

— Bien sûr, vous avez raison, déclara-t-il aussitôt. Le monde est un endroit vaste et étrange.

— Oh, vous faites cela très bien !

— Merci.

— Ce que je voulais dire, c'est que ce sont les circonstances qui ont tenu ces fiancés éloignés l'un de l'autre. Des guerres, des océans, des événements dramatiques et incontrôlables. Lord Fenton n'habitait qu'à un jour ou deux de cheval de la propriété de mon père durant huit mois de l'année. Et durant la Saison, nous résidions à vingt minutes de son hôtel particulier. Je le croisais même de temps en temps, pour l'amour du Ciel ! Qu'étais-je censée conclure, quand année après année, alors que toutes mes amies parlaient de jeunes gens, de cour et de fleurs, je n'avais aucune nouvelle ?

— Qu'en avez-vous conclu ? demanda-t-il après quelques instants de réflexion.

Il avait failli à son engagement de garder le silence, mais sa question était pertinente.

— Qu'il m'épousait contre sa volonté. Que, peut-être, il en aimait une autre. Ou qu'il m'avait vue et m'avait trouvée absolument… sans intérêt.

— Cam…

— Chut.

— Pardon. Je vous écoute.

— Ensuite, comme j'étais jeune et beaucoup plus naïve qu'aujourd'hui, j'ai commencé à lui trouver des excuses. J'ai décidé qu'il était timide et maladroit. J'ai cru qu'il n'avait aucune expérience avec les femmes et ignorait qu'il était supposé envoyer des fleurs et des poèmes. Puis je me suis imaginé qu'il était paralysé devant ma… perfection et ne se sentait pas digne de moi.

Elle jeta un regard oblique à Keating, mais s'il était amusé, il ne le montrait pas. Jamais elle n'avait raconté cela à personne. Pas même à Sophia. Elle n'en revenait toujours pas d'avoir été aussi sotte, à une époque qui n'était pas si lointaine que cela. Durant l'année qui venait de s'écouler, elle avait entendu, vu et appris des choses dont pas un instant elle n'avait soupçonné l'existence.

— Finalement, j'ai imaginé qu'il avait prévu une surprise à l'église. Des roses par centaines, ou un cadeau à porter pour la cérémonie… Quand j'ai franchi les portes au bras de mon père, il n'y avait rien. Pas une fleur, le moins de monde possible, même pas un ruban à l'attelage qui attendait dehors. Puis j'ai vu mon futur époux en train de regarder sa montre comme s'il aurait préféré être ailleurs.

Keating lui offrit son bras. Sans réfléchir, elle le prit.

— Savez-vous ce que c'est que de voir tous vos rêves, tous vos espoirs s'effondrer d'un seul coup ? De comprendre que tout ce que vous aviez imaginé au sujet de la personne avec qui vous allez vivre le reste de votre vie n'était qu'une illusion ? J'ai eu l'étrange impression que si je faisais un pas de plus dans cette église, j'allais tomber raide morte, là, sur le pavé.

Sans prévenir, Keating l'entraîna de côté, derrière un buisson qui se trouvait devant le haut mur d'une propriété. Elle perdit l'équilibre, mais il la rattrapa et la plaqua contre la paroi de brique.

Puis il l'embrassa.

Au contact de ses lèvres douces et fermes sur les siennes, une vague brûlante submergea Camille. Les yeux clos, elle enfouit les doigts dans ses cheveux. C'était donc cela, être désirée ! Voilà ce qu'elle avait tant espéré – ce qu'elle continuait d'espérer, en vérité – de l'homme qui aurait eu plus de raisons de s'insinuer dans ses bonnes grâces que n'importe quel autre. Et il avait lamentablement échoué. Son cousin, en revanche…

Keating se redressa et prit son visage entre ses mains. Puis, le regard éclairé d'une lueur ardente, presque farouche, il se pencha de nouveau et reprit sa bouche. Désir, fièvre, passion… Il lui semblait qu'elle venait de découvrir une nouvelle recette indispensable à sa survie, une recette dont Keating Blackwood était le seul à posséder les ingrédients. Et il avait un goût délicieux.

Une voiture remonta la rue en cahotant bruyamment. Camille ne pouvait la voir mais elle sursauta. Après tout, si sa réputation était ternie, elle n'était pas encore tout à fait perdue. Luttant contre une folle envie de se blottir dans les bras de Keating et de ne jamais en sortir, elle le repoussa. Il desserra imperceptiblement son étreinte.

— Qu'était-ce que cela ? demanda-t-elle, pantelante, en cherchant son regard.

Il arqua un sourcil en tendant la main pour rajuster sa manche – à moins que ce ne soit pour le plaisir de toucher sa peau nue. Elle n'aurait su le dire, quoi qu'il en soit, elle frémit délicieusement.

— Vous pouvez parler.

— Ma façon de compatir.

— Ah ! Je vois. Vous faites cela très bien.

Si bien, même, que s'ils n'avaient pas été interrompus par cette voiture, elle serait sans doute nue à l'heure qu'il était !

Keating inclina la tête.

— Merci. Et je vous présente mes excuses. Vous avez déjà assez de soucis sans que j'y ajoute les miens.

Il s'excusait de lui avoir offert le baiser le plus exquis de sa vie ? C'était bien inutile !

— J'ai une question à vous poser.

— Demandez toujours.

Pour une femme qui se considérait comme couarde, Camille se sentait étonnamment calme tandis qu'elle soutenait son regard. Cela dit, elle doutait qu'il existe une seule personne au monde avec qui elle aurait pu avoir cette discussion, ou même simplement l'envisager

— Si vous étiez à ma place, épouseriez-vous Fenton ?

— Ce n'est pas la question à laquelle je m'attendais. Et je serais bien incapable de vous donner une réponse honnête parce que j'ai dix mille livres en jeu.

— Je pense que vous venez au contraire de m'offrir une réponse très honnête.

Ainsi qu'un certain nombre de sujets de réflexion.

— Vous êtes un homme peu ordinaire, Keating Blackwood.

Un lent sourire incurva les lèvres de son compagnon.

— Vu ce que je voudrais de vous si j'en avais la possibilité, Camille, voilà une remarque très gentille.

Elle imaginait sans peine ce à quoi il faisait allusion. Il la désirait. En dépit des dix mille livres en jeu. Leur petit jeu venait de prendre un tour encore plus intéressant. Tôt ou tard, elle allait devoir décider si elle voulait rester une couarde. Si elle supporterait d'être un paria jusqu'à la fin de ses jours. Et si elle souhaitait retrouver sa place au sein de la bonne société… plus qu'elle ne désirait Keating Blackwood.

11

À quoi diable jouait-il ? S'il ne se surveillait pas en permanence, Keating semblait incapable de s'empêcher de flirter avec Camille, de la toucher, de l'embrasser.

Au début, il avait mis cela sur le compte de l'attrait de la nouveauté. Après tout, c'était la première fois qu'il fréquentait une vierge que tout effarouchait. Mais plus il la connaissait, plus il aimait sa nature pensive et sa surprise mêlée de fierté chaque fois qu'elle s'aventurait hors de la coquille protectrice qu'elle s'était construite.

Cela alors même qu'ils savaient l'un et l'autre pour quelle raison il était ici. Enfin, elle ignorait un détail qu'il s'était gardé de mentionner, à savoir que Fenton exigeait qu'elle lui revienne contrite et emplie de gratitude. Jusqu'à présent, Keating n'avait pas tenté d'ôter à Camille ce qu'il lui restait de détermination. Et il n'en avait pas l'intention. Il se racla la gorge.

— Nous devrions peut-être sortir de ce buisson.

— C'est vous qui m'y avez poussée, répliqua-t-elle avec un demi-sourire.

Puis elle prit la main qu'il lui tendait et enjamba un parterre d'iris.

Au moins, elle n'avait plus cet air triste et malheureux qu'elle arborait lorsqu'il l'avait épiée dans le petit jardin derrière le Tantale Club. Maintenant qu'il y pensait, elle semblait sourire plus souvent que lorsqu'il avait fait sa connaissance. S'il était, même modestement, responsable de ce changement, eh bien, c'était peut-être la meilleure action qu'il ait jamais accomplie.

Ce qu'il devait impérativement garder à l'esprit, toutefois, c'était l'autre bonne action que Fenton lui avait donné l'occasion d'accomplir.

— Que diriez-vous, commença-t-il, si j'organisais un déjeuner avec Fenton, vous et moi ?

Il sentit sa main se crisper dans la sienne.

— Je n'ai pas l'intention de lui offrir une autre occasion de m'insulter, rétorqua-t-elle.

À ces mots, Keating se figea.

— Une *autre* occasion ? répéta-t-il. Que voulez-vous dire ?

— Rien. Je... je ne peux pas vraiment le lui reprocher. Et je pensais la même chose de mon côté.

— Ah, non. À présent que vous y avez fait allusion, vous devez tout me dire. Ce sont les règles.

— Vraiment ?

— Camille, insista-t-il.

Elle poussa un soupir excédé.

— Ne vous imaginez pas que je n'ai pas remarqué que vous édictiez une nouvelle règle chaque fois que cela vous convenait, mais qu'elle ne s'appliquait jamais à vous-même.

Le fusillant du regard, elle libéra sa main de la sienne pour lui prendre le bras.

— C'était deux jours après que mes parents m'eurent mise à la porte, mais avant que je croise ce fermier qui m'a emmenée chez ma tante... J'étais affamée. Comme il me restait encore un *penny*, je suis entrée dans une boulangerie pour acheter un peu de pain. Quand j'en suis sortie, j'ai croisé lord Fenton qui descendait la rue à bord de son phaéton. En me voyant, il a prononcé quelques paroles assez déplaisantes. Voilà tout.

— Qu'a-t-il dit ?

Bien entendu, Fenton n'avait pas mentionné cet épisode. Sans doute parce que celui-ci n'était guère flatteur pour lui. Comme il le répétait à l'envie, il était marquis, donc irréprochable.

— Il m'a traitée de catin et d'ingrate, et m'a dit que je méritais de rester sur le trottoir jusqu'à ma mort.

Elle marqua une pause.

— C'est tout ce dont je me souviens. Je me suis enfuie en courant. S'il a dit autre chose, je ne l'ai pas entendu.

Les dents serrées, Keating hocha la tête.

— Il m'a dit à peu près la même chose après l'affaire avec Balthrow, vous savez. Stephen ne supporte pas les situations embarrassantes. Je suppose que sa fierté blessée l'emporte sur sa tristesse.

— Je l'ai certes embarrassé, mais je ne lui donnerai plus jamais l'occasion de *m'*embarrasser de nouveau.

— Si vous aviez l'assurance que cela n'arrivera pas, accepteriez vous de réfléchir à ce déjeuner ? demanda Keating qui se promit de ne jamais laisser son cousin se comporter de nouveau ainsi avec Camile.

Si Fenton refusait de lui donner sa parole, eh bien, il faudrait qu'il se débrouille sans ses dents jusqu'à la fin de ses jours.

— Réfléchissez-y, insista-t-il. Je n'ai pas encore réservé de table.

— Si vous êtes présent, je veux bien l'envisager, dit-elle d'une voix crispée. Mais il faut que je puisse m'en aller dès que je le souhaiterai. Et que ce ne soit pas un endroit trop fréquenté, mais suffisamment pour que chacun se comporte convenablement.

Pour un rendez-vous qui n'en était encore qu'à l'état d'hypothèse, cela semblait déjà très élaboré. Keating hocha la tête.

— Je vais voir ce que je peux faire. S'il ne souscrit pas à toutes ces conditions, ce rendez-vous n'aura pas lieu.

— Et vous perdez vos dix mille livres, lui rappela-t-elle. Cela ne paraît pas très juste.

Il sourit.

— Merci de votre sollicitude, Camille, mais vous êtes mon amie. Je veillerai à ce que Fenton ne vous manque pas de respect.

— Si vous continuez à me dire des choses gentilles, je vais finir par vous embrasser de nouveau, le prévint-elle en lui lâchant le bras.

Ils étaient de retour dans le petit jardin que Keating commençait à considérer comme le sanctuaire privé de la jeune femme.

— Il ne faut pas. C'était une erreur.

S'il l'embrassait de nouveau, il n'en resterait pas là, il le savait. Il y avait une limite à ce que pouvait endurer un homme aussi peu discipliné que lui.

— Une erreur que vous avez répétée à plusieurs reprises, monsieur Blackwood.

— Je suis lent à comprendre.

Elle émit un petit rire incrédule.

— Permettez-moi d'en douter. Et je commence à me demander…

— Quoi ?

Elle rougit, puis elle pâlit.

— J'ai besoin de réfléchir avant d'en parler. Je suis désolée, mais je ne suis plus aussi impulsive qu'autrefois.

— Pour la dernière fois, Camille, vous enfuir de cette église était peut-être impulsif, mais vos raisons étaient assurément justifiées. Et même, plutôt judicieuses. Moi aussi, à votre place, j'aurais pris la fuite.

— Et pourtant, vous voulez que j'accepte de déjeuner avec lui.

En fait, l'idée ne lui avait pas paru aussi bonne que cela, et plus il y pensait, moins elle lui plaisait.

— Si Fenton vous offre une seconde chance de retrouver une vie confortable, je suppose qu'en retour, il mérite que vous lui accordiez une seconde chance de vous convaincre de l'épouser.

Les yeux couleur de ciel d'été cherchèrent les siens.

— J'avoue avoir du mal à vous cerner, monsieur Blackwood.

— Ce n'est pourtant pas difficile. Je suis un libertin repenti qui a été puni par où il a péché. Un triste sire plein de regrets et de whisky.

Soutenant son regard, il ajouta :

— Et vous êtes, semble-t-il, mon dernier espoir.

Elle étrécit les yeux.

— Vous aviez presque réussi un sans-faute, dit-elle. Je suis en retard. Lucille est incapable d'amener les messieurs à leur table ; elle a une fâcheuse tendance à en faire trop.

Bon sang, elle se détournait déjà. Keating l'attrapa par le bras.

— Je plaisantais.

— Non, vous étiez très sérieux.

— D'accord, j'étais sincère. Y compris quand je vous ai dit que nous étions amis. Je ne vous laisserai pas accepter un marché qui ne serait pas à votre avantage. Je vous en donne ma parole.

Elle se tourna de nouveau vers lui.

— *Cela*, je le crois. Vous pouvez organiser ce rendez-vous, dans ce cas. On dirait bien que je vous fais confiance.

Lorsqu'elle eut disparu derrière la porte des cuisines, Keating s'assit sur son banc de pierre avec un soupir. Manifestement, malgré d'innombrables rappels, il n'avait rien appris au cours des six années passées. Sinon, il n'aurait pas embrassé – et encore moins désiré – la fiancée de son cousin. Il se prit la tête entre les mains.

Si elle avait été une harpie ou une gamine égoïste, tout aurait été tellement plus facile ! Jamais il ne se serait attendu que la fiancée de Fenton soit une jeune femme aussi séduisante qu'intelligente, dont les seules fautes avaient été d'espérer une histoire d'amour et d'avoir décidé – avec une certaine insouciance certes – qu'elle parviendrait mieux à ses fins en n'acceptant que la perfection.

Il se redressa. Peut-être l'épreuve que lui proposait la vie n'était-elle pas de savoir s'il trouvait cette jeune femme intéressante, séduisante et éminemment désirable, mais de voir s'il allait céder à son désir pour elle. Ce qu'il était résolu à ne pas faire. Il devait offrir à son fils un toit, une éducation, la possibilité de mener une vie confortable. Cela devait passer avant tout ce qu'il pouvait convoiter pour lui-même.

On dirait bien que je vous fais confiance. C'était la meilleure et la pire chose qu'elle aurait pu lui dire. Secouant la tête, il se leva pour aller récupérer Clampin dans l'allée de devant. Il ne lui restait plus qu'à convaincre Stephen de déjeuner avec son ex-fiancée et l'essentiel de sa mission serait accompli.

Quant à lui, s'il parvenait à maîtriser ses désirs malvenus, il aurait presque réussi. Et il refusait de penser à quoi que ce soit d'autre… en particulier à la chance qu'il était peut-être en train de laisser passer.

Eleanor Howard, lady Balthrow, s'assit avec une tasse de thé et ouvrit le journal de Londres, qui datait de trois jours. Sa lecture était bien plus amusante six ans plus tôt, quand elle connaissait personnellement la plupart des personnes citées dans les pages mondaines, mais de temps à autre, les exploits de tel ou tel jeune lord la faisaient sourire.

Son regard fut immédiatement attiré par l'un des articles.

Un certain nombre de paris lancés au White ont été perdus quand M. Keating Blackwood, de retour de son exil campagnard, a donné la preuve qu'il était toujours en vie en se mêlant aux festivités de la Saison à Londres. On murmure que le tristement célèbre Bloody Blackwood loge chez le duc de Greaves et qu'il a été vu à plusieurs reprises en compagnie d'une certaine jeune femme jouissant elle-même d'une réputation scandaleuse.

Eleanor s'adossa un instant à sa chaise, puis se leva brusquement et quitta le salon du petit déjeuner à grands pas.

— Moreaux ! appela-t-elle. Sally ! Préparez mes bagages immédiatement.

Le majordome apparut dans le couloir.

— Milady ?

— Descendez ma malle et appelez un fiacre. Je dois me rendre à Londres sans délai.

— Y a-t-il un problème, milady ? demanda l'homme avec un fort accent français, tout en faisant signe aux deux valets de pied d'approcher.

— Un horrible problème. Je suis en danger d'être oubliée !

Keating Blackwood en exil dans le Shropshire, c'était une chose. Keating Blackwood de retour à Londres, au milieu de tant de distractions et de dames sans doute impatientes de se retrouver dans son lit, c'en était une tout autre – et qu'elle ne pouvait tolérer. Cela mettait en péril la pension qu'il lui envoyait, le peu qu'il restait de sa propre réputation, et son avenir tout entier.

Il devait garder à l'esprit ce qu'il avait fait au lieu de dépenser ses maigres revenus en paris, beuveries et conquêtes. Il n'était pas question qu'il savoure un instant de paix alors qu'elle souffrait tant. Et, surtout, il fallait lui rappeler ses obligations. Le plus tôt serait le mieux.

— Si tu voulais qu'on se rencontre au Society Club, c'était pour m'obliger à garder mon calme, n'est-ce pas ? lança Fenton.

Il s'approcha d'un des rayonnages de la bibliothèque de Greaves et laissa courir son doigt le long des volumes. Keating n'aurait su dire s'il lisait les titres ou vérifiait qu'il n'y avait pas de poussière.

— Ou pour que tu m'offres un repas, suggéra-t-il. Tu sais que je suis facile à acheter.

— Je sais, oui, mais si j'ai préféré venir ici, c'est parce que je ne veux pas être vu en public avec toi.

— Alors cela risque de poser un problème.

Son cousin se tourna vers lui.

— Pourquoi ?

— Parce que je voudrais que tu déjeunes avec moi demain. Et que j'ai invité lady Camille et l'une de ses amies à se joindre à nous.

L'espace d'un instant, Keating se demanda si le marquis allait le frapper ou se contenter de sortir au pas de charge. La première option aurait été excessivement déraisonnable, mais la seconde aurait été encore plus ennuyeuse. Finalement, Fenton lui tourna de nouveau le dos.

— Tu trouves cela très drôle, je suppose ? lâcha-t-il. Personnellement, cela ne m'amuse pas.

— Je suis extrêmement sérieux. Comment veux-tu que cette jeune personne envisage de t'épouser si tu ne lui prouves pas que tu n'es plus un crétin sans cœur ?

— Ce n'est pas moi qui ai besoin de réformer mon caractère.

Keating perçut un mouvement du côté de la porte, mais quand il tourna la tête, il n'y avait personne. Il était prêt à parier que Greaves n'était pas loin. Par conséquent, si celui-ci apprenait quoi que ce soit, Fenton n'aurait qu'à s'en prendre à lui-même, ce qui lui convenait parfaitement. Cela faisait deux semaines qu'il avait envie de discuter de sa situation avec Adam. S'il se l'était interdit, c'était uniquement parce qu'il craignait, en brisant la promesse faite à son cousin, d'épuiser sa dernière chance de rédemption et que le diable vienne le chercher en personne pour l'emmener en enfer.

— Au risque de me répéter, si elle pense que rien n'a changé, elle n'a aucune raison de revenir sur sa décision. Sois un peu logique, Stephen.

Le marquis laissa échapper un soupir contrarié.

— Pas dans Mayfair, alors. Je veux que l'on dise qu'elle m'est revenue, pas que je suis allé la chercher.

— Je ne peux pas contrôler les rumeurs, mais je vais louer une salle privée dans une auberge des faubourgs. Quant à toi, tu seras aussi poli et charmant que possible.

— Et j'imagine que tu lui as suggéré de se montrer humble et aimable, en retour ?

Une vague de colère balaya Keating, qui commença à s'agiter sur son siège.

— Es-tu un tant soit peu intéressé par son véritable caractère, ou seulement par celui que tu voudrais qu'elle ait ?

— Ne sois pas hypocrite, Keating. Tu es en train de me demander d'être quelqu'un d'autre que celui que je suis – selon toi, du moins.

Fenton prit un ouvrage sur le rayonnage, le feuilleta et le remit en place. Il ne devait pas y avoir assez de dessins, sans doute.

— J'espère que cela en vaudra la peine, ajouta-t-il.

— Si tu fais un effort pour te montrer attentif et apprendre à échanger avec elle, cela en vaudra la peine.

Le marquis le regarda.

— Tout ce que je t'ai demandé, c'est de la ramener devant l'autel. Et surveille ton langage. J'ai été tolérant jusqu'à présent quant à tes… méthodes, mais je ne suis pas un de tes lèche-bottes de compagnons de beuverie.

— Personne ne me lèche les bottes, ni rien d'autre du reste. À présent fiche le camp. Je t'enverrai un mot avec l'adresse de l'auberge. Ne sois pas en retard.

— Compte sur moi.

Visiblement soulagé que cette conversation touche à sa fin, Fenton se dirigea vers la porte.

— Ah, j'oubliais ! s'exclama Keating.

Son cousin s'immobilisa sur le seuil.

— Quoi, encore ?

— Si elle parle de fleurs, de bouquets ou de vœux d'anniversaire, réponds-lui simplement que tout le plaisir était pour toi et que tu n'as fait que rattraper un impardonnable retard.

— Quoi ?

Fenton revint dans la pièce à grands pas.

— Je t'ai dit que je ne lui enverrais ni fleurs ni cadeaux. Ce serait excuser son comportement inacceptable.

— Trop tard. Tu lui as déjà envoyé plusieurs bouquets. Rien de trop sentimental, mais quelque chose d'attentionné. Comme si tu avais vraiment envie de nouer des relations amicales avec ta future fiancée. *Si* tu veux vraiment qu'elle soit ta fiancée.

— Ne fais rien derrière mon dos, Keating, gronda Fenton en agitant le doigt, ou je considérerai que notre accord est rompu.

— Bien, milord.

Le marquis regagna le hall à grands pas et quitta Baswich House.

— Passionnant, dit une voix.

Keating ne leva même pas les yeux.

— Je savais que c'était toi qui m'espionnais.

— Un duc n'espionne pas, il surprend stratégiquement une conversation, rectifia Greaves en passant devant Keating pour aller se servir un verre. Je te proposerais bien un whisky, mais quelque chose me dit que tu me prendrais au mot.

— J'en serais bien capable.

— Donc, si j'ai bien entendu, j'ai à présent la confirmation officielle que tu as conclu un marché avec Fenton et que tu es son ambassadeur auprès de lady Camille afin de la convaincre d'accepter ce mariage.

— Ah oui ? Je ne t'ai rien dit, en tout cas.

— Hum. Vu ses menaces en cas d'échec, il semble très désireux que tu réussisses.

— Je crois qu'il est las d'être la risée de tout Londres. Il n'a jamais pu tolérer ce genre de situation. Et il sait que j'ai besoin de cet argent.

— En revanche, il ignore que tu t'es pris d'affection pour la demoiselle.

— Quel est le rapport ?

L'espace d'un instant, il espéra qu'Adam aurait la réponse à cette question car pour sa part, il se la posait quasiment depuis qu'il avait croisé le regard de ce mystère blond prénommé Camille. Les espoirs et les regrets n'étaient pas pour un homme à la vie aussi chaotique que la sienne, mais cela ne l'empêchait pas d'avoir des rêves, nom de nom !

— Je suis content de ne pas être à ta place, mon ami.

— Me voilà jaloux, à présent, avoua Keating. Moi non plus, je n'ai pas envie d'être moi. C'est bien trop pénible.

Sur ce, il se leva et quitta Baswich House pour se mettre en quête d'une auberge suffisamment intime pour que Fenton puisse y rencontrer Camille, et suffisamment fréquentée pour que Fenton se sente obligé de se comporter de manière convenable.

Après le départ de Keating, Adam acheva son whisky et demanda qu'on selle son cheval. Il possédait à présent davantage d'éléments du puzzle, mais certaines pièces ne semblaient pas aller ensemble.

Or, il détestait ce qui ne tenait pas debout. Surtout quand cela concernait ses amis.

— Merci mille fois d'avoir accepté, Sophia.

La meilleure amie de Camille haussa les épaules.

— Tu n'aurais pas pu emmener Lucille avec toi, elle aurait flirté avec Fenton et l'aurait fait fuir. Ou bien elle se serait évanouie de bonheur à l'idée de fréquenter des lords et des libertins.

Avec un sourire complice, elle ajouta :

— Je sais que *toi*, tu ne flirteras pas avec lui.

— Non, en effet. Mais je serais bien capable de m'évanouir.

En vérité, elle avait l'estomac noué et les mains moites, et ce n'était pas parce qu'elle allait retrouver Keating Blackwood dans quelques minutes. Pas cette fois, du moins.

— Tu n'es pas obligée d'y aller, lui rappela Sophia.

— Si. J'ai donné ma parole. Et je préfère savoir à quoi m'en tenir plutôt que de me fier aux rumeurs, même rapportées par Keating Blackwood. Si lord Fenton est devenu plus... chaleureux, je veux le savoir.

— Alors tu envisages vraiment de l'épouser, après tout ce qui s'est passé ?

— Je n'en ai aucune idée.

Elle ne voulait même pas y penser. Il ne s'agissait que d'un déjeuner. Rien de plus. Si elle réfléchissait trop à ce qui l'attendait cet après-midi, elle craignait d'avoir une attaque.

Profitant de ce que la foule s'était un peu éclaircie dans le hall du Tantale Club, les deux jeunes femmes sortirent sur le trottoir.

— Une question, reprit Sophia en ajustant son châle, l'air un peu mal à l'aise. Que comptes-tu faire, au sujet de Blackwood ?

— Faire ? répéta Camille sans comprendre. Rien du tout. Que veux-tu que je fasse ?

— Je t'ai vue le regarder. Tu éprouves de l'affection pour lui.

— Bien sûr. Il s'est montré bien plus fréquentable que je m'y attendais.

— Très bien, ne me dis rien. Puis-je flirter avec lui si tu dois épouser l'homme qui t'a traitée de catin ?

Par chance, Keating arriva dans sa calèche d'emprunt, ce qui évita à Camille de devoir répondre. Elle n'avait pas envie que Sophia flirte avec lui. Pour tout dire, elle n'aimait pas que les autres femmes le regardent, ce qui arrivait tout le temps lorsqu'ils s'aventuraient hors du club. Manifestement, elle n'était pas la seule à lui trouver du charme malgré sa réputation. Encore qu'elle ignorât combien d'autres femmes l'embrassaient chaque jour.

À cette idée, son cœur se serra. Oh, pour l'amour du Ciel ! S'il y avait un homme dont il était vain d'être jalouse, c'était bien Keating Blackwood. Et si elle n'éprouvait un tel sentiment que parce qu'il avait été le seul homme – à l'exception du très marié lord Haybury – à lui témoigner de la gentillesse, alors elle était bien sotte.

— Bonjour, mesdemoiselles, les salua-t-il en se levant pour les aider à monter. Avez-vous remarqué que vous faites de moi l'homme le plus envié du Tantale Club ?

Regardant par-dessus son épaule, Camille s'aperçut qu'une douzaine de messieurs qui s'apprêtaient à entrer dans l'établissement les observaient. Autrefois, elle en aurait été mortifiée, mais il lui apparut soudain que Keating avait raison. Ces hommes n'auraient peut-être pas osé s'afficher en public avec elle, mais ils enviaient Keating de n'avoir pas de tels scrupules. Pour la première fois, elle s'avisa que, même si c'était pour de mauvaises raisons, ils appréciaient sa compagnie. Cela lui ouvrait de nouvelles perspectives.

— J'aurais peut-être dû vous prévenir, murmura-t-il en l'aidant à s'asseoir à côté de Sophia. La célébrité vous apporte une certaine… aura de séduction. Ce n'est pas toujours le cas, mais il y a des moments où l'absence de limites – ou d'être considéré comme n'en ayant pas – vous donne une incroyable sensation de liberté.

— Je crains que la « liberté » dont vous parlez ne soit possible qu'en dehors de la bonne société.

— Ce n'est pas faux, admit-il.

Il lui serra brièvement la main tandis que la calèche se mettait en route.

— Merci de me faire confiance pour aujourd'hui, ajouta-t-il.

— S'il vous plaît, j'essaie de ne pas penser à l'endroit où nous allons.

Réprimant un frisson, elle reporta résolument son attention sur les boutiques devant lesquelles passait l'attelage.

— Dois-je rester polie et silencieuse ? s'enquit Sophia. Parce que si l'occasion se présente, je me ferai une joie de flanquer un coup de poing dans la figure de lord Fenton.

— Vous serez juste derrière moi dans la file d'attente, mademoiselle White, intervint Keating, un sourire dans la voix.

Camille le regarda.

— Comptez-vous me dire si l'idée vient de lui ou de vous ?

— Il cherchait une occasion de parler avec vous et m'a demandé d'organiser une rencontre. Je joue les marieuses, en quelque sorte.

— Pour une marieuse, vous êtes assez viril, commenta Sophia en riant.

— Merci de l'avoir remarqué.

Puis se tournant vers Camille, il ajouta :

— Il se comportera convenablement. Sinon, il aura affaire à moi.

De la part de l'homme qui espérait empocher dix mille livres si ce mariage se concluait, cela ne manquait pas de panache. Si quelqu'un devait être en conflit avec lui-même, c'était bien Keating Blackwood. Pourtant, jusqu'à présent, il s'était montré loyal et honnête. Et terriblement charmeur. Et extrêmement intrigant. Et éminemment agréable à embrasser. Camille soupira. Si seulement elle pouvait oublier combien il était séduisant.

— Un sou pour vos pensées ? demanda-t-il comme s'il les avait de toute façon devinées.

Elle étrécit les yeux.

— Je me disais que vos méthodes pour arranger un mariage scandaliseraient les mères de famille de l'aristocratie.

— Mettez cela sur le compte de ma faiblesse et de ma désespérante absence de bonne éducation, répliqua-t-il en s'assombrissant. Si mon comportement vous a offensée, je vous promets de mieux me comporter à l'avenir.

Camille n'en avait pas la moindre envie, mais il lui était assez difficile d'avouer en présence de Sophia qu'elle se languissait de ses baisers et de ses caresses. Bien entendu, si – *si* – lord Fenton et elle se réconciliaient, cela devrait cesser. Cela n'aurait même pas dû entrer dans ses équations concernant son avenir, mais c'était plus fort qu'elle. Comme il n'y avait pas de bonne réponse, elle garda le silence. Il l'interpréterait à sa guise.

Il lui fallut quelques minutes pour s'apercevoir qu'ils ne prenaient pas le chemin de Mayfair.

— Allons-nous dans Cheapside ? murmura-t-elle en serrant les poings. Ou peut-être dans Charing Cross ?

— Ni l'un ni l'autre. Le *Mug and Pipe* est dans les faubourgs, au nord de la ville. Avec un peu de chance, personne ne connaîtra aucun d'entre vous, aussi n'y aura-t-il ni regards de travers ni murmures indiscrets.

Se penchant vers elle, il lui prit la main et lui déplia les doigts l'un après l'autre.

— C'est une seconde chance, Camille. Rien de plus, rien de moins. Si elle vous tente, saisissez-la. Sinon, laissez-la passer.

— Et vous cesserez du jour au lendemain de jouer les entremetteurs ? demanda-t-elle.

Un muscle tressaillit sur sa mâchoire carrée.

— Je n'en sais rien.

— Je vois. Dans ce cas, je vous remercie d'essayer de m'aider, mais cessez de prétendre que vous jouez les anges gardiens des mariages en péril.

Lui lâchant la main, il se redressa et murmura :

— Très bien.

Le regard de Sophia passa de Camille à Keating.

— Aurais-je manqué un épisode ?

Elle en avait manqué bien plus que cela, mais Camille n'était pas d'humeur à le lui expliquer. Cela l'aurait obligée à avouer qu'elle avait été dupée depuis le début et qu'elle était stupide de faire confiance à Keating Blackwood alors même qu'elle savait qu'il ne voyait que son propre intérêt.

— Disons juste, répondit-elle après un long silence, que M. Blackwood n'est pas neutre dans cette histoire.

— Moi non plus, je ne suis pas neutre, observa Sophia en se rapprochant de son amie. Je suis de ton côté.

— Vous... commença Keating, hésitant. Je n'ai pas pour habitude d'être la voix de la raison, reprit-il, et je ne suis pas compétent en la matière, mais... ne prenez pas de décision avant la fin du déjeuner. S'il vous plaît.

Il y avait du désespoir dans sa voix si bien que Camille retint la réplique acerbe qu'elle s'apprêtait à lui asséner. De toute évidence, il ne tenait pas son cousin en très haute estime et, d'une certaine façon, il était aussi embourbé qu'elle dans ce marécage. Dix mille livres étaient une petite fortune, et elle ignorait dans quelle mesure il avait besoin de cet argent.

— Je vous ai donné ma parole que je viendrais avec vous aujourd'hui, répondit-elle avec raideur. Je n'ai pas accepté cela à la légère.

— Je ne vous en demande pas plus.

Ils poursuivirent leur route en silence. Camille ne put s'empêcher de se dire qu'elle aurait été plus avisée d'attendre leur retour au Tantale Club pour se chamailler avec Keating, car maintenant qu'elle ne pouvait plus plaisanter avec lui, elle avait tout le loisir de réfléchir à ce qui l'attendait à l'auberge.

Lord Fenton serait-il content qu'elle ait tenu sa promesse de déjeuner avec lui ? En profiterait-il pour l'insulter de nouveau ? Se montrerait-il aussi froid et distant qu'à l'église ? Sortirait-il encore sa montre de sa poche ?

Elle glissa un regard oblique à son compagnon qui, les bras croisés, regardait délibérément dans la direction opposée. La question qui l'inquiétait le plus – quand bien même elle était en colère contre lui, ou essayait de l'être – était de savoir ce qui se passerait si Fenton se montrait charmant. Elle poussa un soupir. Un désastre après l'autre, décida-t-elle.

12

Malgré l'apparente résolution de lady Camille à affronter ce rendez-vous de la dernière chance, Keating ne la quitta pas des yeux tandis qu'ils descendaient de la calèche, puis entraient dans l'auberge. S'il avait fallu des années de désintérêt de la part de Fenton pour la faire fuir, il suffirait à présent d'un mot de travers ou – le Seigneur les en préserve – d'un simple regard à une maudite montre de gousset pour que la jeune femme claque la porte une seconde fois. Il ne restait plus qu'à espérer que Fenton, conscient que la glace sur laquelle il marchait était très fine, fasse un minimum d'effort pour se montrer poli, voire diplomate.

Mlle White s'approcha de lui tandis que l'aubergiste, après leur avoir fait traverser une salle bondée, les escortait dans un salon privé, à l'arrière du bâtiment.

— Seriez-vous fâchés, tous les deux ? murmura-t-elle.

— Manifestement, répondit-il sur le même ton.

Voyant lady Camille tressaillir à la vue de la silhouette solitaire assise devant l'âtre, il ajouta :

— Si être en colère contre moi lui donne du courage, ma foi, j'ai le cuir assez épais pour le supporter.

— Rappelez-vous juste que vous lui avez promis de veiller sur elle. Et que Camille, c'est d'abord un cœur.

Il se tourna vers sa voisine, essayant de concilier cette sagesse et cette gravité inattendues avec l'humeur pétillante et facétieuse dont la jolie rousse faisait preuve d'ordinaire.

— Ne vous donnez plus la peine de paraître légère et frivole avec moi, chuchota-t-il, parce que je ne m'y laisserai plus prendre.

— Nous faisons tous ce qu'il faut pour survivre, monsieur Blackwood.

Tandis qu'il assimilait ces paroles pleines de bon sens, Camille s'immobilisa au milieu de la pièce. « Lève-toi ! » ordonna-t-il en silence à son cousin, qui dut l'entendre, car il se mit debout.

— Lady Camille, dit-il d'une voix traînante.

La jeune femme le salua d'un hochement de tête.

— Lord Fenton.

Apparemment, leur conversation en resterait là. Avant que le silence les assourdisse tous, Keating commanda à l'aubergiste un faisan rôti et lui ferma la porte au nez.

— Stephen, je te présente Mlle White. Sophia, voici lord Fenton.

Passant devant Camille, il se dirigea vers la table et s'y assit sans façons.

— J'espère que tu as commandé un bon vin, Stephen.

Son cousin s'approcha lentement de la table.

— Du bourgogne.

— Parfait. Et maintenant, asseyez-vous tous. Fenton, serait-ce de nouveaux chevaux, que j'ai vus attelés à ta voiture en arrivant ?

— Oui. J'ai un faible pour les bais. Ils s'appellent Achille et Ajax, et d'après leur éleveur, ils sont demi-frères.

— Ils sont superbement assortis, commenta Keating.

Du coin de l'œil, il vit Camille prendre place sur sa droite et Sophia sur sa gauche. Fenton risquait de ne pas apprécier d'être face à leur infréquentable trio, mais puisqu'ils n'avaient pas de témoins, il fallait espérer que sa fierté le supporterait.

— Je ne les aurais pas achetés s'ils ne l'avaient pas été, rétorqua le marquis d'un air hautain.

Keating s'interdit de lever les yeux au plafond. Il ignorait à quel moment il était devenu l'arbitre de la cordialité de leur petit groupe, mais il ne se sentait guère qualifié pour cette tâche.

— Stephen, si tu nous parlais de Fenton Hall ? Je me souviens qu'il y avait de superbes étangs pour la pêche, mais je n'y suis pas allé depuis longtemps.

— Je préférerais que lady Camille nous parle des raisons de son comportement, en commençant par son embarrassant coup d'éclat à l'église l'année dernière.

Keating sentit sa voisine se raidir. De la part d'un homme aussi obtus que Fenton, la question était prévisible, mais celui-ci était censé feindre d'avoir un cœur.

— Je pensais que nous pourrions commencer par des sujets plus légers, suggéra-t-il avec toute la diplomatie dont il était capable.

Par chance, ce fut le moment que choisit l'aubergiste pour entrer, suivi de deux servantes, pour apporter le déjeuner. Keating remercia ces trois témoins indésirables et servit le vin lui-même. Un long moment, il fit tourner le liquide couleur rubis dans son verre, puis le vida d'un trait. Il avait besoin d'atténuer la colère qui bouillonnait en lui.

— Je suppose que je vous dois des remerciements pour les bouquets, déclara Camille, le prenant de court. J'aime beaucoup les lys.

Keating tressaillit. Les *roses*. Les fleurs étaient des roses.

— Hum, oui, j'aurais dû me montrer plus attentionné au fil des ans, je suppose, marmonna Fenton avec une réticence manifeste.

Si Camille avait compris que ce n'était pas lui qui avait envoyé ces fleurs, elle n'en montra rien.

— Et j'aurais peut-être dû vous écrire une ou deux lettres au lieu d'attendre que vous preniez l'initiative d'entamer une correspondance.

Fenton posa son verre.

— Pardonnez-moi, mais seriez-vous en train de suggérer que vous avez refusé de m'épouser parce que je n'avais pas envoyé de lettre à une femme que je n'avais nul besoin de séduire ?

— Stephen, intervint Keating en jurant intérieurement, nous reconnaissons nos torts, pour l'instant. Reste concentré.

— En ce qui me concerne, déclara Sophia, si j'avais un fiancé, je n'apprécierais pas qu'il me considère comme un meuble. Un mot gentil, un sourire ou quelques *roses* en quinze ou vingt ans, ce n'est pas trop demander, je pense.

— Et qui diable êtes-vous ? demanda Fenton en rougissant de colère. Sophia qui ?

— Sophia White, répondit celle-ci en articulant avec soin. Je travaille au Tantale Club avec Camille.

— White ? répéta Fenton en battant des paupières.

Puis, se levant d'un bond, il s'écria :

— C'est la bâtarde de Hennessy ! Pour l'amour du Ciel, Keating, à quoi joues-tu ? Ne t'ai-je pas suffisamment répété combien je désapprouve ton penchant à fréquenter la lie de la société ?

Piqué au vif, Keating frappa du poing sur la table.

— Assieds-toi, Stephen. Aucun de nous ici présent n'est un saint ou un ange, sinon nous ne serions pas là. Tu as aussi fait des erreurs dans cette histoire, et plus vite tu mettras de l'eau dans ton vin, plus vite tu parviendras à tes fins.

Le marquis se rassit.

— Si quelqu'un de l'autre côté de cette porte me reconnaît, ma réputation ne s'en remettra pas. Tu ferais bien de prier pour avoir trouvé l'établissement le plus discret de toute l'Angleterre.

— Je prie pour bien d'autres choses, mais j'ai compris le message, riposta Keating en remplissant son verre qu'il vida de nouveau. Tu es furieux et humilié d'avoir été abandonné au pied de l'autel. Lady Camille s'inquiète à la perspective d'être condamnée à vivre auprès d'un goujat sans cœur. Sophia... ma foi, Sophia est ici parce que je lui ai demandé de nous accompagner. Ne l'insulte plus jamais.

Puis, assénant de nouveau un coup de poing sur la table, il continua :

— Et maintenant, allons-y. Stephen, aimes-tu te promener, que ce soit à pied ou à cheval ?

Il y eut un silence, puis son cousin reprit ses couverts.

— Je ne suis pas contre un peu d'exercice, mais ce que je préfère, c'est la chasse à courre.

— Lady Camille, reprit Keating, se demandant s'il allait devoir se coiffer de la perruque blanche du juge, aimez-vous les promenades, à pied ou à cheval ?

— Oui. Et cela me manque.

— Stephen, ton poète préféré.

— William Browne.

Puis, prenant une inspiration, le marquis déclama :

— *Tel un pêcheur mélancolique se tenant / sur une berge herbeuse assis paisiblement / un vers frétillant planté sur son hameçon / il lance sa ligne vers l'onde, puis par le fond.*

Oh, Seigneur, un poème sur la pêche !

— Charmant, dit-il. Lady Camille, même question. Votre poète favori.

— Lord Byron, répondit-elle sans hésiter, une touche de défi dans la voix. *Nous nous voyions en secret / Et je pleure sans bruit / Que ton cœur puisse m'oublier / Et ton esprit me fuir.*

— Nous voilà donc engagés dans un combat de quatrains ? C'est déjà plus amusant.

Pour masquer un peu sa diplomatique envie de sourire devant la démonstration brillante que Camille venait de faire du gouffre qui séparait les deux fiancés, il prit une bouchée de faisan avant d'enchaîner :

— Passons à Shakespeare. Stephen, ta pièce préférée ?

— *Le Roi Lear.*

— *Le Songe d'une nuit d'été*, repartit Camille.

Voilà qui risquait fort peu d'améliorer leurs relations, songea Keating, mais au moins, ils commençaient à faire connaissance, qu'ils en soient ou non conscients. Puis il s'avisa qu'elle venait de nommer la pièce qu'elle était allée voir avec lui. Il se retint de tourner vers elle un regard interrogateur.

— Pierre précieuse, poursuivit-il, s'efforçant d'empêcher ce déjeuner de tourner au pugilat.

Les narines frémissantes, Stephen darda un regard furieux sur Camille et lâcha :

— Les diamants.

— Les saphirs.

— Véhicule, dit Keating.

— Carrosse, lança Fenton.

— Phaéton, riposta Camille.

Keating commençait à se demander si Camille ne faisait pas volontairement preuve d'une certaine mauvaise volonté. Ce dont il ne pouvait certes la blâmer. Fenton était aussi chaleureux qu'un glaçon.

— Danse, poursuivit-il.

— La valse, répondit Camille sans attendre. Je n'aime pas arriver systématiquement en second.

Stephen la regarda droit dans les yeux.

— Je ne danse pas. Et comme je serai le chef de famille, vous arriverez forcément en second.

Après avoir jeté un regard en direction de Keating, il ajouta :

— Ce qui sera toujours mieux que d'être une employée dans un club pour messieurs.

— Permettez-moi de vous faire remarquer que *je* n'ai jamais signé le moindre accord pour épouser qui que ce soit, et que, jusqu'à présent, vos efforts pour me convaincre d'être votre épouse ont été… comment dire… inexistants. Il est rare qu'une chaise proteste quand on s'assoit dessus, mais même si je ne suis guère plus qu'un meuble sur le plan légal, merci de ne pas me confondre avec une chaise.

Keating se leva vivement.

— Lady Camille, puis-je vous parler en privé ? dit-il, par-dessus le marmonnement furieux de son cousin.

Puis, la saisissant par le bras pour l'obliger à se lever, il grommela :

— Veuillez nous excuser un instant.

Une fois dans le petit vestiaire qui séparait le salon de la salle principale, il la libéra.

— À quoi diable rimait cette tirade ?

Elle releva le menton d'un air de défi.

— Je l'ignore, mais je la trouve assez bien tournée.

Keating aussi, hélas ! À présent qu'il était seul avec elle, il vibrait comme la corde d'un violon.

— Il vous préférerait docile, figurez-vous, dit-il, s'efforçant de rester dans le droit chemin. Et même si, à titre personnel, je n'ai rien contre votre sens de la repartie, je crains que votre opposition systématique ne vous mène à rien.

Elle se rembrunit.

— Vous avez raison, mais le marquis me met tellement en colère. Peut-on être plus pédant et plus arrogant ?

— C'est dans sa nature, concéda Keating. Au lieu de voir ses défauts, songez plutôt à la vie qu'il vous offre.

Lady Camille jeta un regard en direction de la porte fermée.

— Je veux bien faire un effort, déclara-t-elle, se radoucissant, mais seulement une fois que vous m'aurez embrassée.

— P... pardon ?

Elle fit un pas vers lui et glissa les mains sur ses épaules.

— Sophia m'a rappelé quelque chose. Ma réputation est ruinée. À part courir nue dans Mayfair, je ne peux guère tomber plus bas. Pourtant, je suis là, en train de subir votre version personnelle d'une réconciliation entre fiancés. Qu'ai-je encore à perdre ?

Plusieurs réponses lui vinrent à l'esprit, mais l'incendie qui s'était allumé dans ses reins les rendit nulles et non avenues.

— Je ne suis pas l'homme qu'il vous faut, Camille, dit-il, la bouche sèche.

— Ce n'est pas ce que je vous demande. Tout ce que je veux, c'est un baiser.

Elle baissa brièvement les yeux.

— Si vous en avez envie, bien sûr.

S'il en avait envie ? Pour toute réponse, Keating referma les mains sur sa taille, la souleva contre lui et prit sa bouche avec ferveur. La douceur de ses lèvres, son ardeur l'enivrèrent comme aucun whisky ne le pourrait jamais. Elle enroula la jambe autour de la sienne, et il ravala de justesse un gémissement.

Bonté divine, il n'avait pas changé. Il était toujours le don Juan qui séduisait les femmes des autres dans les recoins sombres. Avec un soupir saccadé, il la reposa doucement sur le sol.

— Arrêtez, dit-il d'une voix enrouée en s'écartant d'elle autant que le lui permettait la taille exiguë de la pièce. Mon cousin est à deux pas. Je ne referai pas une chose pareille.

— Une chose pareille ? Oh ! fit-elle en pâlissant. Vous parlez de lord Balthrow.

Elle se rapprocha de nouveau de lui. Keating tendit la main pour la tenir à distance. Cela ne suffisait pas, mais il n'avait aucune échappatoire.

— Je vous en prie, Camille.

Dieu merci, elle n'insista pas. À vrai dire, elle recula et s'adossa au mur opposé. Elle avait beau afficher une expression grave, il aurait juré que ses yeux pétillaient.

— Vous m'aimez bien, dit-elle finalement.

— Bien sûr. Pour l'instant, je suis furieux contre vous, mais je vous aime bien. Sinon, je vous aurais amenée ici par la force ou par la menace.

— D'une manière ou d'une autre, je serais ici, fit-elle, et son regard ne souriait plus.

— Oui.

— Parce que vous avez besoin de ces dix mille livres.

— Parce que j'ai besoin de ces dix mille livres *et* parce que vous seriez plus heureuse si vous pouviez valser ou vous promener sans que l'on vous regarde de travers. Aussi assommant que soit Fenton, il peut vous offrir tout cela. C'est à *cela* que vous devriez songer. Le confort vous apportera le bonheur.

— Mais pas l'amour.

Il haussa les épaules. Le sang irriguait de nouveau son cerveau.

— L'amour est plus spectaculaire, je n'en doute pas, mais le confort dure plus longtemps.

— Je ne sais pas.

Penchant la tête de côté, elle ajouta :

— Avez-vous retrouvé un certain... confort ?

C'était là une question compliquée.

— À l'occasion, admit-il prudemment.

Il se sentait mieux dans sa peau depuis qu'il était de retour à Londres et il croyait savoir pourquoi, mais il n'avait pas l'intention de s'appesantir sur le sujet. Pas maintenant, et pas avec elle.

— Bien, reprit-il. Promettez-moi de vous montrer polie avec lui.

— Je le serai pour vous. Pas pour lui.

Cela le troubla encore plus que le baiser, mais il hocha néanmoins la tête.

— Entendu. Quand je vous demanderai quelle est votre gourmandise préférée, répondez que ce sont les écorces d'orange confites. Au moins, vous aurez quelque chose en commun.

Elle plissa le nez de manière charmante.

— J'ai tout de même fait une découverte au sujet de lord Fenton.

— Laquelle ?

— Il n'est pas aussi intimidant que je le pensais, avoua-t-elle, la main sur la poignée de la porte. Je n'ai plus peur de lui.

Avant qu'elle ait le temps d'ouvrir la porte, Keating l'attrapa par l'épaule.

— Vous aviez peur de lui ?

Voilà qui changeait tout. Dix mille livres ou pas, il n'était pas question de permettre à Fenton d'effrayer Camille.

— J'ai peur de tout. Je suppose que j'avais peur de l'idée que je me faisais de lui. Après tout, c'est la première conversation à peu près cordiale que j'ai avec lui. Non, en fait, c'est la première conversation tout court.

Surpris par la simplicité avec laquelle Camille lui avait révélé son malaise en présence de Fenton, Keating la suivit du regard tandis qu'ils regagnaient la petite salle où régnait un silence tendu. Oui, elle pouvait être timide, mais bon sang, elle embrassait avec une passion qui le laissait pantois. Et pourtant, elle se considérait comme une couarde. S'il se fiait aux coups de livre qu'elle lui avait flanqués lors de leur deuxième rencontre, elle n'avait pas peur de *lui*. Il s'en félicitait, même si elle aurait été plus avisée d'éprouver de la peur, de l'antipathie, voire simplement de la méfiance. Sans compter que cela aurait considérablement simplifié les choses pour lui.

Une fois qu'ils eurent repris leur place, il se versa un autre verre de bourgogne. Habitué qu'il était à consommer de l'alcool, non seulement le vin ne lui fit pas plus d'effet que de l'eau, mais il était conscient de briser la promesse qu'il s'était faite à lui-même. D'un autre côté, s'il ne buvait pas un minimum, il n'était pas certain d'achever ce déjeuner sans avoir écrasé son poing sur le nez de Fenton, ou sans s'être jeté sur Camille pour la prendre sur la table.

Cela dit, dans la mesure où son cousin faisait preuve d'une bonne volonté inattendue, il se demandait d'où venait la rage qui bouillonnait en lui et l'envahissait de minute en minute.

— Résumons, déclara-t-il en se composant une voix posée. Nous avons établi que vous appréciez tous les deux les promenades, Shakespeare et la poésie. Ce n'est pas un mauvais début, je trouve. Peut-être pourrions-nous conclure par un point sur les gourmandises. Stephen ?

— J'apprécie les écorces d'orange confites, déclara le marquis avant de finir son verre de vin – le premier, si Keating avait bien compté.

— Je m'en souviens. Lady Camille ?

— Le sabayon au citron, susurra-t-elle en faisant tourner son vin dans son verre.

Puis, jetant un regard furtif à Keating, elle ajouta :

— Bien que je trouve les écorces d'orange confites pas mauvaises.

La petite peste !

À cet instant, Keating vit Stephen glisser la main dans la poche de son gilet. *Malédiction !* Il s'empressa de sortir sa propre montre de gousset et l'ouvrit vivement.

— Eh bien, mesdemoiselles, je crois que lord Fenton est attendu au Parlement. Nous allons devoir le libérer.

— Exactement, confirma Fenton qui se leva et inclina la tête en direction de Camille. Peut-être, puisque vous aimez sortir, pourrions-nous prévoir une promenade ? Tous les quatre, bien entendu.

Camille hocha la tête.

— Comme vous voudrez. Un endroit discret serait préférable, je suppose.

— En effet.

Keating escorta les deux jeunes femmes jusqu'à la calèche qui les attendait.

— Le sabayon au citron ? dit-il dès que la voiture se fut ébranlée. Vous l'avez fait exprès.

— J'ai dit que ses affreuses écorces d'orange n'étaient pas mauvaises. Il s'agissait simplement de lui faire comprendre que j'avais aussi d'autres attirances.

Lui aussi avait d'autres attirances, songea Keating.

— Certes. Alors, que pensez-vous de lui ?

— Personnellement, je pense que c'est un paon gonflé de sa propre importance, déclara Sophia, mais ne faites pas attention à ce que je dis.

Posant le menton sur sa main, elle s'absorba dans la contemplation du paysage.

— Je reconnais que pour un homme aussi fier cette rencontre a dû lui demander un gros effort, déclara Camille calmement. Je suis quelque peu surprise qu'il ne se soit pas contenté de me renier publiquement et de se trouver une autre épouse.

— Il t'a reniée publiquement, rétorqua Sophia. Tu me l'as dit toi-même.

— Non, il m'a insultée devant des témoins. Sous le coup de la colère, je suppose. Ce n'est pas exactement la même chose que de proférer des accusations répétées ou de dénoncer l'accord passé entre nos parents.

Elle fronça les sourcils, pensive.

— Il a dû être humilié quand j'ai quitté l'église. Je n'avais pas vraiment réfléchi à cela jusqu'à présent. Je dois donc admettre que c'est tout à son honneur d'avoir accepté cette conciliation.

— Je vois avec plaisir que vous vous montrez plus diplomate, fit remarquer Keating.

S'il se félicitait d'avoir emprunté la calèche de Greaves – non seulement une voiture fermée aurait été trop clandestine, mais il appréciait l'air frais –, il se réjouissait moins des progrès de Camille qu'il ne l'avait escompté.

— Ne me dis pas que tu envisages sérieusement de rentrer dans le rang, Camille, marmonna Sophia sans quitter des yeux le paysage. Nous ne pourrions plus être amies.

— Pour commencer, tu seras toujours mon amie, déclara Camille avec force. Et ensuite, je n'envisage rien du tout. Je réfléchis à voix haute, nuance.

Puis, coulant un regard de biais à Keating, elle ajouta :

— Vous n'auriez pas dû me mentir, à propos des fleurs.

— Vous n'auriez pas dû être assez intelligente pour le piéger, rétorqua Keating. Et je n'ai pas menti. Tout ce que j'ai dit, c'est que je lui avais suggéré de vous envoyer des fleurs. Ce que j'ai fait. Vous les avez reçues et la moitié des membres du Tantale Club vous ont vue les recevoir. Si tout le monde croit qu'elles viennent du marquis de Fenton, cela ne peut que consolider votre position.

— Si ce n'est pas un mensonge, c'est une bien maigre vérité, alors. Et j'aurais préféré savoir qu'elles venaient de vous. Même si vous ne les avez envoyées qu'au nom d'un autre.

Elle croisa ses mains sur ses genoux.

— Voyons, pourquoi a-t-il refusé de les envoyer lui-même ? Il a sans doute cru qu'il aurait l'air de s'excuser, alors que c'est l'inverse qu'il espère. Alors vous avez pris les devants et fait livrer les fleurs sans même lui demander son avis.

Manifestement, songea Keating, mortifié, il avait perdu toute capacité de tromper qui que ce soit.

— Vous auriez dû recevoir des fleurs, décréta-t-il en croisant les bras, l'air buté.

Détournant les yeux, il fit mine de s'absorber dans la contemplation du paysage. Quelle réponse effrontée allait-elle trouver à cela ?

— Merci de m'avoir envoyé ces roses. Elles étaient très jolies.

Elle avait parlé si doucement que, l'espace d'un instant, il se demanda s'il n'avait pas imaginé ses paroles. Il hocha la tête.

— Tout le plaisir était pour moi, marmonna-t-il.

— Sophia aimerait visiter Hampstead Heath. Je me demandais si vous accepteriez de nous y accompagner.

— Hampstead Heath ? Vous savez qu'il y a des bandits de grand chemin, là-bas.

— Il paraît que c'est un endroit charmant. Je n'ai jamais eu le droit d'y aller.

Voilà qui augurait mal de la suite. L'hypothèse sur laquelle il avait fondé son argumentation pour la ramener vers Fenton était qu'elle souhaitait revenir dans le giron de la bonne société. Mais, apparemment, elle avait davantage envie de déployer ses ailes et d'explorer les aspects les plus... scandaleux de la vie à Mayfair. Était-ce l'influence de Sophia ? Ou, pire, la sienne ?

— Je vais voir si je peux organiser une sortie, répondit-il.

Il devenait pitoyable. Tous les prétextes étaient bons pour passer du temps avec elle – même s'il fallait pour cela pourfendre des renégats et des coupe-jarrets.

— Nous devrions pouvoir nous libérer jeudi après-midi, précisa-t-elle.

Keating hocha la tête. S'il avait survécu à ses années de libertinage dans les bas-fonds, c'était parce qu'il avait toujours pu compter sur son sixième sens ; or, celui-ci lui criait que quelque chose se tramait. Il ignorait quoi précisément, mais il allait le savoir.

— Je demanderai à Fenton quelles sont ses disponibilités, promit-il. Je ne recommanderais pas Hampstead Heath pour une promenade, mais peut-être un parc plus modeste. Ou Primrose Hill, dans Regent's Park.

— Je vous laisse décider, dit Camille.

Il avait envie de lui demander ce qui s'était passé, pour quelle raison elle semblait soudain si calme et si sereine alors qu'un peu plus tôt dans la journée, elle était folle d'inquiétude à la perspective d'affronter Fenton. Il aurait dû trouver cela agréable, et d'ailleurs, c'était le cas, mais cela lui paraissait aussi bizarre. Pour ne pas dire suspect. S'ils avaient été seuls, il l'aurait interrogée, mais ils n'étaient pas seuls, et vu la façon dont il l'avait embrassée à l'auberge, c'était sans doute préférable.

En vérité, il devait veiller à ne plus jamais se retrouver en tête à tête avec elle. Désormais, Fenton était officiellement entré en scène, et Keating ne prendrait pas le risque de s'interposer entre les deux fiancés. Même si lady Camille Pryce était sacrément séduisante. Même s'il ne pouvait s'endormir sans rêver d'elle nue entre ses draps. Et même si elle avait allumé en lui un incendie que rien ne semblait pouvoir éteindre.

— Je vous enverrai un billet dès que j'aurai une réponse, promit-il alors que la calèche se rangeait le long du trottoir du Tantale Club.

Il sauta à terre et pivota sur ses talons pour aider les jeunes femmes à descendre.

— Blackwood ! rugit une voix dans son dos.

D'instinct, il tendit la main vers le poignard dissimulé dans sa botte tout en faisant face au propriétaire de cette voix de stentor.

— Rendale.

Le comte de Rendale, dont la corpulence et le poil hirsute évoquaient davantage un plantigrade qu'un être humain, dévala les marches du Tantale Club et le chargea.

— Vous avez eu tort de revenir ! gronda-t-il en agitant le poing.

— Remontez dans la calèche, ordonna Keating aux deux femmes avant de plonger pour éviter le coup.

Puis il se pencha et se redressa, soulevant le colosse sur son épaule, avant de l'envoyer valdinguer sur le pavé. Comme Rendale se relevait, il recula afin de mettre un peu de distance entre eux et ses compagnes.

— Vous avez couché avec ma femme ! vociféra l'hercule.

— Ah oui ? Aucun souvenir. Il y en a eu tellement.

Keating plongea de nouveau pour éviter un autre coup de poing, avant d'asséner un uppercut à la mâchoire de son adversaire.

— J'ai trouvé les lettres ! Ne niez pas !

— Je ne nie rien du tout. Peut-être pourriez-vous me la décrire.

Un autre coup, puis Keating s'élança et percuta avec force l'abdomen de Rendale. Le choc fut si violent que ce denier décolla du sol, avant de retomber sur le pavé. Un troisième coup de poing s'abattit et son nez, probablement brisé, se mit à saigner.

— Keating, arrêtez ! gémit Camille.

Il se redressa, le bras déjà levé pour achever le travail, et se tourna vers la jeune femme. Les mains sur les lèvres, elle fixait sur lui un regard à la fois choqué et effrayé.

— Quoi que j'aie fait, Rendale, dit Keating d'une voix haletante, c'était il y a sept ans. Et je vous présente mes excuses.

À ce moment, lord Haybury et deux costauds sortirent au pas de course de l'établissement.

— Je ne suis pas contre une bonne bagarre, messieurs, déclara le marquis, mais l'endroit est mal choisi. Rendale, vous partiez. Je ne vous retiens pas. Blackwood, aidez ces demoiselles à descendre et quittez les lieux.

En temps normal, le seul fait qu'on lui donne des ordres aurait suffi à Keating pour déclencher un nouveau pugilat, mais par respect pour les deux jeunes femmes, il ravala sa colère et acquiesça.

— Entendu.

— Ce n'est pas lui qui a commencé, lord Haybury, plaida Camille en descendant de la calèche.

— Si, c'est moi, déclara Keating. Il a simplement fallu sept ans à Rendale pour riposter.

Saluant l'assistance d'un signe de tête, il grimpa dans la calèche.

— Bonne journée, lady Camille, mademoiselle White. Je vous donnerai des nouvelles.

— J'attendrai, Keating, répondit Camille en faisant un pas dans sa direction.

Dans la direction du chaos et de l'infamie qu'il incarnait. Ce simple pas vers lui faillit avoir raison de lui. Il ordonna sèchement au cocher de partir, avant qu'il perde la tête et descende embrasser Camille. Car malgré la preuve de ses péchés d'autrefois étalée sur le pavé devant elle, elle éprouvait toujours de l'affection pour lui.

Et cela, ce n'était pas censé arriver.

13

Même si Camille n'avait pas remarqué que Sophia tentait de croiser son regard toutes les trois minutes, elle aurait tout de même compris que celle-ci voulait lui parler. Depuis leur retour de l'auberge, son amie guettait l'occasion d'avoir un mot avec elle en privé, tandis que, de son côté, Camille déployait autant d'efforts qu'elle pour éviter un tête-à-tête.

Elle avait besoin de réfléchir et, paradoxalement, le fait de se tenir à son pupitre et d'accompagner les messieurs à leur table était le moment idéal pour avoir un peu de répit. Après tout, elle n'avait qu'à sourire et prononcer de vagues flatteries – on ne lui en demandait pas plus.

— C'est la deuxième fois que l'on se bat en ta présence depuis que je suis ici, chuchota Lucille. Et les deux fois, ton nouvel ami était impliqué. Est-ce une habitude, chez lui ?

— À l'évidence, répondit Camille en regrettant que son assistante ait échangé son tour pour ce soir, comme elle l'avait elle-même fait avec Patricia Cooper.

Les autres filles étaient peut-être bavardes, mais la naïveté de Lucille l'exaspérait.

— J'ai entendu dire que lors de la dernière Soirée des dames, celles-ci ont ouvert une nouvelle page dans le livre des paris pour savoir laquelle allait le séduire la première. La gagnante devra produire une preuve de son succès. Une bague lui appartenant, je crois. Certaines ont même inscrit leur propre nom ! Ensuite, elles ont lancé un autre pari pour savoir quel mari allait l'abattre. Elles vont devoir changer la cote de lord Rendale, parce que jusqu'à présent, il n'était qu'à huit contre un. Je ne sais pas si Bloody Blackwood doit être tué ou seulement blessé pour que le pari soit considéré comme gagnant.

— Lucille, tais-toi, dit Camille d'un ton sec.

Faisant un signe de la main à Jenny Martin, qui se tenait au fond de la vaste salle de restaurant, elle se dirigea vers la copropriétaire des lieux.

— Il y a un problème ? s'enquit celle-ci.

— J'ai besoin de prendre l'air.

Jenny fronça les sourcils.

— Non.

— Non ? répéta Camille sans comprendre.

— Ce club est scandaleux, votre réputation est scandaleuse et vous fréquentez un homme extrêmement scandaleux. Changez quelque chose à l'une, ou même à toutes ces choses, ou faites en sorte d'avoir le cuir plus épais, Camille.

La jeune femme tressaillit. Dans le passé, Jenny et Diane s'étaient toujours montrées patientes et compréhensives avec elle. Que s'était-il passé ? Elle était devenue amie avec Keating Blackwood et voilà qu'on la traitait comme si elle cherchait les ennuis.

Elle hocha la tête ave raideur.

— Je comprends, dit-elle.

Visiblement, la patience et la compréhension de ses nouvelles amies, si tolérantes fussent-elles, avaient leurs limites. À cette idée, le cœur de Camille se serra. Et brusquement, la perspective de quitter le Tantale Club pour reprendre sa place dans la bonne société ne lui parut plus aussi déraisonnable ni tirée par les cheveux.

Avant qu'elle ait pu rejoindre son pupitre, Sophia fit irruption et, la prenant par le bras d'un geste autoritaire, l'entraîna dans un couloir privé.

— Je veux te parler, souffla-t-elle.

— Et moi, je ne veux pas t'entendre.

Camille se frotta le visage, s'efforçant de se persuader que ses paumes étaient moites de transpiration et non mouillées de larmes.

— Très bien, n'écoute pas. Je te dirai quand même ce que j'ai à te dire.

— Je dois reprendre mon poste, Sophia.

— Pendant que tu étais dans le vestiaire, en train de te chamailler avec Keating Blackwood, j'ai gardé un œil sur lord Fenton. Il s'est levé, comme pour s'en aller, a changé d'avis et s'est rassis. Puis il m'a regardée droit dans les yeux et m'a demandé « Avec combien d'hommes a-t-elle couché ? Ce n'est pas que j'attende une réponse honnête de la part d'une bâtarde, mais dites toujours. »

Sa curiosité piquée malgré elle, Camille demanda :

— Que lui as-tu répondu ?

— J'ai dit : « Si vous pensiez que la réponse est autre que zéro, pourquoi êtes-vous ici à discuter avec elle ? ». Il a répliqué : « Cela ne vous regarde pas. Sachez juste que je suis las que vous vous moquiez de moi, tous autant que vous êtes. Je ne suis pas parti de l'église en courant, et elle ne m'a jamais envoyé ni fleurs ni poèmes. Pourtant, c'est moi qui ai été puni. Elle me doit ce mariage. »

— En quoi a-t-il été puni ? s'exclama Camille, outrée. Je veux bien admettre que les gens rient sous cape et qu'il n'y est pour rien, mais il est toujours invité dans les soirées, ses amis lui parlent encore, il n'a pas été chassé de chez lui et jeté à la rue. Je m'attendais qu'il fasse la grimace, mais il a sincèrement l'air de croire que je vais lui présenter des excuses.

— Je crains qu'il ne considère pas son manque de cœur comme un défaut, la prévint Sophia.

Puis, se penchant, elle ajouta à voix basse :

— Et il ne s'attend certainement pas que tu lui reviennes vierge.

— Mais je le suis !

— C'est possible, mais quoi que tu fasses, il refusera de le croire.

Camille scruta son amie.

— Qu'es-tu en train de me suggérer, Sophia ? De sortir subrepticement du Tantale Club pour aller retrouver Keating Blackwood quelque part ? C'est cela ?

Elle s'était efforcée de paraître tout à la fois choquée et cynique, mais son cœur battait si fort qu'elle doutait d'avoir été très convaincante. À la seule idée de poser les mains sur la peau nue de Keating Blackwood, elle était en feu.

— J'avais l'intention de présenter la chose de façon plus subtile, mais puisque tu as saisi le message, je peux retourner travailler.

Camille, qui n'avait pas oublié la réflexion de Jenny, s'empressa de l'imiter. La suggestion de Sophia aurait dû la choquer – et ç'aurait été le cas un an plus tôt –, mais depuis quinze jours, elle ne cessait d'imaginer Keating Blackwood nu. Tout le monde, à commencer par lord Fenton, la croyait ruinée, non seulement socialement mais moralement. À l'évidence, son fiancé préférait que les choses apparaissent convenables plutôt qu'elles le soient réellement.

Cela faisait des mois qu'elle endurait les murmures, les ricanements et les sous-entendus, et elle ne s'y était toujours pas habituée. Au moins les gens ne jaillissaient-ils pas de nulle part pour l'agresser, comme c'était le cas avec Keating Blackwood ! Heureusement, car elle se serait cachée dans un trou de souris pour ne pas affronter les regards après de telles scènes.

Il s'était battu. Il avait frappé, déchirant au passage la manche de sa veste, puis il avait présenté ses excuses à l'homme qui s'en était pris à lui. Libertin endurci ou pas, il semblait sincèrement regretter ce qu'il avait fait autrefois et lui avait maintes fois prouvé qu'il n'avait pas l'intention de répéter ses erreurs. Pourtant, si elle en jugeait aux derniers paris inscrits dans le Livre des dames, personne d'autre qu'elle ne semblait y croire.

Une ombre de sourire incurva ses lèvres, qu'elle s'empressa d'effacer. Ces honnêtes femmes qui se réunissaient le mardi soir voulaient savoir qui Keating Blackwood mettrait dans son lit. Et elles continuaient de la regarder de haut. Ne serait-ce pas amusant que ce soit *elle* qui gagne ce pari et qu'aucune d'entre elles ne le sache ? Elles pourraient bien loucher sur lui avec des airs gourmands, elle serait la seule à connaître la vérité.

La seconde chance de Keating Blackwood et la seconde chance de Camille semblaient s'exclure mutuellement. Quel dommage ! S'ébrouant, Camille s'efforça de se concentrer sur son travail pour éviter de placer dix messieurs sur la même chaise. Le reste de la soirée, pourtant, durant la période d'accalmie où les gens étaient au théâtre comme pendant la bousculade qui suivit le retour de ces messieurs, elle ne put s'empêcher de se demander où elle avait envie d'aller. Avec qui elle avait envie d'être.

Enfin, Jenny lui adressa un petit signe de tête. Avec un sourire plus poli que sincère, elle franchit la porte qui menait à la partie privée du club, à l'arrière du bâtiment. Elle oscillait entre épuisement et frustration. Elle commençait tôt le lendemain, aussi devait-elle se dépêcher d'aller se coucher. Non pas que réussir à trouver le sommeil s'annonce facile.

Lorsqu'elle entra dans la chambre plongée dans l'obscurité et referma sans bruit la porte derrière elle, Sophia murmura :

— As-tu vu lord Burkis, ce soir ? Il continue de vouloir m'acheter une petite maison à la campagne où il pourra venir me rendre visite.

Camille fit la grimace dans le noir.

— Tu vas me donner des cauchemars !

Elle entendit son amie rire doucement, puis se retourner dans son lit.

— C'est d'autant plus amusant que lorsqu'il m'a croisée dans Bond Street, l'autre jour, il a fait semblant de ne pas me reconnaître. Il a failli marcher sur un chien parce qu'il évitait de me regarder !

— Et cela ne te contrarie pas plus que cela ?

— Comme je m'obstine à te le répéter, j'ai toujours été une célébrité. Même si Hennessy ne m'a jamais reconnue, tout le monde sait qu'il est mon père. Et personne n'ignore qui est ma mère, puisque la duchesse l'a envoyée à la campagne, avant de la mettre à la porte sans la moindre discrétion. Cela dit, je ne suis responsable de rien de tout cela. Alors, oui, parfois j'aimerais bien prendre les gens par le col et leur ordonner de me regarder dans les yeux, mais ma vie n'est pas si terrible. Plus maintenant. J'aime cet endroit.

— Moi aussi, la plupart du temps.

— Non, tu n'aimes pas cet endroit. Tu apprécies d'avoir un toit et un revenu. Ce n'est pas la même chose que d'être impatiente de se retrouver dans l'un des salons, au milieu de tous ces hommes riches ou séduisants, ou de plaisanter avec eux alors que tu sais qu'en public, ils t'éviteraient.

Camille s'assit lourdement sur son lit.

— Oui, je suppose que c'est vrai.

— Dans ce cas, c'est une chance que tu aies une occasion de reprendre ta vie d'avant. Vas-tu la saisir ?

— Tu parles de lord Fenton ?

Tournant les yeux vers la fenêtre aux rideaux tirés, Camille ôta ses chaussures.

— Il est vaniteux et je ne suis certes pas amoureuse de lui, mais je dois décider si ce qu'il a à m'offrir pèse suffisamment dans la balance pour que j'accepte le reste, j'imagine.

— Te voilà bien logique.

— J'essaie de l'être, et de prendre une décision plus réfléchie, cette fois. Je doute sérieusement que j'aurai une troisième chance de modifier le cours de ma vie.

— C'est vrai. N'oublie cependant pas un détail.

Camille se tourna vers son amie.

— Lequel ?

— Keating Blackwood, répondit Sophia. Et maintenant, arrête de me parler. C'est toi qui vas me donner des cauchemars avec ta logique.

— Très bien. Bonne nuit, Sophia.

— Fais de beaux rêves, Camille.

Au lieu d'enlever sa jolie robe parme, la jeune femme demeura assise de longues minutes. Puis, une fois que la respiration de son amie fut devenue paisible et régulière, elle se leva. Elle entendait vaguement les voix qui montaient des salons à l'étage inférieur.

Remettant ses chaussures, elle s'empara d'un châle suspendu à une patère et sortit en refermant doucement la porte derrière elle. Son cœur se mit à battre un peu plus fort, mais elle se tranquillisa en se disant qu'elle n'avait l'intention d'aller nulle part. Elle n'avait pas sommeil et il faisait frais. Si elle décidait d'aller faire quelques pas dehors, elle pourrait se couvrir.

Dans le grand salon du personnel, Lily Banks dormait, blottie sur le canapé. Camille ignorait si cela signifiait qu'Emily Portsman, sa camarade de chambre, avait invité un homme à passer la nuit avec elle, mais ce n'aurait pas été la première fois. Et Camille n'en avait pas moins d'estime envers Emily pour autant. Au contraire. Emily n'avait peut-être pas quitté l'enceinte du club depuis son arrivée, mais au moins, elle n'avait pas peur de son ombre.

Camille descendit l'escalier de service et entra dans les cuisines. À cette heure tardive – ou plutôt, fort matinale –, il n'y avait qu'un cuisinier et deux marmitons devant les fourneaux. Les ayant salués, elle traversa l'office et sortit par l'arrière du bâtiment. À cette heure qui précédait l'aube, l'air était froid et gorgé de rosée. La jeune femme se couvrit la tête et les épaules de son châle.

Une chouette hulula, lui arrachant un tressaillement. Dans l'obscurité, le jardinet ne lui semblait plus aussi rassurant, mais les rues de Mayfair le seraient encore moins, en admettant qu'elle s'y aventure. Contournant l'allée et les écuries, elle enjamba le muret qui bordait le jardin et se retrouva dans Vigo Street.

Elle vit passer plusieurs attelages, d'abord des voitures aux rideaux soigneusement fermés, puis un phaéton conduit par un homme dont la silhouette lui parut familière et qui la suivit du regard jusqu'à ce qu'il soit hors de vue. Elle frissonna. C'était une très mauvaise idée pour toutes sortes de raisons, parmi lesquelles le risque de ruiner sa seconde et dernière chance n'était pas la moindre.

Un autre véhicule remonta la rue et elle se détourna en feignant d'observer une rose à moitié fanée qui retombait du mur d'une propriété. Qu'elle était sotte ! Même dans les meilleures circonstances, elle ne voulait pas que quiconque – inconnus ou anciens amis – puisse la voir dans un endroit d'où elle ne pouvait s'échapper. Et ceci n'était assurément pas les meilleures circonstances.

Le véhicule qui l'avait dépassée ralentit, puis effectua un demi-tour pour revenir dans sa direction. Malédiction ! Resserrant son châle, elle gagna en hâte Regent Street et l'allée du Tantale Club.

La voiture la rattrapa et roula au pas à côté d'elle. S'interdisant de tourner la tête, même quand elle entendit la portière s'ouvrir, elle pressa l'allure en priant pour ne pas avoir commis la pire – et toute dernière – erreur de sa vie.

— Camille ?

En reconnaissant la voix grave, elle manqua de défaillir de soulagement. Elle s'immobilisa et pivota vers la grande voiture noire.

— Keating ? Que...

Il se pencha, la prit par le bras et la hissa à l'intérieur d'une poigne autoritaire. Sur un signe qu'elle ne remarqua pas, le véhicule s'ébranla.

— Que diable faites-vous seule dans les rues à une heure aussi indue ? demanda Keating. C'est dangereux.

Elle s'adossa à la banquette en face de lui, bien plus soulagée qu'elle n'aurait dû l'être.

— Et vous ? rétorqua-t-elle.

— Je vous ai posé la question le premier. Répondez.

Elle déglutit péniblement.

— Je réfléchissais à la possibilité de vous rendre visite.

Il écarquilla légèrement les yeux.

— Seriez-vous choqué ?

— Vous « réfléchissiez » ? répéta-t-il en se penchant vers elle pour repousser le châle de sa tête. Vous avez une étrange façon de réfléchir.

— Je ne sais pas comment je me suis retrouvée dans la rue. C'est juste... arrivé.

— Et qu'auriez-vous fait ensuite, au fil de votre « réflexion » ?

— Je suppose que j'aurais loué un fiacre pour me rendre à Baswich House. Vous m'avez dit que vous logiez chez le duc de Greaves.

— En effet.

Il inclina la tête de côté, comme s'il l'étudiait, mais elle se demandait ce qu'il pouvait voir dans la pénombre.

— Et une fois que vous seriez arrivée à Baswich House ?

Camille fronça les sourcils.

— Je ne sais pas. Le majordome doit être couché, je suppose, et je n'avais pas l'intention d'entrer par effraction ni d'examiner les chambres une à une jusqu'à ce que je vous trouve. Seigneur, imaginez que je tombe sur le duc ! Ce serait…

— Inacceptable, l'interrompit Keating d'une voix étrangement sévère.

— J'allais dire que ce serait embarrassant, mais comme vous voudrez.

Plissant le nez, elle ajouta :

— Vous sentez le cigare.

— J'étais au Society Club.

— Ce n'est pas du tout par ici.

— Ah non ? Mon cocher se sera perdu.

Elle ne put réprimer un sourire.

— Vous êtes venu au Tantale Club à dessein. Pour me voir ?

— Oui. Puis je me suis rendu compte que vous aviez déjà dû rejoindre votre chambre. Où je devrais vous ramener, d'ailleurs, ajouta-t-il après une hésitation.

Il avait envie qu'elle reste là, en conclut-elle. Avec lui. Que c'était enivrant d'être désirée ! Et quel soulagement, car ses pensées avaient pris un tour si charnel ces derniers temps. Existait-il rien de plus triste que de convoiter quelqu'un qui ne voulait pas de vous ?

— Maintenant que j'ai déjoué votre ruse, allez-vous cesser de m'envoyer des bouquets d'anniversaire chaque jour ? demanda-t-elle, même si c'était une tout autre question qui lui brûlait les lèvres.

— Je dois pouvoir vous en faire livrer encore cinq autres, à moins que vous ne souhaitiez que j'arrête.

Camille secoua la tête.

— Non. J'adore recevoir des fleurs, même si vous m'avez menti au sujet de leur expéditeur.

— Je vous l'ai dit, je n'ai pas menti. J'ai habilement esquivé la question. Et si Fenton n'avait pas été aussi ridiculement borné, vous n'en auriez jamais rien su.

— Que vous dites. Vous ne croyez pas que ç'aurait été une catastrophe, si ces bouquets m'avaient convaincue de l'épouser et que j'avais découvert la vérité au dernier moment ?

Il la fusilla du regard.

— Cessez d'être aussi perspicace. Cela ne vous réussira pas.

— Ah non ?

— Non. Il vaut mieux être intéressé qu'intelligent. Agir pour son propre confort au lieu de perdre son temps à analyser les motivations des autres.

Camille poussa un soupir. Si seulement elle pouvait rester là indéfiniment, à discuter avec lui ! Enfin, pas seulement discuter, mais être seule avec lui… La voiture ferait le tour de Londres sans jamais s'arrêter, sauf pour qu'on leur apporte une tasse de thé.

— Je vous trouve bien cyn…

Elle n'eut pas le temps d'achever sa phrase. Il se pencha vers elle pour capturer ses lèvres.

— J'essaie de devenir un homme meilleur, vous savez, murmura-t-il en l'attirant sur ses genoux.

Une vague brûlante monta en elle.

— Cela me semble tout à fait évident, répondit-elle d'une voix tremblante.

Glissant ses doigts dans ses cheveux, elle leva son visage vers le sien pour un nouveau baiser passionné.

— Je me suis juré de ne plus jamais m'interposer entre un homme et sa femme. Plus jamais.

Ses grandes et solides mains glissèrent sur ses hanches, puis il la plaqua contre son torse.

— Ce n'est pas ce que vous faites.

— Vous êtes fiancée à mon satané cousin, Camille. Il est toujours résolu à vous épouser. Et je ne vois pas de solution plus souhaitable pour vous que d'accepter.

— En quoi est-ce plus souhaitable pour moi ? demanda-t-elle en se serrant contre lui.

— À tous points de vue. Vous pourriez retrouver votre famille, vos amis, vos jolies robes, vos soirées.

— Nous en reparlerons. Demain.

Il la repoussa légèrement. Dans les profondeurs de son regard, elle vit danser des secrets, des espoirs, et bien d'autres mystères qu'elle brûlait de découvrir.

— Demain, murmura-t-il.

Elle hocha la tête.

— Et maintenant, cessez de discuter, ordonna-t-elle. Avant que le courage me fasse défaut.

Un cahot secoua le véhicule.

— Au fait, où allons-nous ? s'enquit-elle.

— À Baswich House.

— Vous avez ordonné au cocher de vous y emmener avant même que je monte dans cette voiture ?

— Oui. Je vous ai dit que j'essayais d'être meilleur. Pas que j'y parvenais. Et je vous veux. Je vous désire depuis le premier jour.

Ainsi quand il avait prétendu ne vouloir que son amitié, il avait menti. Ou « habilement esquivé la question », à tout le moins. D'un autre côté, il n'était pas de ces hommes qui savaient se tenir en public, mais l'insultait et la rabaissait en privé. Il referma la main sur son sein droit. Laissant échapper un cri étouffé, elle se cambra contre sa paume

— Nous sommes aussi amis, n'est-ce pas ? demanda-t-elle d'une voix hachée.

— Vous avez besoin de meilleurs amis que moi.

— Qu'en savez-vous ?

Lorsque la voiture s'arrêta, Camille avait les lèvres gonflées, sa robe soudain trop étroite lui comprimait la poitrine et son cœur battait à tout rompre. Keating l'aida à descendre de voiture, puis sauta sur le trottoir derrière elle avant de se plaquer contre elle.

— Ne bougez pas, lui ordonna-t-il à l'oreille.

Puis il donna un coup de reins contre ses fesses, ne lui laissant rien ignorer de son désir.

Camille hocha la tête sans mot dire. Une nouvelle vague d'excitation monta en elle et il lui fallut plus de volonté qu'elle ne l'aurait cru pour ne pas pivoter et se jeter à son cou en réclamant d'autres baisers. La serrant de près, il lui fit monter les trois marches qui menaient au perron, où un domestique ensommeillé vint leur ouvrir avant de disparaître.

Toujours poussée par son compagnon, Camille traversa le hall et gravit un escalier monumental. Sur le palier, ils prirent à gauche et s'engagèrent dans un couloir qui menait vers l'aile ouest de la vaste demeure plongée dans la pénombre. Tout au bout du corridor, Keating tendit la main pour ouvrir une porte.

— Par ici, murmura-t-il en la suivant à l'intérieur.

À peine le battant s'était-il rabattu que la jeune femme fit volte-face pour l'embrasser, se pressant avec délice contre son corps musclé. Elle savait confusément qu'elle aurait dû être inquiète, nerveuse, ou au moins en proie à l'une de ces émotions qui l'assaillaient chaque fois qu'elle s'aventurait hors de son sanctuaire, mais en vérité, elle se sentait surtout… ivre. Éperdue, exaltée, tremblante d'excitation.

— Vous êtes beaucoup trop habillée, murmura Keating.

Elle frémit en percevant un tremblement inattendu dans sa voix. Bonté divine, il la rendait folle !

— Vous aussi, riposta-t-elle en lui ôtant sa veste. Dites-moi encore que vous me désirez.

Une ombre de sourire aux lèvres, il la souleva dans ses bras et l'emporta jusqu'au lit. Ce dernier avait été préparé pour la nuit, et elle s'enfonça sur un moelleux matelas de plume. Seigneur, elle avait oublié ce que c'était que d'avoir un lit d'une telle qualité !

— Je vous veux, murmura-t-il en s'emparant de sa cheville pour lui ôter un soulier, puis l'autre. Ces quinze derniers jours, vous m'avez rendu absolument fou de désir. Je ne me souviens pas d'avoir jamais autant convoité une femme.

Lui tenant la cheville gauche, il laissa sa main libre remonter lentement jusqu'à son genou, puis le long de sa cuisse, soulevant au passage l'épaisse soierie de sa robe.

C'était de la folie pure, songea-t-elle, ivre de plaisir, tout en se félicitant d'avoir trouvé le courage de sortir du Tantale Club, au moins pour une nuit. Être désirée… Y avait-il rien de plus délicieux quand il s'agissait d'un homme qu'elle en était venue à considérer comme un ami ? D'autant que cet homme avait connu assez de femmes pour savoir ce qu'il voulait. Et être désirée par l'homme qui lui plaisait autant… Camille avait entendu assez de discussions au club pour savoir que c'est assez rare.

Keating s'assit sur le lit près d'elle. Les yeux rivés sur son visage, il entreprit de retirer une à une les épingles de son chignon, les déposant avec précaution sur sa table de chevet. Alors que sa chevelure tombait en cascade sur ses épaules, il la contempla longuement dans un silence ému, enroulant une longue mèche blonde autour de ses doigts.

— Si belle, dit-il d'une voix à peine audible.

— Merci, souffla-t-elle. Vous n'êtes pas mal non plus.

— Et tellement bien élevée, ajouta-t-il avec un demi-sourire.

Il se débarrassa de son gilet, qu'il laissa tomber sur le sol. Un instant plus tard, sa chemise suivait le même chemin.

— Vous voilà bien calme, s'étonna-t-il.

La prenant par les épaules, il s'inclina pour lui donner un baiser.

— Auriez-vous changé d'avis ?

— Non. Bien sûr que non. J'observe. J'apprends.

— Bien, alors nous allons devoir nous occuper de cela, n'est-ce pas ?

— Que voulez-vous…

Il l'embrassa de nouveau, sur la bouche, puis sur le menton et la mâchoire, la mordillant et la léchant, jusqu'à ce que le plaisir soit si intense que c'en était presque douloureux. Quand elle ne put retenir un gémissement, il prit une profonde inspiration et poursuivit sa tendre exploration le long de sa gorge, en direction de son décolleté. Lentement, il repoussa les manches de sa robe le long de ses bras, embrassant chaque parcelle de peau qu'il dénudait. Quand il referma ses lèvres sur son sein nu, elle émit un petit hoquet de plaisir et de stupeur mêlés.

Il était difficile d'observer quand chaque caresse éveillait en elle un flot de sensations. Son esprit voulait juste apprécier l'instant et son corps le faisait déjà. Avec impatience, elle posa les mains sur les épaules de Keating, fit courir ses paumes sur son torse nu. Sa peau était comme du velours tendu sur du métal. Ses muscles roulèrent sous sa caresse, et elle ne put cacher sa satisfaction. Être une femme perdue avait ses bons côtés !

— Qu'y a-t-il de si amusant ? demanda-t-il à mi-voix en levant les yeux vers elle, avant d'aspirer son autre sein entre ses lèvres.

— Juste Ciel, gémit-elle en se cambrant. Ce n'est pas amusant, c'est... divin.

— Précisément. Comme vous.

Elle s'arc-bouta sous ses baisers, regrettant presque qu'ils ne soient pas restés dans la voiture, car il aurait dû se contenter de cela. Même si elle se délectait de ses caresses, elle était consciente de la bosse qui gonflait son pantalon. Et elle savait aussi, confusément, qu'elle attendait davantage de lui que toutes les douceurs qu'il lui prodiguait.

Keating, en revanche, semblait prendre un malin plaisir à la torturer avec la langue, tout en lui retirant sa robe aussi lentement que possible, lui arrachant de délicieux frissons. Sa peau flambait là où il posait les lèvres, tant et si bien qu'elle crut qu'elle allait s'embraser.

— Je dois être... de retour au club... à 7 heures, bégaya-t-elle.

— Je ne pense pas que j'en aurai fini avec vous aussi rapidement.

— À ce rythme-là, en effet.

Il laissa échapper un rire rauque.

— Seriez-vous impatiente, ma belle ?

Elle ne put retenir un sourire.

— Je n'ai pas fait tout ce chemin pour discuter.

La saisissant par les hanches, il fit glisser sa robe et sa camisole le long de ses jambes.

— Êtes-vous donc si pressée de parachever votre ruine ?

— Tout le monde croit que c'est fait depuis longtemps. Alors j'ai décidé que je n'avais rien à perdre à en profiter.

— Avec moi.

Il lui caressa l'intérieur des cuisses.

— Oui. Avec vous.

Puis il lui écarta les jambes et fit courir ses lèvres sur son ventre, sur ses cuisses, puis… *là*. La sensation la projeta directement au ciel, frémissante, le souffle coupé.

— Oh, mon Dieu ! gémit-elle.

Elle ne s'attendait certes pas à quelque chose d'aussi intime, d'aussi choquant et d'aussi délicieux tout à la fois. Creusant les reins, elle serra le drap entre ses poings et gémit. Oui, il jouait encore avec elle, mais elle se rapprochait de l'endroit où elle voulait être. De lui. Déjà, son ventre se contractait… puis son corps entier appelait l'assouvissement de ses sens. Lâchant le drap, elle enfouit les doigts dans les cheveux de Keating et attira son visage à elle.

— Je vous veux, chuchota-t-elle d'une voix tendue. Tout de suite.

Si elle se fiait à son expression, il aimait la caresser. Mais elle n'allait pas y survivre. Glissant la main entre eux, elle la referma sur la bosse qui tendait son pantalon. Il sursauta et prit une brève inspiration.

— Arrêtez, vous allez m'achever, gronda-t-il.

— Je ressens exactement la même chose.

Il la scruta un long moment, bascula à son côté et l'embrassa de nouveau.

— Cela vous fera un peu mal, la prévint-il. Je veux que vous ayez du plaisir, d'abord.

— Le seul fait d'être avec vous me donne du plaisir. Et je peux supporter une douleur passagère. Soyez avec moi.

Il déboutonna son pantalon et souleva les hanches pour s'en débarrasser.

— Vous dites des choses charmantes, Camille. C'est votre dernière chance de recouvrer vos esprits.

— C'est déjà fait. Raison pour laquelle je suis là.

Puis, baissant la tête, elle posa les yeux sur le sexe de Keating tendu par une érection impressionnante. Pour la première fois, elle éprouva un léger malaise, qu'elle s'empressa de chasser. Ce soir, elle ne voulait pas avoir peur. Pas avec Keating.

— Regardez-moi, ordonna-t-il.

Elle obtempéra, se perdit dans son regard ambré.

— Retenez votre souffle, murmura-t-il en la couvrant de son corps.

Là encore, elle obéit, tout en l'enlaçant. Il lui écarta davantage les jambes, puis bascula le bassin vers l'avant. Elle ne sentait rien d'autre que les battements rapides de son propre cœur, et le glissement chaud de son sexe qui entrait en elle.

Keating s'immobilisa, son expression se fit indéchiffrable, puis d'un coup de reins, il plongea en elle. Une douleur la transperça, si vive qu'elle serra les dents. C'était là le prix à payer pour être avec lui. En vérité, Camille n'eut guère le temps de se demander si cela en valait la peine, car déjà la souffrance se dissipait, remplacée par un brouillard de sensations.

— Vous pouvez respirer, maintenant, dit-il d'un ton amusé.

Elle expira lentement

— Juste Ciel, articula-t-elle.

Il reprit ses lèvres, la gratifia d'un baiser profond tout en se retirant à demi avant de revenir en elle. Le poids de son corps sur elle, son sexe dur en elle, elle en tressaillit de volupté. Elle était tendue comme un arc... et cela continuait au point qu'elle avait l'impression qu'elle allait se briser. Et c'est exactement ce qui arriva lorsqu'il s'enfonça de nouveau en elle. Un long spasme de plaisir la parcourut, lui arrachant un cri.

— Bonté divine, gémit-il.

Il continua d'aller et venir en elle, à un rythme de plus en plus soutenu. Leurs soupirs et leurs gémissements et le claquement de la chair contre la chair résonnaient dans le silence de la chambre. Enfin, il se retira complètement et se plaqua contre son ventre avec force tandis que sa semence jaillissait entre eux.

Cela n'aurait pas dû se passer ainsi. Il n'était pas censé la quitter ainsi, juste... *avant*. Mais elle en savait assez sur les animaux pour se rendre compte que, même s'il venait de la ruiner définitivement, il avait fait un geste noble. D'ailleurs, il lui avait dit qu'il essayait de ne pas répéter ses erreurs.

Avec un coin du drap, il les essuya tous les deux, puis se laissa retomber à son côté, pantelant. Écartant une mèche du visage de Camille, il l'embrassa tendrement.

— À présent, nous voilà aussi débauchés l'un que l'autre, déclara-t-il avec un sourire qui la fit fondre.

Débauchés. Oui, ils l'étaient.

14

Six ou huit ans plus tôt, Keating séduisait toutes les femmes qui attiraient son attention – une catégorie qui englobait pratiquement tout ce qui, à Londres, portait jupons et était âgé de moins de quarante ans. Peu lui importait qu'elles fussent mariées ou non, tant qu'elles étaient jolies et consentantes. Il ne recherchait ni l'amour ni le mariage, ni même la moindre relation en dehors de la chambre à coucher.

Il remua légèrement et fit courir ses doigts sur l'épaule de Camille Pryce, blottie contre lui, sa chevelure d'or pâle en partie drapée sur son torse.

Les premières lueurs de l'aube cherchaient à se frayer un chemin entre les lourdes tentures masquant la fenêtre, et seuls un ou deux rais de lumière trouaient la pénombre de la chambre. Le souffle de Camille lui caressait la peau, tiède et régulier. Keating prit une lente inspiration. Si seulement il pouvait retenir le temps. Hélas, il avait déjà fait ce vœu mais personne, là-haut, ne l'avait exaucé !

— Camille ? murmura-t-il à regret. Il est déjà 6 heures passées.

Elle s'étira, aussi sensuelle qu'une chatte. Aussitôt, le sexe de Keating se mit au garde-à-vous.

— Je me suis endormie, dit-elle d'une voix ensommeillée en s'écartant pour le regarder.

— En effet. Je me suis demandé si je devais en être vexé ou flatté.

Il accompagna ses paroles d'un sourire qui démentait son ton sévère. Une lueur malicieuse s'alluma dans les beaux yeux couleur de ciel d'aurore.

— Flatté, déclara-t-elle en s'asseyant. Sans le moindre doute.

Elle se cambra et tendit les bras au-dessus de sa tête, s'étirant de nouveau. Keating n'avait pas l'intention d'ignorer une si charmante invitation. Se redressant à son tour, il pencha la tête et referma les lèvres sur son sein. La pointe durcit aussitôt sous sa langue. Il referma la main sur l'autre sein et entreprit de le pétrir doucement. Le gémissement que Camille laissa échapper en réponse acheva de le rendre dur comme le roc.

— Oh, vous… Keating, arrêtez ! S'il vous plaît.

Il la suça encore une fois, puis s'écarta.

— Cela vous déplaît-il ?

— Bien sûr que non, rétorqua-t-elle. Mais je dois partir et si vous continuez, je ne pourrai plus marcher.

Il s'inclina de nouveau vers elle.

— Je vous raccompagnerai en voiture.

La main sur sa bouche, elle l'empêcha de reprendre ses caresses diaboliques.

— Je dois vraiment m'en aller, insista-t-elle d'une voix rieuse.

Étrange. C'était lui qui cajolait sa maîtresse pour qu'elle s'attarde. C'était bien la première fois qu'une telle chose se produisait.

— Très bien.

Se penchant, il ramassa sa camisole et la lui tendit. Camille l'enfila, puis le regarda.

— Devons-nous parler maintenant ?

Il haussa les épaules.

— Non, sauf si vous en avez envie. Je comprends que vous ayez voulu être celle que tout le monde croit que vous êtes. Je ne m'attends pas que cela ait signifié davantage que ce que c'était, à savoir une très, très agréable soirée passée ensemble.

Tout en parlant, il étudiait son expression, même s'il ne savait pas exactement ce qu'il y cherchait, ou ce qu'il espérait y voir. Il avait tout intérêt à ce que lady Camille Pryce épouse Fenton. Et à ce qu'elle n'avoue jamais à ce dernier qu'elle avait passé une nuit avec lui. Nom de nom, tout le monde savait qu'il était un séducteur notoire dépourvu de sentiments. Même lui le savait.

— Et aimeriez-vous que cette agréable soirée se répète ? s'enquit-elle en se levant pour récupérer sa robe.

Elle lui tournait le dos – à dessein ? –, il ne pouvait donc voir son visage. La seule idée de la revoir le rendait fou de désir.

— Absolument. Tant que cela n'interfère pas avec quoi que ce soit d'autre.

— Par « quoi que ce soit d'autre », vous faites allusion à mon mariage possible avec Fenton, je présume ?

— Vous n'avez pas envie de rester éternellement l'employée déchue d'un club pour messieurs, n'est-ce pas ?

Elle le regarda par-dessus son épaule.

— Vous ai-je dit qu'il vous arrive d'être détestable ?

— J'ai un solide entraînement.

Il se leva et enfila son pantalon.

— Attendez-moi ici. Je vais demander qu'on amène la voiture.

— Je peux prendre un fiacre.

— Non, vous ne pouvez pas, riposta-t-il en se rembrunissant.

— Je ne veux pas…

En trois pas, Keating fut devant elle.

— Ce que j'essaie de vous dire, l'interrompit-il en lui agrippant les bras, c'est que je fais de mon mieux pour ne pas me comporter comme un sale type. Vous avez encore une chance de retrouver votre vie d'autrefois et je n'ai pas l'intention de me mettre en travers de votre chemin.

— C'est aussi mon intention, répliqua-t-elle en se libérant. Pour l'amour du Ciel, vous ne vous imaginez tout de même pas que je suis assez naïve pour m'éprendre de vous ? Après tout ce que j'ai entendu sur votre compte et tout ce que vous m'avez avoué vous-même ? Je vous trouve extrêmement séduisant, c'est un fait, mais je ne suis pas complètement idiote. Tout ce que je voulais, c'est profiter des aspects positifs de ma réputation en loques. Et je…

— Camille.

— Et je sais très bien que vous avez parié dix mille livres sur mon mariage avec votre cousin.

— Ce n'est pas un pari.

— Non ? Alors ce sont vos tarifs pour jouer les marieuses. Appelez cela comme vous voulez.

Elle enfila ses chaussures, attrapa son châle et se dirigea vers la porte.

— À présent, si vous voulez bien m'excuser, je dois être à mon poste à 7 heures.

Avant même qu'il ait trouvé une repartie, elle quitta la chambre en claquant la porte. Keating fixa le lourd battant de chêne. Eh bien, voilà qui était inattendu.

Tout ce qui s'était passé cette nuit avait été inattendu. Déraisonnable. Merveilleusement agréable. Et apparemment destiné à ne jamais se reproduire. Bon sang ! Pour lui, cette nuit avait surtout eu un goût de commencement.

On frappa un coup sec à la porte. S'était-elle décidée à revenir ? Keating franchit les quelques pas qui le séparaient de la porte et l'ouvrit.

— J'espère que...

— Tu espères que *quoi* ? demanda Adam Baswich en croisant les bras. Que la donzelle que tu viens de renvoyer ait le bon sens de s'éloigner d'ici avant de héler un fiacre ? Et qu'elle ait drapé son châle sur sa tête pour que personne ne s'imagine que le duc de Greaves couche avec la femme d'un autre ?

— Oh, tais-toi ! Je n'ai pas pensé à toi un instant.

— Comment se fait-il que je n'en sois pas surpris ? ricana Adam.

Puis, regardant Keating dans les yeux, il ajouta :

— C'était lady Camille Pryce.

Keating ravala un soupir où se mêlaient l'agacement et la frustration.

— Où étais-tu ? Dans le salon, en train d'épier les visiteurs ? Je n'avais pas l'impression que cette maison était un monastère. Me suis-je trompé ?

— Je croyais...

Adam s'interrompit, puis il reprit d'un air contrarié :

— Peu importe. Fais ce que tu veux.

— Je fais *toujours* ce que je veux.

— J'avais remarqué, répondit Greaves avant de tourner les talons.

Lâchant un juron, Keating alla enfiler une chemise propre, ramassa ses bottes et gagna l'escalier pieds nus. Il se pencha par-dessus la rambarde.

— Qu'est-ce que c'est censé signifier, nom de nom ? lança-t-il à son ami, qui était déjà en bas des marches.

— Rien. J'allais faire une remarque au sujet des leçons du passé, mais puisque tu n'es pas un idiot, je vais supposer que si tu te comportes comme tu le fais, c'est parce que tu l'as choisi.

— J'ai appris du passé, Adam, répliqua-t-il en s'interdisant de lui jeter ses bottes sur la tête. Elle ne reviendra pas. Et je suis certain qu'elle va épouser Fenton – qui ne saura jamais rien de ce qui s'est passé cette nuit et qui la croyait dépravée bien avant mon retour à Londres. Alors épargne-moi tes sermons.

Adam traversa le hall et ralentit à peine lorsque Hooper, le majordome, lui ouvrit la porte.

— J'ai un rendez-vous pour le petit déjeuner au Tantale Club, dit-il. Essaie de ne pas t'y trouver avant 9 heures. Ensuite, tu pourras t'y donner en spectacle autant que tu voudras.

Pour la seconde fois ce matin, Keating se vit claquer la porte au nez avant d'avoir trouvé une réponse adéquate. Probablement parce qu'il n'y en avait pas. Il avait commis une erreur, son ami le savait et ne le lui pardonnait pas.

Agacé, il appela Pidgeon et remonta s'habiller. Il y avait d'autres endroits que le Tantale Club pour prendre son petit déjeuner. Et il y avait d'autres femmes que Camille avec qui il pouvait passer la matinée. Une demi-douzaine de cartes de visite avaient été déposées sur sa console depuis la veille. L'espace d'un instant, il regretta que Camille ne les ait pas remarquées. Ç'aurait été l'occasion de lui montrer que les femmes recherchaient sa compagnie, et de lui dire que depuis son retour à Londres, il n'avait pas approché une seule... en dehors d'elle.

Il saisit la première carte.

— *Lady Georgiana Hefferton*, lut-il à haute voix.

Il jeta la carte dans la corbeille à papiers.

— *Barbara Cossinglen.*

La deuxième carte rejoignit la première.

— *Lady Eleanor Bal...*

Keating s'étrangla tandis que ses doigts se crispaient sur le carré de vélin. Rêvait-il ? La dernière lettre qu'il avait reçue d'Eleanor avait été postée de Madrid.

— Pidgeon ? appela-t-il. Allez me chercher Hooper.

Posant la cravate qu'il avait à la main, son valet gagna la porte. L'esprit en ébullition, Keating envisagea une dizaine de raisons pouvant expliquer la présence de la carte de visite de lady Balthrow sur sa console.

Si elle était à Londres, avait-elle amené l'enfant ? s'interrogea-t-il. Michael lui ressemblait-il ? Eleanor l'avait-elle élevé dans la haine de son meurtrier de père ?

— Monsieur Blackwood, vous désirez me voir ? s'enquit le majordome depuis le seuil.

Keating brandit la carte.

— Qui a apporté ceci ? demanda-t-il. La personne a-t-elle laissé un message ?

— Je crois que c'était un valet de pied, monsieur, mais je n'ai pas reconnu sa livrée. Il a juste dit « Pour Keating Blackwood ».

Keating remercia le majordome et le congédia d'un geste.

Pas d'adresse, pas de déclaration, pas d'heure ni de lieu de rendez-vous. Manifestement, cette carte de visite n'avait d'autre but que de l'informer de la présence d'Eleanor à Londres. Ce qui signifiait qu'il pouvait la croiser n'importe où, n'importe quand.

Keating acheva de s'habiller, et son valet épousseta les épaules de sa redingote.

— Si je puis me permettre, monsieur, vous êtes très élégant, dit-il. C'est agréable de vous voir de nouveau bien habillé.

Keating jeta un regard en direction du miroir. Manteau de fin lainage bleu marine, gilet gris perle et pantalon gris sombre, il avait tout du véritable gentleman, même s'il n'avait guère l'impression d'en être un.

— Oui, eh bien, je ne peux pas porter ce genre de tenue pour tondre mes moutons, rétorqua-t-il.

— En effet, monsieur. Dois-je faire préparer le petit déjeuner ?

— Inutile, je vais aller le prendre au Tantale Club.

Que Greaves soit d'accord ou non, peu lui importait.

— Très bien, monsieur.

Le valet parut hésiter, puis :

— Si je puis me permettre, je suis soulagé de constater que vos migraines semblent avoir disparu.

Ils savaient tous deux que les maux de tête matinaux de Keating n'étaient pas des migraines, mais ce dernier appréciait que Pidgeon ait remarqué que, depuis une semaine, il avait fait montre d'une sobriété exemplaire.

— Moi aussi, Pidgeon.

— Peut-être que l'air de Londres vous réussit.

Peut-être que quelque chose à Londres lui réussissait. Ou plutôt, quelqu'un. Ce matin, pourtant, il avait des raisons de douter de l'attrait de la ville, et pas seulement à cause de l'arrivée d'Eleanor. Il avait séduit bien des femmes, mais c'était la première fois que l'une d'entre elles, après avoir obtenu de lui ce qu'elle désirait, s'en allait sans même un au revoir.

En vérité, plus il y pensait, plus il avait l'impression que c'était *elle* qui l'avait séduit. Il avait été consentant, bien sûr, mais cela heurtait un peu sa fierté masculine. Au demeurant, la confusion de ses sentiments envers Camille et l'arrivée d'Eleanor semblaient être le signe qu'il était temps pour lui de quitter Londres. Seul hic, non seulement il n'avait toujours pas empoché ses dix mille livres, mais il n'en avait pas terminé avec lady Camille Pryce. Ni avec lady Eleanor Balthrow.

Camille s'arrêta devant la porte du salon Demeter pour lisser ses jupes et renfoncer une épingle dans son chignon. Puis elle carra les épaules et poussa le battant.

Elle était en retard. Le temps de revenir au club et de monter dans sa chambre se changer, la demie de 7 heures avait déjà sonné. La jeune femme tenta de se convaincre que personne n'aurait remarqué son manque de ponctualité, et y renonça en reconnaissant la silhouette qui avait pris sa place derrière le pupitre.

— Lady Haybury... Diane, balbutia-t-elle. Je suis désolée. J'ai complètement oubl...

— Tenez, coupa la marquise en lui tendant le livre où étaient notés les plans de tables pour la matinée.

Je ne vous demande ni mensonges ni excuses, Camille. Seulement d'être à l'heure à votre poste.

— Oui, milady. Cela ne se reproduira pas.

Lady Haybury hocha la tête, lui tapota l'épaule et s'en alla discuter avec des membres du club. Bien entendu, la seule et unique fois où Camille était en retard, il avait fallu que ce soit la propriétaire du club en personne, et non Lucille, ou Sophia, ou Rachel, qui la remplace ! Et alors même qu'on lui avait demandé la veille de se concentrer sur son travail !

Malgré son irritation, Camille ne put réprimer un sourire. Non seulement elle avait passé une nuit merveilleusement agréable, mais elle avait réussi à déstabiliser M. Keating Blackwood. Le libertin qu'il était s'était sans doute attendu à décider de la suite – et de la fin – de leur relation. Eh bien, pas avec elle. Même si elle n'était pas aussi experte que lui en matière de séduction.

Lorsqu'il lui avait vanté les vertus des secondes chances, elle avait entendu tout autre chose. La liberté de mener une vie scandaleuse. Le plaisir de prendre des initiatives, au lieu de rester assise sur son banc en laissant échapper ce qu'elle convoitait. Ou plutôt, *celui* qu'elle convoitait. Keating Blackwood.

Elle le désirait toujours. Ce matin, l'agacement qu'elle éprouvait quand les membres du club louchaient vers elle en échangeant des murmures avait disparu. À présent, elle savait ce que dissimulaient les vêtements bien repassés et les cravates nouées avec soin. La plupart de ces hommes qui la déshabillaient du regard ne devaient pas être beaux à voir une fois nus.

— Pourquoi souris-tu ? chuchota Sophia en passant près d'elle.

— Je réfléchissais, répondit Camille, s'arrachant à ses pensées.

— Eh bien, la prochaine fois que tu voudras faire croire que tu n'as pas passé la nuit dehors, prends au moins le temps de froisser tes draps.

Bonté divine. Sa bonne humeur soudain disparue, Camille se tourna vers son amie.

— Et comment sais-tu que je ne me suis pas simplement levée avant toi ce matin ?

— Parce que la robe que tu portes était encore dans ton placard ce matin quand j'ai quitté la chambre. Et que celle que tu portais hier n'était nulle part.

Sophia l'embrassa sur la joue, le regard pétillant.

— Alors, s'est-il montré à la hauteur de tes attentes ?

Camille détourna les yeux, les joues soudain brûlantes.

— Oui, murmura-t-elle, incapable de retenir un sourire.

— Je le savais. Mais sois prudente ; tu as l'air heureux et tout le monde va se poser des questions.

Affichant aussitôt une expression sérieuse, Camille acquiesça :

— Tu as raison. Et maintenant, file, j'ai du travail.

À peine avait-elle installé sir Douglas Trevor et ses amis qu'elle croisa le regard du duc de Greaves, qui l'observait avec attention. Les joues en feu, elle s'empressa de baisser les yeux et feignit de noter quelques lignes sur le livre de bord. Elle avait passé la nuit sous le toit de cet homme. Le savait-il ? Le jour où il les avait invitées à visiter la ménagerie de la Tour de Londres, Sophia et elle, il s'était montré poli, bien qu'un peu réservé, mais la situation avait changé.

Quand elle se risqua à le regarder de nouveau, il discutait avec le duc de Melbourne. Rassérénée, elle se dirigea vers les deux hommes.

— Bonjour, messieurs, les salua-t-elle. Préférez-vous une table près des fenêtres côté jardin, ou une place plus centrale ?

Ses camarades et elle avaient vite compris qu'un certain nombre d'habitués du club venaient surtout pour être vus, et le terme « place centrale » permettait de n'offenser personne. Inutile de préciser qu'elle l'employait une bonne dizaine de fois par jour.

— Près des fenêtres, répondit le duc de Greaves. Et apportez-nous un grand pot de café, je vous prie. J'ai très peu dormi, cette nuit.

Seigneur. Elle hocha la tête en priant pour que sa gêne ne se voie pas. Si elle savourait sa liberté toute neuve, elle goûtait moins l'idée que les autres soient informés de ses agissements. Elle avait récemment découvert qu'elle était assez solide pour supporter les commérages. Les faits, en revanche…

— Par ici, dit-elle d'une voix étranglée en les précédant à travers la salle.

De toute évidence, elle n'était pas encore aussi audacieuse qu'elle le pensait. Elle prit une profonde inspiration. C'était étrange de franchir la frontière entre la rumeur et les faits. Toutefois, si elle voulait garder ses chances de retrouver une vie normale, elle ne pouvait se permettre de pencher trop du côté des faits. Certes, lord Fenton était persuadé qu'elle avait depuis longtemps perdu son innocence, mais lui en donner des preuves le conduirait probablement à retirer son offre et à tuer Keating.

Elle pâlit. Ce dernier avait déjà été aux prises avec un mari décidé à l'abattre. Comment s'étonner qu'il ait reculé devant la perspective de la séduire ? Certes, elle n'ignorait rien de tout cela, mais cette nuit, entre le moment où elle avait quitté le club et celui où elle était rentrée, elle avait volontairement oublié ce point pour ne s'intéresser qu'à ce qu'elle désirait. Keating Blackwood.

À présent, toutefois... Oh, tout cela devenait trop compliqué ! Ravalant un soupir, elle pivota sur ses talons et retourna à son pupitre... avant de se cogner contre un torse musclé. Celui de l'homme qui occupait ses pensées.

— Oups ! s'écria-t-elle, déséquilibrée.

— Attention, fit-il en la retenant par le coude.

Son parfum, mélange de savon et de cuir, la submergea.

— Veuillez m'excuser, monsieur Blackwood, je ne vous avais pas vu.

— Je sais me faire discret.

— Mes compliments.

Elle n'aurait su dire quelle était son humeur, jusqu'à ce qu'il porte le regard derrière elle, en direction de lord Greaves. Ah ! Il savait que le duc savait qu'ils avaient passé la nuit ensemble. Quand il la regarda de nouveau, ses lèvres s'incurvèrent sur un sourire qui n'atteignit pas ses yeux.

— Je pensais que nous pourrions aller faire un tour quand vous aurez un moment.

Camille carra mentalement les épaules.

— Vous avez donc vu lord Fenton ? demanda-t-elle à mi-voix. A-t-il accepté de se promener en public avec moi ?

Quelque chose d'indéfinissable passa sur le visage de Keating.

— Vous voilà prête à rentrer dans le rang, ce matin, on dirait. Prête à remettre votre robe de mariée pour terminer la cérémonie ?

S'efforçant d'ignorer les dizaines de regards curieux braqués sur eux, elle répliqua dans un souffle :

— N'est-ce pas ce que vous vouliez ?

Dans les romans qu'elle lisait, commencer une chamaillerie et s'en aller sans laisser au héros le temps de répondre était censé exalter le désir de celui-ci pour l'héroïne. Peut-être en avait-elle fait un peu trop, en l'occurrence. Il s'approcha imperceptiblement d'elle.

— Ne me mettez pas à l'épreuve, ou je fais en sorte que Fenton fixe très rapidement la date du mariage. Quel que soit le petit jeu auquel vous jouez, Camille, laissez-moi en dehors.

— Ne feignez pas d'être plus à cheval que moi sur les principes, répliqua-t-elle dans un murmure véhément. Pourquoi ne pourrais-je pas avoir ce que je désire avant de... me résigner à ce qui est bon pour moi ?

— Si cela signifie une vie meilleure pour vous, vous n'avez pas à vous résigner, petite sotte.

— Ne me traitez pas de sotte.

— Alors ne me prenez pas pour un idiot.

Camille hésitait entre le gifler et l'embrasser. Les deux impliquaient un contact, et rien d'autre ne comptait. S'il n'avait pas fait preuve d'autant de cynisme et de méfiance, il aurait été beaucoup plus facile de flirter avec lui, et sans doute plus fructueux. Bien sûr, elle était confrontée au même dilemme que lui. Si elle avait la mauvaise idée de s'éprendre de Keating Blackwood, elle avait d'autant plus besoin qu'il obtienne ces dix mille livres.

De l'autre côté de la salle, Jenny l'observait. Ou, plus exactement, la fusillait du regard.

— Allez-vous-en. J'étais déjà en retard ce matin et si je suis mise à la porte, je n'aurai plus qu'à dormir à Hyde Park et à gober des œufs de canards.

Il parut ravaler un sourire.

— Certainement pas, répondit-il posément. Soyez sur votre banc à 14 heures.

Puis il quitta la salle à manger pour gagner l'un des salons de jeu.

C'était peut-être la chose la plus gentille qu'il lui ait jamais dite, songea Camille en le regardant s'éloigner. Parce que cela prouvait qu'elle l'intéressait toujours, qu'il y avait au moins une personne au monde avec qui elle pouvait être en désaccord sans pour autant être chassée de sa vie. Une fois de retour à son pupitre, elle ferma brièvement les paupières. Tant qu'elle refusait de s'attarder sur les conséquences de tout ceci, c'était plutôt une belle journée.

Pour la première fois, elle découvrait les mérites d'une vie dissolue. Et elle devinait qu'il allait être plus difficile que prévu de rentrer dans le droit chemin.

Pour se faire pardonner son retard, elle resta à son poste durant toute l'heure du repas, quand l'affluence était à son comble, afin d'aider Rachel, sa camarade de service. Que cela compense ou non son manque de ponctualité du matin, cela lui donna meilleure conscience.

Dans tout le Tantale Club, seule la bibliothèque possédait une horloge, elle dut donc demander l'heure à trois reprises. Bien sûr, elle aurait pu refuser de retrouver Keating dans le jardin mais puisque, tout bien réfléchi, elle préférait le séduire de nouveau plutôt que de le mettre en colère, ce n'aurait pas été une bonne idée. Après tout, même s'il se montrait en général amusant et charmant avec elle, il possédait une face sombre. Et elle n'avait nulle envie d'y être confrontée.

Lorsqu'elle put enfin s'échapper et se faufiler dans le jardinet de derrière le club, 14 heures avaient sonné depuis une petite dizaine de minutes. S'apercevant qu'elle courait, elle s'obligea à ralentir l'allure. Si Keating la voyait, il comprendrait que son attitude désinvolte et provocante n'était qu'une ruse pour attiser sa passion.

Elle contourna les rosiers et l'aperçut assis sur « son » banc, un livre à la main. Elle s'immobilisa et le regarda quelques instants. Avec ses cheveux bruns un peu trop longs, son regard un peu trop fiévreux, sa mâchoire volontaire, il était tout simplement… à croquer. Et il avait été à elle, autant qu'elle avait été à lui. Certes, il avait connu des femmes avant elle, et il en connaîtrait d'autres quand elle serait retournée auprès de lord Fenton, mais pour l'heure, seul le présent comptait.

— Que lisez-vous ? demanda-t-elle.

Il leva les yeux.

— *Orgueil et Préjugés*. Il est un peu guindé, ce Darcy, non ?

— Il est timide. Et prudent. Pourquoi avez-vous choisi ce livre ?

Il esquissa un haussement d'épaules évasif.

— Parce que vous le lisez. Vous avez du bon sens et bien meilleur goût que la plupart des femmes que je connais, alors j'ai décidé d'essayer. Je ne vais pas pleurer à la fin, j'espère ?

Camille ne put retenir un sourire, séduite par son humour et flattée qu'il semble décidé à rentrer dans ses bonnes grâces.

— Ce n'est pas impossible. Attendez d'être seul pour le terminer.

— Excellent conseil, dit-il en refermant l'ouvrage pour le poser à côté de lui. J'ai besoin de vous parler.

— Pour me faire la leçon sur mes choix calamiteux ? demanda-t-elle, ne plaisantant qu'à demi. Je croyais que vous veniez de louer mon bon sens.

— Venez vous asseoir, dit-il en tapotant la place à côté de lui.

Hum. Il semblait raisonnable. Avait-il percé à jour ses tentatives de coquetterie ? Dissimulant son hésitation, Camille obtempéra.

— Voilà, je suis assise.

Il baissa les yeux vers sa main, en partie couverte par sa jupe.

— Vous me faites tourner la tête, dit-il tranquillement.

Un frisson parcourut la jeune femme. Quoi que leur réserve l'avenir, en cet instant, ils étaient juste Camille et Keating. Deux amis improbables. Oui, Keating Blackwood s'était sans doute révélé le meilleur ami qu'elle ait jamais eu.

— Je me sens un peu étourdie moi-même, répondit-elle.

— Oui, mais je suis plus blasé que vous. Personne n'est plus désabusé que moi.

Enfin, il leva les yeux vers elle.

— J'ai reçu une carte de visite, ajouta-t-il.

Camille se força à sourire.

— Quelqu'un vous a invité ?

— Non, mais lady Balthrow est à Londres.

Camille sentit un froid glacial l'envahir. Au-delà de la stupeur et du désarroi qu'elle éprouvait pour lui, elle ressentait surtout un douloureux pincement au cœur. Dieu du Ciel, était-elle jalouse ? Voilà qu'elle éprouvait une folle envie d'aller gifler lady Balthrow, tout à coup.

— Juste Ciel, murmura-t-elle.

— Ce ne sont pas les premiers mots qui me sont venus à l'esprit, mais pourquoi pas ? Juste Ciel, j'ignore où elle loge mais j'ai bien l'intention de le découvrir.

— Y a-t-il quelque chose que je puisse faire pour vous aider ?

D'un mouvement fluide, il se pencha vers elle pour l'embrasser.

— Vous venez juste de le faire, Camille. Ne vous inquiétez pas. Tout ce que je voulais, c'est que vous en soyez informée, puisque je vous en ai plus dit qu'à n'importe qui d'autre sur ce… qui me lie à elle.

Ils demeurèrent silencieux un moment. Camille savait ce qu'il devait penser. C'était là l'occasion idéale d'offrir une petite fortune à lady Balthrow et à leur fils. D'avoir, dans la mesure du possible, le sentiment de faire son devoir et de se racheter. Et elle était assise là, à le désirer follement quand le devoir les appelait l'un et l'autre ailleurs.

Elle prit une profonde inspiration, puis :

— Puisque vous êtes là, pourriez-vous informer lord Fenton que j'ai passé un très agréable moment et que je serais ravie de faire cette promenade dont il a parlé ? Je me libérerai à sa convenance.

Keating lui prit la main et déposa un baiser au creux de sa paume.

— Nous voilà pris au même piège, vous et moi, n'est-ce pas ?

— Sans parler de notre faillite morale.

Il sourit.

— Je crains que notre cas ne soit sans espoir.

Oh, oui ! Pourtant, malgré l'arrivée de lady Balthrow, malgré le mariage auquel son amitié pour Keating et l'honneur semblaient la condamner, Camille espérait de tout cœur qu'elle pourrait de nouveau… aggraver son cas avec lui.

15

— Donc, non content de faire irruption au Tantale Club alors que je t'avais expressément demandé de t'en abstenir, tu veux maintenant que je t'emmène à la soirée chez lord et lady Voss ? rugit Adam. Y aurait-il écrit « crétin » sur mon front ?

Keating réprima un mouvement d'agacement et sourit au duc.

— Tu noteras que je n'ai créé aucun scandale.

— Non, tu as juste couvé de regards langoureux la fiancée de ton cousin pendant une bonne dizaine de minutes avant de disparaître comme un voleur. On ne fait pas plus discret !

— Tu sembles oublier que comme j'attire toujours le scandale, le simple fait que je n'en crée pas suffit à me faire remarquer.

Il descendit le grand escalier de Baswich House dans le sillage de son ami. Autrefois, il était toujours invité aux soirées – élégantes ou moins élégantes. Ce soir, on semblait l'avoir oublié. Probablement parce que lady Voss était une amie d'Eleanor et qu'à sa connaissance, les deux femmes étaient restées en contact durant les six dernières années.

— Non, Keating.

— Comme si tu étais un saint. Nom de nom, Adam, depuis quand as-tu perdu ton sang-froid ?

Le duc de Greaves pivota sur ses talons pour lui jeter un regard noir.

— Je n'ai pas perdu mon sang-froid. J'ai trente ans, et j'essaie de me conduire en conséquence.

— Alors il est temps qu'on te castre et qu'on te vende à un conducteur de carrioles.

— Ce n'est pas avec ce genre d'argument que tu me convaincras de changer d'avis.

— Très bien.

Avec un soupir résigné, Keating sortit la carte de visite qu'il avait dans sa poche depuis le matin et la tendit à son ami.

— Je dois absolument assister à cette soirée.

Adam prit le carré de vélin et l'examina. À moins que Keating ne se trompe, Greaves avait légèrement pâli.

— Quand l'as-tu reçu ?

— Hier après-midi. Si elle doit faire une apparition en public, ce sera à la soirée chez Voss.

— Rien de bon ne peut sortir d'une confrontation entre vous, Keating. Tu lui verses une pension, elle n'a donc aucune raison de te chercher des histoires, sauf si tu la provoques ouvertement.

Keating étudia son ami pensivement. En six ans, il n'avait dit qu'à une seule personne le secret qui l'unissait encore à Eleanor Howard. Camille avait été choquée, mais c'était une âme généreuse et elle avait compris. Le cœur d'Adam était moins tendre, toutefois, Keating avait récemment découvert l'utilité de la... confiance.

— Je veux savoir si elle a amené mon fils à Londres, lâcha-t-il à brûle-pourpoint.

Greaves cilla.

— Ton… fils ? Tu en es certain ?

— Elle était la seconde épouse de Balthrow. Ils ont été mariés seize ans et n'ont jamais eu d'enfant. Elle a accouché neuf mois après avoir été ma maîtresse.

— Alors voilà pourquoi…

— Oui, voilà pourquoi j'ai besoin de ces maudites dix mille livres. Eleanor me déteste peut-être et élèvera probablement mon fils dans la haine de moi, mais par Dieu, l'enfant aura une vie confortable et une éducation convenable. Quant à elle, elle n'aura pas à s'inquiéter pour l'argent jusqu'à la fin de ses jours.

Après avoir repris son souffle, il ajouta :

— Bien. À présent, acceptes-tu de m'emmener à cette soirée chez Voss ?

— Et comment !

— Merci.

Une fois qu'ils furent dans la voiture d'Adam, ce dernier dévisagea Keating d'un air intrigué.

— Fenton est-il au courant, pour l'enfant ?

— Non. Je suppose qu'il a deviné que je soutenais Eleanor financièrement, mais jamais je ne lui dirai qui est le père de ce garçon. Il me tolère déjà tout juste.

— Et… ta nouvelle amie ?

— Elle est au courant. Je voulais qu'elle sache qu'Eleanor était en ville au cas, même peu probable, où elles se croiseraient. Eleanor me méprise, mais elle serait bien capable de faire des histoires pour le seul plaisir. Et ce ne serait pas juste pour Camille.

Il existait un certain nombre de choses qui, à ses yeux, n'étaient pas justes pour Camille, et Adam en connaissait au moins une mais, par chance, celui-ci semblait avoir compris que c'en serait fait de sa belle mine s'il avait le malheur d'en évoquer une seule en cet instant.

Quand Camille lui avait demandé d'arranger un nouveau rendez-vous avec Fenton, Keating avait eu la nette impression qu'elle n'acceptait que pour lui. Cela lui avait fait mal. Quelles qu'aient été ses intentions lorsqu'il était arrivé à Londres, il avait de l'affection pour la jeune femme. Beaucoup. Et si elle s'était résolue à revenir auprès de Fenton uniquement pour qu'il obtienne ces dix mille livres... *Malédiction*.

Bon sang, quelle mouche l'avait piqué d'avoir osé séduire la fiancée de Fenton ? Et pourquoi ne pouvait-il la chasser de ses pensées, à présent qu'il l'avait eue ? Il avait brisé sa propre vie, celles d'Eleanor, de leur fils et assurément de lord Balthrow. Il ne méritait l'affection de personne et n'en avait certainement pas à offrir.

— J'ai une idée, dit Adam, l'arrachant à ses réflexions moroses.

— Je t'écoute.

— Tu m'attends dans la voiture et je rentre dans la salle pour voir si lady Balthrow s'y trouve, ou si elle est invitée. Puisqu'elle t'a envoyé cette carte, elle doit s'attendre que tu essayes de la retrouver. Si elle n'est pas là, inutile que tu sortes déjà du bois.

Un point pour lui, songea Keating.

— Merci, Adam.

— Oui, eh bien, j'essaie peut-être de rentrer dans le droit chemin, mais comme dit le dicton, comploteur un jour, comploteur toujours.

Adam regarda son ami. Ces six dernières années avaient fait de Keating Blackwood un autre homme.

Plus avisé, plus réservé, doté d'émotions dont jamais il ne l'aurait cru capable.

Quant à lui-même, il avait effectivement été un expert en intrigues et manipulations. Il l'était toujours, même s'il en avait perdu le goût. Et il savait reconnaître un manipulateur quand il en croisait un… ou une. Comme Eleanor Howard, par exemple.

Aveuglé par la culpabilité, cet idiot de Keating ne le voyait probablement pas. Pas plus qu'il ne comprenait qu'il était en train de s'éprendre de la dernière femme au monde qu'il aurait dû convoiter. Ou alors il le voyait et il essayait de s'en punir encore plus qu'il ne le méritait.

C'était un sacré sac de nœuds. Par chance, Adam adorait dénouer les intrigues les plus retorses. Surtout quand ses rares amis y étaient emberlificotés.

Trois jours. Cela faisait trois jours que Keating écumait Londres à la recherche d'Eleanor, en vain. Ses anciens terrains de chasse favoris – les boutiques de Bond Street, le salon de thé de Green Apple, les allées de Hyde Park – grouillaient littéralement de jeunes femmes, à l'exception d'Eleanor Balthrow. Et de Camille Pryce, bien entendu.

Il sauta de la voiture empruntée à Adam et aida Sophia White et Camille à en descendre. Primrose Hill, véritable parc dans un parc, était l'endroit le moins fréquenté de St. James's Park. Ici, ils avaient peu de chances de croiser des visages connus.

Mlle White pivota sur elle-même pour admirer le paysage.

— Charmant. J'avais peur que nous ne devions quitter Londres pour cette promenade.

— Chut, Sophia ! murmura Camille. Pas de provocations, aujourd'hui.

— Oh, comme tu voudras !

Camille jeta un regard rapide à Keating avant de détourner ostensiblement les yeux. Il comprenait. Après tout, voilà trois jours qu'il ne lui avait pas rendu visite. Depuis qu'il l'avait informée de la présence d'Eleanor à Londres. Il était normal qu'elle fasse preuve d'une certaine froideur envers lui. Il s'y était même attendu. C'est pour cette raison qu'il avait mis quelque distance entre eux – quand bien même il n'en dormait plus et ne cessait de penser à elle. Elle était sur le point de renouer avec une existence normale. Lui qui avait détruit quatre vies, y compris la sienne, n'avait pas envie de continuer à semer la destruction dans son sillage.

D'un autre côté, il la soupçonnait de ne se réconcilier avec Fenton que pour l'aider à empocher ces dix mille livres. Il ne supportait pas l'idée qu'elle se sacrifie pour lui.

Et il ne supportait pas la perspective qu'elle ne soit plus à lui.

— Y allons-nous ? demanda-t-il en offrant le bras aux deux jeunes femmes.

— Et lord Fenton ? s'enquit Sophia.

— Je crois qu'il préfère que notre rencontre semble fortuite, répondit Camille.

Tous trois se dirigèrent vers la colline que formait Primrose Hill. L'air tiède saturé du parfum des fleurs de printemps et de l'herbe coupée embaumait. Un étrange bien-être envahit Keating, malgré les soucis qui pesaient sur lui.

— J'ai écouté les ragots, au club, dit Camille. Les hommes peuvent être de véritables pipelettes.

— Vous n'avez pas idée, admit Keating avec un sourire. Pire que les femmes.

— Pas une fois je n'ai entendu mentionner Eleanor. Vous ne l'avez toujours pas trouvée, n'est-ce pas ?

— Non. Pas encore. Elle se montre étonnamment subtile et je dois avouer que cela m'inquiète.

— Lady Balthrow ? s'écria Sophia. Elle est à Londres ? Bonté divine ! Pourquoi ne m'en as-tu rien dit, Camille ?

— Parce que, répondit Keating à sa place, je lui ai demandé de garder le silence jusqu'à ce que je sache ce que trame Eleanor.

— Ah ! fit Sophia. Et est-elle aussi jolie qu'on le prétend ?

— Oui.

Du moins l'était-elle six ans auparavant. À l'époque où Keating se moquait éperdument de l'intelligence ou de la personnalité de ses conquêtes – sauf si l'une ou l'autre entravait son entreprise de séduction. Et il se souvenait fort bien qu'Eleanor avait soulevé ses jupes le soir de leur première rencontre. Dans le cabinet où était rangée l'argenterie, chez lord et lady Wincott. Il lui avait fait l'amour là, alors que dans la pièce d'à côté, son gros mari dînait en compagnie d'une trentaine de convives.

De même qu'Eleanor Balthrow, la femme qui cheminait à son côté avait pris une mauvaise décision et en payait le prix. Mais là s'arrêtait toute ressemblance entre elles. Camille Pryce se montrait tour à tour timide ou audacieuse, prudente ou inconsciente, naïve ou désabusée... et, quoi qu'elle fasse, éminemment désirable.

Elle le fascinait. Pour lui, qui avait laissé son passé gouverner son présent, elle était une bouffée d'air pur. Bon sang, elle s'était forgé une nouvelle vie en quelques semaines, et voilà une année qu'elle l'acceptait. Et même si elle n'en était pas entièrement satisfaite, elle n'avait pas noyé sa honte dans l'alcool, ni fui la ville et les regards accusateurs de ses pairs.

— Pourquoi me dévisagez-vous ainsi ? murmura-t-elle sans cesser de regarder devant elle.

— Je vous dévisage ? répliqua-t-il.

Cette femme n'était pas à lui. Elle ne pouvait pas l'être. Même s'il le voulait.

— J'essayais de regarder dans cette direction et vous me bloquez la vue, voilà tout, mentit-il.

— Bien sûr, dit-elle, ravalant un sourire.

— Ah, le voilà ! chuchota Sophia.

Keating jeta un coup d'œil par-dessus son épaule et vit Stephen Pollard descendre de Brownie, son superbe pur-sang alezan au nom si original. Son arrivée était censée être une bonne nouvelle, mais il n'en était rien. Lâchant un profond soupir, Keating s'immobilisa et attendit. Se rebeller contre l'inévitable n'aurait fait qu'ajouter à sa souffrance.

— Bonjour, lady Camille, dit Fenton avant de les saluer tour à tour. Mademoiselle White, Keating.

Puis il offrit son bras à Camille. Ma foi, songea Keating, voilà qui était sans doute encourageant, bien que surprenant. Comme la jeune femme lui lâchait le coude pour prendre le bras de son cousin, Keating desserra les dents pour déclarer :

— Nous avons décidé de nous conduire correctement aujourd'hui. Moi aussi, si incroyable que cela puisse paraître.

— Parfait. Moi-même, je me flatte de me comporter en gentleman.

« Tu te flattes beaucoup », lui aurait volontiers rétorqué Keating. Si Fenton faisait un effort pour se montrer agréable, cela ne pouvait qu'être une bonne chose pour Camille.

Stephen désigna un faucon, puis une oie, puis un pouillot véloce au plumage vert et brun.

— *Sylvia collybita*, déclara-t-il. Louis Viellot l'a classifié l'an dernier dans son *Nouveau Dictionnaire d'histoire naturelle*.

— J'ignorais que vous étiez féru d'ornithologie, dit Camille poliment.

— J'ai toujours adoré observer les oiseaux. N'est-ce pas, Keating ?

Pas que je me souvienne.

— Oui, mentit Keating. Depuis que nous sommes enfants.

À l'évidence, Stephen avait cherché des sujets de conversation en vue de cette promenade de réconciliation au parc. Ma foi, s'il s'était donné la peine d'apprendre par cœur les noms latins des oiseaux de la capitale, l'effort méritait un peu de respect.

Tandis que le marquis se lançait dans une savante énumération des volatiles peuplant Londres et ses environs, Keating, pour oublier son agacement – et le souple balancement des hanches de lady Camille, qui cheminait devant lui au bras de Fenton – se tourna vers Mlle White.

— Étiez-vous amie avec Camille avant de travailler au Tantale Club ?

La jolie rousse secoua la tête.

— J'ai été élevée chez un oncle et une tante, dans le Warwickshire. Quand j'ai eu dix-huit ans, ils m'ont mise à la porte. C'est ainsi que je me suis retrouvée à Londres.

— Vous semblez avoir reçu une excellente éducation.

— En effet. Je suppose que le duc a versé une pension à mon oncle car j'ai eu une gouvernante, puis je suis allée en pension, mais un jour quelqu'un a découvert qui était mon père, et on a su que j'avais grandi dans une ferme. À la même époque, mon oncle a cessé de toucher de l'argent pour m'élever et m'a renvoyée.

— Vous ne semblez pas en éprouver de l'amertume.

Elle esquissa un haussement d'épaules et leva vers lui son regard vert.

— J'en ai été très affectée à l'époque, mais voilà maintenant trois ans que je vis à Londres et, croyez-moi, j'ai rencontré des filles qui avaient eu une vie bien moins agréable que la mienne.

— Je n'en doute pas.

À présent, Camille était en train de rire à une plaisanterie de Fenton. Keating serra les dents.

— Donc vous ne connaissez Camille que depuis environ un an.

— Oui. Nous sommes devenues… des camarades de combat, en quelque sorte.

— Un combat commun contre l'hypocrisie de la bonne société, murmura Keating. Je comprends. Sauf que vous invitez l'ennemi dans votre sanctuaire tous les soirs.

Sophia sourit.

— Pour mieux lui soutirer son argent, répliqua-t-elle.

Keating ne put retenir un éclat de rire.

— Alors je suis aussi benêt que les autres, car je continuerai de fréquenter le Tantale Club. C'est dire si je suis faible.

— Oh, je pourrais vous parler de ma théorie sur la faiblesse du genre masculin, mais je ne voudrais pas vous faire fuir ! Je n'ai pas envie de rentrer à pied.

— Vous êtes une amie, Sophia. Je n'abandonne pas mes amis. Même si nous ne sommes pas d'accord.

Elle chercha son regard.

— Vous savez, c'est précisément pour cela que Camille vous aime bien. Parce que vous êtes des nôtres, et que vous comprenez.

Voilà qui devenait passionnant, tout à coup.

— Je suis des vôtres ? répéta-t-il.

— Nous, les rebelles. Les séductrices, les libertins, les scandaleux…

Il sourit.

— Ce qui fait de nous des gens bien plus intéressants que les personnes convenables et sinistrement bien élevées.

À son tour, Sophia s'esclaffa.

— À coup sûr.

Camille leur lança un regard par-dessus son épaule.

— Qu'y a-t-il de si amusant ?

— Nous venons de décider que nous adorons être des libertins, répondit Keating.

— Voilà qui ne me surprend pas, commenta Fenton. La respectabilité demande plus d'efforts. Ce n'est pas pour ceux qui manquent de volonté.

Un silence accueillit sa remarque.

— Apparemment, c'est plutôt pour ceux qui parlent sans réfléchir, répliqua Keating en réprimant un ricanement.

Fenton serait toujours aussi guindé, mais comme Camille allait devoir faire avec, peut-être valait-il mieux qu'elle s'y accoutume à petites doses. Comme avec l'arsenic.

— Ton incapacité à te plier aux règles ne rend pas plus acceptable ton comportement scandaleux. Je suppose que lady Camille est de mon avis, quelles qu'aient été ses raisons pour avoir si ouvertement méprisé les convenances.

— Je préfère ne pas en discuter, puisque je ne peux m'empêcher de ramener tout à moi, riposta Keating.

Ils s'arrêtèrent sous un bosquet d'ormes.

— Exact, acquiesça Fenton. Nous avons d'autres considérations que nos différences d'opinion concernant tes actions passées.

Stephen parvenait encore à se comporter comme un parfait prétentieux.

— Et si nous prenions une collation ? proposa Keating tout en se demandant quel tour lui jouait le Ciel – ou l'enfer ? – pour le placer ainsi en position de jouer les diplomates.

Il fit signe au garçon qui les attendait en bas de la colline, près de la voiture. Celui-ci détacha le plaid et le panier fixés à l'arrière du véhicule et les apporta.

— Il y a des biscuits et du madère, annonça Keating.

— Excellente idée, approuva Sophia avant d'aider le valet, au grand étonnement de celui-ci, à étendre la couverture sur l'herbe.

Keating s'assit, Camille prit place à sa droite et Sophia à sa gauche, tandis que Fenton s'asseyait en face d'eux, non sans raideur. Keating se demanda à quand remontait le dernier pique-nique de son cousin. Ma foi, si Camille aimait les sorties en plein air, il allait devoir s'y habituer.

— C'est une attention très délicate, le remercia Camille, souriante.

— Je me suis dit que, la bouche pleine, nous serions moins enclins à nous envoyer des noms d'oiseaux à la figure, répondit Keating en lui tendant deux verres.

— Voilà qui est très sage.

— Je ne vois pas l'intérêt de faire semblant d'être polis, bougonna Stephen. Ne me dites pas que vous avez refusé ce mariage pour la seule raison que je ne vous ai pas emmenée pique-niquer.

— Stephen, boucle-la, dit Keating en lui tendant une assiette de biscuits. Mange.

— En soi, répondit Camille d'un air songeur, un pique-nique – ou plutôt, une absence de pique-nique – serait une bien piètre raison pour renoncer à un mariage. J'aime à me croire moins stupide que cela.

— Je ne suis pas un romantique. Nous sommes toujours promis l'un à l'autre. Ne vous êtes-vous jamais demandé si je n'aurais pas préféré en épouser une autre ?

— Je ne vois pas qui, déclara Keating qui regarda son verre de madère et le reposa devant lui, intact. Les statues ne se marient pas, en général. Pas même avec des marquis qui pourraient admirer leur stoïcisme.

Fenton le regarda quelques instants sans mot dire, puis retourna son attention sur Camille.

— Vous feignez de ne pas comprendre. Je voulais juste dire que vous n'êtes pas la seule à avoir été promise à quelqu'un que vous n'aviez jamais rencontré.

— L'avenir m'intéresse plus que le passé, lord Fenton. Si nous devons nous réconcilier, je préférerais que vous me disiez à quelle vie je dois m'attendre.

Elle avait changé, songea Keating. En quelques semaines, elle était devenue plus affirmée, moins timide et – de son point de vue – plus attirante. Incapable de la quitter des yeux, il mordit dans un biscuit.

— Eh bien, nous passerons la saison à Londres, à Pollard House. La maison est dans notre famille depuis six générations, de même que Fenton Hall. Le manoir a brûlé il y a une centaine d'années et c'est le célèbre architecte Christopher Wren en personne qui a dessiné la nouvelle propriété. En réalité, la famille a toujours considéré Wren comme un lointain parent. Quand il a commencé à réaliser les plans de la cathédrale St. Paul, d'ailleurs…

— Il y a une mare, l'interrompit Keating. Parfaite pour nager et encore mieux pour pécher.

— Une mare ? répéta Camille, le sourire aux lèvres. Il me semble que vous en avez déjà parlé. Derrière la maison ou devant ?

— Devant. L'allée qui mène au manoir la contourne. Mon oncle y a fait construire un petit embarcadère pour que Stephen et moi puissions faire du bateau. La barque a coulé depuis longtemps, elle doit être quelque part sous les eaux.

Camille porta sa main à ses lèvres pour étouffer un rire.

— Vous étiez aventureux, tous les deux ?

— Oui, reconnut Fenton. Keating m'entraînait toujours de catastrophe en catastrophe. Depuis, j'ai grandi. Mais Keating adore toujours semer le désordre autour de lui.

— Si tu lui parlais du pays, des gens, de la vie là-bas, Fenton, plutôt que des vieilles pierres ?

— Pardon ? Ah, eh bien, il y a une soirée chaque mois, à Clackfield. Et le duc de Sommerset ne réside qu'à cinq miles. J'ai été invité en quelques occasions à Sommerset Park, mais malheureusement, le duc ne reçoit pas souvent. Le…

— Quand j'habitais à Fenton Hall, l'interrompit Keating, il y avait souvent des foires et des courses au village.

— Oh, chez moi aussi ! s'exclama Camille. Nous allions tous les ans assister à la fête de Mai.

L'image d'une fillette aux cheveux d'or pâle dansant, insouciante, autour d'un mât décoré de longs rubans multicolores traversa l'esprit de Keating. C'était l'époque où elle riait et s'amusait, sans savoir que l'homme à qui elle était déjà promise ne lui enverrait jamais la moindre rose ni le moindre poème.

— Blackwood.

— Hum ? demanda-t-il, s'arrachant à sa rêverie.

— Je disais qu'il n'y a plus de foires à Clackfield depuis des années et qu'il n'y a donc rien à en dire. Alors garde tes conseils pour toi.

— Je vois. Je peux m'en aller, aussi.

Camille tendit la main comme pour lui prendre le bras, avant de l'orienter vers l'assiette de biscuits.

— Ce ne sera pas nécessaire, dit-elle. Lord Fenton, parlez-moi encore de Fenton Hall.

— Nous aurons tout le temps d'en discuter, mais puisque vous évoquiez l'avenir, j'ai une surprise pour vous.

Keating surprit le regard intrigué de la jeune femme. Il n'avait pas la moindre idée de ce que pouvait constituer une surprise aux yeux de Fenton. Un chiot ? Des fleurs ? Un livre de comptes ?

— Et qu'est-ce donc ? s'enquit Camille, comprenant visiblement que Fenton attendait qu'elle pose la question.

— Mardi, vous et moi dînons à Pryce House.

En la voyant pâlir, Keating dut se retenir de la réconforter. Comment Fenton pouvait-il manquer à ce point de tact ?

— Peut-être devrais-tu procéder un peu plus lentement, suggéra-t-il à son cousin.

— Balivernes. J'ai parlé à vos parents, lady Camille. Ils acceptent de vous recevoir, dès lors que je vous accompagne. Vous voyez que ce mariage aurait quelques avantages. Vous pourriez revoir votre famille.

En dépit de tout ce qu'elle avait appris depuis qu'elle avait fait demi-tour sur le seuil de l'église, Camille eut toutes les peines du monde à ne pas prendre de nouveau la fuite. Elle avait déjà assez de mal à ignorer poliment les bavardages prétentieux de Stephen Pollard, surtout lorsque Keating Blackwood se trouvait à côté d'elle. Et voilà que lord Fenton était allé voir ses parents sans même lui en parler.

— Je ne veux pas y aller, répliqua-t-elle, envahie par la même peur et le même désespoir que le soir où ils l'avaient chassée.

— Fenton, tu ne devrais pas insist…

Fenton interrompit Keating :

— Bien sûr que vous irez. Si vous voulez retrouver votre place dans la bonne société et votre réputation, vous n'avez pas le choix. Et je suis las d'être la risée de tout Londres parce que ma fiancée était si désespérée à l'idée de m'épouser qu'elle a préféré aller vivre dans un club pour gentlemen.

Puis, d'une voix dure et tendue, il conclut :

— Vous devez impérativement accepter de revoir vos parents.

Peut-être, songea la jeune femme, mais pour l'amour du Ciel, n'aurait-il pas pu le lui annoncer de manière plus diplomate ? Elle percevait le désarroi de Sophia et, tout près d'elle, la rassurante présence de l'homme qui devenait jour après jour son plus ardent défenseur et son meilleur ami.

— Je n'irai pas seule avec vous. Je ne veux pas avoir tout le monde contre moi.

— Mais…

— Tu ne peux pas imposer une telle épreuve à lady Camille, objecta Keating d'une voix crispée. Pourquoi ne pas inviter aussi une ou deux de ses amies ?

— Comme si lord et lady Montshire allaient ouvrir leur porte à des gens de votre acabit ! La racaille que leur fille a attirée ces derniers mois ne franchira jamais le seuil de leur maison.

— Vous avez une façon très curieuse de faire votre cour, dit Camille.

— Que les choses soient claires. Je ne vous courtise pas. J'essaie de réparer les dégâts que vous avez commis l'an dernier. Je le fais pour vous comme pour moi. Et comme nous en retirerons tous deux les avantages, je ne pense pas que vous ayez le droit de vous plaindre.

Il n'avait pas entièrement tort, mais fallait-il qu'il le formule de façon aussi affreuse ? Il semblait à la jeune femme qu'un gouffre venait de s'ouvrir sous ses pieds – un gouffre empli de ses cauchemars et des effroyables souvenirs de l'année passée. Les horreurs que ses parents lui avaient dites. Les nuits de solitude dans la chambre de bonne chez sa tante. Le moment où elle avait compris qu'elle avait tout perdu alors que sa seule faute avait été de vouloir de son futur mari qu'il soit un ami et un amant.

Un vertige la saisit. Elle perçut confusément que Keating se levait en poussant un juron et glissait la main sous son bras pour la mettre debout, puis que lord Fenton répondait agressivement, et enfin que Sophia lui prenait l'autre bras pour la ramener à la voiture.

Quand les battements assourdissants de son cœur s'apaisèrent et que sa vision se clarifia, elle vit Keating, assis en face d'elle, la couvant d'un regard à la fois inquiet et furieux.

— Me suis-je évanouie ? demanda-t-elle, se rendant compte qu'ils étaient dans l'attelage et que celui-ci roulait.

— Presque, répondit-il. Bonté divine, comment peut-on être aussi maladroit, stupide et égoïste ?

— Je ne suis pas stupide, protesta-t-elle.

— Pas vous, lui, s'écria Keating en lui prenant la main.

Ses doigts étaient chauds, sa poigne ferme et presque plus possessive que réconfortante. C'était encore plus rassurant que le bras de Sophia passé autour de ses épaules.

— C'est possible, répondit-elle en prenant une profonde inspiration pour se donner du courage, mais lord Fenton a raison. Je dois y aller.

— Dans ce cas, je vous accompagne, décréta Keating. Je *déteste* que l'on vous manque de respect.

Et elle *adorait* Keating Blackwood.

16

— Oh, il était furieux ! J'ai cru qu'il allait étrangler lord Fenton. Son propre cousin ! s'exclama Sophia en apportant un verre d'eau dans leur petite chambre pour le verser dans le vase où était disposé le dernier bouquet de roses livré à l'attention de Camille.

— Si j'avais été un homme, répondit celle-ci, c'est moi qui l'aurais étranglé.

Renonçant à lire, elle posa son ouvrage sur ses genoux. Rien ne semblait pouvoir la distraire du gros nuage qui planait au-dessus d'elle, sombre et menaçant. Ce soir, elle dînait à Pryce House.

— Ce que je voulais dire, reprit Sophia, c'est qu'il a pris ta défense sans la moindre hésitation.

C'était vrai. Et aux yeux de Camille, qui savait ce qu'il y avait en jeu pour Keating, son soutien signifiait plus pour elle que quiconque pourrait l'imaginer.

— J'aurais dû me préparer à une telle éventualité. Bien sûr, il faut que mes parents me... pardonnent si je veux retrouver ma place dans la société.

— Alors tu vas supporter tout cela ? Le dîner ? Le mariage ? Lord Fenton n'est pas très gentil.

S'asseyant sur le rebord de la fenêtre, près de Camille, Sophia poursuivit :

— En revanche, si je ne me trompe pas, ton nouvel ami, lui, est *très* gentil.

Avec un clin d'œil complice, elle ajouta :

— En dépit de son effrayante réputation.

Camille se laissa aller contre Sophia. C'était étrange... Ses amies d'enfance, avec qui elle avait partagé tant de secrets et de premiers émois, s'étaient détournées d'elle pour ne pas être éclaboussées par le scandale. Et Sophia White, qu'elle connaissait depuis à peine un an, était plus proche d'elle que ses propres sœurs.

— Il faut que je te dise quelque chose, commença Camille. Fenton a offert une... récompense à Keating s'il me ramenait à lui. La somme est énorme et Keating en a cruellement besoin.

Sophia fronça les sourcils.

— Une seconde ! Tu dis que Keating Blackwood a été rémunéré pour te convaincre d'épouser Fenton ? Tu le savais ? Et tu as tout de même sympathisé avec lui ?

Elle avait fait plus que sympathiser avec lui.

— C'est lui qui me l'a dit. Dès notre deuxième ou troisième conversation.

— Mais pourquoi a-t-il... pourquoi avez-vous...

Sophia se leva et fit quelques pas, visiblement agitée.

— Il t'aime beaucoup, dit-elle.

— Nous nous entendons bien, concéda Camille, consciente que c'était là une réponse inadaptée pour rendre compte de la profonde satisfaction qu'elle ressentait en sa présence et de cette impression de vide qu'elle éprouvait quand il était loin d'elle.

— Non, Camille. Il t'*aime* beaucoup. Et c'est réciproque.

Le cœur de Camille eut un soubresaut.

— Je dois reconnaître que j'ai développé une... certaine affection pour lui.

— Et tu t'apprêtes à épouser son cousin. L'homme qui n'a pas pris la peine de t'envoyer un bouquet de fleurs en vingt et un ans.

— Keating a besoin de cette somme, Sophia.

— C'est épouvantable, murmura celle-ci.

Puis, se tournant vers elle, elle ajouta :

— Et tu... tu as été avec lui. N'est-ce pas ?

— Tu m'as conseillé de profiter des bons côtés de ma situation.

Sophia la regarda, puis un sourire chaleureux éclaira son visage.

— Et alors ?

— Disons juste que Keating Blackwood est à la hauteur de sa réputation.

À présent qu'elle y songeait, elle ne voyait pas une seule bonne raison de renoncer à lui. Du moins, jusqu'à son mariage. Qu'avait-elle à perdre ? Si elle devait se résigner à épouser le prétentieux lord Fenton, elle voulait d'abord quelque chose pour elle. Ou plutôt, *quelqu'un*.

Sophia secoua la tête.

— Je ne te comprends pas.

Puis, se dirigeant vers l'armoire qu'elles partageaient, elle l'ouvrit et demanda :

— Cela dit, si je dois t'accompagner chez tes parents, dois-je choisir une tenue sage ou m'habiller de façon scandaleuse, pour qu'en comparaison tu aies l'air plus fréquentable ?

Elle sortit deux robes, l'une bleu pâle, très modeste, et l'autre bordeaux, pourvue d'un profond décolleté.

Camille éclata de rire.

— T'ai-je déjà dit que je t'adore ?

— Et moi, je suis contente de te voir enfin heureuse. J'espère que Fenton ne va pas gâcher cela.

Retrouvant son sérieux, Camille regarda par la fenêtre. On était mardi, le jour des dames, aussi était-ce une soirée de repos pour ses camarades et elles. Lady Haybury avait rapidement découvert que ce qui avait fait la popularité du Tantale Club auprès des messieurs fonctionnait tout aussi bien pour leurs épouses. Tous les employés masculins des autres établissements, à condition d'être âgés de moins de trente ans, prenaient leur mardi soir pour venir travailler au Tantale Club.

Si elle épousait lord Fenton, peut-être pourrait-elle assister aux soirées bimensuelles des dames. En tant qu'invitée. Avec un peu de chance, elle pourrait même engager Sophia comme dame de compagnie et l'emmener dans les bals et les soirées élégantes. Elle connaissait quantité de femmes qui passaient le moins de temps possible avec leur époux. Lord Fenton et elle pourraient faire chambre à part et mener chacun leur vie. Bien entendu, elle devrait lui donner un héritier. Ce qui supposait qu'il faudrait le laisser la toucher et... venir en elle comme l'avait fait Keating. À cette perspective, un désagréable frisson la parcourut.

Jusqu'à présent, ses reproches au sujet de lord Fenton avaient été de nature assez intangible : Avait-il de l'affection pour elle ? Était-il romantique ? Avait-il seulement envie de l'épouser ? Désormais, elle avait des réponses à certaines de ces questions, mais grâce à Keating, elle avait de nouvelles sources d'inquiétude.

Voyant que Sophia la couvait d'un regard inquiet, elle s'arracha à ses réflexions.

— La robe bleue, s'il te plaît. Je ne voudrais pas que tu donnes le mauvais exemple à mes sœurs.

— Comme tu voudras, mais si tes parents, ou qui que ce soit d'autre, ne te parlent pas correctement, cela ne m'empêchera pas de prendre ta défense. Et je sais que Keating en fera autant.

— Je t'en prie, je suis déjà assez nerveuse comme cela. N'oublie pas que je viens juste de trouver le courage de m'aventurer hors du club.

— Je sais, et je me conduirai bien. Mais tu devrais demander à Keating Blackwood d'en faire autant.

Camille voulait plus que simplement lui parler, mais elle hocha la tête.

— Je vais le faire, promit-elle.

Puis, jetant un coup d'œil sur la petite pendule sur sa table de chevet, elle reprit d'une voix qui manquait d'assurance :

— Je suppose qu'il est l'heure de s'habiller pour le dîner.

La soirée tant redoutée était arrivée. Camille n'avait d'autre choix que de l'affronter. Elle passa une robe toute simple en soie vert et brun, mais ses mains tremblaient tellement que Sophia dût l'aider à se coiffer. Par chance, Keating les accompagnerait jusqu'à Pryce House. La jeune femme se concentra sur cela pour ne pas penser à ce qui allait se passer ensuite.

Le moment venu, les deux jeunes femmes empruntèrent l'escalier des domestiques et sortirent par la porte de service. Les dames du mardi soir détestaient tellement voir les jeunes femmes qui travaillent au Tantale Club que lady Haybury avait fait aménager une petite porte dans le muret du jardin pour que ces dernières puissent aller et venir sans risquer de les croiser dans l'allée principale.

Dans la rue, juste de l'autre côté du portillon, la voiture noire du duc de Greaves attendait. Keating était adossé à la portière, un cigarillo aux lèvres, éblouissant de charme désinvolte. Un délicieux frisson parcourut Camille – infiniment plus agréable que ceux qui l'avaient agitée ces trois derniers jours.

En les apercevant, Keating jeta son cigare, et l'écrasa sous sa botte.

— Vous êtes bien trop jolies toutes les deux pour un dîner privé, dit-il en s'emparant de la main de Camille pour y déposer un baiser. Si nous allions plutôt au théâtre ?

— Ne me tentez pas, répondit-elle en retirant sa main avec un temps de retard.

— Je suis là pour cela, répliqua-t-il. Si vous n'avez pas envie d'y aller, dites-le. Si vous voulez partir dès notre arrivée, faites-le-moi savoir. Vous vous croyez peut-être obligée de vous montrer diplomate parce que vous êtes une personne généreuse et attentionnée, mais ce n'est pas mon cas.

Il lui décocha un sourire complice et ajouta :

— Et je n'ai jamais été aussi heureux d'être un libertin.

Elle avait envie de l'embrasser. Là, dans la rue, au vu et au su de tous. Une lueur indéchiffrable passa dans ses yeux ambrés, et il fit un pas vers elle. Elle sentait la chaleur de son corps de manière presque palpable. Lorsqu'elle avait fait sa connaissance, jamais elle n'aurait imaginé qu'il deviendrait un ami et un amant. Un homme dont la compagnie et l'opinion compteraient plus qu'elle n'osait se l'avouer.

— Quitte à y aller, autant arriver à l'heure, lança Sophia, déjà dans la voiture.

Keating s'écarta de Camille en serrant les mâchoires.

— Maudits soient les chaperons, marmonna-t-il en l'aidant à monter.

— Je vous ai entendu, lâcha Sophia. Faites ce que vous voulez, mais Camille sera bien avancée si vous l'embrassez en public.

Keating s'assit à son tour et la voiture se mit en marche.

— Nous ne sommes plus en public, maintenant, dit-il.

Et sans laisser à Camille le temps de protester, il se pencha vers elle pour lui voler un baiser, bref mais si délicieux qu'elle en eut le souffle coupé. Puis, se radossant à la banquette, il croisa les bras d'un air satisfait, et déclara :

— Je devrais pouvoir me contenter de cela pour l'instant.

— Je ne sais plus quoi penser de vous deux, commenta Sophia, à la fois perplexe et amusée.

Camille savait fort bien ce qu'elle voulait dire. Il devenait urgent qu'elle ait une conversation sérieuse avec Keating. Toutefois, comme elle avait l'intuition qu'elle n'en apprécierait pas l'issue, et que rien n'avait encore été décidé avec Fenton, elle préférait continuer de faire comme si elle pouvait embrasser à loisir l'homme qui la couvait d'un regard brûlant.

À sa grande surprise, il ne fallut qu'une quinzaine de minutes pour atteindre la maison de ses parents. Peut-être certaines distances étaient-elles plus longues que ne l'indiquait leur mesure officielle. Depuis qu'elle avait été chassée de chez elle, il lui semblait que Pryce House était bien plus éloignée que cela. Elle se frotta les mains pour réchauffer ses doigts glacés.

— Attendez-moi ici, ordonna Keating en se levant. Je vais d'abord m'assurer que Fenton est arrivé.

À peine avait-il refermé la portière que Sophia lui prit le bras.

— Moi aussi, murmura-t-elle, j'aimerais bien que l'on m'embrasse ainsi.

— Chut ! Ne l'encourage pas, répondit Camille sur le même ton, ravie de cette distraction bienvenue. Je m'en chargerai moi-même.

— Je vois que tu deviens une véritable libertine, la félicita son amie. Excellent !

La portière s'ouvrit de nouveau et Keating se pencha à l'intérieur.

— Il est là. Il est arrivé il y a dix minutes. Je suppose qu'ils sont en train de peaufiner leur plan de bataille pour offrir un front uni.

Penchant la tête de côté, tout en aidant Camille à descendre, il ajouta :

— Et nous ? Avons-nous un plan de bataille ?

— Je vais entrer et me montrer polie. Je suppose que le reste de mon plan dépendra du leur, répondit-elle.

L'espace d'un instant, elle se demanda ce qui se passerait si ses parents refusaient qu'elle entre chez eux, sans parler de revenir dans la famille. Sans doute lord Fenton ne voudrait-il plus d'elle. Il devait y avoir des limites à sa bonne volonté. Elle coula un regard à Keating. Dans ce cas, il perdrait l'argent dont il avait tant besoin, mais rien ne les empêcherait de faire comme ils l'entendaient.

Ils posaient le pied sur perron, lorsque la porte s'ouvrit.

— Bonsoir, Smythe, dit Camille, surprise par la fermeté de sa propre voix.

— Lady Camille. Lord et lady Montshire vous attendent dans le petit salon.

— Et mes sœurs ?

— Lady Marie et lady Joanna y sont également.

Elle remercia le majordome, hésita sur le seuil. Cela faisait-il seulement treize mois qu'elle avait quitté cette maison ? Elle avait l'impression que des années s'étaient écoulées. Ici, elle avait vécu une autre vie. Elle avait été une autre personne. Plus jamais elle ne pourrait être la Camille Pryce d'autrefois. Depuis qu'elle avait fait la connaissance de Sophia, d'Emily, de lady Haybury, et surtout de Keating, elle n'était plus certaine de vouloir redevenir celle qu'elle était autrefois. Mais ses parents étaient à l'intérieur, ils l'attendaient. Elle ne pouvait qu'imaginer ce qu'ils devaient penser de son travail actuel et de ses nouveaux amis.

Une main solide se posa sur son bras.

— N'ayez pas peur de ce qu'ils pourraient vous dire, chuchota Keating. Quand vous sortirez d'ici, cette fois, vous ne serez pas seule.

— Non, renchérit Sophia. Tu ne seras pas seule.

— Vous allez me faire pleurer, s'écria Camille, et cette fois sa voix chevrotait. Et je sais combien cela vous perturbe, ajouta-t-elle à l'adresse de Keating.

Il lui décocha un sourire.

— Je devrais pouvoir le supporter.

— Tant mieux. Et, s'il vous plaît, ne frappez personne, ce soir.

— Autre chose ?

— Non.

Elle avait envie de se blottir dans ses bras, de respirer son odeur rassurante, mais, bien entendu, elle n'en fit rien. Son fiancé – ou quelle que soit la façon dont elle devait désigner lord Fenton – était dans cette maison.

— Merci, souffla-t-elle.

— Je vous en prie.

Carrant les épaules, elle fit un pas. Puis un deuxième. Voilà, elle avait franchi le seuil de Pryce House. Aucune horde de sorcières hurlantes ne jaillit des murs, aucun gémissement effrayant ne s'éleva à la ronde, mais les battements de son cœur étaient si assourdissants que toute une famille de goules et de gobelins aurait pu danser autour d'elle sans qu'elle l'entende.

« Monte l'escalier », s'exhorta-t-elle. La volée de marches lui parut deux fois plus longue et plus raide qu'autrefois. Sans la présence rassurante de Keating derrière elle, elle aurait sans doute cédé à la panique et pris la fuite. Elle se répéta qu'elle n'était plus une couarde, qu'elle avait appris à se protéger et qu'elle n'avait plus peur de ce que les autres pensaient d'elle.

Puis, traversant le palier d'un pas décidé, elle poussa la porte du petit salon et entra. Stuart et Victoria Pryce l'attendaient, se tenant côte à côte au centre de la pièce, lord Fenton à la droite de son père. Ses deux jeunes sœurs se tenaient derrière eux, à demi cachées, dociles et muettes.

Puis sa mère poussa un soupir agacé.

— Vraiment, Camille, tu rentres à la maison après des mois d'absence et il faut que tu amènes ces... gens avec toi ?

Bonté divine. De tout ce que sa mère aurait pu dire, c'était peut-être ce qui avait le plus de chances de mettre Camille en colère. Tant mieux. Cela ne pourrait que fortifier sa résolution.

— Lady Montshire, lord Montshire, dit-elle d'un ton posé, permettez-moi de vous présenter mes meilleurs amis, Mlle Sophia White et M. Keating Blackwood. Sophia, Keating, voici mes parents.

Sur sa gauche, Sophia fit une révérence parfaite. Sur sa droite, Keating demeura immobile, telle une formidable et superbe statue de marbre. Avant que tout le monde se fusille mutuellement du regard, Fenton fit un pas en avant pour se placer entre les deux groupes.

— J'avais demandé à lady Camille de venir seule, mais ses compagnons font partie du problème que nous devons résoudre, aussi est-il peut-être préférable qu'ils soient venus.

Une partie du problème…

— Je crois que l'essentiel du *problème*, déclara Camille en serrant les poings, sont mes actes. Si vous reprochez à des gens de m'avoir offert leur amitié au moment où tout le monde m'abandonnait, je crains que nous ne soyons tous en train de perdre notre temps.

— Asseyons-nous, décréta lord Montshire après un long silence. Smythe, servez-nous du vin.

Le majordome s'inclina et s'éclipsa. Du coin de l'œil, Keating vit Camille tressaillir. Il s'approcha d'elle, lui prit la main pour la poser sur son bras.

— Je ne refuse jamais un verre de vin, déclara-t-il avec des inflexions désinvoltes.

— Oui, bien sûr, acquiesça-t-elle, mal à l'aise.

C'était sacrément dommage qu'elle lui ait fait promettre de ne frapper personne ce soir. Il aurait volontiers écrasé son poing sur le nez de Fenton et de lord Montshire.

Ayant pris place sur un sofa entre Camille et Sophia, il se tourna vers son cousin pour lui demander :

— Je présume que tu as dûment informé lord et lady Montshire des fréquentations et activités de lady Camille depuis son départ de chez eux ?

Keating était peut-être novice dans l'art de jouer les anges gardiens, mais il était déterminé à tenir sa promesse. Il ne laisserait personne faire de mal à Camille. Si ces gens voulaient se battre, ils trouveraient à qui parler. Au demeurant, ce ne serait peut-être pas nécessaire. Jusqu'à présent, Camille faisait preuve de courage et de dignité. Il était fier d'elle. Et fou de désir, mais c'était une autre histoire…

Lord et lady Montshire prirent place sur un petit sofa en face d'eux tandis que Fenton s'asseyait dans un fauteuil. Les deux sœurs, toujours aussi muettes, s'étaient installées sur des chaises un peu à l'écart.

— Bien, commença lord Montshire. Stephen nous annonce que tu acceptes de l'épouser, tout compte fait.

— J'accepte d'en discuter, rectifia Camille.

À ces mots, quelque chose se brisa dans la poitrine de Keating. Il avait presque oublié que ce n'était pas une simple réconciliation entre Camille et ses parents. Manifestement, ceux-ci n'étaient prêts à renouer avec elle qu'à la condition expresse qu'elle cède à leurs exigences.

Il n'aimait pas cela. Et il n'aimait pas plus l'idée qu'elle envisage sérieusement d'épouser Fenton. Certes, il n'avait pas la prétention de croire qu'il ferait un meilleur époux, et Dieu sait qu'il n'avait pas le droit de songer au mariage. Il avait semé assez de destruction sur son passage pour risquer de lier son destin à celui de quelqu'un d'autre. Quelle que soit l'affection qu'il en était venu à éprouver à l'égard de ce « quelqu'un d'autre ».

— Je serais curieuse de savoir, s'enquit lady Montshire d'un air crispé, pour quelle raison ce qui te semblait inacceptable l'an dernier est soudain devenu envisageable.

Keating n'aurait su dire si elle se retenait de prendre sa fille dans ses bras ou si elle était simplement contrariée de devoir laver son linge sale devant des étrangers.

— J'ai appris un certain nombre de choses depuis.

— Je t'en prie, éclaire-moi.

Camille fronça les sourcils.

— Voulez-vous que je vous fasse le plaisir de vous dire la frayeur et la détresse que j'ai éprouvées quand vous m'avez jetée à la porte ? demanda-t-elle d'une voix soudain mal assurée. Ou avec quelle cruauté mes prétendues amies ont refusé de m'ouvrir leur porte ? Comment j'ai travaillé comme bonne à tout faire chez tante Douglass ? Ou préférez-vous que je vous raconte comment j'ai trouvé un travail, des amis et un toit ?

Ce fut lord Montshire qui répondit.

— Voilà des réflexions mal venues, Camille. Tu dois savoir que j'ai des amis qui fréquentent ton... club. As-tu idée de l'embarras où tu nous plonges, ta mère et moi ? Sans parler de tes sœurs ?

— Dans ce cas, peut-être auriez-vous dû y réfléchir à deux fois avant de me mettre dehors. Je considère que ma priorité était de survivre. Je n'ai pas l'intention de présenter des excuses pour cela.

Bien dit ! la félicita silencieusement Keating. Il s'était préparé à intervenir, mais elle se débrouillait admirablement. Peut-être était-elle persuadée d'être une couarde, mais ce soir, elle était une lionne. Il tourna les yeux vers son cousin, qui arborait une expression de suprême agacement. Fenton ne la méritait pas. Qu'il soit ou non conscient des efforts qu'elle faisait ce soir ne changeait rien au fait qu'il n'éprouvait pas la moindre affection pour elle. Tout ce qu'il voulait, c'était lui passer la bague au doigt pour faire taire les moqueries. Rien d'autre.

— Alors puisque tu es si fière de la façon que tu as trouvée pour survivre, pourquoi succomber aux charmes de la bienséance, tout à coup ? s'enquit lady Montshire.

Fenton prit la parole.

— Je crois, madame, que l'objet de cette entrevue est la volonté de Camille de revenir dans le droit chemin. Exiger de connaître ses raisons me semble... de peu d'intérêt. Si je puis me permettre, ajouta-t-il avec une petite toux polie.

— Oui, bien sûr, acquiesça lord Montshire, vous avez raison, Fenton. Cette union était bénéfique aux deux parties autrefois et le comportement de Camille l'a rendue encore plus souhaitable à présent.

Voilà qui commençait à bien faire !

— Et, bien entendu, lord Fenton s'engage à fournir les efforts requis pour faire connaissance avec lady Camille, afin qu'elle ait des chances raisonnables d'espérer un mariage heureux, intervint Keating. Si mariage il y a.

Pour faire bonne mesure, il assortit sa déclaration d'un regard sévère. Il le savait, la plupart des aristocrates étaient, au mieux, mal à l'aise en sa présence, au pire, franchement effrayés. S'il pouvait user de sa réputation pour aider Camille, il le ferait sans hésiter.

— De quel côté es-tu, Keating ? demanda Fenton d'un ton glacial.

— Je ne suis d'aucun côté. Je m'assure simplement que si les discussions doivent se poursuivre, personne ne sera désavantagé. Comme tu le sais, j'adore mettre mon grain de sel.

— Et pourquoi le bien-être de ma fille vous intéresse-t-il tant ? demanda lord Montshire d'un air guindé.

— Parce que Camille est mon amie.

Il n'avait pas le droit de demander plus, dès lors qu'il avait l'assurance qu'un mariage avec Fenton était à son avantage. Que cela lui rendrait tout ce dont elle avait été privée, et qu'elle connaîtrait le bonheur.

— Tu ne la connais pas depuis un mois et c'est déjà ton amie. À toi, qui n'as jamais approché une femme que pour soulever ses jupons et assassiner son mari.

De toute évidence, son cousin ne comprenait pas que sans la présence de Camille, il lui aurait déjà sauté à la gorge pour lui faire ravaler ses paroles. S'efforçant de garder son calme, Keating répliqua :

— Peut-être ferais-tu bien de ne pas l'oublier, si tu dois l'épouser.

— Keating ! murmura Camille.

Son exclamation fut couverte par les hoquets de surprise des autres femmes et le grondement offensé des hommes.

— Je ne les laisserai pas vous attaquer, répondit-il à mi-voix.

— Je les ai mis mal à l'aise. Leur propre inconfort est plus important à leurs yeux que ma situation. Laissez-les m'égratigner. Je veux savoir ce qu'il ressortira de cette discussion.

En la voyant aussi détachée, Keating eut l'impression de recevoir une gifle. Les sentiments qu'il éprouvait pour elle n'étaient-ils pas partagés ? Des deux, était-ce lui le plus attaché à l'autre ? Comment une telle chose avait-elle pu arriver ? C'était lui, le cynique, le blasé, le libertin. Lui dont les fantômes continuaient de lui déposer leur carte de visite, façon de lui rappeler qu'il était loin d'avoir payé ses dettes et qu'il n'avait pas le droit de se montrer aussi faible.

— Dans ce cas, je ferais peut-être mieux de m'en aller.

Elle lui lança un regard menaçant.

— Il n'en est pas question.

Un lâche soulagement envahit Keating.

— Comme vous voudrez.

Bien sûr, elle l'utilisait probablement comme faire-valoir, mais comme ç'avait été son intention, il ne s'en offusquait pas. Si sa fichue réputation pouvait aider Camille, qu'il en soit ainsi.

— M. Blackwood souligne à juste titre mon désir d'être heureuse, reprit-elle, une fois le calme revenu. Ma situation me permet de subvenir à mes besoins. J'ai un toit, un emploi, des amis. Quels avantages aurais-je en épousant lord Fenton ?

— Ne sois pas aussi intéressée, rétorqua sa mère.

Elle conserva son masque d'impassibilité, mais Keating la vit tressaillir imperceptiblement.

— J'ai appris quantité de choses ces derniers mois, reprit-elle. Personne ne se souciant de mon sort, j'ai dû me débrouiller seule.

— Si tu épouses lord Fenton, tu seras de nouveau accueillie dans ta famille, plaida lord Montshire. Tu seras de nouveau la fille bien-aimée d'un vicomte.

— Vous serez marquise, renchérit Fenton en se redressant sur son siège. Je déclarerai que vous avez été intimidée mais que l'amour nous a réunis et tout le monde trouvera cela très romantique. Nous serons accueillis dans la bonne société. Les soirées, les dîners, les sorties, tout nous sera de nouveau ouvert.

— Comment pouvez-vous en être aussi certain ? demanda Camille, sceptique.

— Parce que c'est toujours ainsi.

— Parce que c'est toujours ainsi, Camille répéta sa mère avant de désigner ses sœurs, qui n'avaient toujours pas pipé mot. Pense à Marie et à Joanna, à défaut d'autre chose. Marie a beaucoup souffert cette saison. L'un de ses soupirants lui a demandé si elle pouvait lui obtenir une invitation dans ce maudit club. Quant à Joanna, elle fera son entrée dans le monde l'an prochain et à ce moment-là, il sera peut-être trop tard pour réparer les dégâts. Seigneur, si personne ne demandait sa main ? Ce serait ta faute. Tu nous auras tous entraînés dans la fange avec toi.

Les demoiselles se mirent à sangloter. On se serait cru dans un mauvais roman gothique, songea Keating, agacé. Il ne manquait plus que des hululements lugubres s'élevant du grenier. Comme si elle avait lu dans ses pensées, Camille lui frôla brièvement la main.

— Pas de commentaires, souffla-t-elle.

— Vous y avez pensé aussi, rétorqua-t-il sur le même ton.

Il entendit Sophia étouffer un rire.

— Puis-je avoir un peu d'eau, je vous prie ? demanda celle-ci d'une voix étranglée.

Le temps qu'un valet lui apporte un verre, sa providentielle quinte de toux s'était calmée, mettant fin dans la foulée à la querelle qui menaçait. Un instant plus tard, tout le monde se levait pour passer à table. Décidément, songea Keating, Mlle White était infiniment plus intelligente qu'elle ne le laissait paraître.

— Bien joué, lui murmura-t-il à l'oreille en se penchant vers elle pour l'aider à s'asseoir.

Elle lui adressa un regard innocent, mais il n'était pas dupe.

Le dîner se déroula dans un silence tendu. Keating nota avec un amusement mêlé d'agacement que les deux cadettes avaient été placées du côté opposé au sien, afin bien sûr de leur interdire toute conversation avec le dangereux libertin qu'il était. L'atmosphère qui régnait dans cette famille lui permit d'apprécier encore plus les qualités exceptionnelles de Camille Pryce. Il ignorait d'où celle-ci tenait sa bonté et sa générosité, mais ce n'était assurément pas de ses parents.

Keating s'arracha à ses pensées en entendant Fenton déclarer :

— Nous nous retrouverons ici jeudi après-midi pour une promenade en voiture.

— Pourquoi ne vas-tu pas la chercher au Tantale Club ? s'étonna-t-il. C'est là qu'elle habite.

— Reste en dehors de cela, Keating. Mon but est d'aider lady Camille à retrouver sa respectabilité, non d'accroître le scandale qui m'entoure.

— Tu serais surpris de voir à quel point nombre de tes amis fréquentent le Tantale Club. Je crois que la seule chose qui te dérange, c'est que l'on t'en ait interdit l'accès.

Fenton jeta un coup d'œil à Camille.

— Pas par ma faute.

— Je vous retrouverai ici jeudi, lord Fenton, déclara Camille. Mais je vous attendrai dehors. Je ne tiens pas à ce que l'on me crie après.

La soirée s'acheva rapidement – sans doute davantage en raison de sa présence que de celle de Camille, songea Keating. Lord et lady Montshire ne voulaient pas de lui chez eux. Que diraient-ils s'ils savaient qu'il avait été l'amant de leur fille ? Et qu'il était fou d'elle ?

La voiture fit halte dans la rue qui longeait le Tantale Club. Keating sauta sur le pavé, puis aida les jeunes femmes à descendre.

— Je suis désolé de m'être montré aussi peu utile, dit-il en tenant la main de Camille un peu plus longtemps que nécessaire.

Si les choses continuaient à ce rythme, il n'aurait plus beaucoup d'occasions de la toucher.

— La bêtise m'exaspère, ajouta-t-il.

— Sophia, dit-elle, je te rejoins dans quelques instants. J'ai besoin de prendre l'air.

— Je vais nous trouver un peu de cognac, répondit son amie avant de se diriger vers l'entrée de service.

— Veux-tu un peu de compagnie ? s'enquit Keating dès qu'ils furent seuls.

— Volontiers.

Au moins, elle ne semblait pas lui tenir rancune de son manque de diplomatie chez ses parents. Il lui offrit son bras et elle le prit.

— La soirée s'est-elle passée comme tu t'y attendais ? demanda-t-il alors qu'ils s'arrêtaient sous le grand chêne au milieu du jardin.

Dans l'air frais de la nuit, le parfum des roses flottait encore.

— Je me demande encore qui a tellement changé, d'eux ou de moi. Je n'ai jamais eu l'impression de ne pas être aimée, tu sais. Du moins, pas jusqu'à ce qu'ils me mettent à la porte. Est-ce si facile que cela de donner et de reprendre son amour ?

— Je ne pense pas, répondit Keating. Mais je ne suis pas expert en la matière.

Elle se tourna pour lui faire face.

— Je vais aller dans le salon du personnel. Tu devrais m'accompagner.

— Ne venons-nous pas tout juste de négocier ton prochain mariage ?

— Lord Fenton ne m'a pas encore passé la bague au doigt, et pour l'instant, j'ai envie d'être avec toi. Sauf si tu n'en as pas env…

Keating la fit taire d'un baiser. Qu'elle éprouve ou non des sentiments pour lui, au moins le désirait-elle toujours.

— J'en ai envie, murmura-t-il.

17

Keating s'engagea dans un couloir étroit à la suite de Camille. Des voix féminines et des éclats de rire leur parvenaient du salon où s'étaient réunies les dames qui fréquentaient le Tantale Club le mardi soir. L'espace d'un instant, Keating eut l'impression de s'être introduit dans un couvent.

Le club n'imposait toutefois aucune règle monastique à ses employées. Keating connaissait les usages. Les filles pouvaient recevoir des « visiteurs » tant que cela n'interférait pas avec la bonne marche de l'établissement. Une ou deux lui avaient déjà proposé de passer la soirée en leur compagnie, mais il avait refusé. Au début, parce qu'il était déterminé à ne pas faire de vagues, à empocher ses dix mille livres et à rentrer chez lui. Par la suite, parce qu'une certaine demoiselle s'était installée dans ses pensées et refusait d'en être délogée.

— La porte ne ferme pas à clef, murmura Camille en le précédant dans le petit salon du personnel.

Par chance, la pièce était déserte. Les collègues de la jeune femme devaient être sorties, ou déjà couchées. Keating attrapa une chaise et la coinça sous la poignée.

— Maintenant, si, déclara-t-il.

Camille s'était transformée en séductrice en un temps record. Elle s'approcha de lui, posa les mains sur son torse et lui offrit ses lèvres, toute timidité envolée. Elle savait ce qu'elle voulait et le prenait, qu'elle ait peur ou pas. Et ce n'était qu'un détail parmi tout ce qui faisait qu'il l'aimait.

Il l'aimait. Abasourdi, Keating la prit par les épaules pour la tenir à bout de bras. Elle le dévisagea, les yeux étrécis, se demandant probablement s'il avait perdu la tête. De sa longue chevelure d'or pâle nouée en un chignon tout simple, s'échappaient des boucles folles qui venaient lui caresser les joues.

— Quelque chose ne va pas ? demanda-t-elle.

— Non, rien.

Encore sous le choc de sa découverte, Keating s'efforça de calmer les battements désordonnés de son cœur et de rassembler ses pensées éparses. Comment lui avouer ce qu'il venait de comprendre ? Et à quoi bon, puisqu'elle était sur le point de conclure une union qui lui apporterait bien plus que tout ce que lui-même pourrait jamais lui offrir ?

— J'aime te regarder, voilà tout.

— Moi aussi. Je crois que certaines dames te trouvent même très beau.

Lentement, il l'attira de nouveau à lui et fit glisser ses mains le long de son dos, jusqu'à ses reins.

— Vraiment ? demanda-t-il en la plaquant contre son érection déjà conséquente. Et moi, je te trouve exquise.

— Continue, ronronna-t-elle en insinuant les mains sous sa veste pour la lui retirer.

Keating s'esclaffa.

— Tu es devenue une véritable tigresse, murmura-t-il, se souvenant qu'il devait parler à voix basse.

— J'ai beaucoup appris de toi en matière de courage et de franchise.

Elle lui prit la main pour l'entraîner vers le vaste canapé situé au fond de la pièce. Pour Keating qui avait l'habitude d'être celui qui choisit, prend, puis s'en va, c'était là une expérience inédite. Et le seul fait de la regarder déboutonner son gilet et s'escrimer ensuite à dénouer sa cravate l'excitait au plus haut point.

— Mon passé ne t'ennuie pas ? ne put-il s'empêcher de demander en glissant les mains sous ses jupes avant de remonter lentement le long de ses cuisses.

Elle avait la peau si douce, c'était grisant de la caresser. Elle se pencha vers lui pour déposer des baisers légers sur sa bouche, ses tempes, sa gorge. L'espace d'un instant, Keating crut qu'il allait jouir dans son pantalon, ruinant à jamais son image de séducteur aguerri.

— Je ne connais que ton présent, souffla-t-elle en lui retirant enfin son gilet et sa cravate.

Elle traça de ses lèvres un sillon de feu sur son torse avant d'ajouter :

— Tu m'as protégée, encouragée, initiée.

Elle frôla la bosse qui tendait douloureusement son pantalon.

— Et tu m'as appris à ne plus avoir peur.

Keating ferma les paupières pour mieux savourer la caresse de ses mains encore novices sur son corps à demi dévêtu.

— Pourtant, dit-il, je suis de nouveau en train de coucher avec la femme d'un autre.

— Je ne suis pas encore mariée, lui rappela-t-elle avant de plonger les doigts dans ses cheveux, puis de faire courir la pointe de sa langue sur le lobe de son oreille.

Perdant tout empire sur lui-même, Keating la fit basculer sur le canapé et s'allongea sur elle pour prendre ses lèvres sans douceur. Tirant sur son décolleté, bien trop modeste à son goût, il lui caressa les seins, en pinça doucement les pointes.

Camille gémit, et s'attaqua à sa braguette. Il ne put retenir un soupir de bien-être quand, étant venue à bout du dernier bouton, elle fit glisser le vêtement sur ses hanches, libérant son sexe raide de son carcan de tissu. Keating se pencha pour refermer ses lèvres sur son sein rond.

Laissant échapper un petit cri, elle creusa les reins pour mieux s'offrir à lui. En réponse, il donna un coup de langue sur la pointe durcie de son sein. Elle lui faisait littéralement perdre la tête ! Il n'avait pas vécu comme un moine pendant ses six années d'exil, mais quand il était avec elle, c'était exactement son impression.

— Déshabille-moi, le supplia-t-elle en se tortillant pour lui donner accès aux trois boutons qui fermaient sa robe dans son dos.

Il dut faire appel à toute sa volonté pour ne pas les arracher. En général, les femmes n'appréciaient pas que l'on abîme leurs robes, et Camille n'avait pas les moyens d'en racheter une aussi souvent qu'il lui en prenait la fantaisie.

Keating s'immobilisa, sa main sur le dernier bouton. Très bientôt, elle pourrait s'offrir autant de nouvelles robes que cela lui chanterait. Seulement, ce ne serait pas lui qui les lui enlèverait. Il devrait renoncer à elle, la regarder partir vivre chez un autre, l'imaginer dans les bras d'un autre.

Étouffant un grondement de frustration, il défit le dernier bouton et souleva Camille pour faire passer la robe par-dessus sa tête. Lorsqu'elle fut de nouveau étendue, il entreprit de retirer les épingles de son chignon.

— À ton tour, murmura-t-elle en tirant sur les pans de sa chemise avant de la lui ôter.

Il s'assit le temps de se débarrasser de ses bottes et de son pantalon.

— Voilà qui est mieux.

— Puis-je te toucher… là ? risqua-t-elle en posant les yeux sur sa virilité.

— Je t'en prie. Mais sois douce.

Keating serra les dents lorsqu'elle laissa courir ses doigts sur toute la longueur, puis l'enserra délicatement.

— Je suis heureuse de ne pas être un homme, déclara-t-elle finalement d'une voix tremblante. Je serais comme cela chaque fois que je te verrais. Et tout le monde saurait.

C'était bien là le problème, n'est-ce pas ? Non pas le fait de la désirer avec une telle ardeur, mais que l'on puisse deviner, rien qu'en le regardant, qu'il était amoureux d'elle.

— Eh bien, moi aussi, je me réjouis que tu ne sois pas un homme, répondit-il avec une légèreté feinte.

Elle sourit.

— Et pourquoi, je te prie ? demanda-t-elle d'une voix un peu essoufflée en passant les doigts sur l'extrémité si sensible de son pénis.

Keating sursauta.

— Bonté divine, marmonna-t-il.

En un éclair, il l'avait allongée de nouveau et la couvrait de son corps. À peine eut-elle écarté les cuisses qu'il entra en elle d'un souple coup de reins.

L'étroit fourreau de chair se referma autour de lui, brûlant, humide, accueillant. Elle le désirait et il n'avait pas l'intention de la décevoir.

Il se mit à aller et venir en elle, encore et encore, se raccrochant à ce qu'il lui restait de maîtrise pour ne pas jouir trop vite. Il aurait voulu hurler au monde entier qu'elle était à lui, mais cela n'aurait fait que les blesser tous les deux – ainsi que toutes les personnes impliquées dans ce désastre.

Elle se raidit, et ses muscles intimes se contractèrent follement tandis que la jouissance l'emportait. Il cueillit sur ses lèvres son cri d'extase sans cesser de la pilonner. À l'ultime instant, alors qu'il commençait à se retirer, elle enroula les jambes autour de ses hanches pour le retenir.

— Reste !

— Je ne peux pas…

— Si ! s'écria-t-elle avec ferveur.

Avant que son cerveau ait le temps de trouver quoi répondre, son corps prit les rênes. Dans un gémissement, il s'enfonça en elle, répandant sa semence avec force. Pantelant, il se laissa retomber sur elle, la tête au creux de son cou emperlé de sueur.

Imprévisible, fascinante, unique… il commençait à être à court de qualificatifs pour décrire la femme qui lui caressait le dos avec une langueur d'amante comblée.

— Pourquoi ? demanda-t-il quand les battements effrénés de son cœur se furent un peu apaisés. C'est une chose d'être regardée de travers, Camille. C'en est une autre d'assumer la charge d'un enfant sans être mariée.

— Mariée ? Je le serai bientôt, répondit-elle en resserrant son étreinte. Et je suis à peu près certaine que non seulement ton cousin ne s'étonnera pas qu'un enfant de lui te ressemble un peu, mais qu'il ne prendra jamais le risque de te soupçonner ouvertement d'en être le père.

Cela tenait debout, admit Keating à contrecœur.

— Te voilà bien intéressée, dit-il doucement.

— J'ai découvert qu'il y a une différence entre le confort et le bonheur. Ou entre les convenances et le plaisir, appelle cela comme tu veux. Avant de me résigner au premier, je veux avoir goûté au second.

Il plongea les yeux dans le regard bleu soudain grave.

— Il ne s'agit pas de se résigner, mais de retrouver une vie qui te rendra plus heureuse.

— Plus heureuse que quoi, au juste ? demanda-t-elle en prenant une inspiration saccadée. Cela dit, tu as raison. Je sais certes ce que c'est que de n'avoir nulle part où aller et personne d'autre que moi-même pour prendre soin de moi. Je préfère un toit et la sécurité.

— Et tu fais bien, mentit-il.

Ce brusque revirement l'étonnait, mais peut-être que l'euphorie de leurs ébats avait interféré avec sa faculté de raisonner ? Chez lui, c'était souvent le cas. Il l'embrassa avec douceur. Pour la première fois de sa vie, lui qui avait toujours couru d'un plaisir à un autre ressentait l'urgence de savourer l'instant.

— Puis-je te poser une question ?

— Je t'en prie.

— Aimes-tu Fenton ?

Elle fronça les sourcils.

— Je n'en ai pas l'intention, répondit-elle après réflexion, mais je ne suis pas certaine que ce soit entièrement sa faute. Après tout, combien de fois ai-je répété que je ne voulais pas épouser un inconnu ? Personne ne m'a écoutée. Moi-même, je ne me suis pas écoutée jusqu'à ce que je sois au pied du mur. De l'autel, en l'occurrence.

— Au moins, maintenant, tu t'es promenée avec lui et tu as dîné en sa compagnie. T'a-t-il paru... agréable ?

— Assez pour que je l'épouse ? Ma foi, il semble très fortuné, il est titré et n'est pas assez vieux pour être mon père. N'est-ce pas suffisant pour moi qui ne lui demande rien d'autre que la sécurité ?

Keating déposa un dernier baiser sur ses seins et se redressa.

— Tu déploies des efforts louables pour ne pas me répondre avec franchise, Camille, mais je ne suis pas idiot. En général.

Camille s'assit à son tour. Si huit ou neuf mois auparavant on lui avait dit qu'elle travaillerait un jour dans un club pour messieurs, y vivrait et serait la maîtresse d'un libertin notoire, elle aurait éclaté de rire. Ou, plus probablement, elle se serait évanouie, horrifiée.

Sauf que lorsqu'elle regardait l'homme qui venait de lui faire l'amour, ce n'était pas de l'horreur qu'elle ressentait. En vérité, s'il n'y avait pas eu son cousin, ses parents, ces maudites dix mille livres et ce fils qu'il ne connaissait même pas, elle aurait été la femme la plus heureuse du monde.

— Je n'essaie pas de me dérober, répondit-elle avec douceur, mais pour le moment, je n'ai pas envie de parler de mon mariage.

— Permets-moi d'insister, dit-il d'une voix sourde.

— Très bien. Il n'est pas repoussant, et même si je l'ai blessé et que j'ai mis à mal son sens de l'honneur, il n'a rien dit de trop cruel.

— C'est ce qu'on appelle de tièdes éloges, ironisa Keating.

— Ce que je veux dire, c'est que j'ai besoin de certaines choses et toi aussi. Grâce à ce mariage, nous les obtiendrons tous les deux. Et puis, lord Fenton n'est pas totalement dénué de qualités. Il est plutôt séduisant et s'il demeure poli, je pense qu'avec le temps, je pourrais m'attacher à lui. Pour l'heure, je le tolérerai. Et je suppose que, de son côté, il me tolérera.

— Tu le trouves séduisant ? dit Keating d'une voix soudain glaciale.

— C'est toi qui es venu à Londres pour me convaincre de l'épouser, alors ne te plains pas qu'il ne soit pas un crapaud pustuleux, s'impatienta-t-elle.

Keating cilla.

— Message reçu.

Il tira doucement sur l'une des boucles de Camille.

— Au risque de paraître naïf, je veux ton bonheur. Pas seulement ta sécurité matérielle.

Dans ce cas, songea-t-elle avec amertume, elle n'avait pas besoin de chercher plus loin que ce canapé. Elle faillit répondre que s'il continuait de lui rendre des visites comme celle de ce soir après son mariage, cela suffirait à son bonheur, mais elle savait que c'était impossible. Elle en savait assez sur son passé et ses regrets pour le comprendre.

— Je suppose que je serai très heureuse, mentit-elle, s'efforçant d'adopter un ton léger.

— Alors tu vas l'épouser.

— À moins d'un empêchement majeur entre aujourd'hui et la date du mariage, oui, je vais l'épouser, je pense.

Ce dont il ne se rendait probablement pas compte, c'était que si elle acceptait ce mariage, ce n'était pas pour assurer sa sécurité, sans même parler de son bonheur, mais pour l'aider, lui.

De ce qu'elle en avait vu, lord Fenton était guindé, facilement embarrassé, et dépourvu de tout romantisme. D'une certaine façon, elle trouvait rassurant que sa première impression ait été la bonne. Pourtant, même si elle avait juste un an de plus que lorsque ce chaos avait commencé, elle se sentait bien plus sage à présent.

Certains des clients du Tantale Club la terrifiaient, avec leurs airs supérieurs et leur façon de jauger les jeunes femmes qui y travaillaient comme si elles n'étaient que des proies. Alors qu'ils étaient censés incarner le meilleur de Mayfair, le summum du pouvoir, la crème des gentlemen, elle n'aurait voulu être intime avec aucun d'entre eux. Sauf erreur de sa part, ces hommes ne songeaient qu'à leur propre plaisir et leur réputation. Tout le reste leur était parfaitement indifférent.

Lord Fenton ne semblait pas être de ces hommes. Certes, il était d'un égoïsme à toute épreuve, mais il ne paraissait pas cruel. Il n'avait simplement pas d'autre désir que de lui passer la bague au doigt. Comparé à ce qu'elle avait vécu cette année, en particulier ces dernières semaines, elle pouvait supporter cela.

Quant à ce qu'elle désirait pour elle-même, c'était tout autre chose. Peut-être, songea-t-elle, sa rencontre avec Keating Blackwood, sa liaison avec lui et l'impossibilité de le garder auprès d'elle étaient une punition pour avoir si allègrement piétiné les convenances. Si c'était le cas, cela semblait terriblement cruel de l'avoir laissée goûter à la joie, au plaisir, au bonheur, pour finalement les lui retirer.

L'espace d'un instant, elle envisagea d'exiger de lui, comme l'aurait fait n'importe quelle aristocrate gâtée, qu'il reste son amant après son mariage, ou même qu'il la garde auprès de lui, mais elle avait vu les remords dans son regard quand il lui avait parlé de lord et de lady Balthrow, et de cet enfant qu'il voulait tant protéger.

— Te voilà bien solennelle, dit-il en inclinant la tête de côté. À quoi penses-tu ?

— À beaucoup de choses.

Il s'éclaircit la voix.

— Êtes-vous proches, tes sœurs et toi ? J'ai remarqué que vous n'aviez quasiment pas échangé un mot, tout à l'heure.

— Je croyais que nous l'étions. Je n'ose pas penser à ce que nos parents ont pu leur raconter après m'avoir mise à la porte, et elles sont toutes deux bien trop jeunes pour prendre le risque d'être jetées dehors à leur tour. Si je parviens à rétablir des liens, je pourrai peut-être parler de tout ceci avec elles.

Keating hocha la tête.

— Penses-tu que notre… amitié pourra se poursuivre après ton mariage ? demanda-t-il.

Le plus sage serait de répondre non. Elle était liée si intimement à lui que prolonger ce bonheur ne pourrait que rendre les choses plus douloureuses. D'un autre côté, renoncer à lui alors qu'elle n'y était pas encore obligée serait pire.

— Pourquoi pas ? répondit-elle prudemment.

— Parfait.

Encadrant son visage de ses mains, il se pencha pour la gratifier d'un baiser ardent.

— Dans ce cas, murmura-t-il, ne perdons pas de temps.

Keating ne quitta le Tantale Club que peu après le lever du soleil. Tant de personnes avaient tenté, en vain, d'ouvrir la porte du salon que tout le personnel du Tantale Club devait être à présent informé que Keating y avait passé la nuit avec Camille, mais cette dernière ne semblait pas s'en émouvoir. Après tout, ces femmes avaient été elles aussi confrontées au scandale. À tout le moins, Camille avait trouvé ici de véritables amies. Certes, il était peu probable qu'aucune d'entre elles soit jamais admise à Pollard House après son mariage, mais c'était une autre question.

Le cocher d'Adam avait dû se lasser de l'attendre car la voiture avait disparu. Avec un soupir, Keating héla un fiacre et rentra à Baswich House.

Apparemment, il avait obtenu ce qu'il voulait. Camille avait affirmé être prête à épouser Fenton. Quelques semaines plus tôt, il aurait été fou de joie. Il aurait contacté son homme d'affaires pour lui demander de remettre l'argent à Eleanor et commencé à faire ses bagages pour rentrer dans le Shropshire. Havard's Glen avait été son refuge à l'époque où il en avait eu tant besoin. Sans ce havre de paix, il ne serait peut-être plus de ce monde.

Autrefois, il ne tenait pas en place, était colérique et buvait trop. Ses rixes dans les tavernes locales étaient presque un rituel les soirs où il avait expédié la quasi-totalité de ses revenus à Londres pour qu'Eleanor puisse les dépenser. Ce n'était pas de donner cet argent qui le mettait en rage, c'était de ne pas en avoir davantage à offrir.

Aujourd'hui, il avait dix mille livres pour elle et l'enfant. Cela ne changerait rien au passé, mais cela leur permettrait de mener une existence décente. Et peut-être pourrait-il enfin voir son fils.

Pour lui, en revanche, rien ne serait plus jamais pareil. Oui, il allait rentrer à Havard's Glen, mais il ne se bagarrerait plus. La colère et la frustration qui l'envahissaient à présent n'étaient pas de celles que l'on apaise avec de l'alcool ou des coups de poing. Il allait rendre Camille à Fenton parce que c'était ce qu'il pouvait faire de mieux pour elle, mais il n'était pas obligé d'aimer cela.

Hooper lui ouvrit la porte alors qu'il finissait de gravir les marches du perron.

— Monsieur Blackwood, murmura-t-il. Sa Grâce demande expressément que vous vous rendiez tout de suite dans son bureau. Sans détour ni délai.

Keating arqua un sourcil.

— Vraiment ?

— Oui, monsieur. Et si vous refusez, je suis chargé d'insister poliment mais fermement.

Voilà qui changeait tout.

— Et pourquoi parlons-nous si bas ? s'enquit Keating, baissant le ton malgré lui.

— C'est impératif, monsieur. S'il vous plaît. Dans le bureau de Sa Grâce.

— J'y vais, Hooper. Même si je ne comprends rien à ce mystère.

— Sans détour ni délai, monsieur.

— J'y vais, pour l'amour du Ciel.

Fatigué et contrarié comme il l'était, peut-être qu'une bonne querelle avec Adam était exactement ce qu'il lui fallait. Le majordome sur ses talons, comme pour l'empêcher de changer de direction ou de quitter la maison, Keating gravit le grand escalier et gagna le vaste cabinet de travail du duc.

— Que se passe-t-il ? demanda-t-il en poussant abruptement le battant.

— Tais-toi et ferme cette porte, articula Adam, à voix basse lui aussi. Hooper, vous pouvez retourner à vos occupations.

Une fois le majordome parti, Keating referma le battant.

— Je t'écoute.

Greaves se leva. Keating ne l'avait jamais vu autrement qu'impeccablement habillé, mais ce matin, nota-t-il, sa cravate semblait avoir été nouée à la hâte. Et son ami avait l'air ailleurs. Ce qui, en soit, était assez… inquiétant.

— Assieds-toi, dit Adam en désignant un siège en face de son bureau.

Sans le quitter des yeux, Keating obtempéra.

— Pourquoi ai-je la désagréable impression d'être un étudiant surpris avec une fille nue dans sa chambre ?

— Puis-je te demander où tu étais ? J'ai envoyé Pidgeon te réveiller il y a une vingtaine de minutes mais ton lit n'avait pas été défait.

— Tu n'es pas ma nourrice, Adam, bougonna Keating. Et depuis quand ai-je l'habitude de dormir dans mon propre lit, de toute façon ?

— Depuis que tu es revenu à Londres, répliqua le duc. Très bien, ne me réponds pas. J'ai ma petite idée, et j'espère juste que tu sais ce que tu fais.

— Au lieu de me soumettre à un interrogatoire, tu pourrais peut-être m'expliquer pourquoi tout le monde marche sur la pointe des pieds dans cette maison ? rétorqua Keating, agacé.

Il allait devoir renoncer à Camille très bientôt. Personne n'avait le droit de tenter de les séparer avant que cela soit absolument nécessaire. Personne n'avait même le droit d'en évoquer la possibilité.

Greaves soupira.

— Tu as de la visite. Elle attend depuis vingt minutes dans le petit salon que tu t'habilles et que tu descendes. J'ai envoyé Pidgeon te chercher au Tantale Club afin de ne pas être obligé de t'excuser.

Un froid glacial envahit Keating.

— Et tu papotes avec moi alors qu'Eleanor est ici ? siffla-t-il. Y a-t-il l'enf... quelqu'un avec elle ?

— Je voulais que tu prennes quelques instants pour réfléchir au lieu d'aller directement la retrouver. Et non, elle est seule.

Eleanor se montrait enfin ! Autrefois, Keating se serait rué dans le salon, mais l'homme qu'il était devenu ne put s'empêcher de remarquer que Greaves semblait soucieux. Pour lui.

— Je me conduirai bien, promit-il en se levant. Je lui ai déjà fait assez de mal comme cela.

Une fois devant la porte du petit salon, il s'immobilisa, la main sur la poignée. Il n'avait pas vu Eleanor depuis six ans. La dernière fois, c'était devant ses juges, au tribunal d'Old Bailey, quand on lui avait donné lecture des charges retenues contre lui. Elle n'était pas restée pour assister au procès. Sans doute parce qu'elle n'avait nulle envie d'entendre que si Keating avait tiré sur son mari, c'était pour sauver sa propre peau.

Soudain, l'image de Camille retournant chez ses parents après avoir été jetée à la rue lui vint à l'esprit. Si elle avait pu faire cela, lui aussi le pouvait. Il poussa la porte.

— Bonjour, Eleanor, dit-il d'une voix ferme et détachée.

Au début, il ne la vit pas. À cette heure matinale, les rideaux n'avaient pas encore été tirés, et la pièce éclairée par deux chandelles était plongée dans la pénombre. Une silhouette bougea près de l'âtre et la jeune femme s'approcha de lui.

Elle portait une tenue sombre, et sa longue chevelure rousse était nouée en un chignon très sage. Six ans plus tôt, elle était d'une beauté à couper le souffle ; aujourd'hui, elle était toujours aussi menue, aussi voluptueuse et très, très jolie.

— Keating. Je commençais à me demander si tu allais me laisser attendre ici toute la journée.

— Je ne trouvais pas mes bottes, mentit-il.

— Intéressant, d'autant que tu es encore en tenue de soirée.

— Es-tu venue discuter de ma façon de m'habiller ? demanda-t-il en se dirigeant vers la fenêtre pour ouvrir les rideaux.

Même si l'obscurité apportait une note très romanesque, il avait besoin d'y voir clair.

— Non. Bien sûr que non.

Il pivota sur ses talons et observa sa tenue avec attention.

— Tu as l'air très sage, commenta-t-il en croisant les bras.

— Ma situation n'est plus la même qu'il y a six ans. À quoi t'attendais-tu ?

Certes.

— Pourquoi me laisser ta carte de visite et disparaître pendant une semaine ? demanda-t-il.

— J'avais des affaires à régler en dehors de la ville. Je suis partie depuis plus longtemps que toi.

Puis, inclinant la tête, elle poursuivit :

— J'avoue que je suis intriguée. Pour quelle raison es-tu à Londres, après une si longue absence ?

— Moi aussi, j'avais des affaires à régler.

— Des affaires qui impliquent une certaine employée du Tantale Club ? demanda-t-elle en allant s'asseoir dans un fauteuil devant la cheminée. Je me tiens informée, tu sais.

Si n'importe quelle autre femme – une seule exceptée – avait tenté de le sermonner à propos de ses actes ou de ses fréquentations, il l'aurait rabrouée avant de quitter les lieux. Impossible de se comporter ainsi avec Eleanor. Il tenta de faire dévier la conversation.

— Je veux voir Michael.

— Non.

— S'il est bien de moi, comme tu l'affirmes, j'insiste pour le rencontrer.

— Pour l'instant, je peux le faire passer pour le fils de feu mon mari.

— Dans ce cas, pourquoi est-ce son cousin qui a hérité du titre ?

Elle lui jeta un regard noir.

— Parce que le tribunal a refusé de considérer Michael comme l'ayant-droit à la succession.

Esquissant un geste impatient, elle ajouta :

— Un enfant né neuf mois après le décès du père putatif et dont la mère a eu une liaison avec un autre homme, cela éveille les soupçons.

— Tu as essayé de lui faire obtenir le titre de vicomte de Balthrow ?

Keating n'était pas certain d'apprécier cette idée, mais sans doute cela aurait-il amélioré la situation financière d'Eleanor. Et, par conséquent, la sienne.

— Oui, discrètement. Sans succès. Tout le monde semblait ravi que le cousin Roger hérite d'Edward et que je sois bannie de Londres et des mémoires. Eh bien, si je suis condamnée à vivoter avec une maigre pension pour élever mon fils, sans amis ni famille pour me soutenir, qu'il en soit ainsi.

— Je te donne tout ce que je peux, lui rappela Keating, la mâchoire serrée. Et même plus que je ne peux me permettre.

— Cela ne suffit pas. J'avais tout ! Un titre, une fortune, des amis, des soirées, les dernières robes à la mode. À présent, je n'ai plus rien.

Keating fronça les sourcils.

— Tu as un fils. Et je n'ai pas été le seul à venir dans le lit de ton mari. C'est tout de même toi qui m'y as invité.

— Ne me reproche pas la mort d'Edward ! Tout le monde savait que tu adorais semer la pagaille autour de toi. J'aurais dû me méfier. Tu n'as pas le droit d'être aussi beau alors qu'à l'intérieur, tu es un démon. Et je ne t'ai certainement pas demandé d'assassiner mon mari !

— Je le sais, répondit Keating dans un soupir. Écoute, je suis en train de rendre un service à quelqu'un. Si je réussis, je toucherai dix mille livres. J'ai l'intention de te remettre l'intégralité de cette somme. Pour éduquer Michael et pour que tu puisses t'offrir une jolie maison.

Elle battit des cils, visiblement désarçonnée.

— Dix mille livres ? répéta-t-elle. C'est… Ce serait merveilleux. Cela ôterait un tel poids de mes épaules.

Se penchant en avant, elle demanda :

— Puis-je vraiment compter sur cette somme ? Je ne voudrais pas commencer à y croire pour être déçue ensuite.

La décision de Camille semblait irrévocable.

— Je suis très confiant.

Mais pas du tout heureux.

— Ainsi tu n'es pas revenu à Londres pour retomber dans tes anciens travers ? En entendant les rumeurs, j'avoue que je me suis demandé si tu ne nous avais pas oubliés, ton fils et moi.

— Je ne pourrais pas.

Eleanor se leva et se dirigea vers la porte.

— Tant mieux. Parce que moi non plus.

À mi-chemin, elle hésita, puis se tourna vers lui.

— Si tu es vraiment capable de m'obtenir cet argent, je vais finir par croire que tu as changé. Et alors, peut-être... Enfin, nous verrons.

Quelques secondes plus tard, Keating s'approcha de la fenêtre pour regarder Eleanor quitter la maison et héler un fiacre. Jamais elle n'avait paru aussi près de le laisser enfin voir son fils. Il aurait dû être plein d'espoir. Pourtant, en cet instant, il éprouvait surtout du désespoir. Le Destin avait un curieux sens de l'humour, qui avait mis sur son chemin la seule femme qui le rendait vraiment heureux et l'obligeait à présent à la laisser en épouser un autre. D'ordinaire, il appréciait l'ironie. Mais pas ce matin.

18

— Nous pouvons attendre ici aussi longtemps que tu le voudras, déclara Sophia en s'adossant à la banquette du fiacre.

À côté d'elle, Sylvie approuva d'un hochement de tête.

— Je suis ravie de sortir un peu du club. Pansy met de l'eau de Cologne partout ; notre chambre empeste la lavande.

Voilà qui expliquait pourquoi Sylvie elle-même dégageait de si puissants effluves. Camille n'avait fait aucun commentaire, bien sûr. Elle avait assez de soucis comme cela, et trop peu d'amies pour prendre le risque d'en vexer une.

— Donne-moi juste quelques minutes, répondit-elle en observant Pryce House par la vitre.

Keating lui avait proposé de l'emmener à son rendez-vous avec Fenton, mais elle avait décliné son offre. Si sa présence était rassurante, elle rendait aussi les choses plus difficiles. Dès qu'elle serait mariée, Keating retournerait dans le Shropshire. Et elle resterait avec le cousin de l'homme qu'elle... Hum, qu'elle adorait.

Elle ouvrit la portière et descendit. Agir valait mieux que de se demander si ce qu'elle allait gagner valait mieux que ce qu'elle allait perdre. En vérité, elle connaissait déjà la réponse à cette question.

— Camille ?

Elle lâcha la poignée de la portière et regarda Sophia.

— Attends quelques minutes pour t'assurer qu'on ne me laisse pas dehors, et si tout se passe bien, nous nous verrons ce soir.

Elle lui tendit deux shillings pour payer la course.

— Si tu n'es pas là à 18 heures, la prévint son amie, je viens ici te chercher. Et ne compte pas sur moi pour me montrer excessivement diplomate.

Camille sourit, puis traversa la rue. La porte demeura close alors qu'elle atteignait le perron, elle dut donc utiliser le heurtoir.

— Lady Camille, la salua le majordome.

— Bonjour, Smythe. Lord Fenton est-il arrivé ?

— Il est dans le bureau de lord Montshire. Si vous voulez bien patienter dans le petit salon, je vais prévenir ces messieurs.

Cela l'agaçait que son ex-fiancé soit mieux accueilli qu'elle-même dans la maison où elle avait grandi, mais elle n'en était guère surprise.

— Non, merci, dit-elle. Je vais les attendre dans le jardin.

Sous le regard stupéfait du majordome, elle pivota sur ses talons et gagna le jardin.

— Camille, dit une voix familière.

Levant les yeux, elle vit sa mère apparaître au détour d'une allée.

— Maman, fit-elle en affichant une expression neutre.

— On dirait que tu es prête à mordre.

— Je suis seulement en train d'apprendre à me protéger.

— C'est de cet homme qu'il faudrait te protéger. Vraiment, fallait-il que tu amènes ce Blackwood chez nous ? Quel camouflet ! Comment peux-tu le fréquenter ?

— Ma foi, un homme qui a pris une mauvaise décision s'est trouvé dans une situation intenable, a été mis au ban de la société et a perdu tous ses amis... Je me demande pourquoi j'ai le sentiment d'avoir des points communs avec lui.

Plus que des points communs, en vérité, du moins en ce qui la concernait, mais sa mère serait tombée raide morte si elle le lui avait dit.

— Tu as la langue bien acérée.

— J'aurais préféré ne pas y être obligée.

— Injurie-moi tant que tu veux, répliqua sèchement lady Montshire, mais surveille ton langage devant lord Fenton. Je doute qu'il t'accorde une troisième chance.

— J'en suis bien consciente.

— Ah, vous êtes là, toutes les deux ! s'exclama lord Montshire en les rejoignant, lord Fenton sur ses talons.

— Papa, lord Fenton, les salua-t-elle en esquissant une révérence à contrecœur.

— Lady Camille, répondit ce dernier. Nous y allons ?

— Vous ne pouvez sortir sans chaperon, s'écria lady Montshire.

Un chaperon. Seigneur, Camille avait presque oublié ce genre d'inconvénients.

— Marie ! appela lady Montshire en se tournant vers la maison. Viens ici tout de suite !

La sœur de Camille apparut quelques secondes plus tard.

— Qu'y a-t-il, maman ? Je lisais dans le salon.

Camille regarda sa cadette, déjà habillée pour sortir. À qui cette mise en scène était-elle destinée ? Sans doute pas à elle.

— Ta sœur et lord Fenton vont se promener. Sois gentille et accompagne-les.

— Oui, maman.

Lorsqu'elle tourna de nouveau son attention vers le marquis, Camille s'aperçut qu'il la regardait, mais elle ne parvint pas à interpréter son expression. C'était un point commun qu'il avait avec son cousin, mais là s'arrêtait toute ressemblance. Avec Keating, elle se sentait toujours en sécurité. Respectée. Appréciée.

— Prête ? fit-il en lui offrant son bras.

Cachant sa réticence, elle glissa la main au creux de son coude et ils se dirigèrent vers la rue.

— Vous savez que les gens vont parler de nouveau, lui rappela-t-elle.

— J'en prends le risque, répondit-il en hâtant le pas. On me considère comme un idiot et un faible parce que je n'ai pas su convaincre ma fiancée de m'épouser. Je ne veux plus vivre cela.

Il avait donc la certitude qu'elle allait se marier avec lui. Elle y était effectivement déterminée, mais pas pour préserver sa réputation à *lui*, ni même la sienne.

— Et si votre cousin avait échoué ? Si j'avais refusé de lui adresser la parole ?

Il eut un petit rire désabusé.

— Keating peut se montrer très persuasif quand il le veut, et je lui avais promis une récompense s'il réussissait.

— Je sais.

— Vraiment ? Il vous l'a dit ?

— Oui. Lors de notre deuxième conversation.

— Et vous avez tout de même accepté de me rencontrer.

— Que préférez-vous, une réponse honnête ou une réponse polie ?

Pour la première fois, la surprise se peignit sur son visage – presque aussi beau que celui de son cousin, quoique moins chaleureux.

— Vous n'avez jamais paru vous préoccuper de mes préférences. Je ne vois pas de raison de changer.

À la réflexion, Camille regrettait l'époque où il était froid et insultant. Il lui était plus facile de le détester.

— Très bien. Vous avez offert dix mille livres pour que je vous revienne. C'était la première fois que vous faisiez un geste dans ma direction.

— Alors que des fleurs m'auraient coûté beaucoup moins cher.

— C'était trop tard pour des fleurs.

Elle jeta un regard par-dessus son épaule. Marie les suivait de près. Nul doute que leur échange serait répété mot pour mot à lady Montshire.

— Pourquoi étiez-vous fâchée contre moi ? reprit-il.

— Je n'étais pas fâchée. J'étais… déçue.

— Moi aussi. J'aurais préféré une épouse plus pulpeuse et moins capricieuse. Nous devons tous faire des concessions.

Peut-être, mais si vous aviez pris le temps de faire ma connaissance, vous vous seriez épargné cette pénible situation.

— Je sais, j'aurais dû vous couvrir de fleurs et de lettres. Je ne l'ai pas fait et je n'ai pas l'intention de m'en excuser. Vous nous avez tous plongés dans l'embarras, lady Camille. Il est temps de vous racheter.

— Oui, je suppose, répondit-elle en contenant son irritation.

Il s'immobilisa pour lui faire face.

— Dans ce cas, je n'ai plus besoin de feindre de vous courtiser ?

— Non. Je ne vois pas l'intérêt de me convaincre que vous êtes quelqu'un que vous n'êtes pas. Tout ce que je demande, c'est d'avoir affaire à vous le moins possible après notre mariage.

— À condition que vous me donniez un héritier et que vous me restiez fidèle, c'est entendu. Et, bien sûr, que vous quittiez le Tantale Club sur-le-champ. Il n'est pas question que vous prépariez notre mariage tout en travaillant là. Ni vos parents ni moi ne le tolérerons.

Plus blessée qu'elle ne voulait le laisser paraître, Camille répondit :

— Sans le Tantale Club, j'aurais dû recourir à des moyens tels pour survivre que ni vous ni mes parents ne m'auriez plus jamais adressé la parole, répliqua-t-elle.

Elle réprima un mouvement de panique à la perspective de réintégrer un foyer hostile, avant d'épouser un homme qui ne l'aimait pas.

— Je vais donner mon congé à mon employeur et je resterai jusqu'à ce que l'on m'ait remplacée.

C'est-à-dire le plus tard possible.

— Non.

— Si, s'entêta-t-elle, le menton haut.

Lord Fenton parut sur le point de refuser, puis renonça.

— À votre guise, dit-il, mais les bans ne seront pas publiés et la récompense ne sera pas versée tant que vous serez là-bas. Dites-le bien à votre nouvel ami et voyez s'il se montre toujours aussi charmant.

Faisant un pas vers elle, il ajouta :

— C'est la différence entre Bloody Blackwood et moi. Je suis direct et honnête. Je ne prétends pas être un ami alors que je n'en suis pas un.

Cette discussion ne menait à rien. Plus ils parlaient de Keating, plus elle était tentée de prendre sa défense. Après un silence tendu, lord Fenton fit demi-tour et lui offrit son autre bras. Elle s'en empara avec un soupir résigné.

— Vos parents et moi prendrons les dispositions pour la cérémonie, dit-il d'un ton froid. Et cette fois, pas de dérobade.

— Vous avez ma parole. Tant que vous honorez vos promesses. Toutes vos promesses.

— Je le ferai.

Ils se séparèrent dans l'allée qui menait à Pryce House sans avoir ajouté un mot.

— Au revoir, lady Camille.

— Lord Fenton.

À peine s'était-il éloigné que Marie rejoignit Camille.

— Comment as-tu osé ? murmura-t-elle.

— Osé quoi ?

— Poser des exigences. J'aurais été mortifiée.

— J'ai découvert qu'il existait des situations pires que d'être mortifiée, répondit Camille, qui ajouta après une hésitation : Comment allez-vous, Joanna et toi ?

— Maman nous laisse à peine sortir de la maison. Nous avons failli ne pas venir à Londres pour la Saison, mais le pire serait qu'elle ne me laisse pas faire mon entrée dans le monde.

— Tout cela sera bientôt une vieille histoire, promit Camille. Et quand je serai marquise, je pourrai vous présenter de charmants jeunes gens à Joanna et à toi.

— Ils te connaissent tous, à présent, n'est-ce pas ? À cause du Tan… de cet endroit.

— C'est un club pour messieurs, Marie. Pas une maison close.

Sa sœur s'empourpra.

— Ne dis pas des choses pareilles ! Nous n'avons pas été élevées ainsi. Je ne comprends plus rien. Je croyais que nous étions plus que des sœurs, toi et moi. Des amies.

— Nous le sommes toujours. Mais j'ai appris un certain nombre de choses ces derniers mois.

— Eh bien, je l'espère, déclara Marie en remontant l'allée. Tu ne viens pas ? reprit-elle en voyant que sa sœur ne la suivait pas.

— Non, répondit Camille. J'ai à faire.

— Tu nous as manqué, à Joanna et moi, assura Marie, qui rejoignit sa sœur et la prit par les épaules. Ç'a été terrible de devoir écouter ce que disaient papa et maman à ton sujet.

Camille n'avait aucune envie de savoir ce que disaient ses parents.

— Si je passais vous chercher toutes les deux pour déjeuner, demain ? proposa-t-elle. Nous pourrons bavarder sans que maman nous sermonne à tout bout de champ.

— J'aimerais beaucoup ! s'exclama Marie avant de l'embrasser sur la joue. Et tu pourras nous parler de Bloody Blackwood. A-t-il vraiment tiré sur le vicomte de Balthrow ?

— Il le dit.

— Il est si beau ! Je comprends que lady Balthrow soit tombée amoureuse de lui. Est-il très dangereux ?

— Pas pour moi.

Du moins, pas de la façon que Marie l'entendait. Car d'une autre façon, il l'avait poignardée en plein cœur avant même qu'elle s'en rende compte.

Elle fut soudain prise d'une envie folle de le voir.

— Je suis désolée, Marie, je dois vraiment y aller, dit-elle d'une voix chevrotante. Je travaille toujours là-bas.

— Plus pour longtemps.

Après un dernier baiser, Marie regagna la maison en courant. Camille se détourna pour héler un fiacre.

— Quelle destination, mamzelle ? demanda le cocher édenté.

— Baswich House, répondit-elle. Dans South Audley Street.

Quand Keating comprit que Camille se dirigeait vers Baswich House, il lâcha un juron et éperonna Clampin, empruntant un raccourci. La promenade de Camille et de Fenton avait été plus courte que prévu, et, pour ce qu'il avait pu en voir, guère cordiale. Cela dit, il n'avait rien remarqué qui justifiât une intervention de sa part, et le diable savait qu'il n'attendait que cela.

Apparemment, la jeune femme s'était comportée avec dignité, privant Fenton de toute raison de se montrer agressif. Keating, qui connaissait son cousin, avait bien vu que ce dernier ne savait trop comment se conduire avec sa fiancée.

Une autre pensée le frappa soudain. Et si Camille se ruait à Baswich House pour lui annoncer qu'elle rompait ses fiançailles ? Un fol espoir s'empara de lui, aussitôt suivi par une inquiétude. Certes, elle avait pour l'instant du travail au Tantale Club, mais elle ne pourrait pas y rester toute sa vie.

Et même s'il aurait été plus qu'heureux de lui offrir un foyer, cela ne résoudrait rien. Paria il était, paria il resterait. En outre, une fois qu'il aurait versé les dix mille livres à Eleanor, il lui resterait à peine de quoi payer les gages de ses domestiques et garder ses terres, tandis qu'avec Fenton, Camille ne manquerait jamais de rien.

Et les événements de la matinée avaient encore compliqué la donne. Eleanor avait laissé entendre qu'il pourrait enfin voir Michael, mais à condition qu'elle touche ces dix mille livres.

Il jura de nouveau. Jamais il n'aurait dû quitter Havard's Glen ! Il n'aurait pas rencontré Camille Pryce, retrouvé l'espoir de voir un jour son fils et cru qu'il pourrait enfin tirer un trait sur son passé.

Il remonta l'allée de Baswich House au galop, sauta à terre et tendit les rênes à un lad avant de se ruer vers la maison.

À Hooper qui lui ouvrait la porte d'un air surpris, il lança :

— Je ne suis pas sorti d'ici de la matinée !

Puis, ayant franchi le seuil en trombe, il gravit l'escalier quatre à quatre sans attendre la réponse du majordome. Une fois dans ses appartements, il ôta ses bottes et sa veste d'équitation, puis ouvrit son armoire à la recherche d'une tenue que porterait un gentleman passant la matinée chez lui. À vrai dire, il n'avait aucune idée de ce que cela pouvait être, mais par chance, Pidgeon le rejoignit pour l'aider.

Quelques instants plus tard, ce fut Hooper qui frappa à sa porte.

— Lady Camille Pryce est en bas et désire vous parler, monsieur, annonça-t-il.

— Lui avez-vous bien dit que j'étais resté ici toute la matinée ?

— Elle n'a pas posé la question, mais je peux aller le lui dire si vous le souhaitez.

— Au lieu de proférer des énormités, faites-lui donc apporter une tasse de thé.

— Bien, monsieur.

Keating leva le menton pour que Pidgeon puisse nouer sa cravate. Il brûlait d'envie de dévaler l'escalier pour retrouver Camille et en savoir plus sur sa rencontre avec Fenton, mais il ne voulait pas qu'elle sache qu'il l'avait espionnée.

— Eh bien, s'impatienta-t-il, avez-vous fini ?

— Si vous arrêtiez de gesticuler, j'aurais terminé, monsieur.

— Allons, dépêchons.

Enfin, le valet recula d'un pas.

— Je suppose que cela devra all…

— C'est bon, Pidgeon, oubliez-moi, coupa Keating.

Puis il se rua vers la porte et descendit l'escalier au pas de charge. La porte du petit salon était ouverte. Camille était assise près de la fenêtre, sirotant une tasse de thé. Ralentissant le pas, Keating alla s'asseoir dans un fauteuil en face d'elle.

— Eh bien, comment s'est passée cette promenade ? demanda-t-il en s'efforçant de respirer plus lentement.

Sans répondre, sans même le regarder, elle posa sa tasse sur le guéridon devant elle, se leva et alla fermer et verrouiller la porte du salon. Puis, sous le regard intrigué de Keating, elle revint vers lui, s'assit sur ses genoux et appuya la tête sur son épaule.

Si Fenton lui avait fait du mal, il le tuerait. Qu'il soit son cousin et qu'il ait été son meilleur ami d'enfance n'y changerait rien. Avec douceur, Keating referma les bras autour de la jeune femme. Pour le libertin blasé qu'il avait toujours été, la joie paisible de serrer Camille contre lui était tout à fait inédite.

— Tu avais raison à propos de lord Fenton, murmura-t-elle enfin en posant les doigts sur le premier bouton de son gilet.

— À quel propos ? J'ai dit bien des choses sur lui.

— Ce n'est pas un monstre.

Keating ferma les paupières.

— N'est-ce pas une bonne chose ? s'obligea-t-il à dire.

— Je suppose que si. Ma sœur Marie, qui nous chaperonnait, a été très surprise que je lui parle sans détour. Ce n'était certes pas dans mes habitudes, autrefois.

Elle défit le bouton et glissa la main sous son gilet, au niveau de son cœur. Aussitôt, le désir flamba en lui.

— De quoi avez-vous parlé ?

— Je lui ai dit qu'une fois que je lui aurais donné un héritier, je désirais vivre de mon côté et le voir le moins possible.

Chacune de ses paroles faisait à Keating l'effet d'un direct à l'estomac, mais elle ne devait pas le savoir.

— Il n'a pas fait une crise d'apoplexie ? demanda-t-il d'un ton volontairement léger.

— Il n'a pas apprécié, mais il a accepté. Je leur ai laissé le soin, à mes parents et à lui, de fixer la date du mariage. Je n'en ai pas eu le courage.

— Je ne t'en blâme pas.

Un second bouton s'ouvrit.

— Toujours pas de trace de lady Balthrow ? demanda-t-elle en l'embrassant dans le cou, avivant le brasier qui lui consumait les reins.

— Si, répondit-il à contrecœur. Elle m'attendait ici quand je suis rentré ce matin.

Camille se redressa, les yeux écarquillés.

— Tu l'as vue ?

Il hocha la tête.

— Qu'a-t-elle dit ? Michael était-il avec elle ? Est-ce que…

Keating posa l'index sur ses lèvres.

— Chut ! murmura-t-il. Comment veux-tu que je réponde si tu n'arrêtes pas de parler ?

Il déposa un baiser léger sur sa bouche, touché qu'elle s'inquiète pour lui alors qu'elle avait déjà tant de soucis. Elle se leva, lissa ses jupes.

— Dis-moi, insista-t-elle.

— Eleanor craignait que je ne sois revenu à Londres pour… reprendre mes anciennes habitudes. Ce qui semble être le cas.

— Mais pas du tout ! protesta-t-elle. C'est différent. Nous sommes différents toi et moi.

— Parce que je t'ai… Parce que j'ai plus d'affection pour toi que je n'en avais pour elle ? À part cela, je ne vois guère de différence.

Seigneur, il avait failli lui avouer qu'il l'aimait. Comme si leur situation n'était pas déjà intenable ! Il prit une profonde inspiration pour se calmer.

— Quoi qu'il en soit, poursuivit-il, elle a dit que Michael n'était pas avec elle, mais lorsque j'ai évoqué les dix mille livres elle a laissé entendre que je pourrais le voir.

— Je suis si heureuse pour toi, souffla-t-elle en essuyant une larme. Tu mérites de connaître ton fils.

— Je ne sais pas, mais merci de l'avoir dit.

Elle le regarda, puis déclara, visiblement à contrecœur :

— Il faut que je parte. Je voulais juste te dire que lord Fenton et moi avions trouvé un accord.

Keating l'attira de nouveau sur ses genoux. Lui prenant la main pour la poser sur son gilet à demi ouvert, il chuchota :

— Alors tu comptes en rester là ?

Puis il se pencha pour mordiller sa gorge offerte.

— Non, admit-elle avant de continuer à déboutonner son gilet. Mais je travaille à midi, alors ne défais pas mon chignon.

Keating rit tout bas.

— Je ferai de mon mieux, promit-il avant de l'asseoir à califourchon sur ses genoux, puis de retrousser ses jupes.

À présent, seul son pantalon le séparait encore d'elle. Dans un soupir qui acheva d'affoler Keating, elle ondula sensuellement contre lui.

— Soulève-toi un peu, ordonna-t-il d'une voix enrouée.

D'un geste vif, il ouvrit sa braguette et glissa un doigt en elle.

— Tu as pourtant l'air si sage dans cette robe, chuchota-t-il en l'empoignant par les hanches pour l'empaler lentement sur son sexe.

Elle lui agrippa les épaules et ferma les paupières en réprimant un gémissement. Lentement, il la souleva, avant de la laisser de nouveau descendre sur lui.

— Je ne me sens pas du tout sage, articula-t-elle.

— Moi non plus, avoua-t-il avant de plonger en elle avec force.

Elle s'ajusta très vite à son rythme énergique. Haletante, elle lui décocha un sourire ravi. Se souvenant qu'il ne devait pas abîmer sa coiffure, il posa délicatement la main derrière sa tête pour approcher son visage du sien et l'embrasser à pleine bouche. Le plaisir les balaya d'un coup. À peine commença-t-elle à se contracter autour de lui, Keating bascula dans l'abîme.

Se penchant en avant, Camille posa la joue sur son épaule. Ils demeurèrent ainsi un long moment, le souffle court, encore unis. Keating entendait confusément les bruits du dehors mêlés aux crépitements des flammes dans l'âtre. S'il avait pu arrêter le temps pour savourer un moment d'éternité, c'est cet instant qu'il aurait choisi.

Camille finit par se redresser et plongea son regard dans le sien.

— Voilà une façon très intéressante de faire… *cela*, dit-elle avec un sourire complice.

— Oui, mais je te préfère nue. Et j'aurais aimé avoir plus de temps avec toi.

Camille s'assombrit. Le temps, c'était précisément ce qu'ils n'avaient pas. Il lui donna un dernier baiser avant de la laisser partir.

Lorsqu'elle fut à la porte, elle se tourna vers lui.

— Ainsi c'est fini ?

S'il avait eu deux doigts de bon sens, il aurait répondu par l'affirmative. Pourtant, il s'entendit proposer :

— Tout dépend si un pique-nique te tente. Mardi midi, avec Greaves et Mlle White, cela t'irait ?

Elle parut soulagée. Comme si elle ne voyait pas qu'il ne faisait que rendre les choses encore plus difficiles.

— C'est une très bonne idée, répondit-elle.

Elle avait tort. C'était une très mauvaise idée, mais s'il devait renoncer définitivement à elle, il voulait profiter d'elle encore un tout petit peu.

19

Aucun événement notable, ni même désagréable, ne se produisit pendant les deux jours qui suivirent. Au demeurant, Camille n'aurait su dire si on la regardait moins de travers ou si c'était elle qui n'y prêtait plus attention. Pourtant, en voyant Juliet entrer dans le salon Demeter, elle comprit immédiatement que quelque chose n'allait pas.

Juliet, qui jouait les majordomes à l'entrée du Tantale Club, ne quittait son poste qu'en cas de situation exceptionnelle. Et en cet instant, son regard était braqué sur Camille.

— Que se passe-t-il ? demanda celle-ci à voix basse quand son amie l'eut rejointe.

— Lord Montshire et lord Fenton sont ici. Ils se sont procuré une invitation. Lady Haybury demande ton accord pour les laisser entrer.

Juste Ciel. Quelques semaines auparavant, elle se serait évanouie. Ou, plus probablement, elle aurait pris la fuite.

— D'accord.

— Tu es sûre ? demanda Juliet. J'ai quelques prétextes tout prêts pour les refouler.

— Ils savent à quoi s'attendre, et moi, je m'y suis habituée.

Hochant la tête d'un air incrédule, la majordome pivota sur ses talons. De l'autre côté de la pièce, Sophia couvait Camille d'un regard inquiet. Celle-ci la rassura d'un sourire. N'était-ce pas l'occasion ou jamais de prouver à son père et à lord Fenton qu'elle avait appris à se débrouiller, et que si elle acceptait de revenir, c'était par choix et non par obligation ?

Quelques minutes plus tard, les deux hommes firent leur entrée.

— Bonsoir, dit-elle, ravie de constater que sa voix ne tremblait pas. Je vous accompagne à une table.

Son père semblait nerveux. S'il s'était toujours montré plus tolérant que son épouse envers Camille, il n'avait pas été le dernier des deux à la mettre à la porte.

— Oui, merci, dit-il entre ses dents.

Ignorant les regards rivés sur eux, Camille les escorta jusqu'à une table près d'une fenêtre donnant sur les jardins.

— Voici la carte, dit-elle. Une hôtesse va venir prendre votre commande. Je vous souhaite une excellente soirée.

— Camille, marmonna lord Montshire. Fais-tu vraiment cela tous les jours ? Et qui sont ces femmes ?

— Ce sont mes sœurs, monsieur. Et cet endroit est notre dernière chance avant la déchéance. Si vous voulez bien m'excuser, j'ai du travail.

Peu après, Sophia la rejoignit.

— Savais-tu qu'ils devaient venir ? demanda-t-elle.

— Non.

— Que font-ils ici ?

— Je suppose qu'ils ont arrêté la date du mariage et qu'ils veulent me le faire savoir.

— Et Keating ?

Camille fit mine de feuilleter son livre de bord.

— Je ne veux pas en parler.

Pendant deux heures, elle déploya des efforts colossaux pour éviter la table près de la fenêtre, mais lord Montshire et Fenton s'approchèrent d'elle.

— Nous devons te parler en privé, dit son père.

Sans un mot, elle les entraîna hors de l'établissement, dans l'allée en façade.

— Je n'ai que quelques instants, le prévint-elle.

— Le mariage aura lieu dans une semaine, le 18. J'ai obtenu une dispense de bans. Nous avons trouvé une petite église dans Knightsbridge et dressé la liste des invités. Les... questions financières seront réglées après la cérémonie. Fenton, autre chose à ajouter ?

— Non, milord, sinon que je me réjouis que cette triste affaire se résolve pour l'honneur de nos deux familles.

Si Camille avait eu le moindre espoir que cette union se transforme en romance, ces paroles le firent voler en éclats.

— Très bien, je donnerai mon congé à lady Haybury pour le 17. Si vous voulez bien m'excuser, je dois retourner à mon poste.

Elle se détourna en hâte pour ne pas les laisser voir ses larmes. Pour la seconde fois, son mariage serait le jour le plus triste de sa vie, sauf que cette fois, elle perdrait tellement plus !

— Explique-moi quelque chose, dit Greaves en prenant place dans sa confortable calèche.

Keating n'était pas d'humeur à discuter, mais puisque Greaves manquait une session au Parlement pour aller manger des sandwichs sur l'herbe, il pouvait faire un effort.

— À quel sujet ? maugréa-t-il.

— Camille Pryce. Tu la donnes à Fenton ?

— Je la lui rends.

— Contre de l'argent.

— Une petite fortune, précisa Keating.

— Et elle est d'accord, marmonna Greaves.

— C'est une dame. Elle est ruinée. Je doute qu'elle puisse passer le reste de son existence parmi les parias et les libertins.

— Comme toi, tu veux dire.

Keating lui adressa un regard noir et détourna les yeux.

— Le 18, reprit Greaves. C'est dans quatre jours.

— Merci, je sais compter.

— Suis-je censé savoir qu'elle a accepté d'épouser Fenton, ou dois-je feindre de l'ignorer ?

Keating soupira.

— C'était dans le journal de ce matin. Et mieux vaut que tu le saches, cela te donnera de quoi papoter avec Mlle White.

— Un duc ne papote pas, protesta Adam. Et certainement pas avec une employée de club pour messieurs.

— Alors tais-toi et contente-toi d'être décoratif, rétorqua Keating, masquant mal son agacement. Si je peux, j'aimerais dire un mot à Camille.

— Une dernière question…

— Bon sang, Greaves, que me veux-tu, à la fin ? explosa Keating.

Greaves le regarda, imperturbable.

— Peu importe. Tu viens de me répondre.

Puis, donnant un coup de canne sur le siège du cocher.

— Ici, ce sera très bien, Saunders.

La calèche fit halte dans une rue passante de Mayfair. Sous le regard intrigué de Keating, Greaves se leva et en descendit.

— Où vas-tu ? J'ai besoin de toi comme chaperon !

— Mlle White sera parfaite dans ce rôle. J'ai à faire. Saunders, vous pouvez y aller.

Adam Baswich regarda s'éloigner la calèche emportant son ami, puis s'engagea dans une rue voisine pour appeler un fiacre. Il avait cru que lady Camille Pryce renâclerait plus longtemps avant d'accepter de convoler en justes noces avec Fenton. Et il ne s'était pas attendu à voir Keating se résigner aussi facilement. À l'évidence, deux candidats au martyre tendus vers le même but pouvaient allègrement détruire toutes leurs chances de bonheur.

Une fois dans Knightsbridge, il fit arrêter le fiacre devant une rangée d'échoppes et descendit.

— Attendez-moi ici, ordonna-t-il au cocher.

— J'attends pas les clients, bougonna l'homme.

Pour toute réponse, Adam lui lança un souverain en or.

— Bien, milord, répondit l'autre en hochant la tête. Je vous attends.

— Votre Grâce, rectifia Adam, assez bas pour que l'autre ne l'entende pas.

Même si cela lui en coûtait, il devait conserver l'anonymat. Au bout de quelques pas, il poussa une porte étroite et entra dans un minuscule bureau.

— Harrow ? appela-t-il.

— Au fond, Votre Grâce !

Un homme grand et mince au dos voûté, portant des lorgnons, lui fit signe depuis le seuil d'une autre pièce située à l'arrière.

— Je ne vous attendais pas aujourd'hui, Votre Grâce.

Adam le rejoignit dans un autre bureau, encore plus exigu que le premier. Des piles de registres et de papiers faisaient courber sous leur poids les étagères qui montaient jusqu'au plafond, et envahissaient les deux tables de travail logées dans l'étroit espace, laissant tout juste assez de place pour un siège et trois lampes à huile crachotantes.

— Le délai est encore plus court que je ne le pensais, annonça Adam. Avez-vous trouvé quelque chose ?

— Vous autres, gens de la haute, n'êtes pas faciles à faire parler, marmonna Harrow en extrayant un feuillet d'une pile instable.

— Est-ce pour vos enquêtes que je vous paie, Harrow, ou pour vos commentaires ?

— Les deux, j'espère, répondit celui-ci en approchant le papier d'une lampe, les yeux plissés. J'ai un rendez-vous jeudi. C'est la première fois que cet Evans accepte de me parler, mais ça va vous coûter cher.

— Payez et ajoutez cela sur ma note.

Tendant la main, Adam prit le feuillet pour le parcourir rapidement. Une bouffée de colère le balaya.

— Êtes-vous certain que ceci est exact ?

— Je ne paie pas mes employés pour qu'ils imaginent des faits.

— Je garde ceci, déclara Adam en pliant le papier qu'il glissa dans sa poche. Il me faut une réponse vendredi. Après, il sera trop tard.

— Vous l'aurez, Votre Grâce, promit Harrow.

Adam poussa un soupir. Il lui restait quatre jours. Quatre jours pour empêcher un désastre. En soi, cela constituait déjà une gageure, mais en intégrant dans l'équation un séducteur repenti prêt à se sacrifier sur l'autel de la contrition, s'il réussissait, cela tiendrait du miracle.

— Je ne vois pas pourquoi tu n'aurais pas le droit d'inviter tes amis à ton mariage, maugréa Sophia en tendant une assiette de biscuits à Keating.

Celui-ci en choisit quatre à la cannelle tandis que Sophia poursuivait :

— Pour des gens qui tentent de retrouver les faveurs de la bonne société, ils précipitent les choses de façon alarmante.

— De toute façon, je vous invite tous les deux, dit Camille en volant un gâteau à Keating. Ainsi que lord et lady Haybury, et tous les gens que je voudrai.

Keating lui décocha un regard oblique.

— N'oubliez pas Greaves. Votre famille n'osera pas fermer sa porte à un duc.

— Promis.

Il prit une profonde inspiration, puis :

— Je voulais vous dire que je rentre samedi dans le Shropshire. Je suis parti trop longtemps et je ne suis plus le bienvenu à Londres.

Camille avait envie de lui dire qu'elle aurait aimé qu'il soit là, à l'église, pour lui rappeler qu'elle ne se sacrifiait pas en vain. Qu'ils avaient tous deux à gagner à cet arrangement, en dépit de ce qu'elle ressentait à l'idée de le perdre. Bien sûr, ni l'un ni l'autre ne s'était fait de serments d'amour, alors peut-être se berçait-elle d'illusions. Mais elle en doutait.

— Aussi, reprit-il, je préférerais vous faire mes adieux aujourd'hui.

Sophia se leva d'un bond.

— Regardez ! s'écria-t-elle. Un canard !

Et elle s'élança en direction d'un petit pont de bois.

— Est-ce moi qui l'ai fait fuir ? demanda Keating.

— Je crois que c'est une façon subtile de nous accorder un moment en tête à tête.

— Au diable la subtilité, marmonna Keating. J'ai une proposition à te faire.

Camille sursauta.

— Une... proposition ? répéta-t-elle, le cœur battant.

— Ne t'évanouit pas, répliqua-t-il avec un flegme amusé.

— Très drôle.

— Désolé, dit-il en lui décochant un sourire irrésistible. Je voulais juste te proposer ceci : pendant cinq minutes, nous pouvons dire tout ce qui nous passe par la tête. Et quand ce temps sera passé, nous n'en reparlerons plus jamais.

— Tu sais que rien de bon ne peut en sortir, l'avertit-elle.

— Je sais. Mais c'est notre dernière chance.

C'était sans doute la plus mauvaise idée de toute l'histoire des mauvaises idées. D'un autre côté, la tentation était si forte ! Lui dire ce qu'elle éprouvait pour lui. S'entendre peut-être répondre que ses sentiments étaient partagés. Savoir que, quelque part, quelqu'un – lui – l'aimait…

Elle ferma les paupières.

— Non, dit-elle finalement.

— Pourquoi ? demanda-t-il très doucement.

— Parce que cela nous fera du mal, répondit-elle en rouvrant les yeux. Parce que tu vas utiliser ces cinq minutes pour te torturer, et moi aussi. Parce que j'ai remarqué que tu avais presque cessé de boire et que je ne voudrais pas être responsable si tu recommences, ou que tu te bagarres de nouveau avec tous les gens qui te regardent de travers. Parce que je suis très heureuse d'avoir fait ta connaissance et que je ne veux pas le regretter.

Il garda le silence un long moment, puis un demi-sourire lui incurva les lèvres.

— Et il ne t'a pas fallu cinq minutes pour dire tout cela.

Camille émit un petit reniflement méprisant.

— Je te hais.

— Moi aussi, répliqua-t-il, et son sourire se fit plus tendre.

Il lui remplit un verre de madère et ajouta :

— Une dernière chose. Si Fenton te rend malheureuse, promets-moi de m'écrire pour me le dire.

— Et que feras-tu ? demanda-t-elle, alarmée.

— Rassure-toi, je n'ai pas l'intention de tirer sur mon cousin. En revanche, je lui dirai clairement ma façon de penser.

Incapable de résister, Camille lui caressa le poignet du bout du doigt.

— Tu fais un bien étrange chevalier servant, tu sais.

Dans une autre vie, il aurait été son héros. Elle poussa un soupir. Si elle avait eu besoin d'une preuve supplémentaire que les rêves des petites filles ne se réalisaient pas, il lui aurait suffi de regarder dans les yeux de l'homme qu'elle aimait et de se souvenir que dans quatre jours, elle allait en épouser un autre.

20

Keating ramena Camille et Sophia au Tantale Club, puis renvoya la calèche. Il avait besoin de marcher pour réfléchir. Pour une raison inexplicable, il ne parvenait pas à renoncer à l'idée qu'un détail lui échappait, qu'il pouvait encore quitter l'enfer qu'était sa vie pour prendre un chemin plus heureux. Auprès de Camille.

Il aurait voulu être un homme bien, ne jamais avoir partagé le lit de femmes qui appartenaient légalement à d'autres hommes, ne jamais avoir rencontré Eleanor Howard. S'il avait su... Mais cela n'aurait pas suffi car Camille avait été promise à Fenton pratiquement depuis sa naissance.

En vérité, ses propres problèmes ne faisaient que rendre encore plus impossible ce qui l'était déjà.

Il s'aperçut soudain que ses pas l'avaient mené dans Bolton Street. Juste en face de Pollard House. Voilà qui était intéressant. Eh bien, puisqu'il était là, pourquoi ne pas rendre visite à Stephen ? C'était l'occasion de lui faire savoir que, comme il l'avait dit à Camille, il ne le laisserait pas la rendre malheureuse.

Carrant les épaules, il alla frapper à la porte. Le vieux majordome vint lui ouvrir.

— Anders, le salua-t-il. Mon cousin est-il là ?

— Monsieur Blackwood, fit le majordome en s'effaçant pour le laisser entrer. Si vous voulez bien attendre dans le salon.

Keating gagna le salon, et balaya du regard les tentures un peu fanées, les meubles, les bibelots. Pollard House n'était peut-être pas aussi opulente que la demeure des parents de Camille, mais au moins aurait-elle une femme de chambre, de nouvelles robes, et aucun malotru n'essaierait de lui pincer les fesses.

— Que se passe-t-il, Keating ? s'enquit Fenton en pénétrant dans la pièce.

— J'ai pensé que nous pourrions discuter un peu.

Stephen le dévisagea un instant, puis retourna dans le couloir.

— Anders, apportez-nous du thé, je vous prie.

Il revint dans le salon et alla se planter devant la fenêtre. Que voyait Camille quand elle regardait Stephen ? se demanda Keating. Son cousin était grand et mince, mais son front était barré de rides, sans doute parce qu'il fronçait souvent les sourcils.

— J'attends, reprit Fenton.

— J'essaie de comprendre ce qu'est la chance.

— Pardon ? s'écria le marquis. Tu viens me déranger pour si peu ? C'est *toi*, le joueur.

— Oui, mais c'est *toi*, le salaud sans cœur confit dans ses principes et incapable de penser à autre chose que son propre confort. Comment peux-tu mériter une femme comme lady Camille Pryce ?

— Mériter ? À t'entendre, elle serait une récompense dont je ne serais pas digne. Ce n'est pas ainsi que je la vois.

— Et comment la vois-tu ?

— Disons seulement que je ne connais qu'une seule autre personne au monde qui soit affligée d'une réputation plus calamiteuse et d'une plus grande tendance à se détruire. Non, je ne la mérite pas. Ce que j'aurais mérité, c'est une femme ayant le sens du devoir et des convenances, et qui n'aurait pas traîné mon nom dans la boue.

— Dans ce cas, pourquoi l'épouser ?

— Parce qu'elle s'est enfuie, et que le jour où elle reviendra au pied de l'autel, j'aurai gagné. Et qu'elle aura perdu. De même que ceux qui prétendaient que ma fiancée préférait travailler dans un club plutôt que d'être marquise de Fenton. Nous avions un accord !

Frappant du poing sur la table, il ajouta :

— Et nous allons l'honorer !

Jamais Keating n'avait vu son cousin se montrer aussi passionné. Mais, une fois de plus, sa fièvre n'avait rien à voir avec Camille... et tout avec lui-même.

— Si tu faisais l'effort de te demander rien qu'une minute *pourquoi* elle a refusé de t'épouser, observa Keating d'une voix neutre, tu comprendrais peut-être pourquoi ce mariage est une erreur.

— Je vais l'épouser et je me passe de ton avis.

Fenton fit un pas vers lui avant d'ajouter :

— Et si tu t'es amouraché de ma fiancée, oublie-la.

— L'oublier ? répéta Keating en faisant appel à toute sa volonté pour ne pas se jeter sur son cousin.

— Tu m'as bien entendu. Elle est à moi et je n'ai pas envie que tu me tires dessus parce que tu t'imagines qu'elle sera plus heureuse ailleurs.

Quel dommage, songea Keating, qu'il ait promis à Camille de ne pas se montrer violent avec Stephen !

— Je te suggère de considérer que plus Camille sera heureuse, plus ta propre existence sera agréable.

Traite-la bien, cousin, ou je viendrai te demander des comptes.

Il pivota sur ses talons et s'éloigna en évitant le valet qui apportait le plateau de thé.

— Ne me dis pas que tu te crois amoureux d'elle ? dit Fenton, incrédule. Ce n'est pas ton genre de femme. À moins que les rumeurs sur ses activités dans ce club soient fondées.

Keating fit face à son cousin.

— Lady Camille Pryce est une femme merveilleuse qui mérite bien mieux que toi. Et beaucoup mieux que moi. Sois digne d'elle, Stephen.

— Et toi, garde tes distances.

Keating en avait bien l'intention. S'attarder dans l'entourage des nouveaux mariés serait pire qu'un séjour en enfer.

— Je pars samedi matin.

— Parfait. Au revoir.

Sur un hochement de tête raide, Keating quitta Pollard House pour ne plus jamais y revenir. Puis il alla se soûler.

— Camille, accordez-moi un moment, je vous prie.

Camille et Sophia se tournèrent vers la propriétaire du club qui s'avançait vers elles.

— À tout à l'heure, chuchota Sophia avant de s'éclipser en compagnie de ses camarades qui devaient rejoindre leur poste.

Toute de noire vêtue, lady Haybury était éblouissante, comme toujours.

— Je voulais vous dire que vous serez toujours la bienvenue ici, déclara-t-elle d'emblée.

— Même en tant que marquise en fuite ? demanda Camille.

— Et comment ! répondit Diane Haybury. Le scandale serait un atout supplémentaire.

Puis, la scrutant de son beau regard vert, elle ajouta :

— D'ordinaire, les gens craignent de me mettre en colère, et mon mari sait montrer les dents. Si un jour vous avez besoin de quoi que ce soit, il vous suffira de demander.

— Je ne pense pas que vous puissiez faire apparaître comme par magie un autre mari, n'est-ce pas ?

— Pardon ?

— Je plaisantais. Je voulais juste dire qu'une union arrangée n'a rien à voir avec un mariage d'amour. J'aurais préféré m'en apercevoir plus tôt.

Ainsi, elle n'aurait pas pris la fuite, et lorsqu'elle avait rencontré Keating, elle aurait depuis longtemps renoncé à ses rêves de petite fille.

— Mon premier mariage était arrangé, dit Diane. Mon mari ne m'aimait pas. Le jour où vous prenez conscience que vous n'aurez rien d'autre est le plus triste qui soit.

Camille déglutit péniblement.

— Si vous voulez bien m'excuser, je ne voudrais pas prendre mon poste en retard, murmura-t-elle avant de s'éloigner en hâte.

Elle aurait préféré ne pas entendre cela. Elle avait déjà assez de mal à se convaincre d'accepter ce mariage.

Comme elle s'approchait de son pupitre, elle s'aperçut que Sophia s'y trouvait, mais ce fut la haute silhouette du duc de Greaves qui retint son attention. Son expression était toujours aussi indéchiffrable, mais il y avait dans ses yeux gris une lueur qui l'alarma.

— Bonjour, Votre Grâce, le salua-t-elle.

— Lady Camille, répondit-il. J'ai peur d'avoir perdu Keating. Vous ne sauriez pas où il se trouve, par hasard ?

Un frisson glacial la parcourut.

— Non. Quand l'avez-vous vu pour la dernière fois ?

— Mardi. Peu avant qu'il vous rejoigne pour votre pique-nique.

— Il a dit que vous nous aviez abandonnés.

Le duc fronça les sourcils.

— J'avais une affaire urgente à régler. Je dois absolument le retrouver avant que... Peu importe. Vous a-t-il dit quelque chose ?

— Seulement qu'il comptait regagner le Shropshire samedi. Peut-être est-il déjà parti.

— J'en doute. D'une part, son valet est encore chez moi, et d'autre part... Non, il ne serait pas parti, déclara le duc de Greaves d'un air sombre.

— Avez-vous essayé d'autres clubs ? intervint Sophia. Il a la réputation d'aimer l'alcool, les paris et... d'autres choses.

Camille tressaillit. Keating l'avait-il déjà oubliée entre les bras d'une autre ? Elle refusait d'y croire. Le Keating d'aujourd'hui n'était plus celui d'autrefois.

— J'ai exploré une dizaine d'établissements, répondit Adam Baswich. Personne ne l'a vu. Et il n'est pas du genre à passer inaperçu.

Il parut hésiter.

— Il existe bien quelques endroits qu'il fréquentait autrefois, mais je ne l'imagine pas y retourner.

Il regarda Camille.

— Ou peut-être que si... Veuillez m'excuser, mesdemoiselles.

Il se détourna, mais Camille posa la main sur son bras.

— Votre Grâce ? Si vous apprenez quelque chose, s'il vous plaît, faites-le-nous savoir.

— N'ayez crainte, Camille, répondit-il en lui tapotant la main avec une chaleur qui ne lui ressemblait pas. Dès que je l'ai retrouvé, je vous en informe.

Camille le suivit du regard. Elle n'avait qu'une envie, sortir en courant, louer un fiacre et partir à la recherche de Keating.

— Deux jours, Sophia, murmura-t-elle. Il a disparu depuis deux jours.

— Rien ne prouve qu'il n'est pas déjà rentré dans le Shropshire. Il peut se passer de son valet quelque temps.

C'était possible, mais Camille n'aimait pas cela. Car cela signifiait que le dernier regard, le dernier baiser qu'elle avait espérés étaient déjà derrière elle. Que tout était fini.

— Si nous n'avons pas de nouvelles du duc ce soir, j'irai chercher Keating moi-même, décréta-t-elle.

S'il lui était arrivé quelque chose, elle n'aurait plus de raison d'épouser lord Fenton, n'est-ce pas ? En vérité, elle n'aurait plus besoin de quoi que ce soit.

Adam Baswich commençait à perdre patience. Après avoir visité les clubs les plus sélects – le White, le Tantale, le Boodles, le Society – il avait exploré des établissements moins élégants, avant de se rabattre sur les pubs les plus sordides, et il était à présent à court d'adresses. Il était même allé chez Jezabel une heure plus tôt, sans succès.

Louvoyant entre des ivrognes étendus sur le pavé dans une ruelle obscure, il se fraya un chemin jusqu'à une porte vermoulue dans le bois de laquelle une main malhabile avait gravé les mots *Chez Lussifer*.

Il poussa le battant. Une odeur aigre d'urine et de bière le frappa de plein fouet et il réprima un haut-le-cœur. À l'intérieur, quelques maigres chandelles de suif crachotaient, dégageant une fumée noire et mêlant leur odeur âcre à l'atmosphère déjà chargée.

Une fois que ses yeux se furent accoutumés à la pénombre, il distingua le bar au fond de la petite salle et le squelette qui se tenait derrière.

— Qu'est-ce que tu bois, mon mignon ? demanda le spectre édenté.

— Je cherche quelqu'un.

— La fille est occupée là-haut. Tu l'auras dans dix minutes. C'est deux shillings.

Oh, bonté divine !

— Pas une fille. Je cherche un homme.

Le spectre lui adressa un clin d'œil égrillard.

— Alors ce sera trois shillings. Louis ! Ramène ta carcasse !

— Non ! s'écria Adam, qui pour la première fois de sa vie commençait à se sentir vraiment mal à l'aise. Je cherche un ami. Grand, brun, beau garçon, amateur de coups de poing. Cela vous dit quelque chose ?

Une main s'abattit sur son épaule. Adam fit volte-face, frappa son agresseur en pleine poitrine, qui recula de quelques pas avant de s'affaler sur le plancher crasseux.

— Keating ! s'exclama-t-il en reconnaissant son ami. Que diable fiches-tu ici ?

Keating se redressa maladroitement en position assise.

— Sais pas, répondit-il. Où suis-je ?

— Je te le dirai plus tard. Viens, dit Adam qui lui prit le bras pour l'aider à se relever.

— Non, bougonna Keating en le repoussant. Je reste ici. Je m'installe ici.

— Ma foi, tu ne me laisses pas le choix.

Adam ferma le poing, leva le bras et frappa Keating à la mâchoire. Ce dernier grogna, puis vacilla. Adam le rattrapa avant qu'il ne touche le sol, le hissa sur son épaule, l'agrippant par un bras et une jambe pour équilibrer son poids considérable.

Il salua le squelette et quitta le bouge.

Une fois dehors, il regagna sa calèche qui l'attendait un peu plus loin et jeta Keating à l'intérieur.

— Nous rentrons, Saunders, ordonna-t-il avant de grimper à bord.

Keating souleva péniblement une paupière. Puis la lame chauffée à blanc lui transperça le crâne et y resta. Avec un grognement, il se hissa sur le coude. Il reconnut la chambre des appartements qu'il occupait à Baswich House. Comment était-il arrivé ici ?

Quelqu'un avait fermé les rideaux et jeté des couvertures sur lui. Il y avait un verre d'eau sur la table de chevet. Il allait se rendre malade en le buvant, mais sa bouche et sa gorge étaient en feu. Il en prit prudemment une gorgée et attendit.

À cet instant, sa porte s'ouvrit, laissant passer un aveuglant rai de lumière.

— Fermez-moi cette porte, coassa-t-il.

Le battant fut repoussé.

— Je t'apporte du thé avec une quantité invraisemblable de sucre, annonça Greaves. Pidgeon affirme que cela t'aide, mais j'ai des doutes.

— Ça m'aide. Parfois.

Un souvenir flou lui revint.

— Tu m'as frappé.

— Oui. Tu as déclaré vouloir t'installer définitivement chez *Lussifer*, avec deux « s ». Je ne pouvais décemment pas te laisser dans un endroit où l'on maltraite à ce point l'orthographe.

— Comment m'as-tu retrouvé ?

— J'ai exploré tous les endroits que je connais, et d'autres que j'espère ne plus jamais revoir. Es-tu assez lucide pour répondre à une question ?

Keating rouvrit un œil – juste le temps de s'emparer de sa tasse brûlante et d'y verser plusieurs cuillerées de sucre.

— Tout dépend de la question.

— Où veux-tu en venir, exactement ? Tu envoies cette fille à l'église, tu touches ta récompense et tu vas te vautrer dans le caniveau ? À quoi cela rime-t-il ?

— Cela fait trois questions.

— Alors commence par répondre à la première.

Il fallut quelques instants à Keating pour se la rappeler.

— Je voulais me rendre indisponible jusqu'à ce que le rendez-vous de samedi à l'église soit passé.

— Ah. Alors c'est presque fait.

Presque ?

— Quel jour sommes-nous ?

— Vendredi. En fin d'après-midi.

— Bon sang, Adam, tu aurais dû me laisser là-bas.

— Je l'aurais fait, répondit son ami en s'approchant du lit, s'il n'y avait pas ceci.

Dans la pénombre, Adam lui tendit quelque chose. Une feuille de papier.

— De quoi s'agit-il ?

— Puisque tu ne supportes pas la lumière, je vais te le dire. J'ai demandé à quelqu'un d'effectuer des recherches. Plus précisément, j'ai fait enquêter sur les déplacements de lady Balthrow au cours des six dernières années.

Keating fronça les sourcils.

— Elle était à Madrid. Il suffisait de me le demander.

— Oui, c'est ce qu'ils t'ont dit, ton chargé d'affaires et elle. À ta place, je le mettrais à la porte. J'ai mené ma petite enquête. Ta chère Eleanor a effectivement passé un an à Madrid. Après avoir visité Vienne, Paris, Rome, Florence et Venise. Elle a l'air d'aimer l'Italie.

— Quel intérêt de me raconter ça ? demanda Keating, agacé.

— Je peux aussi te donner les noms de ses amants et protecteurs. Il y a six ans, c'était un comte prussien, immédiatement suivi par un certain Jean-Pierre, lequel a été remplacé par lord Emereaux, puis par un poète espagnol. Ma source n'a pas su déterminer si le comte d'Adinolfi arrive avant, pendant ou après le marquis de Migliore. Quant au…

— Tu me fiches mal au crâne, coupa Keating. Et je me moque qu'elle ait eu des amants.

— Je te laisse cette liste, déclara Greaves. Bois ton thé et réfléchis à tout cela.

Une fois sur le seuil, il ajouta :

— Il n'est pire aveugle que celui qui se croit indigne de voir.

Après le départ de son ami, Keating s'assit au bord du lit et finit sa tasse. Il mangea les toasts qui se trouvaient sur le plateau, puis se versa de nouveau du thé. Il avait connu bien des réveils pénibles suite à des soirées trop arrosées mais, en l'occurrence, il avait trois jours de beuverie à cuver.

Il parvint finalement à se lever, alla chercher une cravate qu'il noua bien serré autour de sa tête. Puis il récupéra la liste de Greaves et entrouvrit un rideau pour la lire.

Manifestement, Eleanor avait vécu bien plus confortablement que son chargé d'affaires ne le lui avait dit, car ses adresses successives étaient des plus prestigieuses.

Cela dit, même s'il se moquait qu'elle vive sur un grand pied, c'est pour Michael qu'il lui avait envoyé cet argent. Pour qu'elle puisse engager une gouvernante ou un précepteur, qu'elle lui achète tout ce dont il avait besoin. Pas pour courir les bals les plus élégants du Continent.

Keating relut la liste. Fronça les sourcils. Ouvrit davantage le rideau. Parcourut une nouvelle fois le feuillet, cette fois avec plus d'attention.

Puis, laissant échapper un chapelet de jurons, il s'habilla à la hâte et se rua hors de la chambre. Eleanor Howard allait devoir répondre à quelques questions. Avant qu'il soit trop tard.

21

Camille poussa les pommes de terre d'un bout à l'autre de son assiette, se demandant si, désormais, la nourriture aurait aussi peu de goût ou si c'était sa nervosité qui lui coupait l'appétit.

— Tu te réjouiras d'apprendre que lord et lady Clarkson assisteront à la cérémonie, annonça sa mère. De même que ta chère amie Amélia.

— Ma chère amie qui n'a pas manqué une occasion de me témoigner son mépris ces derniers mois ? répliqua Camille. Comme c'est charmant.

— Cela suffit, intervint lord Montshire. Tu devrais être pleine de gratitude. Ou du moins t'interdire d'être insolente.

Pourquoi avait-elle accepté de dîner chez ses parents ? Si elle avait imaginé qu'elle renouerait des liens avec les siens, elle s'était lourdement trompée. Mais peut-être attendaient-ils qu'elle ait la bague au doigt. Quoi qu'il en soit, rien ne serait jamais plus comme avant.

— Je suis ravie que tu épouses enfin lord Fenton, pépia Joanna. Personne ne voudra de moi tant que l'on croira que les filles Pryce fuient leurs responsabilités.

— Tout ce que je te souhaite, répondit Camille, c'est de rencontrer un homme que tu aimeras et qui t'aimera. Ainsi, tu n'auras aucune raison de t'enfuir.

— J'ai entendu une rumeur, à propos de ton ami, déclara sa sœur, tout sourires.

— Quel ami ?

— Bloody Blackwood. Il paraît que lady Balthrow est rentrée à Londres et qu'ils sont de nouveau ensemble.

— C'est faux !

— Camille, calme-toi, ordonna sa mère. Et toi, Joanna, ne parle pas de ces personnes méprisables à ma table.

À l'évidence, jamais Keating ne serait accueilli ici une seconde fois. Peu importait, puisqu'elle ne vivrait plus jamais sous le toit de ses parents. Chez elle en tout cas, il serait toujours le bienvenu, quoi qu'en pense lord Fenton, mais elle doutait que Keating leur rende un jour visite.

Au moins, il était vivant. Dans un mot, au demeurant laconique, envoyé un peu plus tôt dans la journée, Adam Baswich l'informait qu'il avait retrouvé leur ami et tentait de le dessoûler. Camille n'aimait pas l'idée que Keating ait recommencé à boire, mais dans la mesure où elle-même aurait volontiers pris un verre de whisky, elle pouvait comprendre qu'il ait succombé à la tentation. Elle espérait juste qu'il ne retomberait pas dans ses anciens travers. Il méritait d'être heureux et de se pardonner ses fautes passées.

D'ailleurs, elle allait lui écrire pour le lui dire. Il accepterait sûrement d'entretenir une correspondance avec elle. Ainsi, même si elle ne pouvait ni le voir ni entendre sa voix, il lui resterait la joie de connaître ses pensées et ses sentiments.

— Au moins, tu rentres encore dans ta robe de mariage, déclara lady Montshire. Tu nous coûtes déjà assez cher comme cela.

Camille la regarda, inquiète.

— Ne me dites pas que vous avez payé des gens pour assister à la cérémonie ?

— Inutile. Tout le monde veut venir.

— Il paraît, qu'un nouveau pari a été inscrit dans le journal de bord du White, chuchota Marie. Sur la probabilité que tu prennes de nouveau la fuite. Un homme aurait même misé une centaine de livres que tu auras quitté l'église avant la fin de la cérémonie.

— Je t'entends, Marie, gronda lord Montshire. Cela suffit.

— Qui donc ? demanda Camille dans un souffle.

— Lord Bram Johns. Il paraît qu'il n'a jamais perdu un pari.

Camille ignorait dans quelle mesure c'était vrai, mais, étrangement, cela lui donnait un peu d'espoir. Au moins, une personne estimait qu'elle avait encore une chance d'échapper à un mariage sans joie ni amour. Si seulement ce lord Johns avait pu dire où elle irait une fois sortie de l'église !

— Je voulais simplement dire que tu nous coûtes cher sur le plan de la réputation, précisa lady Montshire d'une voix haut perchée, les joues en feu.

Camille l'observa, intriguée. Sa mère semblait... embarrassée. Pourquoi ? Que leur avait-elle coûté exactement ? Y avait-il de l'argent en jeu ?

— Les termes de ma dot ont-ils changé ? demanda-t-elle sur une intuition. Dans mon souvenir, elle s'élevait à deux mille livres.

— Que nous avons dûment versées à lord Fenton. Après tout, c'était une Pryce qui s'était dérobée au dernier moment.

— Et cette fois-ci ?

— Cela ne te regarde pas, Camille. Tout ce que nous te demandons, c'est de ne plus attirer la honte sur nous.

Quelque chose n'allait pas. Toutefois, la table familiale n'était pas le meilleur endroit pour poser des questions. Camille glissa un regard à Joanna. Si quelqu'un pouvait se laisser convaincre de parler, c'était elle.

Elle n'osait penser à ce qu'elle risquait d'apprendre, mais elle était résolue à découvrir quels arrangements avaient été pris avec lord Fenton. Il n'était plus question d'être naïve et docile comme autrefois.

Elle s'obligea à manger pour prévenir d'autres remarques désobligeantes, puis suivit les siens dans le salon à l'étage. Personne ne semblait pressé d'engager la conversation, ce qui compliquait d'autant plus son projet d'en savoir plus.

Sur une inspiration, elle se leva soudain.

— Joanna, j'aimerais que tu viennes dans ma chambre avec moi ; j'ai dans mon armoire un collier que j'aimerais t'offrir.

Sous le regard désapprobateur de lady Montshire, les deux sœurs quittèrent le salon.

— Un collier ? demanda Joanna dans le couloir. Est-il en perles ? J'adore les perles !

— C'est une surprise.

S'arrêtant devant la porte fermée, Camille hésita un instant. Il lui semblait qu'elle avait quitté sa chambre de jeune fille depuis une éternité. Enfin, elle poussa le battant. La pièce était plongée dans la pénombre. Camille récupéra une chandelle dans le couloir et entra dans la pièce où elle avait passé tant d'heures à lire des romans d'aventure et à rêver d'un lord Fenton qu'elle n'avait jamais rencontré.

— C'est un peu poussiéreux, commenta sa sœur.

— Il faudrait aérer. Et l'une de vous deux devrait prendre le fauteuil, il est très confortable pour lire.

Joanna fit la grimace.

— J'ai horreur de lire. C'est ennuyeux.

Tandis que sa sœur furetait dans la pièce, Camille ferma discrètement la porte à double tour et glissa la clef dans sa poche.

— Qu'est-ce que papa et maman ont proposé à lord Fenton pour ma dot ? demanda-t-elle.

— Je ne suis pas censée te le dire. Où est le collier ?

— C'est *ma* dot, Joanna. Je veux savoir combien je vaux à leurs yeux.

Ou, plus exactement, ce qu'elle vaudrait une fois mariée.

Joanna se tourna vers elle. D'un air dépité, elle loucha vers la porte close.

— Il n'y a pas de collier, n'est-ce pas ?

— Tu le sauras quand tu m'auras répondu.

— Tu es méchante.

— J'apprends à le devenir.

Ou, plus précisément, elle apprenait à se protéger. À prendre sa vie en main. À se moquer de ce que pensaient les autres.

— Ma dot, Joanna.

— Bon, bon. Deux chevaux bais d'attelage et douze mille livres. Lord Fenton a promis de donner dix mille livres à Keating Blackwood s'il te faisait revenir vers lui.

— Keating Blackwood ne m'a pas *fait* revenir vers lui, rectifia distraitement Camille. Et je sais tout cela.

La récompense destinée à Keating ne provenait donc pas de lord Fenton, mais de ses propres parents. L'espace d'un instant, Camille fut saisie d'une folle envie d'aller retrouver Keating. Elle se jetterait dans ses bras et ne le lâcherait plus jamais. Lord Fenton ne possédait pas cet argent. Elle n'avait pas besoin de l'épouser.

Puis elle se rendit compte que cela ne changeait rien. Ses parents remettraient la somme à lord Fenton dès qu'elle l'aurait épousé, et celui-ci paierait Keating. La seule différence, c'était que Stephen Pollard n'avait même pas daigné financer lui-même la récompense promise à Keating pour jouer les intermédiaires, ce qui en disait long. Sans doute était-il allé trouver ses parents pour monnayer la fin de cette situation scandaleuse.

— Tu ne vas rien dire à papa et à maman, n'est-ce pas ? demanda Joanna d'une toute petite voix. Ils sauraient que c'est moi qui ai vendu la mèche.

— Non, je ne leur en parlerai pas. Je n'en vois pas l'intérêt.

— Tant mieux, dit Joanna, soulagée.

Puis, après avoir parcouru la pièce du regard, elle ajouta :

— Et mon collier ?

Avec un soupir, Camille se dirigea vers son bureau et ouvrit un tiroir. Elle en sortit une boîte à crayons dont elle souleva le couvercle.

— Tiens, dit-elle en la tendant à sa sœur.

— Oh ! s'écria celle-ci en s'en emparant, l'air ravi.

Puis elle se rembrunit.

— Ah, mais ce sont des…

— Des coquillages. Ramassés dans la rivière, à Montshire. Je l'ai fait quand j'avais sept ans ; je prétendais que c'étaient des perles.

— Pourquoi me le donnes-tu ?

— Parce qu'il me rappelle mes rêves d'enfant.

— Oh ! souffla Joanna. S'il est si précieux, tu devrais le garder.

Et elle le lui rendit. Sans doute ce collier était-il la seule chose qu'il lui resterait de ses rêves d'enfant, songea Camille, qui remercia sa sœur, rangea le collier dans la boîte à crayons, qu'elle glissa sous son bras avant de regagner le rez-de-chaussée.

— Je crois que je vais rentrer annonça-t-elle. Une longue journée m'attend, demain.

— Cela ne va pas recommencer ! s'écria son père.

— Cela... quoi ? demanda Camille.

— Tes revirements de dernière minute. Tout ce dont tu as besoin pour demain est ici. Tu passeras la nuit chez nous, dans la chambre de Marie.

Soudain, Camille eut l'impression que les murs se refermaient sur elle comme un piège.

— Non, dit-elle. On m'attend au Tantale Club. Et je n'ai pas encore fait mes adieux.

— Envoie-leur un mot. Ou mieux, c'est moi qui écrirai à lord Haybury. Tu nous as déjà créé assez de problèmes, Camille. Je ne laisserai pas cela se reproduire.

Rester pour la nuit ? Ne pas revoir Keating ni sentir ses mains sur sa peau une dernière fois ?

— Non ! s'entêta-t-elle.

— Plus tu renâcles, plus j'ai le sentiment que tu mijotes quelque chose. N'insiste pas ou je t'enferme dans le cellier. À présent, va te coucher. Une chemise de nuit t'attend dans la chambre de ta sœur.

— Ainsi que ta robe de mariée pour demain, renchérit sa mère qui affichait une expression déterminée.

Camille étrécit les yeux. Pour une fois, elle regrettait de ne pas avoir le tempérament de Keating. Elle aurait pu donner un coup de poing à son père et s'enfuir. Elle n'insista pas. Si on l'enfermait, elle n'aurait plus aucune chance d'informer Keating de sa découverte.

— Très bien, dit-elle d'un ton sec, mais je n'oublierai pas ce qui vient de se passer.

Elle gravit l'escalier au pas de charge, Marie sur ses talons.

— Allons, fit sa sœur, une fois la porte de la chambre refermée, ce n'est pas si terrible. Nous dormions souvent dans le même lit quand nous étions petites.

— Tu te rends bien compte que l'on te demande de jouer les chiens de garde ?

— Raison de plus pour que tu me promettes de ne pas faire quelque chose de stupide.

Tandis que sa sœur se dévêtait, Camille prit un livre sur un rayonnage et s'assit devant l'âtre. Hum. *Orgueil et Préjugés*. Encore. Cela ne convenait plus du tout à son humeur. Chaque héroïne de Mlle Austen avait la pénible habitude de trouver un mari qu'elle aimait et qui l'aimait en retour. Sa propre histoire ne risquait pas de connaître une fin aussi heureuse.

— Tu devrais te coucher, dit Marie en se mettant au lit. Une jeune mariée n'est pas censée avoir de vilains cernes sous les yeux.

— Je ne pense pas que cela ait beaucoup d'importance, répondit Camille. Essaie de dormir. Je ne suis pas fatiguée.

— Est-ce que tes… amies vont s'inquiéter de ne pas te voir revenir ?

— Sophia, oui. Et Emily. Si papa n'envoie pas un mot ce soir, il trouvera une dizaine de demoiselles à la réputation discutable demain matin devant sa porte.

Marie gloussa.
— Maman en ferait une crise d'apoplexie.
— Tout ce que j'espère, c'est que certaines d'entre elles viendront demain à la cérémonie.
— Tu ne le leur as pas demandé ?
— Si.
Camille haussa les épaules.
— Cela dit, elles savent qu'elles ne seront pas les bienvenues. Je doute qu'elles se montrent à l'église. Pourtant, ce serait merveilleux, parce que je ne sais pas… je ne sais pas si je pourrai les revoir.
Elle chassa d'un battement de cils une larme qui menaçait de couler. Non seulement cela ne l'aiderait en rien de pleurer, mais elle ne voulait pas que Marie reste éveillée pour essayer de la consoler.
— Il paraît qu'il y a des soirées pour les dames, dans ton club, dit Marie. Lord Fenton t'autorisera peut-être à y aller ? Comme cela, tu les verras.
Camille ne prit pas la peine de lui expliquer que, ces soirs-là, c'étaient des hommes qui assuraient le service. À quoi bon ?
— Peut-être, répondit-elle, conciliante.
Puis elle se mit à tourner lentement les pages de son livre, dont elle ne lisait pas une ligne, l'oreille tendue. Lorsque la respiration de sa sœur se fit plus régulière, elle posa son ouvrage et se leva. Il était encore tôt, mais toute la maison était déjà plongée dans le silence. Si elle voulait aller voir Keating, c'était le moment ou jamais.
Elle gagna la porte sur la pointe des pieds. Elle avait donné sa parole qu'elle reviendrait, et elle était résolue à la tenir, mais ce qu'elle ferait de sa soirée ne concernait qu'elle-même.
— Je le savais ! s'écria Marie en se redressant d'un bond.

Camille sursauta et plaqua la main sur son cœur.

— Au nom du Ciel, tu m'as fait une de ces peurs !

— Tu vas t'enfuir, l'accusa Marie. Et ce sera ma faute, puisque je suis avec toi.

— Chut ! ordonna Camille en s'approchant du lit. Je ne vais pas m'enfuit, j'ai juste besoin de transmettre une information à Keating Blackwood.

— Envoie-lui un message. Smythe le lui fera parvenir demain matin.

Pour la seconde fois de la soirée, une bouffée de panique submergea Camille.

— Il sera trop tard. Il doit partir pour le Shropshire avant le mariage.

— Dans ce cas écris-lui là-bas. Papa paiera le timbre.

— Marie, va te recoucher. Je serai de retour avant que tout le monde se réveille. Je te le promets.

En maugréant, sa sœur se leva et se dirigea vers l'armoire.

— Impossible. Si pour Dieu quelle raison tu dois aller voir Bloody Blackwood en cachette, je t'accompagne.

— Quoi ? Il n'en est pas question ! Tu as ma parole que je serai de retour avant l'aube.

Marie passa une robe bleu foncé par-dessus sa chemise de nuit, tordit ses longs cheveux blonds en un chignon qu'elle attacha avec quelques épingles, puis se tourna vers Camille.

— Allons-y. Et vite. Je ne veux pas avoir les yeux cernés demain, moi.

Camille soupira. Non seulement elle était devenue une dévergondée, mais voilà qu'elle entraînait sa sœur cadette dans sa chute. À moins de ne renoncer à cette sortie. Elle hésita. Même si elle ne pouvait plus jamais... être avec Keating, elle le verrait une dernière fois. Et cela semblait soudain plus important que tout le reste.

— Mets un châle, dit-elle simplement. Il fait froid.

— Alors toi aussi.

Prenant l'étole gris sombre que lui tendait sa sœur, Camille la drapa sur ses épaules. Puis elle ouvrit la porte de la chambre et toutes deux descendirent au rez-de-chaussée sans bruit. La porte de la maison était fermée à clef, mais si elles se dépêchaient, elles pourraient être de retour et verrouiller de nouveau avant qu'un domestique se lève et referme à clé.

Dans la rue, Camille prit sa sœur par la main et l'entraîna au pas de course jusqu'au prochain carrefour. Il était encore tôt. De nombreux passants et attelages circulaient, et il ne leur fallut que quelques instants pour trouver un fiacre.

— C'est la première fois que je monte dans une voiture de location, dit Marie à voix basse une fois que Camille eut donné l'adresse de Baswich House au cocher et refermé la portière. C'est très sale.

— Tu n'étais pas obligée de venir.

— Si. Rappelle-toi seulement que si tu fais une bêtise, cela rejaillira sur moi.

Marie la regarda d'un air indécis, puis :

— Tu ne ferais pas cela, n'est-ce pas ?

— Bien sûr que non. Je n'ai jamais voulu de mal à quiconque. Tout ce que j'espérais, c'était un mari que je pourrais aimer.

— Alors pourquoi épouses-tu lord Fenton, maintenant ? Es-tu amoureuse de lui ? On ne dirait pas.

— Non, je ne l'aime pas.

Sa sœur la dévisagea longuement, puis elle écarquilla les yeux.

— Bloody Blackwood ? Juste Ciel !

Elle plaqua la main sur ses lèvres.

— Mais enfin c'est... c'est un assassin. Il est dangereux !

— Non. Ou s'il l'a été, il ne l'est plus. Et il s'appelle Keating.

— Alors tu t'enfuis vraiment. Ce n'est pas possible ! Je ne peux pas te laisser faire cela.

— Je ne m'enfuis pas. Je dois seulement lui dire la vérité à propos de l'argent. Au sujet de ma dot.

— Pourquoi ? Quelle différence cela fait-il ?

— Aucune, sauf que son cousin lui a menti. Il faut qu'il le sache. C'est important.

Keating avait été manipulé, à la fois par lord Fenton et par ses parents. Et même si cela ne changeait rien, en fin de compte, elle lui avait promis d'être toujours honnête avec lui. Même s'il y avait certains secrets – un seul, en vérité – qu'elle ne pouvait lui révéler, elle refusait de lui mentir sur le reste. Et de laisser quiconque le tromper.

La porte de Baswich House s'ouvrit dès qu'elle effleura le heurtoir de cuivre à tête de lion. Manifestement, le duc de Greaves avait des horaires moins civilisés que sa famille, songea Camille. Ou plutôt, que lord et lady Montshire. Sa véritable famille, désormais, résidait au Tantale Club.

— Bonsoir, lady Camille, l'accueillit le majordome.

— Monsieur Blackwood est-il ici ?

— Non, mademoiselle. Voulez-vous lui laisser un message ?

L'espoir tapi au fond de son cœur vola en éclats. Elle ne reverrait pas Keating. Il ne lui resterait que le souvenir de ses yeux ambrés, de ses cheveux bruns en bataille, de ses lèvres sur les siennes.

— Je…

À cet instant, la porte s'ouvrit en grand et la haute silhouette du duc de Greaves apparut.

— Entrez, dit-il en lui prenant la main pour lui faire franchir le seuil.

— Non, je… Je voulais seulement…

— Vous devez être la sœur de lady Camille, l'interrompit-il en s'adressant à Marie.

— Permettez-moi de vous présenter lady Marie Pryce, Votre Grâce, dit Camille tandis que sa sœur plongeait en une révérence. Elle est là pour s'assurer que je ne m'enfuis pas.

— Ah. Keating a eu une affaire urgente à régler. J'ignore quand il sera de retour.

Il inclina la tête de côté et ajouta :

— Vous savez qu'il doit repartir demain pour le Shropshire.

— Oui. Je vous remercie de m'avoir informée que vous l'aviez retrouvé. J'étais très inquiète.

Il lui lâcha la main et recula d'un pas tandis que son majordome s'esquivait, les laissant seuls tous les trois.

— Alors vous vous mariez demain. Comme je vois que vous êtes accompagnée d'un chaperon, je suppose que c'est la décision que vous avez prise.

— Oui. Vous viendrez, n'est-ce pas ?

— Et comment ! Je doute d'être le bienvenu, mais il m'a demandé d'y assister.

Il. Ainsi Keating avait voulu qu'une personne de confiance puisse témoigner qu'elle avait tenu sa parole. Refoulant ses larmes, Camille haussa les épaules, faussement désinvolte.

— Je crois savoir qu'on ne donne pas cher de mes chances d'aller jusqu'au bout de la cérémonie. Il paraît qu'il y a même eu des paris.

— Camille ! siffla Marie, les joues rouges de honte.

— Je crois que Sa Grâce a déjà entendu parler des paris, Marie.

— En effet, confirma le duc, une lueur amusée s'allumant brièvement dans ses yeux gris. Mais il me semble que vous avez toutes vos chances. Sauf si vous décidez une fois de plus de renoncer demain.

Il la scruta attentivement.

— Pourquoi êtes-vous venue ?

Parce qu'elle voulait voir Keating une dernière fois.

— J'ai appris quelque chose ce soir et je voulais lui en faire part, répondit-elle.

— Je peux me charger de lui rapporter ce quelque chose ?

Ce n'était peut-être pas une bonne idée, car cela pouvait faire naître la rumeur que le marquis de Fenton n'avait pas de revenus personnels et en était réduit à compter sur une avance de ses futurs beaux-parents pour payer ses dettes. Cela dit, Camille se moquait éperdument des rumeurs.

— Les dix mille livres que lord Fenton a promis à Keating s'il me ramenait à lui, ce sont mes parents qui les paient, avec ma dot.

— Juste Ciel, souffla Marie.

— Intéressant, murmura Adam Baswich.

— Cela ne change peut-être pas grand chose, reprit Camille, mais il m'a semblé que Keating apprécierait d'en être informé.

À sa grande surprise, un sourire éclaira le visage du duc de Greaves.

— C'est aussi mon avis. Comptez sur moi pour l'en informer.

Camille fronça les sourcils, désorientée.

— Il se prépare quelque chose ?

— Pour l'instant, je l'ignore. Vous devriez rentrer ou nous allons être à l'origine de nouvelles rumeurs.

— Oui. Bien sûr. Je vous verrai demain à mon mariage.

— Je ne manquerais cela pour rien au monde.

Keating avait toujours détesté avoir mal à la tête… jusqu'à ce soir. Cela le mettait d'une humeur massacrante et fortifiait d'autant sa résolution, ce qui était exactement ce dont il avait besoin après avoir cherché en vain pendant trois heures une femme qui avait d'excellentes raisons de ne pas être trouvée.

— Je vous ai déjà dit que je ne sais pas où elle est, déclara lady Graslin en sortant de son salon. Et vous devez vous en aller.

Keating fit un pas en avant et se redressa de toute sa hauteur. La vicomtesse recula craintivement. Il savait qu'il pouvait apparaître intimidant et avait bien l'intention d'en profiter. Il n'était pas d'humeur à s'en laisser conter.

— Je suis à deux doigts de fouiller chaque pièce de cette demeure, Vivienne, la prévint-il. Elle n'a pas loué de maison à Londres et elle ne séjourne pas chez lady Voss. Par conséquent, soit elle est ici, soit vous savez où elle se trouve.

— Baissez la voix, siffla la vicomtesse. J'ai un dîner, à l'étage. Je vous ai ouvert ma porte par pure courtoisie, mais si vous ne partez pas sur-le-champ, j'appelle le majordome pour vous mettre dehors.

— Quarante secondes, dit Keating sans bouger.

— Je ne vois pas ce qui peut vous faire croire que j'ai quoi que ce soit à voir avec lady Balthrow après tout ce scandale. Pour autant que je sache, elle est quelque part sur le Continent.

— Trente secondes.

Pâlissant, Vivienne Graslin recula encore d'un pas.

— Cela ne sert à rien de compter ainsi, Blackwood. J'ignore où est Eleanor Howard. Si je le savais, je vous le dirais.

— Alors vous avez vingt secondes pour parler.

— Soyez raisonnable. Vous ne pouvez plus vous comporter comme un sauvage. Plus personne ne le tolérera.

Keating prit une inspiration.

— Je sens son parfum, Vivienne.

— Je n'ai absolument aucune idée de là où…

— Dans ce cas, inutile d'attendre plus longtemps, gronda-t-il.

Sur ce, il la contourna et s'engagea dans un couloir.

— Non ! s'écria-t-elle. Je vous interdis !

Elle s'élança à sa suite et l'attrapa par la manche.

— Miller ! appela-t-elle.

Le majordome apparut, venant du hall.

— Milady ?

— Mettez cet homme à la porte ! Immédiatement !

Le domestique attrapa Keating par le cou. Tant de gens s'en étaient pris à lui au fil des ans qu'il avait appris à réagir sans réfléchir. Faisant volte-face, il assena un violent coup de poing au malheureux, qui s'effondra dans un gémissement de douleur.

— Laissez-moi passer ou je vous fais subir le même traitement, menaça Keating en foudroyant la maîtresse de maison du regard.

Celle-ci recula en poussant un cri perçant avant de gravir l'escalier en courant, ses jupes volant dans son sillage.

— Graslin ! glapit-elle. Robert ! Mon mari ! On nous assassine !

Keating tendit l'oreille. Toutes les fibres de son être le lui criaient, Eleanor Howard était ici, quelque part, tout près. Et elle allait devoir répondre à un certain nombre de questions. Cette fois, elle n'y couperait pas.

Les chambres d'amis étaient généralement situées à l'arrière de la maison, à l'étage. Elles étaient un peu moins faciles d'accès depuis l'escalier principal et la salle à manger que les appartements des habitants. Keating s'élança à la suite de la maîtresse des lieux, bouscula le malingre Robert Graslin et s'engagea dans le couloir.

Il ouvrait à la volée chacune des portes devant lesquelles il passait et regardait dans la pièce. Il vit ainsi un salon, une bibliothèque, une salle de billard, une, puis deux, puis trois chambres à coucher. Elles étaient inoccupées, à en juger par les lits sans draps et les âtres éteints. La porte suivante, en revanche, était verrouillée.

— Eleanor ! rugit-il en tambourinant sur le lourd panneau de chêne.

Un gémissement d'effroi s'éleva à l'intérieur. Voilà qui lui suffisait.

Reculant d'un pas, il prit son élan et se jeta contre le battant. L'encadrement se fendit et la clef, désormais inutile, tomba sur le parquet dans un claquement métallique. Keating se rua à l'intérieur. Il eut tout juste le temps de voir une robe de soie verte disparaître dans le dressing-room attenant.

Il se rua dans cette direction et atteignit la porte au moment où Eleanor sortait du cabinet, un pistolet à la main. Sans ralentir, il le lui arracha et le lança dans le dressing-room derrière elle.

— Que veux-tu ? cria-t-elle, affolée.

— Ne hurle pas. J'ai une question à te poser.

— Tu ferais du mal à la mère de ton enfant ? Quelle sorte de monstre es-tu donc ?

— Qui est Arnulf Herrmann ? demanda-t-il. Et Reichgraf Eberstark ?

Elle battit des cils.

— Pardon ?

— Qui est-ce ?

— Il… Eberstark est… Eberstark. Je l'ai rencontré après avoir fui Londres. C'est un ami.

— Un ami qui t'a consolée après la mort de ton mari.

— Oui. Ou plutôt, après l'assassinat de mon mari. Par toi.

— Je trouve intéressant que non seulement tu aies résidé dans son château pendant presque un an, mais que tu aies assisté à un grand bal huit mois après avoir quitté Londres. Tu as même dansé avec le roi Frédéric.

— Les Prussiens se sont montrés très bons envers moi.

— Tu dois les avoir particulièrement charmés pour qu'un roi te fasse danser alors que tu étais sur le point d'accoucher. De l'enfant illégitime du meurtrier de ton mari, qui plus est.

— Personne ne savait qui était le père, répliqua-t-elle en jetant un regard derrière l'épaule de Keating.

Dans son dos, il entendit un cri étouffé, puis des murmures.

— Manifestement, ton hôte et ton hôtesse ici présents ignorent tout de l'existence de cet enfant, fit-il remarquer.

— Je...

Elle s'interrompit, soudain livide.

— J'ignore de quoi vous parlez, monsieur Blackwood, reprit-elle d'un ton méprisant. Veuillez quitter cette pièce sur-le-champ.

— Pas tant que je n'aurai pas eu quelques explications de ta part, Eleanor. Alors tu as intérêt à me répondre. J'ai la liste de toutes les demeures où tu as séjourné au cours des six dernières années et de tous les hommes avec qui tu as été vue en public, alors réfléchis bien avant de parler.

— Pas ici, Keating, siffla-t-elle, avant de reculer vers le cabinet.

Tiens donc, voilà qu'elle était gênée, à présent. Keating lui tourna le dos, le temps de darder un regard menaçant sur la dizaine d'invités qui se pressaient maintenant dans la chambre.

— Sortez, ordonna-t-il.

— Vous êtes chez moi, Blackwood, répliqua lord Graslin. Je ne vous laisserai pas...

Keating lui asséna un coup de poing. L'autre tomba à la renverse.

— Dernier avertissement, gronda Keating. Sortez.

— De... de la chambre ou de la maison ? gémit une demoiselle au cou de girafe.

Bonté divine.

— De la chambre.

— Je vous préviens, menaça Graslin, qui s'était relevé et titubait vers la porte. J'envoie quelqu'un chercher la police !

Cela laissait quelques minutes à Keating. Plus qu'il ne lui en avait fallu. Il retourna dans le dressing-room. À quatre pattes, Eleanor fouillait fébrilement parmi des cartons à chapeaux.

— Si c'est ton pistolet que tu cherches, il est trop tard pour t'en servir.

— Comment as-tu pu ? gémit-elle en se redressant pour lui faire face. Tu as tout gâché !

— *J'ai* tout gâché ? répéta Keating, la mâchoire crispée. Pendant six ans, tu m'as fait croire que j'avais un fils. Pendant six ans, je t'ai payée pour se vautrer dans les lits de la moitié de l'aristocratie européenne. Pendant six ans, j'ai cru...

Sa voix s'étrangla.

Pendant six ans, il avait cru que le Ciel lui avait infligé une punition qui durerait jusqu'à la fin de ses jours. Un enfer auquel il ne pourrait échapper, dont rien ne le détournerait, que jamais il ne pourrait oublier. Et tout cela n'avait été qu'un mensonge.

— Il fallait que tu paies, glapit-elle. Tu as tué Edward.

— C'est vrai. J'y ai souvent pensé, tu sais. Comment se fait-il qu'il soit rentré si tôt chez vous, ce soir-là ? demanda-t-il.

Elle avait forgé une histoire de toutes pièces et il avait cru chacune de ses paroles. Quel imbécile ! Mais maintenant qu'il voyait les fêlures dans son récit, tout l'édifice semblait sur le point de s'effondrer.

— Alors que tu m'avais pratiquement attaché au lit ?

L'expression inquiète d'Eleanor s'effaça en partie comme si elle poussait un soupir qu'elle avait longtemps retenu.

— Et maintenant, que comptes-tu faire ? demanda-t-elle d'un ton plus calme. M'assassiner ? Avec tous ces témoins ? Cette fois, tu ne pourras pas déclarer que tu t'es défendu.

Il la dévisagea un long moment, abasourdi. Dans ses rêves et ses cauchemars, au cours des nuits d'insomnie qui l'avaient torturé pendant six longues années, c'était lui le monstre. Un homme tombé si bas qu'il ne méritait que de souffrir, d'entrevoir l'espoir d'une vie meilleure, à jamais interdite. Un Tantale, attendant désespérément un enfant et un avenir qui sans cesse s'évanouissaient à l'horizon.

— Tu n'avais pas besoin d'inventer Michael, dit-il d'une voix rude. J'aurais payé toute ma vie pour que tu puisses vivre décemment.

— Pas autant que je le voulais. Et je voulais avoir l'assurance que tu ne changerais pas d'avis.

Puis, d'une voix vibrante de colère, elle demanda :

— Et maintenant ?

— Maintenant ? répéta Keating. Si j'étais encore l'homme que tu as pris pour amant il y a six ans, je commettrais sans doute un acte violent, odieux, et définitif.

De nouveau, le regard d'Eleanor se voila d'appréhension.

— Et si tu ne l'étais plus ?

Il soutint son regard durant quelques secondes, puis tourna les talons.

Eleanor n'était probablement pas consciente que si elle était toujours en vie, elle le devait à une certaine personne. Une femme qui avait décidé d'être son amie alors qu'elle aurait eu toutes les raisons de l'éviter. Une femme qui était à présent si proche de lui appartenir qu'il en avait le souffle coupé.

Il se demanda ce qui se passerait lorsque Camille apprendrait qu'il n'avait jamais eu de fils, et comprendrait que s'il n'avait pas souffert d'une aussi épouvantable réputation – et n'avait pas tant à gagner à ce qu'elle épouse Fenton –, son mariage aurait pu être très différent de celui qu'ils avaient prévu.

22

— Où diable étais-tu ?

Keating jeta un regard par-dessus son épaule à Adam et continua de brosser Clampin.

— J'avais besoin de faire un tour, répondit-il à voix basse pour ne pas réveiller les garçons d'écurie qui dormaient dans la pièce du fond. La nuit a été longue.

— La nuit est terminée. J'étais sur le point d'envoyer quelqu'un à Bow Street, au cas où la police t'aurait arrêté.

— Si je voulais une épouse pour me harceler, j'en aurais trouvé une plus jolie que toi, Baswich, grommela Keating.

En vérité, il appréciait que son ami se soit inquiété pour lui, mais il n'était pas d'humeur à discuter.

— Personne n'est plus joli que moi, repartit Adam sans s'émouvoir. Tu as trouvé Eleanor, je présume ?

— Oui.

Keating ferma les yeux quelques instants.

— Écoute, Adam, ma tête pèse une tonne et je suis épuisé. Nous parlerons plus tard, avant que je m'en aille.

— Je comprends. Je voulais juste te donner une information, bien que j'ignore si elle est importante ou non. J'aimerais savoir – si cela ne t'ennuie pas de me le dire – si tu as un fils.

— Non. Il n'y a jamais eu d'enfant. C'était une ruse forgée de toutes pièces pour me soutirer plus d'argent et s'assurer de ma bonne volonté.

Il reprit son souffle. L'espace d'un instant, il s'était cru enfin libre. Libre de tout recommencer à zéro. Mais plus il y songeait, plus le poids de la culpabilité pesait sur ses épaules. La mort de lord Balthrow, quand bien même Eleanor avait délibérément jeté ce dernier dans la gueule du loup, demeurait de son fait. Les années passées à boire, à parier et à trousser les filles, entre son dix-septième et son vingt et unième anniversaire, aussi. Sans parler de sa déplorable habitude de se bagarrer.

— Elle est rouée, je lui accorde cela. L'as-tu tuée ?

Cette question à elle seule en disait suffisamment sur l'homme que Keating était devenu. Ou, du moins, que tout le monde croyait qu'il était, ce qui en l'occurrence revenait à peu près au même.

— Non. Le meurtre semble contraire à mes intérêts.

— Remercions Lucifer.

Keating lança la brosse dans une boîte et alla chercher un seau d'avoine pour Clampin.

— Bon sang, qu'est-ce que cela change, Adam ? Rien, sinon que je vais disposer de ces dix mille livres pour mon propre usage. Je vais enfin pouvoir réparer le toit de Havard's Glen.

— *Ils l'ont voué à l'infamie / Accusé d'une faute inhumaine / Évitez Bloody Blackwood / Ou gare aux feux de la Géhenne*, récita Adam. N'est-ce pas ainsi que se termine le poème ? Et que se termine ta vie, je suppose.

— Épuisé comme je suis, marmonna Keating en se tournant vers Greaves, j'ai très envie de taper sur quelque chose. Ou sur quelqu'un.

Une fraction de seconde, le duc parut surpris.

— Je ne suis pas en train de te chercher querelle, Keating, dit-il en reculant d'un pas.

— Tu m'as frappé hier soir, tu l'as bien cherché. Sans compter que tu joues les vertueux et que tu prétends ne jamais avoir fait de mal à une mouche, alors que nous savons l'un comme l'autre que c'est faux.

— Bon sang, Keating, arrête.

— Non.

Greaves leva les mains en signe de paix.

— Tes dix mille livres ne sortent pas des poches de Fenton. Elles font partie du nouvel arrangement matrimonial conclu avec Montshire.

À ces mots, Keating s'arrêta net.

— Pardon ?

— À l'évidence, ton cousin est sur la paille. Il a négocié avec Montshire. S'il parvenait à ramener Camille au pied de l'autel et dans les bonnes grâces de sa famille, papa Montshire lui verserait la modique somme de douze mille livres. Plus deux chevaux d'attelage, conclut Adam en baissant lentement les mains.

— Des bais ?

— Oui.

— Comment diable as-tu découvert cela ?

— Elle est passée il y a quelques heures. Avec sa sœur. Manifestement, ses parents ont décidé de l'avoir à l'œil jusqu'à la cérémonie.

Il sortit une montre de sa poche et l'ouvrit.

— Soit dans cinq heures environ.

Elle. Camille. Elle était venue alors qu'il était aux trousses d'Eleanor. Il aurait pu la voir une dernière fois, mais Eleanor avait aussi gâché cela. Il prit une profonde inspiration.

— Cela ne change rien. Elle a besoin de Fenton pour sa réputation, pas pour son argent.

Greaves le scruta un long moment.

— Maintenant, c'est *moi* qui ai envie de te taper dessus.

Secouant la tête, il lui tourna le dos et quitta les écuries.

— Je me lave les mains de ce qui peut vous arriver à tous les deux, lança-t-il par-dessus son épaule. Je n'ai jamais vu deux tourtereaux tellement soucieux du bonheur de l'autre qu'ils refusent de voir ce qui crève les yeux. Au revoir, Blackwood.

Greaves ne comprenait pas. Camille serait infiniment plus heureuse si elle menait une existence convenable. Même si Fenton n'était qu'un menteur et un pleutre doté d'un cœur de pierre, elle s'en sortirait. Elle devrait sans doute apprendre à refréner sa bonne humeur et à faire bon usage de cette circonspection naturelle qu'elle avait envers tout et tout le monde, mais elle aurait un toit sur la tête. Elle serait maîtresse chez elle.

Certes, sa maison serait un peu vétuste, avec des meubles et des tentures qui ne dataient pas d'hier, et ses nouvelles robes seraient probablement en coton plutôt qu'en soie, mais Fenton ne lui demanderait pas de danser avec lui et il la laisserait aller se promener tous les jours au parc avec une bonne.

Elle ne reverrait plus ses amies du Tantale Club – son improbable nouvelle famille – pour ne pas froisser la susceptibilité à fleur de peau de son mari, mais elle pourrait de nouveau prendre le thé avec les demoiselles qui lui avaient tourné le dos et fermé leur porte l'année passée, alors qu'elle était effrayée et désespérée.

Lui, de son côté, aurait un toit neuf, une promesse solennelle faite à Camille et à lui-même de ne plus boire ni se bagarrer pour un rien, dix mille livres en poche... et plus besoin d'envoyer à quelqu'un d'autre chaque *penny* gagné à la sueur de son front.

Keating se laissa tomber lourdement sur l'un des bancs de bois de l'écurie. Peut-être son mal de crâne lui obscurcissait-il les idées, mais un étrange optimisme s'insinuait peu à peu dans son esprit. Dans son cœur. Avait-il le droit de faire cela à son cousin ? Camille ferait-elle cela à Fenton pour la seconde fois ? Le choisirait-elle... *lui* ? Un bagarreur, un ivrogne, un assassin ?

Plus il y pensait, plus la tête lui tournait. Pouvait-il avoir cette femme ? Qu'il soit ou pas digne d'elle, l'affaire se résumait à cela : aurait-il le courage de lui poser la question et d'affronter sa réponse, quelle qu'elle soit ?

Il sortit de sa poche sa vieille montre cabossée. Il était un peu plus de 4 heures du matin. Keating se leva et quitta l'écurie. Avec un peu de chance, Adam ne serait pas encore couché. Ils devaient discuter de deux ou trois choses.

Et il voulait savoir s'il pouvait réécrire la fin de ce maudit poème, une bonne fois pour toutes.

Lady Montshire pinça sans douceur les joues de Camille.

— Arrêtez ! protesta celle-ci en s'écartant et en plaquant les mains sur son visage.

— Tu es trop pâle.

— Ce n'est pas une raison pour me maltraiter.

Sa mère se renfrogna.

— Je ne te maltraite pas. Et dans la mesure où cela semble te sortir enfin de ta torpeur, je n'ai pas l'intention de te présenter des excuses.

— Oh, non, pourquoi feriez-vous cela ? Votre fille épouse un homme qu'elle méprise et qui la déteste, en échange d'une forte somme. Tout cela pour que vous puissiez vous vanter devant vos amies prétentieuses que je suis revenue dans le droit chemin.

— Tout ce que j'espère, rétorqua lady Montshire, c'est que lord Fenton sait combien tu peux te montrer insolente. Si tu t'étais comportée comme on l'attendait de toi la première fois, Fenton et toi auriez peut-être appris à être amis. À présent, tu vas devoir affronter ses soupçons. Mais tu seras mariée avant ce soir.

— J'ai donné ma parole.

Ce que sa mère ignorait, c'est qu'elle n'avait pas pris cet engagement envers sa famille ni même son fiancé, mais envers un homme qu'elle ne reverrait probablement plus jamais. Un homme qu'elle aimait, qu'elle n'oublierait jamais, et dont le bonheur comptait plus que le sien. Et de cela, la famille Pryce pouvait lui être très, très reconnaissante.

Finalement, sa mère cessa de la harceler et recula d'un pas.

— Tu es très jolie, admit-elle.

— Les couleurs sombres me vont mieux, contra Camille en étudiant son reflet dans le miroir.

Avec sa peau claire et ses cheveux d'un blond presque argenté, elle paraissait livide dans cette robe blanche.

Outre qu'elle n'était plus une vierge naïve et terrifiée, se voir de nouveau dans cette robe faisait remonter à la surface un flot de souvenirs pénibles ;

le désespoir et la panique à l'idée d'être piégée dans une union avec un parfait inconnu, un homme qui l'avait volontairement ignorée. Rien n'avait changé depuis cette époque. Rien... sauf elle.

— Il est temps de partir pour l'église, annonça lady Montshire en se tournant vers ses deux cadettes. Restez ici, je reviens dans un instant.

Tout le monde semblait persuadé qu'elle allait s'enfuir. Au moins, la compagnie de ses sœurs l'aidait-elle à ne pas songer aux espoirs et aux regrets qui l'avaient empêchée de trouver le sommeil durant toute la semaine.

— Qu'en penses-tu ? demanda Joanna en pivotant sur elle-même. J'avais la verte la première fois, mais tout le monde m'a déjà vue dedans.

— Tu es très bien, répondit Marie qui glissa un regard de biais à Camille.

Elle l'observait ainsi depuis leur escapade nocturne, mais Camille n'était pas certaine de ce qu'elle croyait voir.

— Jeunes filles, descendez ! appela leur mère. La voiture est là.

Camille prit une profonde inspiration. Elle faisait cela pour Keating, se rappela-t-elle pour la millième fois.

Heureusement, le trajet jusqu'à l'église ne dura qu'une vingtaine de minutes. Tous la fixaient du regard comme si elle risquait de se transformer en oiseau d'un instant à l'autre et de s'envoler par la fenêtre. Au moins Marie était-elle consciente que si elle avait voulu s'enfuir, elle l'aurait fait la nuit dernière.

Une fois à l'église, ses sœurs et elle furent conduites dans la sacristie. La porte ne s'ouvrit que pour laisser entrer leur mère, et Camille ne fut guère surprise de voir leur père monter la garde de l'autre côté du battant.

Keating devait être parti à l'heure qu'il était. Camille l'imagina, chevauchant son beau hongre, suivi d'une voiture emportant ses malles et son valet. Était-il passé devant l'église ? Ou, au contraire, l'avait-il soigneusement évitée ?

Elle entendit soudain des éclats de voix. Elle ne distinguait pas les paroles, mais, manifestement, quelqu'un était en colère. Agacée, lady Montshire retourna dans la sacristie.

Marie en profita pour venir s'asseoir à côté de Camille.

— Si tu aimes M. Blackwood, comment peux-tu épouser lord Fenton ? chuchota-t-elle. Je mourrais d'un chagrin d'amour.

— On ne meurt pas d'un chagrin d'amour, répliqua-t-elle. Et je suppose qu'épouser lord Fenton pour que Keating touche cette récompense a plus de sens que de l'épouser parce que quelqu'un a décidé il y a vingt-deux ans que je devais le faire.

La porte s'ouvrit de nouveau.

— Tes « amies » sont là, annonça lady Montshire d'un air courroucé, ces filles de rien, ces traînées, assises comme des gens bien sur les bancs du fond. Elles ont prévenu ton père qu'elles se dévêtiraient s'il protestait et ont promis de bien se tenir à condition qu'on les laisse assister à ton mariage.

Camille ne put retenir un sourire.

— Elles ont bien fait. Je suis heureuse qu'elles soient venues.

— Elles vont déshonorer cette cérémonie. Cet événement est supposé marquer ton retour dans le droit chemin. Il fallait que la lie de la société vienne nous créer des problèmes !

— La lie de la société, rétorqua Camille avec calme, m'a permis d'avoir un toit sur la tête et d'éviter un destin sordide. Elles restent.

Sa mère darda sur elle un regard venimeux.

— Dans une dizaine de minutes, tu ne seras plus sous ma responsabilité et je m'en félicite. Je souhaite bien du plaisir à ton mari.

Jugeant que le débat était clos, Camille ne répondit pas. Le long silence qui suivit ne fut troublé que par le tic-tac d'une petite horloge, qui semblait faire écho aux battements de son cœur – régulier, ne se laissant pas affecter par les événements, se concentrant sur ses pulsations pour ne pas se laisser briser.

Puis lord Montshire passa la tête par l'entrebâillement de la porte.

— C'est l'heure, dit-il.

Cette fois, le cœur de Camille se serra douloureusement. Il était temps de se marier. De voir mourir ses rêves de jeune fille. De carrer les épaules et d'accomplir son devoir.

Lady Montshire et Joanna sortirent les premières, sans doute pour aller prendre place sur les bancs au premier rang. Puis Marie s'en alla en adressant à Camille un dernier regard plus compatissant que celle-ci ne l'aurait espéré. Enfin, lord Montshire lui offrit son bras.

La gorge nouée, Camille y posa la main et tous deux pénétrèrent dans l'église.

Elle vit lord Fenton. Il la regardait fixement, comme s'il craignait qu'elle ne se volatilise s'il cillait. Cette fois, elle ne s'en irait pas. Parce que cette fois, elle avait une raison d'être là.

Une centaine de regards braqués sur elle, elle remonta la nef jusqu'à ce que son père la laisse auprès de lord Fenton, puis le prêtre commença son sermon sur les liens sacrés du mariage. Elle priait pour qu'on en finisse au plus vite.

Enfin, le pasteur se tourna vers lord Fenton pour lui demander s'il voulait la prendre pour épouse. Sans un regard pour elle, il répondit :

— Je le veux.

C'était à son tour. Apparemment, elle était censée aimer le marquis, l'honorer et lui obéir. Elle se demanda brièvement si celui-ci se contenterait d'un seul de ces trois engagements.

Elle ouvrait la bouche pour répondre quand les portes de l'église s'ouvrirent à la volée. Elle sursauta, fit volte-face… et se pétrifia.

Keating Blackwood remontait la nef d'un pas rapide, les yeux rivés sur elle. Rien que sur elle. Le cœur de Camille commença à battre follement. Que faisait-il ici ?

Elle entendit des exclamations fuser et des voix murmurer « Bloody Blackwood ». Puis elle aperçut ses amis, assis sur les bancs du fond. Sophia, Pansy, Sylvie, lord et lady Haybury, et même le duc de Greaves… et tous souriaient !

Keating s'immobilisa devant elle.

— Camille, commença-t-il d'une voix sourde qui tremblait imperceptiblement.

— Keating ? Que…

— J'ai une question à vous poser, l'interrompit-il. Vous le savez, je suis un vaurien. Un bandit. Le pire des hommes que la terre ait jamais portés.

Elle secoua la tête.

— Non, vous n'êtes pas…

— Des gens m'ont menti, ont abusé de moi, et je me suis menti à moi-même. Vous, en revanche, ne m'avez jamais menti.

D'un geste solennel, il mit un genou en terre.

L'espace d'un instant, Camille crut que son cœur s'était arrêté de battre. Le temps suspendit son vol. Elle avait douze ans et son prince charmant faisait irruption dans son château pour la soulever dans ses bras et l'emporter dans un monde de baisers et de chocolats. Son héros avait enfin un visage, et il la couvait d'un regard brûlant.

— Camille, je vous aime de toutes les fibres de mon âme perdue. Je vous adore. Votre vue me rend force et courage. Je ne veux plus jamais être séparé de vous.

Il hésita, puis, bouleversée, Camille l'entendit lui demander :

— Camille, voulez-vous m'épouser ?

— Une minute, Blackwood ! grommela lord Fenton en esquissant un pas vers lui. Tu ne peux pas lui demander sa main ! Je suis en train de me marier avec elle. Nous avions un accord.

— Tais-toi, Stephen, répliqua Keating sans lui accorder un regard.

Si elle voulait l'épouser ? Oh Dieu, oui ! Prise de vertige, Camille posa la main sur l'épaule de Keating et se pencha vers lui.

— Mais, et l'argent ? murmura-t-elle. Et Michael ?

Keating la regarda au fond des yeux.

— Il n'y a jamais eu d'enfant, chuchota-t-il. Elle m'a menti. Par conséquent, je n'ai absolument plus besoin de cette somme.

Il prit sa main entre les siennes.

— La décision vous appartient. Voulez-vous passer le reste de votre vie avec un homme comme moi ?

La jeune femme secoua la tête.

— Non. Je ne veux pas passer le reste de ma vie avec un homme comme vous.

— Tu vois ? railla Fenton. Fiche le camp, Keating. Tout de suite.

Celui-ci jeta à Camille un regard éperdu.

— Je…

— Chut, reprit-elle. Je ne veux pas d'un homme *comme* vous. C'est vous que je veux. Je veux vous épouser. Je vous aime.

Il se redressa alors et, refermant délicatement la main sur son élégant chignon, l'embrassa avec passion. Quelque part dans la foule, Camille crut entendre sa mère pousser un cri, mais elle n'y prêta pas la moindre attention. Keating l'enveloppa de ses bras et l'attira contre lui.

— Je t'aime, murmura-t-il avant de frôler ses lèvres des siennes.

— Je t'aime, souffla-t-elle en l'agrippant par les revers de sa veste.

— Alors viens avec moi. Une voiture nous attend pour nous emmener à Gretna Green.

Elle lui sourit.

— Oh, oui !

Il lui prit la main et ils s'enfuirent en courant, laissant le chaos derrière eux. La voiture arborait les armoiries du duc de Greaves. Camille comprit alors pourquoi ses amies n'avaient pas semblé s'inquiéter pour elle.

Keating l'aida à y monter et grimpa à sa suite. Jetant un dernier regard par les portes ouvertes de l'église, elle aperçut Fenton, qui n'avait pas bougé et demeurait bouche bée. Elle ne put retenir un éclat de rire.

Tandis que la voiture prenait la direction du nord, Keating serra la main de Camille.

— J'ai pris la liberté de récupérer la plupart de tes vêtements et de tes affaires au Tantale Club ce matin, dit-il. Et Sophia m'a demandé de te donner ceci.

Il se pencha vers elle et l'embrassa de nouveau.

— Peut-être pas exactement de cette façon, admit-il. J'ai interprété.

— Je n'arrive toujours pas à croire que c'est vrai, murmura-t-elle. Je dois rêver.

— Tu ne rêves pas.

L'expression de Keating se fit grave.

— Ta réputation est désormais totalement ruinée. Plus de soirées, plus de bals, plus de promenades au parc sans qu'on te regarde de travers.

— Je suppose qu'il y a des chemins, à Havard's Glen.

— De très jolis chemins. Et une mare. Et des cerfs.

— Y a-t-il des soirées dansantes ?

— Bien sûr, répondit-il en souriant. Et je te promets que s'il n'y en a pas ce mois-ci, j'engage des musiciens pour te faire danser à la maison. Rien que toi et moi.

Cela semblait encore plus merveilleux qu'un bal.

— Merci de m'avoir sauvée, souffla-t-elle.

La petite fille qu'elle avait été avait raison, tout compte fait, songea-t-elle. Les rêves se réalisaient. Et elle venait juste de commencer à vivre le sien. Une larme roula sur sa joue.

Keating la cueillit du pouce et déposa un baiser à sa place.

— Non, répliqua-t-il, c'est *toi* qui m'as sauvé. Ma meilleure amie. Mon épouse. Mon amour.